D1349200

DIEPSTE VERLANGEN

Diepste verlangen is het vervolg op
De breuk en *Verboden wegen*

Andere boeken van Beverly Lewis:

Onrustig hart
De vreemdeling
De broeders

Katie Lapp-triologe

Beverly Lewis

Diepste verlangen

Roman

Vertaald door Lia van Aken

 de groot goudriaan

Voor mijn lieve tante Dottie,

en

in liefdevolle herinnering aan haar dierbare echtgenoot,
mijn oom
Omar R. Buchwalter
1918-2007

© Uitgeverij De Groot Goudriaan – Kampen, 2008
Postbus 5018, 8260 GA Kampen
www.kok.nl

Oorspronkelijk verschenen onder de titel *The Longing* bij Bethany House Publishers, a division of Baker Book House, 11400 Hampshire Avenue South, Bloomington, Minnesota 55438, USA
© Beverly Lewis, 2008

Vertaling Lia van Aken
Omslagillustratie Bethany House Publishers
Omslagontwerp Prins en Prins vormgevers
ISBN 978 90 8865 051 2
NUR 302

Proloog

Lente 1967

Net zoals sneeuw en ijs op veld en weiland langzaam maar zeker ontdooien en de winter uitgewist wordt, begint mijn verdriet weg te smelten. Sinds Caleb en ik voorgoed afscheid hebben genomen, zijn er zes weken voorbijgegaan en het wordt haast tijd om erwten en worteltjes te planten, als de grond eenmaal zacht genoeg is om een voetafdruk in te maken en om bewerkt te worden. Het wordt ook tijd om in andere opzichten verder te gaan. Ik kijk ernaar uit om in de herfst lid te worden van de kerk van de Nieuwe Orde.

Een sterk verlangen is in mijn hart gekomen en vertoeft in mijn diepste binnenste… en verwarmt me, nu ik leer leven onder de genade van de verlossing. Maar er zijn ogenblikken dat ik denk aan de liefde die Caleb Yoder en ik eens hadden en die nu voor ons verloren is. Op die momenten kneed ik het brooddeeg maar wat harder en probeer niet te kniezen. Met hulp van God en van mijn familie en vrienden kom ik er wel doorheen.

Het valt niet te ontkennen dat het een lange winter is geweest hier in Honey Brook, met veel te veel verdriet overal. *Ach*, misschien zal de verandering van het seizoen nieuw leven brengen.

Over verdriet gesproken, het gaat aardig goed met mijn liefste vriendin Rosanna King, nadat ze haar babytweeling Eli en Rosie heeft afgestaan aan hun biologische ouders. Ze is net zo aardig en vrolijk als altijd, maar er is onmiskenbaar pijn in haar ogen te lezen, vooral als ze werkt aan de kleine wiegquilts die ze weggeeft aan plaatselijke vroedvrouwen.

Ze verlangt naar een eigen baby om voor te zorgen en van te houden. God heeft wel een aantal vreselijk moeilijke dingen toegestaan in dit leven en zelfs met mijn pas gevonden geloof gaat Rosanna's verdriet me boven mijn begrip.

Niet alleen Rosanna's benarde toestand maakt me in de war, maar ook het verlangen van mijn oudste zus naar moderne dingen. Rhoda is recht op de moderne wereld afgegaan en heeft een *Englische beau*, die haar meeneemt naar mooie restaurants en haar in zijn sportauto rondrijdt door de landelijke omgeving.

Zelfs mevrouw Kraybill, Rhoda's parttimewerkgeefster, laat haar licht niet schijnen op de geruchten als ze langskomt in de bakkerswinkel. Ik geef toe dat ik me zorgen maak dat Rhoda in het huwelijksbootje stapt met die *Englischer* en zo nieuw verdriet brengt in mama's hart… en in dat van pa.

Maar voorlopig logeert Rhoda nog steeds bij onze broer James en zijn vrouw Martha, die pas lid zijn geworden van de reeds lang gevestigde Beachy Amish kerk, hier niet ver vandaan. Als zodanig genieten ze van een hoop moderne gemakken. Te bedenken dat Rhoda *en* Martha leren autorijden!

En ze zijn niet de enigen. Meer dan een derde deel van de Gemeenschap van Eenvoud dat de oude kerk aanvankelijk verliet, heeft al een soortgelijke weg gevolgd. Mijn oudste broers, de tweeling Thomas en Jeremiah, hebben allebei afzonderlijk een auto aangeschaft, omdat ze het niet eens konden worden over merk en kleur zodat ze samen hadden kunnen doen. Het is hun ook gelukt om geld bij elkaar te schrapen voor een aanbetaling op een tractor, die ze allebei zullen gebruiken.

Het is niet te zeggen waar al die aankopen de mensen zullen brengen. Wat heeft de wereld een sterke aantrekkingskracht op ons allemaal.

Het is echt geen opschepperij als ik zeg dat ik geen belangstelling heb voor het stadse leven. Tot nu toe is er weinig verleiding naar die kant. Hoe kan ik missen wat ik nooit heb gehad? Maar Rhoda mis ik wel, en ik zou haar graag eens winnen voor God.

Nan is nu mijn liefste zusje geworden en ik heb haar het hele pijnlijke verhaal van mijn verkering met Caleb verteld. Ze zegt kalm: 'Het verdriet zal gauw minder worden, Nellie Mae.' Aangezien ze zelf kortgeleden liefdesverdriet heeft gehad, moet zij het kunnen weten.

Ik vraag me wel af of Caleb ooit aan me denkt. Had hij gewild dat het anders was gelopen?

Ik laat me er bijvoorbeeld door zijn koppig vasthouden aan de Oude Wegen niet van weerhouden om te bidden dat zijn ogen geopend mogen worden. Vaak is mijn gebed vermengd met tranen, maar ik weiger mijn hand aan de ploeg te slaan en dan terug te krabbelen. Ik geloof dat ik ben geroepen tot deze nieuwe manier van leven, en niets kan me daarvan afbrengen.

Prediker Manny zei afgelopen zondag dat je, om een ware volgeling van Christus te zijn, je door God moet laten kneden en omvormen, hoe moeilijk dat soms ook kan zijn. Daarom lees ik de Schrift en overpeins de splitsing op mijn weg. Ik vraag me af wat voor jonge vrouw ik ben geworden sinds ik twee maanden geleden neerknielde in het zaagsel van pa's timmerwerkplaats. Eén ding weet ik wel: ik ben vrij van de banden van het verleden... en van de verwachtingen van Calebs vader. Ik leef tot eer van God, niet tot eer van mijn oom Bisschop Joseph en de vele regeltjes die ik onmogelijk kan onthouden. En ik geloof niet dat het verkeerd is om in het gebed tegen God te praten, zoals ik tegen een intieme vriend zou doen.

Hopelijk zullen het verstrijken van de tijd en de stille stem van Gods Geest ook Calebs hart verzachten. Ik zou graag denken dat ik dat niet omwille van mezelf bad, maar alleen omwille van hem.

Maar het is wel vreemd. Hoewel mijn liefde voor Caleb nog onverminderd is, moet ik soms naar beneden kijken of mijn voeten nog wel op de grond staan. Ik voel me zo licht en vrij en zo schoon dat het me verwondert hoe iemand tegelijkertijd vervuld kan zijn van blijdschap en verdriet.

Oom Bisschop, die nog steeds toezicht houdt op onze Nieuwe Orde groep, en prediker Manny Fisher, de neef van mijn vader, hebben besloten dat het tijd is om een diaken en een tweede prediker erbij te nemen om te helpen met onze groeiende huiskerk. Dus over een paar weken wordt het goddelijke lot geworpen. Sommige mensen zijn al overgegaan tot bidden en vasten… om eensgezind te zijn. Ik wou dat ik al stemrecht had. Niet dat ik iemand in gedachten heb voor een van de ambten, maar het lijkt me wonder-*gut* om meer deel uit te maken van de nieuwe gemeenschap van gelovigen.

Tegenwoordig is de *Bann* weer van kracht en de maanden waarin je makkelijk naar een andere kerk kon overstappen, zijn voorbij. Wie in de oude kerk gebleven zijn, zijn onwrikbaar en ook wel een beetje tevreden over zichzelf, daar zinspeelde pa tenminste op. Het is verdrietig dat ze zich zo afsluiten voor de verlossing door genade, maar mama zegt dat het ons wel eens zou kunnen verbazen wat zich diep in hun hart afspeelt, net zoals we verbaasd waren over Suzy.

Ik denk vaak over zulke dingen na wanneer ik naar haar foto kijk, die ik gekregen heb van Christian Yoder, de oudere broer van haar mennonitische *beau*. Ik staar vaker naar het verboden beeld dan ik zou moeten doen, denk ik. Wat zouden mijn ouders daarvan zeggen als ze het wisten? Ik ben oprecht dankbaar voor Suzy's leven, hoe kort het ook was, en voor de woorden van geloof en liefde die ze in haar dagboek heeft opgeschreven. Woorden die een licht op mijn pad zijn geweest.

Al met al rust er vrede in te weten dat mijn toekomst, en mijn verlossing, niet van mij afhangen. Dat is nooit zo geweest. Ik zal blijven bidden voor Caleb en erop vertrouwen dat ik daarin niet zelfzuchtig ben. Intussen weet ik dat ik me kan vastklampen aan mijn nieuwe geloof en aan mijn geliefde familie, wat de toekomst ook brengen moge.

Hoofdstuk 1

De overblijfselen van de winter lagen als een vuile deken over het land, terwijl de grond eronder kreunend tot leven kwam. Aangekoekte modder en het drassige slijk van oude bladeren, opgedroogde twijgjes en afgebroken takken, alles door elkaar in de chaos die was achtergebleven na het koudste seizoen sinds mensenheugenis.

Binnen, waar het brandhout in het fornuis de keuken verwarmde, boende Nellie Mae het groen met wit geruite tafelzeil. Er zat een rode vlek op van de kersentaart waar pa's dessertschaaltje had gestaan. Ze bewerkte de vlek terwijl Nan mama's mooiste servies afwaste in de diepe gootsteen. Intussen ruimde mama aan het aanrecht de weinige etensresten op, terwijl ze opnieuw een opmerking maakte over het 'heerlijke toetje', alsof het eenvoudige baksel iets heel bijzonders was geweest.

Ze hadden een heerlijk feestmaal genoten op deze paasmaandagmiddag, al hadden ze maar met z'n vieren aan tafel gezeten. Ze hadden een geschreven uitnodiging gestuurd aan pa's ouders in Bird-in-Hand, maar die hadden *Dawdi* en *Mammi* vlug afgewezen, wat niet verrassend was. Zo ging het al sinds haar ouders en ook Nan en Nellie de leer van de kerk van de Nieuwe Orde hadden aangenomen.

Opstandingsdag, noemde hun vader Pasen nu, met een brede lach. Mama en hij waren erop gebrand de dag op een andere manier te vieren dan vroeger, maar op Goede Vrijdag hadden zij en de rest van prediker Manny's Nieuwe Orde groep net als in de oude kerk gevast en gebeden. Maar Nellie had vanaf het allereerste begin van het weekend opgemerkt dat de viering was doordrongen van een bepaalde glans. Pasen had meer betekenis gekregen dan in al Nellies achttien jaren.

Wat een wonder toch, dacht ze, terwijl ze het hele tafelzeil afnam, hoewel ze nog maar aan één kant van de tafel zaten nu Rhoda het huis uit was.

Het missen van Rhoda en Suzy, de ene zus was naar de wereld gegaan en de andere naar de hemel, begon wat draaglijker te worden. 'Het leven is nu eenmaal vol veranderingen,' had mama haar meegegeven, maar dat maakte het er niet makkelijker op... vooral niet in Nellies hart. Toch wist Nellie dat hoe eerder ze over het missen van haar voormalige *beau* heen was, hoe beter.

Nan gooide haar een theedoek toe terwijl mama de keuken uit ging. '*Kumm* afdrogen.'

Nellie ving hem op. '*Ach*, ik heb te veel gegeten. Jij niet?'

'Heb je straks nog plek over voor een avondmaaltijd?' Nan keek haar aan met een eigenaardige blik.

'Een hapje misschien. We hebben genoeg restjes over, *jah*?'

Nan schudde haar hoofd. 'Ik hoopte dat je met me mee zou gaan naar het Honey Brook Restaurant.'

'Om Rhoda te zien?'

'*Jah*... ik denk toch dat onze zus wel heimwee moet hebben naar huis.'

Toch had Rhoda al die tijd niet de moeite genomen om contact met hen te zoeken, zelfs niet met mama. Een gevoelig punt, en Nellie had zich er nijdig om kunnen maken als ze het zichzelf had toegestaan. Maar vooral bad ze voor Rhoda bijna even vaak als voor Caleb.

Aarzelend vroeg Nellie: 'Ben je er wel eens geweest?'

'Eén keer maar.' Nan fronste. 'Met mijn oude *beau*...'

De laatste keer dat Nellie Mae Rhoda had gesproken, was toen ze haar Suzy's dagboek had gebracht. Omdat Rhoda zo dol was op sieraden, had ze haar ook Suzy's gouden armband gegeven, met Suzy's favoriete Bijbeltekst erin gegraveerd. 'Het zou zeker fijn zijn om Rhoda weer te zien,' zei Nellie.

Nans gezicht klaarde op. 'Nou, ik weet dat ze vanavond werkt, want het is maandag. Ze is daar dinsdags tot sluitingstijd en soms ook in het weekend.' Nan was goed op de hoogte van het rooster van hun zus. 'Mama vindt het goed. Ik heb het al gevraagd.'

'Nou, dan wou ik maar dat je het had gezegd voordat ik voor de tweede keer aardappelpuree met jus opschepte.' Nellie glimlachte. 'Goed, ik ga mee.'

Nan knikte, met haar handen diep in het sop. '*Denki*, zusje.' Als Nellie zich niet vergiste, glinsterden er tranen in Nans ogen. 'Vreemd dat ze tevreden kan zijn met haar leven,' zei Nan, 'daarbuiten in de wereld...'

'Nou ja, ze heeft James en Martha... en de kinderen,' zei Nellie. 'Meer dan genoeg familie om zich heen.'

'Maar dat is toch niet hetzelfde.'

Nellie beaamde het. Hoe *kon* dat ook, zo intiem als Rhoda en Nan altijd waren geweest? Zoveel jaren had dit huis, het huis van hun vader, hen beschut tegen elke mogelijke storm, behalve de stormen die onder hun eigen dak hadden gewoed. Hier was alles waarvan ze hielden – de voorname oude boerderij zelf; pa's schuur en de paarden die hij fokte en trainde; de omringende hectaren vruchtbaar land. En de bakkerswinkel. Nellies Zoete Heerlijkheden was een soort toevluchtsoord in het dal, tussen twee met bomen begroeide heuveltjes die aan weerskanten van Beaver Dam Road oprezen als beschermende barrières tegen de buitenwereld. Voorlopig tenminste. Soms voelde Nellie hoe tijdelijk haar eigen verblijf hier was, ze verlangde ernaar om te trouwen en op een dag haar eigen gezin te hebben. *Met een echtgenoot als Caleb. Maar met een passie voor het leven... en voor Jezus.*

Ze dacht weer aan Rhoda en vroeg zich af hoe ze oprecht gelukkig kon zijn met een wereldse man. Iemand die niet bekend was met de Gemeenschap van Eenvoud. Ze moest toch gauw genoeg krijgen van de bekoring en naar huis gaan verlangen.

'Ik vraag me af wat Rhoda vandaag heeft gedaan.' Nan keek Nellie Mae aan. 'Denk je dat ze eieren heeft geverfd en chocolade paashazen heeft gegeten, zoals de *Englischers* doen?'

Dat had Nellie zich ook afgevraagd. 'Je zou toch denken dat ze het gemist moet hebben om gisteren naar de kerk te gaan, *jah*?'

'Dat lijkt mij ook.'

Ze wist niet of Rhoda nog steeds met James, Martha en hun kinderen meeging naar de Beachy kerk. Na Rhoda's vertrek kwam Martha nog maar zelden op bezoek. Er was een pijnlijke wig gedreven.

Nellie wenste dat Rhoda voor Pasen op bezoek was gekomen, of tenminste een briefje had geschreven. Maar misschien was haar afwezigheid haar manier om te zeggen dat ze tevreden was met haar leven.

Nan waste de laatste vuile vaat en staarde dromerig naar het water. Ineens keek ze op naar Nellie Mae. 'Ik wil je al steeds iets vertellen,' zei ze zacht, met een blik naar de deur.

'*Jah*?'

Nans gezicht klaarde op. 'Ik heb iemand ontmoet,' zei ze, maar haar onderlip trilde.

'*Ach*, Nan... ben je verdrietig?'

Nan schudde haar hoofd. 'Ik heb juist moeite met mijn blijdschap, zusje. Echt waar. Ik ben zo gelukkig, maar...'

'Maar wat?'

Nan zweeg even. 'Nou, eerlijk gezegd ben ik bang om weer teleurgesteld te worden. Zal deze *beau* me ook pijn doen?'

Nellie leunde met haar hoofd tegen dat van haar zus. 'O, Nan. Ik leef echt met je mee.' Ze zuchtte. 'Maar je moet het heden niet laten bederven door het verleden... en je moet er ook niet over zwijgen om wat er tussen Caleb en mij is gebeurd.'

Tot ver in de middag, terwijl Nellie haar rondzendbrieven schreef en in het Nieuwe Testament las, piekerde ze over Nans nieuws. Ze moest zich wel afvragen wie de jongeman kon zijn en hoopte dat Nan haar te zijner tijd in vertrouwen zou nemen. Hij was vast en zeker ook van de kerk van de Nieuwe Orde.

Nellie liet haar gedachten dwalen en stelde zich voor hoe het zou zijn om hetzelfde geloof te hebben als een *beau*. *Misschien zal ik het eens weten.*

★

In de verte huilde een sirene. Dat trok samen met een plotseling opstekende harde wind Calebs aandacht en hij hief zijn hoofd even op. Een paar koeien loeiden op het geluid en bewogen in de stallen van de schuur van zijn grootvader van moederskant. Onverwachte geluiden, vooral hoge geluiden, stoorden het vee. Dat had hij zijn hele leven al waargenomen, ook toen hij nog thuis woonde en voor zijn vader werkte.

Die tijd is allang voorbij, dacht hij, terwijl hij het verre noodsignaal van zich afzette en de verse melk in de pomptank goot.

Hij moest nog een uurtje melken voordat hij terugging naar het kleine *Dawdi Haus*, waar hij woonde in deze lange weken waarin hij werkte om zijn 'zondeschuld' af te betalen, zoals zijn vader het noemde.

De tweede dringende jammerkreet overviel hem toen hij vlakbij het laatste melkstation stond, vermoeid en hongerig zoals vaak op dit uur. Dit keer klonk de sirene dichterbij, maar hier in de schuur kon hij niet naar buiten kijken en hij had geen idee van de richting.

Omdat hij graag door wilde werken, des te eerder kon hij bij zijn grootmoeder van de avondmaaltijd gaan genieten, zette hij het weer van zich af. *Het is het beste om druk bezig te blijven.* Die gedachte was een constant refrein sinds Nellie Mae Fisher hun verkering had uitgemaakt.

Wat bezielde haar?

Om niet ontmoedigd te raken, duwde hij de vernietigende gedachte van zich af. Hij was nu vrij om een meisje uit zijn eigen kerkdistrict het hof te maken, iemand die met genoegen vasthield aan de Oude Wegen en waardering had voor hun strenge traditie. Hij hoefde Nellie niet langer te smeken zich verre te houden van Manny's groep, noch van de liberalere Beachy Amish kerk.

Dus Caleb moest weer op zoek naar een gezellin, terwijl het meisje dat hij ten huwelijk had gevraagd een andere kant op was gegaan, weg van hem. Hij voelde zich ongelukkig nu hij voor zijn grootvader werkte, door zijn eigen toedoen afgesneden van zijn directe familie. Al zou hij iemand kunnen overreden om met hem te trouwen, dan nog had hij een bruid niets te bieden, nu hij zijn aanspraak op het land van zijn vader had opgegeven.

Hij ging zijn gang in het melkhuis en vond troost in deze routine van twee keer per dag, waarbij hij wist wat hij kon verwachten. De vertrouwde geuren en geluiden van de schuur waren ontspannend voor hem, zoals zijn oudere zus Rebekah hem toen ze nog klein waren vaak had gerustgesteld met haar vriendelijke woorden. Maar nu was hij ook van haar afgesneden, want ze was naar de Ebersols op Mill Road verhuisd. Heel merkwaardig. Hoe kon het dat zij, die van de Oude Orde waren, goedvonden dat zij naar de bijeenkomsten van de Nieuwe Orde ging en zelfs van plan was om in de herfst lid te worden van die kerk, maar hun vader niet? Rebekah was even hardvochtig door pa het huis uit gezet als Caleb, maar om een andere reden.

Het klopte gewoon niet: noch Rebekahs aanmatigende verklaring dat ze 'verlost was', noch Nellie Maes vrijpostige aanspraak op behoudenis. Maar ondanks de kerkscheuring en alles wat daardoor was veranderd, was hij nog even vastbesloten als altijd om zijn leven te leiden in de oude traditie. *Waar ik voor bestemd was... al heb ik niets bereikt met mijn trouw.*

Dus de grijze dagen regen zich aaneen en hij vond geen vreugde in dit nieuwe leven van hard werken en eenzaamheid. Toch had Caleb nog steeds geen spijt van de noodlottige avond met Nellie Mae in ditzelfde *Dawdi Haus* waar hij naartoe gestuurd was om te gaan wonen. Die avond had hij een gevoelige grens overschreden met de vrouw van wie hij hield en met wie hij had willen trouwen, toen hij haar had gevraagd haar haren voor hem los te maken. *Een daad van liefde die alleen voor de ogen van haar man bestemd was...*

Hoewel die avond lang geleden was, herinnerde hij zich duidelijk hun liefdevolle genegenheid. Hij had geen acht geslagen op zijn eigen innerlijke waarschuwing, noch op die van zijn lieve Nellie, om met kussen op de mond te wachten tot hun trouwdag.

De koeien loeiden nu tevreden en hij liep zacht pratend tussen hen door, zoals de gewoonte van zijn grootvader was. Hij was eraan gewend zulke gewoonten, die geboren waren uit meer ervaring en wijsheid, na te streven. De manier waarop dingen moesten gebeuren, werd doorgegeven via nabootsing. Daarom lag hij er 's nachts van wakker dat Nellie hun traditie had laten varen. Het was zo ongewoon... niet de weg van de Gemeenschap van Eenvoud, zeker niet voor een vrouw. Maar als hij terugdacht aan hun allereerste afspraakjes was haar vermogen om voor zichzelf te denken een van de dingen geweest die hem in haar aantrokken en hij miste de gesprekken met haar. Ach, *ik mis alles aan haar.*

Toen hij bij zijn grootmoeder zat te genieten van een heerlijk eenpansgerecht met worstjes, uien, groene paprika, gestoofde tomaten en macaroni, ontdekte Caleb de betekenis van de huilende sirene.

Zijn grootvader had net een opmerking gemaakt over de recente prijsstijging van het voer toen er schrikwekkend hard op de achterdeur werd gebonkt. Zijn oudere broer Abe stormde met een rood hoofd de keuken binnen. 'Caleb! *Kumm schnell!*'

Meteen sprong hij op van tafel, vloog naar de bijkeuken om zijn jas en hoed… en liet *Dawdi* en *Mammi* achter om zich af te vragen welke plotselinge ramp hen had overvallen.

★

Toen Nellie Mae en Nan op weg gingen naar het Honey Brook Restaurant viel er lichte regen, die de overgebleven sneeuw aan weerskanten van de weg liet smelten.

'Denk je dat Rhoda verbaasd is als ze ons ziet?' vroeg Nan, die de teugels in handen hield.

'Toen ik haar een paar weken geleden opzocht, zei ze dat ze ons miste.' Nellie was benieuwd of Rhoda ooit had nagedacht over de tekst die in Suzy's armband was gegraveerd. *Niet naar onze werken, maar naar Zijn genade heeft Hij ons behouden.*

'Ik hoop dat ze niet denkt dat we haar bespioneren.'

'Dat zou ze vast niet toegeven.' Nellie glimlachte gedwongen. Ze hoopte maar dat ze de reis naar de stad niet maakten om afgescheept te worden, alleen al omwille van Nan.

'Misschien kunnen we beter niet doen of we dolgraag willen dat ze naar huis komt, *jah?*'

Nellie zuchtte. Dit ging moeilijk worden, daar kon ze niet omheen. 'Ik hoop dat je het je niet al te erg aantrekt als ze afstandelijk doet, Nan.'

'O, nee, ik ben over de pijn van haar vertrek heen. Echt waar.'

Nellie hoorde de lichte trilling in de stem van haar zusje en wist beter.

★

'O, Caleb… Caleb, daar ben je.' Zijn moeder ontving Abe en hem met een asgrauw gezicht bij de achterdeur. 'Je vader is gewond,' zei ze handenwringend. 'Ik had mee moeten gaan in de ambulance,' voegde ze eraan toe terwijl ze de keuken binnengingen.

'Wat is er gebeurd?' vroeg Caleb.

Zijn zusjes Leah en Emmie drentelden met bleke gezichten om mama heen en hun oudste broer Gideon zat met een grimmig gezicht aan het hoofdeinde van de tafel.

'*Ach*, de ketting van de ploeg brak,' verklaarde mama, 'en terwijl je vader gebogen zat om hem te repareren, trapte een van de muilezels tegen zijn hoofd.' Haar stem begaf het en ze huilde openlijk. 'Je arme vader… zo vreselijk gewond.'

Calebs hart brak toen ze probeerde het ongeluk te beschrijven en hij liet haar gaan zitten omdat ze wankelde.

'Abe was in het veld bij je vader, hij heeft alles gezien en is naar onze Beachy buren gerend om hulp… met hun telefoon heeft hij een ambulance gebeld.'

'Haalde pa adem?' vroeg Caleb, terwijl hij bij mama en de anderen aan tafel ging zitten. Een groepje angstige zielen.

Abe knikte. 'Ik heb zijn ademhaling gecontroleerd en zijn pols gevoeld… vreselijk zwak. En hij lag almaar te sidderen.'

'Komt hij erdoorheen?' vroeg Caleb.

Abes gezicht betrok. 'Dat is… moeilijk te zeggen.'

Gideon boog met een vertrokken gezicht naar voren. 'De ambulancebroeders konden er niets over zeggen. Maar pa had het moeilijk, dat staat vast.'

Leah begon te huilen en Emmie, zijn jongste zusje, sloeg haar armen om haar heen. 'Pa haalt het wel… heus wel,' zei ze dapper, maar ook zij moest huilen.

'Een van ons moet naar het ziekenhuis,' zei Caleb. Hij keek zijn moeder aan.

Abe keek naar Gideon. 'Ik moet gaan. Caleb kan hier blijven bij mama en de meisjes, als jij weer naar huis gaat.'

Gideon stond op van tafel en zei dat hij terug moest naar

zijn eigen gezin. 'Ik ga onderweg bij Jonah langs,' zei hij, duidend op hun andere broer. 'Misschien is hij nu terug van zijn boodschap. Ik zou het vreselijk vinden als hij het van iemand anders moest horen dan van ons.' Hij liep naar mama toe en boog zich over haar heen om gedag te zeggen voordat hij naar de bijkeuken liep.

Bevend stond hun moeder op en volgde Abe naar de deur. Smekend zei ze: 'Kom gauw terug als je iets weet... wat dan ook!'

'Ik zal zien wat ik te weten kan komen.' Kennelijk verteerd door zorgen knikte Abe en vloog de deur uit.

Caleb nam mama mee terug naar de keuken en trok de schommelstoel voor haar bij. 'U moet niet tobben. We moeten ons verstand erbij houden.'

Ze probeerde dapper te zijn en knipperde zwijgend met haar bedroefde ogen. Met een diepe zucht begroef ze haar gezicht in haar handen. '*Ach*, wat moeten we beginnen als...'

'Mama... mama.' Caleb kwam bij haar stoel staan en boog zich over haar heen. 'Denk aan hoe sterk pa altijd is geweest. Er is heel wat nodig om zo'n man onderuit te halen.'

Ze knikte traag en droogde haar tranen. En hij wenste dat hij zijn eigen woorden kon geloven.

Hard snikkend tastte Emmie naar Leahs hand en ze renden de keuken uit naar de trap.

'Er zijn meer dan genoeg mannen door een paard getrapt die op slag dood waren,' bracht Caleb zijn moeder onder het oog. 'Maar u hebt Abe gehoord, mama. Pa leeft... laten we ons daaraan vasthouden.'

Ze boog haar hoofd. '*Ach*, waarom ben ik niet met hem meegegaan? O, Caleb.' Ze kon niets meer zeggen en begon zachtjes te huilen.

'Alles is zo snel gegaan,' zei hij met bonzend hart. Hij probeerde niet te letten op het wurgende gevoel in zijn borst en keel dat iedere ademhaling belemmerde.

Hoofdstuk 2

Het restaurant was fleurig ingericht, met geplooide witte gordijntjes voor de ramen. De ene kant van de omheinde veranda vormde een knus eetplekje. *Voor verliefde stelletjes.* Nellie Mae verwierp de knagende gedachte.

Nan zag hun oudste zus het eerst. 'Daar heb je Rhoda,' fluisterde ze met een knik van haar hoofd.

In een lichtblauwe jurk met kapmouwtjes en een witte schort tot op de knie om haar middel gebonden, snelde Rhoda met een blad met eten naar een tafel van vier jongemannen.

Nellie glimlachte gedwongen, gefascineerd door wat Rhoda met zichzelf had gedaan. Toen ze Rhoda's nieuwe bril zag en de boog van haar wenkbrauwen, besefte ze dat haar zus een fikse hoeveelheid haartjes had uitgetrokken om de vorm te veranderen. Ze had ook make-up op en was zelfs zo roekeloos om een groot deel van haar benen te laten zien, de gewaagde zoom van haar serveerstersjurk kwam net tot de bovenkant van haar knieën. *En ze was afgevallen.*

Rhoda had nog wel haar lichtblonde haar aan de zijkant opgenomen en in een knot gedraaid, maar haar gebedskapje ontbrak, weer een schokkende verrassing.

Nan kwetterde zenuwachtig: 'Had je kunnen denken dat ze zo snel zou veranderen?'

'Tja, dat doen mensen als ze afdwalen.' Nellie keek weer naar Rhoda.

Toen ze eenmaal zaten, pakte Nan het menu. Maar Nellie kon haar ogen niet van Rhoda afhouden. Een herinnering van lang geleden nam haar mee terug in de tijd naar Rhoda en zij als kleine meisjes, hard trekkend aan een pop zonder gezicht die Rosanna's mama had gemaakt, lang voordat ze zo zwak was geworden en was gestorven. Rhoda wilde de kostbare pop met haar van draadgaren niet loslaten. 'Hij is van mij! Laat los! Ik had hem het eerst!'

Nellie hoorde Rhoda's kleinemeisjesstem in haar oren galmen. 'Toen was ze al zo vastberaden,' mompelde Nellie Mae in zichzelf.

Nan liet het menu zakken en gluurde over de rand. 'Gaat het wel?'

Vlug knipperde ze met haar ogen. 'Jawel.'

'Waarom kijk je dan zo... ontsteld?'

Ze boog naar voren en fluisterde: 'Als Rhoda straks onze bestelling op komt nemen, zie je wel waarom.'

Nan knikte en kneep instemmend haar ogen halfdicht. 'O, dat zie ik hiervandaan al. Ze is diep in de wereld verzonken, hè?'

Dus Nan had het gezien.

Hoe ongemakkelijk Nellie zich ook voelde, Nan en zij waren hier nu. En Rhoda had hen zojuist opgemerkt vanaf de andere kant van de ruimte, waar ze zwaaide en lachte voordat ze een nieuwe bestelling opnam.

Er kwamen een paar mensen het restaurant binnen, een jong stel, toen een gezin van vier personen, die een paar meter van Nellie en Nan aan een tafel gingen zitten. Een blonde jongeman, kennelijk de oudste van de twee zoons van het gezin, trok Nellies aandacht. Zijn profiel kwam haar bekend voor. Lieve help, het was de man die ze een paar weken geleden zo onverwacht op de weg was tegengekomen, Christian Yoder, een van Suzy's mennonitische vrienden.

'Waar kijk je nou naar?' Nan sloeg haar gade, ze had haar menu dichtgeklapt en op tafel gelegd.

'Die familie daar. Niet meteen kijken, maar ik denk dat de jongste van de twee jongens, die met dat donkere haar, de *Mennischte* zou kunnen zijn met wie Suzy verkering had. Ik weet bijna zeker dat de oudste degene is die ik in februari langs de weg ben tegengekomen.'

Nan zette grote ogen op. '*Ach*, echt waar?'

'Niet staren!' fluisterde ze.

Nan loerde gretig over haar schouder. 'Dus dat is Christian Yoder... degene van wie je Suzy's armband hebt gekregen.'

'Nan.'

'O, goed hoor.' Onwillig draaide Nan zich om en op dat moment kwam Rhoda eraan. Ze likte aan haar duim en sloeg het blaadje om van haar notitieblokje. 'En hoe gaat het met de *dames*?'

'We hebben honger,' zei Nan meteen. Ze stak haar hand uit om Rhoda's serveerstersjurk aan te raken. 'Wat fijn om je te zien!'

'*Denki* – eh, bedankt.' Rhoda knipperde met haar ogen, haar wangen waren roze onder haar gezichtspoeder. 'Ik had jullie niet verwacht...'

'Ik had zo'n verlangen om te komen,' gaf Nan toe, nog steeds met haar vingers aan Rhoda's jurk. 'Ik hoop dat je dat niet erg vindt.'

Nellie zag dat Nan op het punt stond te gaan huilen en zei: 'Het leek ons leuk om je eens op je werk te bezoeken.'

Rhoda knikte gegeneerd en keek over haar schouder in de richting van de keuken. Even vlug draaide ze zich weer naar hen om. 'Hoe gaat het met mama? En met pa?'

'Pa heeft een paar trekpaarden getraind en ze zijn klaar voor de verkoop,' zei Nan. 'En mama helpt Nellie nogal vaak in de bakkerswinkel.'

'Gaan jullie nog steeds naar de kerk van prediker Manny?' Rhoda keek Nellie aan.

'Wij allebei. En Nan en ik zijn van plan om van de zomer het dooponderricht te nemen.'

'O, echt? Wanneer hebben jullie dat besloten?'

Er snelde een andere serveerster langs die kort iets zei tegen Rhoda. Rhoda zei dat ze zo terug zou komen en prompt haastten de twee serveersters zich weg.

Nellie wenste dat ze Rhoda alle wonder-*gute* dingen kon vertellen, die diep in haar hart gebeurden. Zuchtend besloot ze een kom groentesoep te bestellen en een kaastosti, en toen Rhoda terugkwam, plaatsten Nan en zij hun bestelling.

Even later excuseerde Nan zich om naar het toilet te gaan en Nellie voelde zich verschrikkelijk opgelaten en wenste dat ze thuisgebleven was. Ze staarde naar het peper-en-zout-stelletje en schoof het onrustig heen en weer. Ze had zich nog nooit in zo'n ongemakkelijke situatie bevonden, niet dat ze zich kon herinneren. Nou ja, misschien op de dag dat ze uit wandelen was gegaan en zich met haar eigen zaken had bemoeid tot ze ineens Christian Yoder in zijn geelbruine auto tegenkwam.

In gedachten bij die dag duurde het even voordat ze besefte dat er iemand bij haar tafeltje stond. Toen ze opkeek, zag ze Christian in eigen persoon staan die naar haar glimlachte, met zijn jongere broer naast zich.

'Nellie Mae… fijn om je weer te zien. We wilden je even gedag komen zeggen. Dit is mijn broer Zach.'

Zach stak een beetje verlegen zijn hand uit. 'Leuk om je te ontmoeten, Nellie Mae.' Hij bestudeerde haar alsof hij op zoek was naar een gelijkenis met Suzy.

Opgelaten keek ze rond of Nan nog niet kwam. Waar bleef ze toch? 'Mijn zus Nan is er ook.' Ze probeerde Christians blik te vermijden. 'Het zou aardig zijn als zij ook kennis met jullie kon maken.'

Zach knikte en Christian vroeg of ze waren gekomen om iets bijzonders te vieren.

Ze wilde niet zeggen dat ze hier alleen maar waren om hun eigenzinnige zus te bezoeken. Nee, dat netelige nieuwtje onthulde ze niet. 'Nou ja, het is tenslotte paasmaandag.'

Christians gezicht lichtte op. 'En mijn vader is jarig.'

Zach keek om naar de tafel van hun gezin en Nellie volgde zijn blik. Hun ouders keken stomverbaasd, en geen wonder.

Christians ogen bleven met een nieuwsgierige uitdrukking op haar rusten. 'Het was fijn om je te zien,' zei hij, zachter nu.

Weer keken de ouders van Christian en Zach haar kant op en dat maakte haar te gespannen om iets te zeggen. Onzeker knikte Nellie alleen maar.

Net toen ze bedacht dat ze hun een zitplaats moest aanbieden, kwam Nan terug. Ze keek verrast naar Christian en Zach en wierp fronsend een snelle blik op Nellie, die haar voorstelde. 'Dit is mijn zus Nan Fisher.'

'Hallo.' Christian gaf haar een hand en Zach volgde glimlachend zijn voorbeeld.

'Nan, dit waren een paar vrienden van Suzy,' verklaarde Nellie. 'Van vorig jaar zomer…'

Nan knikte met geveinsde beleefdheid en wierp Nellie opnieuw een scherpe blik toe.

'Vinden jullie het goed als mijn ouders even gedag komen zeggen voordat we weggaan?' zei Zach.

Nellie kon zich voorstellen wat haar zus allemaal te vragen zou hebben als ze weer alleen waren. 'Ja, hoor… als ze dat willen,' antwoordde ze met een stijve nek van de spanning.

Toen Christian en zijn broer weer naar hun eigen tafel gingen, pakte ze vlug het dessertmenu om zich achter te verstoppen.

'Nellie Mae?'

Ze zuchtte; er viel niet aan Nan te ontkomen.

'Nellie, kijk me aan.'

Langzaam gluurde ze over de bovenkant van het menu.

'Die jongens vonden het nogal leuk om met je te praten,' zei Nan.

Ach, *daar gaan we…*

'Waarom bleef je zo lang weg, Nan?'

'Je geeft geen antwoord op mijn vraag.' Nan boog dichter naar haar toe.

'Wat was je vraag?'

Nan schudde haar hoofd. 'Je bent hopeloos.' Ze keek naar Rhoda, die bij de tafel met vier jongemannen stond en openlijk flirtte terwijl ze hen nog eens inschonk.

Nellie zag het ook. Rhoda lachte en maakte grapjes alsof ze zich helemaal thuis voelde. Wat eigenaardig.

Dit is nu haar leven.

Nan fronste en raakte afwezig de tanden van haar vork aan. 'O, Nellie… ik had het nog niet willen zeggen, maar Rhoda vertelde me net in de gang iets heel zorgelijks.'

Nellie keek op en zag Nans ernstige gezicht. 'Wat dan?'

'Ik kan het beter zeggen als we ergens alleen zijn… ik wil niet in huilen uitbarsten.'

'Jah, doe dat maar niet.'

Rhoda kwam nu met een rond blad met voedsel hun kant op. Toen ze het voor hen neerzette, glimlachten Nan en Nellie naar haar. *'Denki*, Rhoda,' zeiden ze eenstemmig.

In Rhoda's ogen verscheen even een welkome glimp van herkenning. Misschien bracht het fijne herinneringen terug om hen weer te zien. Nellie hoopte het maar. Ze rekende erop dat ze Rhoda snel weer tot haar verstand konden brengen. *Herinneringen… en heel veel gebed.*

Toen ze weer alleen waren, vroeg Nellie om een zegen over het eten. Toen begonnen ze zwijgend te eten. Maar tijdens de hele maaltijd zat Nan afwezig te kieskauwen. Wat had Rhoda gezegd waar Nan zo mistroostig van was geworden?

Gedurende de avond keek Christian verscheidene keren hun kant op. Meestal net op het moment dat Nellie *zijn* kant opkeek… maar alleen om te peinzen over de jongen met wie Suzy verkering had gehad. Als Suzy niet was gestorven, had haar vriendschap met Zach en zijn broer vast en zeker niet lang geduurd. De jongens leken zo… *Englisch*.

Nellie probeerde een praatje met Nan aan te knopen over andere dingen, zelfs het weer, maar tevergeefs. En toen Nan eindelijk weer een beetje zichzelf begon te worden, rees de hele familie Yoder overeind en wandelde naar hun tafeltje toe. Nellie schrok.

Haar mond was droog toen meneer en mevrouw Yoder hen kwamen condoleren. Christians vaste blik bleef de hele tijd op haar rusten. Eerlijk gezegd was ze behoorlijk opgelucht toen de Yoders zich eindelijk omdraaiden om weg te gaan.

'Kom op, Rhoda, vertel eens wanneer je vrij bent,' zei de meest flirtzieke van de vier mannen. Terwijl hij zijn vinger over de rand van zijn waterglas liet glijden, keek hij haar doordringend aan.

Rhoda had afkerig moeten zijn van hun aandacht. Even schoot het vluchtig door haar heen: *Wat zou Ken ervan vinden als hij me hier met die mannen zag lachen en praten?* Maar zij was niet begonnen. Ze hadden een terloops gesprekje aangeknoopt en haar gevraagd wat haar favoriete voorgerecht op het menu was... een onschuldig praatje. Maar ze had het niet ontmoedigd en ze werd niet zenuwachtig van de aandacht.

Een vriendelijke serveerster, die ouder en wijzer was, had haar gewaarschuwd: 'Denk eraan hoe mannen zich gedragen tegen serveersters.'

Maar vroeger had ze nooit aandacht van mannen gehad, waarom zou ze er niet van genieten? Ze was nog niet verloofd met Ken, als dat gebeurde zou ze naar geen andere man meer kijken. *Als* dat gebeurde.

Terwijl ze haastig naar de keuken liep om de bestelling van een ouder echtpaar af te geven, viel het haar op dat haar liefste zus over de tafel gebogen met Nellie Mae praatte. Vertelde Nan aan Nellie wat Rhoda haar had verteld?

Ineens voelde ze zich verdrietig, ze miste vooral Nan.

Hoelang was het geleden dat ze gezellig samen in hun kamer vertrouwelijk hadden gepraat over trouwen en baby's?

Nan zag er eigenlijk nogal troosteloos uit en geen wonder. *Ik had het niet moeten vertellen...*

Nellie Mae leek afwezig en veel te ongerust. Was er thuis iets veranderd sinds Rhoda ruzie had gemaakt met pa en was vertrokken? Wat was er mis? Even betreurde Rhoda de afstand tussen haar en haar twee overgebleven zussen.

Ze wilde niet huilen en ging naar de toiletten waar ze naar haar spiegelbeeld staarde. Ze zette haar bril af, waste een paar vlekken van de glazen en droogde hem af aan de rok van haar uniform. Ze vond haar nieuwe spullen zo prachtig... haar groeiende garderobe met zowel nette als vrijetijdskleding. Zoals waarin *Englische* vrouwen gingen winkelen, of voor een ontspannen uitstapje.

Ze waste haar handen en liet het warme water lopen. Ze had overwogen haar nagels te lakken, zou dat niet mooi staan op de dagen dat ze haar serveerstersjurk en haar korte schortje aantrok?

Ze liep de deur uit en dacht weer aan Suzy's dagboek. Al twee keer had ze de verrassende tweede helft gelezen. De tweede keer was zelfs gisteravond. Vanmorgen had ze het dagboek vlug moeten verstoppen, uit vrees dat Martha het zou vinden. Ze had het vreemd gevonden dat Suzy's wilde dagen haar tot iets heel anders hadden geleid dan wat ze aanvankelijk had willen vinden. *Ze was gelovig geworden,* zoals Rhoda het had horen noemen. *Net als pa, mama en zowat de hele familie.*

'Maar voor alles had Suzy gezorgd dat ze een vriend had,' mopperde ze.

Rhoda liet haar hand in haar zak glijden en voelde Suzy's armband. Eigenlijk moest ze hem gaan dragen. Ze was per slot van rekening net zo opgedirkt als elke stadse vrouw die van huis uit niet anders gewend was. *Waarom niet?*

★

Terwijl hij wachtte op bericht over zijn vader raakte Caleb
gevangen in zijn eigen verbeelding. In zijn versufte toestand
beleefde hij opnieuw zijn laatste bezoek aan Nellie Mae in
haar bakkerswinkel. Hij kon de afschuwelijke dag niet achter zich laten. Hij vroeg zich af hoe hij het gesprek in de
richting van een goede afloop had kunnen sturen. Maar nee,
Nellie was vastbesloten geweest om haar zin te krijgen, anders dan alle andere jonge vrouwen die hij kende. Ze had
zijn liefde versmaad voor een nieuwerwets geloof dat nooit
kon blijven duren. Hij lachte smalend om het hele idee van
de nieuwe kerk, de Nieuwe Orde, of hoe ze zichzelf ook
mochten noemen. Maar op de een of andere manier hadden
ze zijn geliefde in hun vingers gekregen.

'Ze is gehersenspoeld.' Hij slingerde zijn boze woorden
de stilte van zijn moeders keuken in. Hij vond er een beetje
troost in dat hij had geprobeerd Nellie Mae uit het hoofd te
praten om lid te worden van de nieuwe kerk. Als hij de kans
had gekregen, had hij alles gedaan om haar de dwaasheid van
haar keuze te laten inzien. Had ze er maar in toegestemd met
hem weg te lopen. Had de kerkbreuk de Gemeenschap van
Eenvoud maar niet uit elkaar gescheurd… *hen* maar niet uit
elkaar gescheurd en hun hoop vernietigd op een toekomst
als man en vrouw.

Hoe had ik moeten weten dat het hierop uit zou lopen?

Met een hoofd vol gedachten aan zijn voormalige vriendinnetje stond hij op en liep naar de gootsteen om een beetje koud water te drinken. Sinds hun absurde afscheid had hij
elke dag met deze frustratie geleefd.

Caleb kon nu niets anders doen dan Nellie helemaal uit
zijn hoofd te zetten. Maar hoe hard hij ook zijn best deed,
hij kon de gedachte niet verdragen dat zijn lieveling het hof
werd gemaakt door een andere man. Hij klemde zijn kaken
op elkaar, innerlijk vervuld van verdriet en woede.

Tegen middernacht werd hij wakker geschud door Abe. Caleb was voor de houtkachel in slaap gevallen, in pa's oude keukenschommelstoel. Hij ging rechtop zitten. 'Hoe gaat het met pa?' vroeg hij.

'Slecht, Caleb. Heel slecht. Misschien overleeft hij zelfs de nacht niet.'

'*Ach*, het kan niet waar zijn.'

'We mogen het nog niet opgeven,' vermaande Abe. 'Hij ademt nog steeds.'

'Had je niet moeten blijven?' vroeg Caleb zacht, bang dat zijn vader alleen zou sterven.

'Geloof me, dat had ik graag gedaan, maar ik vond het beter om gauw terug te komen voor mama. Om haar mee terug te nemen... voor het geval dat. De chauffeur wacht buiten.'

Caleb was het met hem eens dat mama op dit droevige moment aan hun vaders zijde moest zijn. 'Ga mama dan maar wakker maken, *jah*?'

Abe knikte ernstig. 'Als ze tenminste slaapt. Ze ligt natuurlijk te piekeren.' Hij zette zijn zwarte hoed af, zijn bruine ogen stonden somber in het gedempte licht. 'Misschien is dat nog het moeilijkste van alles. Niet weten wat de ochtend brengen zal.'

Caleb had veel vragen, maar hij bleef doodstil zitten. Moest hij niet ook naar het ziekenhuis? Om te proberen vrede te sluiten met zijn hardvochtige vader?

Abe legde een hand op zijn schouder. 'Ga jij maar terug naar *Dawdi*, Caleb. Zie dat je wat rust krijgt, je zult het ongetwijfeld nodig hebben voor wat ons wacht.'

Caleb huiverde. *Hij denkt dat pa het niet haalt...*

'Wijs mama erop hoe vastberaden onze vader altijd is geweest,' zei hij tegen Abe. 'Sla haar hoop niet de bodem in.'

Abe knikte kort en sjokte zonder nog iets te zeggen naar de trap.

Langzaam kwam Caleb overeind en liep naar de bijkeuken om zijn jas en hoed. Hij kon de ene voet haast niet voor de andere zetten. Zijn vermoeide geest tolde van onzekerheid en zorgen, de dood van zijn vader zou veel onafgemaakt laten tussen hen. En zijn hart ging uit naar mama, voor alle jaren dat ze klaar had gestaan voor de koppigste man die Caleb ooit had gekend.

Tijdens de koude rit terug naar het huis van zijn grootouders overwoog hij de mogelijke veranderingen die in het verschiet lagen… de harde werkelijkheid van de hachelijke situatie van zijn familie. Op dit donkere uur hing het leven van zijn vader aan een zijden draad.

Hoofdstuk 3

In één nacht had het nieuws over het ongeluk van David Yoder zich als een lopend vuurtje verspreid. De volgende morgen vroeg arriveerde Reuben Fishers oudste broer, bisschop Joseph, van de aangrenzende boerderij. Reuben was de nieuwe veulens aan het borstelen toen Joseph met een zorgelijk gezicht de schuur binnensjokte. 'Er is een vreselijk ongeluk gebeurd.'

Ongerust over zijn bejaarde ouders zette Reuben zich schrap voor slecht nieuws. De haartjes in zijn nek prikten.

'David Yoder is gistermiddag getrapt door een van zijn muilezels. Hij had makkelijk dood kunnen zijn, maar het schijnt dat hij een harde hersenpan heeft.'

'Blijft David leven?'

Joseph schoof met een ernstig gezicht zijn bril omhoog. 'Het is te vroeg om dat te zeggen. Ik verwacht vandaag meer van Abe te horen.'

Reuben luisterde terwijl zijn broer wat meer vertelde over het ongeluk. Toen zuchtte Joseph. 'Nou, ik moest maar eens gaan. Ik moet vanmorgen nog een paar mensen bericht gaan geven.' Hij zwaaide en vertrok.

Reuben snelde naar huis en vertelde het nieuws aan Betsy, die even ontdaan keek als hij zich voelde.

'O, Reuben, nog meer verdriet,' fluisterde ze, terwijl ze haar armen naar hem uitstak om hem te omhelzen, haar bijbel tegen zijn rug gedrukt.

Hij hield haar dicht tegen zich aan en voelde hoe ze beefde. 'Je moet niet tobben, lief.' Hij streelde haar lange, mooie haar, dat nog los hing van de nacht.

'Laat al het tobben maar aan mij over. Ik zal zien wat we

kunnen doen om de Yoders te helpen.'

Ze keek liefdevol naar hem op, met ogen vol tranen. 'Ik zal mijn steentje bijdragen.'

'Je bent een wonder-*gute* vrouw.' Hij boog zich over haar heen en kuste haar. 'Pas goed op jezelf vandaag, hoor je?'

Voordat hij vertrok, pakte hij zijn eigen bijbel mee. Hij wilde hem bij zich hebben in het rijtuig. Hij vond er een stil vertrouwen in Gods Woord binnen handbereik te hebben.

Toen ging hij op weg naar de schuur om zijn trekpaard te halen. Hij was van plan vlug naar prediker Manny te rijden om te vragen om hulp van enkele mannen van de Nieuwe Orde. Hij zou ook naar elk van zijn zoons gaan en om hun bijstand verzoeken bij Davids boerenwerk: melken, mest rijden, luzerne zaaien in het tarweveld. Zulk werk was nooit klaar, zeker niet in de warme zomermaanden. Hij ging er ook vanuit dat David en zijn zoons bezig waren hun tabaksplantenbedden te steriliseren met stoom, aangezien tabak een van Davids grootste marktgewassen was. Reuben wist niet hoe hij met zijn geweten moest overeenkomen om bij dat werk te helpen, maar hij kende meer dan genoeg progressieve boeren die geen bezwaar zouden hebben om een handje toe te steken. Zelfs enkele oudere mannen waren heel sterk in hun handen door het jarenlang tabak verbouwen.

En als laatste zou hij langs gaan bij Elias King. Misschien wilde Elias met hem meerijden om David op te zoeken in het ziekenhuis. Een reisje waartoe Reuben zich verplicht voelde, ongeacht de onaangename ontvangst die hem wellicht wachtte.

Betsy trok haar badjas aan en haastte zich naar beneden om Nan en Nellie Mae met onvaste stem te vertellen over het ongeluk. Dat zoiets vreselijks zomaar ineens kon gebeuren, zonder waarschuwing. Ze durfde nauwelijks te denken aan de arme Elizabeth Yoder, die buiten zichzelf moest zijn van ongerustheid. Ach, *wat dat hele gezin moet doormaken…*

'Ik ga een paar lekkere warme schotels koken,' zei Nellie, knipperend met haar ogen.

Nan knikte langzaam en leunde op de keukentafel. 'En ik ga met het ontbijt beginnen... en dan nog wat koekjes bakken.'

Ook Betsy was gretig om Nellie te helpen met het bakken van het dagelijkse aanbod voor Nellies Zoete Heerlijkheden. Nellie kon het onmogelijk alleen meer aan, zoveel klanten kwamen er. Ze had laatst zelfs bedacht dat de knusse bakkerswinkel uit zijn naam was gegroeid: Nellie, Nan en Betsy's Zoete Heerlijkheden leek tegenwoordig passender.

Vlug stelden Nan en Nellie Mae vast hoe ze hun gewone bakwerk samen met de extra maaltijden voor de Yoders voor elkaar moesten krijgen en algauw maakte de verdovende schok van Davids ongeluk plaats voor doelbewuste handelingen.

Zullen de Yoders ons voedselgeschenk aannemen... en Reubens aanbod om te helpen?

Betsy wist dat er zelfs te midden van hun grote nood een wonder voor nodig was voordat de Yoders hun zogenaamde verstoting van mensen van de Nieuwe Orde en Beachy zouden laten varen.

Een bedachtzame blik op Nellies lijkwitte gezicht onthulde hoe diep haar nu jongste dochter door het nieuws was getroffen. Betsy bespeurde Nellie Maes diepe medelijden, maar ook haar begrijpelijke grote behoedzaamheid waar het de familie Yoder betrof. Alsof het al moeilijk was om hun naam uit te spreken.

Het is moeilijk om halverwege de race van paard te wisselen, dacht ze. David Yoder zou per slot van rekening Nellies schoonvader zijn geworden.

'Ik zal het eten koken, maar ik ga het liever niet daarheen brengen,' bekende Nellie zacht.

Betsy was dankbaar voor Nellies barmhartigheid om dit

moeilijke te doen. *Om de liefde van de Heere Jezus te laten zien...*

Terwijl Nellie aardappels hakte en een grote gele ui snipperde, waren haar gedachten voortdurend bij Caleb. *Wat moet hij zich afschuwelijk voelen...*

Die arme, lieve moeder en zijn broers en zussen... en zijn vader, wiens leven op het spel stond. Terwijl ze de pannen invette voor de stoofschotel van rundvlees en aardappel, en voor de noedels in roomboter, vroeg ze zich af wat ze vandaag wellicht anders zou doen als Caleb en zij nog verkering hadden. Zou ze gauw naar hem toe zijn gegaan om hem te troosten?

Toen ze de schotels eindelijk in de oven zette, wenste ze dat ze nog meer kon doen. Maar nee, ze deed precies wat ze moest doen: anoniem een maaltijd verzorgen.

Haar keel was dichtgeschroefd. David was een man van overtuiging en actie. Hoewel hij oprecht was, meende ze dat hij ronduit fout zat met de manier waarop hij Caleb had behandeld en met zijn strenge stellingname tegen de nieuwe kerk.

Toch koesterde Nellie niet de minste wrok, al moest ze zich wel afvragen of Caleb dat nog deed, na alles wat hij had doorstaan door toedoen van zijn halsstarrige vader.

In elk geval had Caleb stellig de steun van zijn vrienden nodig... en van zijn uitgebreide familie. 'Maar het is niet aan mij,' hoorde ze zichzelf ineens hardop zeggen.

Ze keek om naar Nan om te zien of haar zus het had gemerkt, maar Nan scheen op te gaan in haar eigen gedachten. Haar anders zo vrolijke gezicht was betrokken; dat had ongetwijfeld alles te maken met het privégesprekje met Rhoda gisteravond in het restaurant. Tot nu toe had ze niet onthuld wat haar zorgen baarde, maar Nellie nam aan dat het iets te maken had met Rhoda's plannen om een modern leven te leiden. Wat kon het anders zijn?

Nan ging naar buiten om te helpen het vee te voeren nu pa er niet was. Waarschijnlijk was hij op weg naar huis om op de gehuurde chauffeur te wachten. Talrijke andere boeren zouden vast en zeker naar de Yoders toe gaan om hulp aan te bieden met het werk, als het bericht verspreid werd. En oom Bisschop zou zoals gewoonlijk een steunfonds openen om te helpen met de ziekenhuisrekeningen.

Nellie plooide de randen van de korst van een van haar vele taarten. De zon scheen brandend op de glimmende ramen. Elke ochtend werd het vroeger licht, weer een duidelijk teken dat het lente werd. En met de verandering van het seizoen zou er buiten veel meer te doen zijn zoals het verzorgen van hun eigen groente- en liefdadigheidstuinen, bloembedden wieden, de grasvelden netjes gemaaid houden en hekjes wit pleisteren. Ze was eraan toe om weer buiten aan de slag te gaan, ze voelde zich een opgesloten hen in een kippenhok. En ze wilde graag druk bezig blijven. Ze was zelfs begonnen lievelingsrecepten uit te schrijven als het rustig was in de winkel. Alles om haar handen en hersenen maar in beslag te nemen en haar gedachten af te leiden van haar eenzaamheid zonder Caleb.

Kon ik maar degene zijn die zijn pijn verzacht, dacht ze nu. Diep in haar hart wist ze dat ze zocht naar excuses om lief te zijn voor Caleb. Maar ze moest doen alsof ze nooit het hof was gemaakt, noch gekust, door de knappe Caleb Yoder, hoe hopeloos de toestand van zijn vader ook was.

★

Met Reubens hulp was Elias King gauw klaar met het voeren en water geven van zijn geiten. De jonge man was in zijn nopjes dat hem gevraagd werd om mee te gaan op bezoek bij David Yoder. Hij ging vlug even naar binnen om Rosanna te laten weten waar ze heen gingen, voordat hij bij Reuben in het rijtuig stapte. Bij de Fishers zouden ze wachten tot er een gehuurde chauffeur kwam om hen naar het ziekenhuis in de stad te brengen.

Elias was heel ernstig. 'Wat erg van David. Ik hoop dat hij het haalt.' Hij schudde zijn hoofd. '*Denki* dat je me meegevraagd hebt.'

Reuben knikte. 'Het minste wat we kunnen doen is bij hem op bezoek gaan.'

'Bestaat de kans dat we hem inderdaad te zien krijgen?'

'Ook als we hem niet te zien krijgen, zal ons gebaar van goede wil ongetwijfeld iets betekenen voor Elizabeth.'

'Als ze het te horen krijgt,' zei Elias met een veelbetekenende blik.

'Je zou toch denken dat zijn kinderen hun moeder wel vertellen dat wij hulp aangeboden hebben met het werk.' Hij vertelde Elias dat hij naar zijn neef Manny was gegaan in de hoop een groep mensen te verzamelen die de Yoders konden bijstaan. 'Een goede manier om Gods liefde te betónen aan een koppige ziel,' voegde hij eraan toe.

Dat was Elias met hem eens. 'Je moet er niet aan denken dat je nu in hun schoenen stond.' Zonder meer te zeggen, boog hij zijn hoofd in gebed voor de onwrikbare man die nu zo ernstig gewond was.

Reuben deed in stilte met hem mee. *O God, zegen David met goddelijke genade en Uw grote ontferming. Bewaar hem, zodat hij U kan leren kennen. En mogen wij daarin een aansporing zijn.*

In werkelijkheid was de kans klein dat twee kerkleden van de Nieuwe Orde toestemming zouden krijgen om David te bezoeken, hoe ernstig gewond hij ook mocht zijn. Als de man voor zichzelf kon denken... en spreken, dan was er geen sprake van dat Reuben, noch Elias een voet in zijn kamer zouden zetten, zo vijandig had David zich jegens hen betoond. Toch wilde Reuben het proberen, nog altijd trouw aan zijn vroegere vriend. Hij dacht er niet over David Yoder op te geven, hoe dan ook.

★

De gesmolten sneeuw had een moddertroep veroorzaakt voor het huis en langs de hele weg. Betsy bedacht dat Reuben had gezegd hoe aangekoekt de hoefijzers van hun trekpaarden waren geworden. Reuben en zij waren allebei dol op paarden, vooral op die paarden die werden gebruikt om rijtuigen te trekken. Betsy had families gekend die hun trekpaarden als geliefde huisdieren beschouwden en zelfs zo ver gingen om ze speciale koosnaampjes te geven, zoals Josie-girl of Ouwe Gertie. Ze glimlachte, blij met het betrouwbare vervoer nu het rijtuig volgeladen was met Nellie Maes kostelijke maaltijd en ook verscheidene taarten, zoete broden en ander gebak. Nellie had gretig een uitgebreid assortiment in de mand met voedsel gestopt.

Alsof ze iets goed wil maken…

Betsy kon er natuurlijk naar raden, maar ze wilde niet zo ver gaan om te denken dat ze wist wat er voorgevallen was tussen haar dochter en Caleb Yoder. Het was niet gepast om nieuwsgierig te zijn. Maar aangezien Nellie in het weekend dicht bij huis bleef, had ze waarschijnlijk geen verkering, ook niet met Caleb. Te bedenken dat de jongen nota bene door zijn vader uit zijn eigen huis was gezet en weggestuurd om in het *Dawdi Haus* van zijn opa te gaan wonen.

Kinderen zijn een grote zorg. Ze dacht terug aan al haar getob over Suzy. Ze hoopte eens het dagboek van haar jongste dochter te lezen, maar ze had er Nellie Mae niet naar gevraagd en dat was ze ook nog niet van plan. Nellie had nu genoeg aan haar hoofd zonder zich te moeten afvragen waarom haar mama nog steeds Suzy's privégedachten wilde lezen.

Onder het rijden leunde Betsy achterover tegen de voorbank en keek naar de hoge bomen aan weerskanten van de smalle weg. Ze zag de felkleurige dahlia's voor zich, die Nan en zij zouden planten als het warm was en het gras groen en zacht onder hun blote voeten. Zulke krachtige bloemen waren bijzonder mooi als ze omrand werden door guldenroede en rode wortel.

Suzy hield veel van bloemen, vooral van wilde. Ze herinnerde zich dat ze vaak had gesproken over 'hun bossen' en over de vele soorten bloemen die daar bloeiden, behalve in de allerdiepste gedeelten. De chaos van het bos, de vervlochten takken en het kreupelhout die de gewone bezoeker dreigden te verwarren, Suzy was er verrukt van, vooral in het vroege voorjaar. Nu ze vandaag de frisse, groene geur rook, moest Betsy almaar aan Suzy denken, die eens met Nellie Mae wilde bloemen in het bos had geplant.

Zachtjes lachend om de herinnering wist ze dat er in de afgelopen maanden iets in haar verlicht was. Ze was vrij van het zwaarste verdriet. Niet dat ze niet meer naar Suzy verlangde. Beslist wel. Maar in zekere zin benijdde ze haar dochter ook. Haar jongste zat aan de voeten van Jezus en dronk de antwoorden op haar massa's vragen even gretig in als ze na haar bekering urenlang in de Schrift had gelezen.

'Wat is er voor nodig om ons allemaal te laten hongeren naar de waarheid?' fluisterde ze.

Ze deed haar ogen dicht en bad om een manier om Elizabeth Yoder te bereiken. *Beschijn haar met Uw genadezon, o God.*

★

Alleen met Nan in de bakkerswinkel nu mama op weg was naar de Yoders, vroeg Nellie zich af hoelang het nog zou duren voordat haar zus openheid van zaken gaf. Ze keek op van haar receptenschrift, maar Nan zat geconcentreerd een nieuw kussensloop te borduren. Nellie richtte haar aandacht weer op het cakerecept dat ze toevoegde aan haar groeiende verzameling. Ze was begonnen de recepten op te schrijven waar het meeste vraag naar was en had al een half schrift vol.

De deurbel rinkelde en verstoorde de rust van de winkel. Ze keek op van de toonbank toen er drie opgewonden klanten binnenstapten. 'Hallo,' groette Nellie, die mevrouw Kraybill en twee buurvrouwen van haar, allemaal in mooie kleren, herkende.

'Hoe gaat het, Nellie Mae?' vroeg mevrouw Kraybill, die een lange, turkooizen jas aan had.

'Een mooie dag, *jah*? Wat kan ik voor u doen?'

Nan keek naar mevrouw Kraybill en glimlachte, al moest ze verontwaardigd zijn dat zij Rhoda had weggenomen. Zo leek het althans.

De vrouwen kochten elk een taart en mevrouw Kraybill vroeg naar het recept van gemberkoekjes. Nellie zocht de juiste bladzijde op in haar schrift en gaf haar een kaart en een pen om het recept over te schrijven.

Intussen bespraken de andere dames het mooie weer en de komende sociale gelegenheden. Er werd iets gezegd over het eindexamenfeest van de plaatselijke middelbare school en even flitste Christian Yoder door Nellies hoofd.

Niet veel later kwam Rosanna King langs en vroeg om een kilo koekjes. 'Drie verschillende soorten, als het kan.'

Toen ze haar vriendin alleen in het rijtuig had zien zitten toen het aan kwam rijden, en nu in de winkel, wilde Nellie wel naar haar toe gaan en haar armen om haar heen slaan. Ze durfde niet te vragen hoe Rosanna en Elias het maakten zonder hun tweeling, want dat zou de rauwe emoties maar oprakelen. Rosanna vocht tegen haar tranen.

'Ik geef binnenkort een grote quiltbijeenkomst. Hebben jullie zin om te komen?' vroeg Rosanna met een vage glimlach. 'Een zustersdag, zaterdag over een week.'

'Lijkt me leuk,' zei Nellie vlug en Nan knikte instemmend. 'Misschien wil mama dan voor de winkel zorgen.'

Nellie dacht aan Rhoda en vroeg zich af hoe ze haar moesten overhalen om ook te komen. *Tenzij ze in het restaurant moet werken.*

Rosanna's gezicht klaarde weer op. 'Als je wilt, kun je je nicht Treva uit Bird-in-Hand en haar zussen uitnodigen.'

Nellie vond het een goed idee; ze hoopte al een poosje dat Treva eens op bezoek kwam. '*Jah*, ik zal kijken of mijn nichten weg kunnen.'

Nan zei: 'Misschien kunnen ze hier logeren.'

'Goed idee.' Nellie glimlachte. 'Misschien wil Rhoda ook wel komen, als ze er van af weet.'

Rosanna en Nan stemden met haar in, maar meer zeiden ze geen van beiden. Daardoor vroeg Nellie zich af of ze allebei aannamen dat Rhoda verloren was voor de Gemeenschap van Eenvoud. Ze hoopte van niet. Rhoda's vreemde gedrag zou toch zeker geen lang leven beschoren zijn.

Toen Rosanna was vertrokken met haar koekjes zag Nellie dat Nan met haar handen op de toonbank geleund met neergeslagen ogen stond te tobben. 'Wat is er?' Ze ging naar haar toe.

Nans ogen glommen toen ze opkeek. '*Ach*, ik kan het je maar beter vertellen, anders barst ik nog.'

Nellie Mae hield haar adem in.

'Rhoda heeft besloten niet meer naar de Beachy kerk te gaan,' zei Nan met trillende onderlip. 'Ze zegt dat het kostbare tijd is waarin ze geld kan verdienen om haar auto af te betalen… en andere dingen die ze graag op zondag wil gaan doen.'

'Werken op de Dag des Heeren?'

'Dat wil ze.'

Nellie had geen idee wat ze ervan moest denken. Hoe kon haar zus zoiets zelfs maar overwegen? Wat een vreselijke gedachte dat iemand geld boven de Heere God stelde en vooral Rhoda, die zo graag vlug alle luxe dingen wilde kopen waar ze kennelijk naar hunkerde. Als je er op uit was om de dingen op je eigen manier te doen, was er volgens mama maar één remedie: gewoon ervaren wat je dacht dat je miste.

Dat was precies wat Rhoda van plan was. Ze was natuurlijk nog in haar *Rumschpringe*, de wilde jaren voor de doop, en mocht zo'n beetje alles doen wat ze wilde. *Hopelijk raakt ze dan gauw haar wilde haren kwijt.*

'Rhoda drijft almaar verder van ons af, lijkt het wel.' Nan veegde haar tranen weg voordat ze vervolgde: '*Ach*, er is nog meer.'

Nellie wist niet of ze het wel wilde horen.

'Ze gaat haar knot wegdoen... ze wil een kort kapsel. Een bos haar, noemt ze dat.'

Kermend pakte Nellie Nans hand. 'Wat kunnen we doen?'

'Geloof me, ik heb geprobeerd het haar uit het hoofd te praten. Maar ze wil stads en modern worden. Je weet hoe Rhoda is als ze haar besluit heeft genomen.'

'Denk je... zei ze iets over een *beau*?' vroeg Nellie. 'Misschien heeft hij haar in de war gebracht.'

'Ze suggereerde wel dat de neef van mevrouw Kraybill verliefd op haar is.'

'*Ach*, ze is niet goed wijs als ze zich het hof laat maken door een *Englischer*.'

'Ze beslist met haar hart in plaats van met haar hoofd. En het is maar dat je het weet, maar ze heeft niet gezegd dat ik het niet aan jou mocht vertellen, dus ik schaad haar vertrouwen niet.'

Nellie was blij dat Nan haar dit nieuws had verteld, hoe naar het ook was. 'We zullen blijven bidden.' Ze reikte in de vitrine en begon blindelings taarten en cakes opnieuw te schikken, afgeleid door de gedachte aan Rhoda die het leven van Eenvoud voorgoed achter zich wilde laten om de wereld te zoeken.

'En als haar korte kapsel haar niet bevalt?' barstte Nan uit. 'Wat dan?'

'Tja, als haar haar eenmaal afgeknipt is, kan ze het niet meer aanplakken, hè?'

Nan probeerde haar schaterlach in te houden en algauw stonden ze samen te lachen. Nan omhelsde haar. 'Misschien komt er iets wat haar zal tegenhouden om haar mooie lokken af te hakken, *jah*?'

Nellie Mae kon zich niet voorstellen wat.

Hoofdstuk 4

Betsy laadde de mand met voedsel uit en droeg ieder product voorzichtig naar de achterdeur van de Yoders. Toen alles wat Nellie Mae had gekookt en gebakken klaarstond op het koude trapje, roffelde ze op de achterdeur.

De veertienjarige Emmie kwam naar de tochtdeur, met een lichte frons op haar knappe gezicht.

'Ik vind het zo erg van het ongeluk van je vader,' begon Betsy. Ze zag aan het gezicht van het meisje dat ze ofwel besluiteloos was, of bezorgd.

'Mijn ouders zijn er niet… Mama is bij pa in het ziekenhuis.' Emmies stem beefde toen ze verlangend keek naar de rij warme schotels en gebak. '*Ach*, Betsy, het is zo aardig van je, maar ik mag niet…'

Het was duidelijk dat het arme meisje strenge opdracht had gekregen om geen liefdadigheid aan te nemen van mensen van de Nieuwe Orde. 'Dan ga ik maar.' Betsy glimlachte gedwongen, om het Emmie makkelijker te maken, bij wie het water ongetwijfeld in de mond liep.

'Ik zal u even helpen.' Emmie opende de deur en kwam naar buiten.

'Nee, nee, dat hoeft niet.' Ze wilde niet dat Emmie moeilijkheden kreeg.

Maar de blonde Emmie, die meer op haar moeder leek dan op haar vader, kwam haar toch te hulp, terwijl Betsy in stilte God smeekte om in te grijpen omwille van deze gekwelde familie. Ze bad vooral dat ze inzicht mochten krijgen in Gods overvloedige genade, misschien door Rebekah.

Ze was niet zo brutaal om de Almachtige haar wensen op te leggen, maar ze had zo vaak geknield en gebeden dat

Reuben had gezegd dat de punten van haar schoenen nog eerder zouden verslijten dan de zolen.

Mogen David en Elizabeth en hun gezin, stuk voor stuk, ook deze grote blijdschap vinden, bad ze, terwijl ze de teugels hief en het paard voorwaarts dreef terug naar de weg.

★

Niemand mocht weten wat ze van plan was. Rhoda plaatste zorgvuldig drie nieuwe tijdschriftknipsels over verre landen, Afrika, India en Brazilië, in haar pas aangeschafte harmonica-map. Ze hunkerde ernaar om op een dag op reis te gaan, ver weg te vliegen in een vliegtuig. Ze had Ken noch iemand anders over deze droom verteld. Maar voorlopig nam ze genoegen met sneller vervoer over land. En als alles goed ging, had ze aanstaande vrijdag haar rijbewijs en ging ze voor het eerst alleen een tochtje maken in haar prachtige auto.

Ze liet de map onder haar bed glijden, dicht bij de muur, op dezelfde plek waar ze het verbazingwekkende dagboek van haar jongste zusje bewaarde. Het verslag van Suzy's wilde jaren was een hele openbaring. Niet lang voordat ze was verdronken, had haar leven een scherpe ommekeer gemaakt.

Mijn leven gaat ook een ommekeer maken. Vlug duwde ze de gedachte aan Suzy's 'verlossende genade' weg, omdat ze veel liever aan Ken dacht. Het was griezelig hoe mevrouw Kraybill had geweten dat Rhoda en Ken zo goed bij elkaar pasten als paar.

Ze deed een stap naar achteren om te zien of de map of Suzy's dagboek te zien was vanaf de deur. De bedquilt was aan de zijkant niet helemaal lang genoeg om haar verstopplaats te camoufleren. Ze had een van Martha's vier kinderen, misschien de twee jaar oude Matty, ervan verdacht onder het bed te zijn gekropen, want de omslag van het dagboek was omgekruld. Matty was erg ondernemend, anders dan zijn zusje Emma van bijna zes. Maar van alle kinderen was Emma degene die ze in de gaten moest houden, zij had de meeste belangstelling voor *Aendi* Suzy, 'naar Jezus gegaan', zoals ze soms zei.

Rhoda deed de deur zorgvuldig achter zich dicht toen ze de kamer uitging omdat ze met Martha wilde praten. James en Martha leerden hun kinderen toch wel respect voor andermans eigendom.

Had ik maar een kast met een hoge plank... Rhoda liep door de serre naar de keuken. Martha zette net een bord warme koekjes voor de kinderen neer, die al aan tafel zaten. Matty spartelde in zijn houten hoge stoel.

Ze glimlachte naar Jimmy en Emma, die opkeken van de tafel met glanzende ogen om het vooruitzicht van de traktatie. 'Kan ik je straks even spreken, Martha?' fluisterde ze. 'Ik wil graag een deurknop kopen... voor mijn kamer.'

'O. Is er iets mis met de oude? James kan hem wel maken als...'

'Nee... hij is best.'

Martha keek verbaasd. 'Ik begrijp het niet.'

Rhoda stamelde: 'Tja, ik heb er een nodig... met een slot.'

'Waarvoor in vredesnaam?' Martha keek naar de kinderen.

'Ik zou jou natuurlijk de reservesleutel geven.' Hoe moest ze haar behoefte aan meer afzondering uitleggen? Al toen ze nog bij haar ouders woonde, had ze gesmacht naar een plek voor zich alleen en was ze het beu om een kamer met Nan te delen.

'Vind je het goed?' drong ze aan.

'James doet nooit iets op slot. Er is geen reden voor.'

Zuchtend begreep Rhoda dat deze aanpak niet werkte.

'Ik vind dat we een paar dingen moeten bespreken. James is er bijvoorbeeld bezorgd over dat je de laatste weken spijbelt van de kerk en niet met de rest van het gezin meegaat. En je bent ook een paar keer vreselijk laat thuisgekomen.'

Martha's ogen verraadden haar. James *en* Martha waren behoorlijk geïrriteerd.

Het was niets voor Martha om over zulke dingen te beginnen, maar ze vervolgde: 'Je bent heel veel met die *Englische* man opgetrokken.'

'Dat is echt een heel aardige man,' verdedigde Rhoda hem.

Martha schudde haar hoofd. 'Je bespreekt het maar met je broer.'

'Goed dan. Ik zal met James praten.' Rhoda wilde weggaan, verlangend om het gesprek af te ronden. Wat Martha ook dacht te weten, haar schoonzus had geen flauw idee wat zich in Rhoda's persoonlijke leven afspeelde.

'Hoe laat kom je vanavond thuis?'

'Ik ben aan de beurt om af te sluiten... dus dat is moeilijk te zeggen.' Ze durfde niet te bekennen dat ze naderhand met Ken uitging en dat ze niet voor middernacht of later thuis kon zijn. Een van de fijnste dingen aan verkering met een *Englischer* was dat ze Ken zo vaak kon zien als ze wilde, ze hoefde niet te wachten op zangavonden en jeugdbijeenkomsten in het weekend. En aangezien Rhoda niet voor twaalf uur 's middags bij de Kraybills hoefde te zijn om te werken, kon ze uitslapen.

'Ik hoop dat je weet wat je doet,' zei Martha.

'Geen zorgen.' Rhoda kuste de mollige Matty en kneep in zijn zachte wangen. *Ik kan haast niet wachten tot ik zelf een zoontje heb.* Ze zag al helemaal voor zich wat een schattige kindertjes Ken en zij eens zouden hebben.

★

Betsy Fisher zette haar gevoelens van afwijzing van zich af en liet zich niet ontmoedigen. Ze ging langs bij James en Martha, in de hoop Rhoda te zien voordat ze naar haar werk in het restaurant ging.

Terwijl ze Matty's gezichtje schoonveegde, vertelde Martha dat Rhoda net weg was. Ze tilde Matty uit zijn kinderstoel, hij bleef met zijn broekspijp aan het blad hangen.

'Geef maar hier.' Betsy stak haar handen uit naar haar jongste kleinzoon en hij giechelde terwijl Martha doorging met het schoonvegen van zijn gezichtje en koekkruimels van zijn oorlelletjes haalde.

'Je bent een slordige eter, *jah?*' Betsy gaf hem een kus op zijn wangetje en zette hem op de grond om met onvaste stapjes weg te lopen.

'James is de laatste tijd niet zo blij met Rhoda,' zei Martha gedempt. 'Ze is de hele avond weg… ook door de week. En ze gaat ook niet meer naar de kerk.' Ze schudde haar hoofd. 'Ik weet niet wat er over haar gekomen is.'

'Was Rhoda niet gelukkig met de Beachy kerk?' vroeg Betsy. Ze keek rond en zag de kleine radio op het aanrecht staan. 'Als ze het wereldse leven najaagt…'

Martha spoelde haar waslap uit in de gootsteen. 'Ik denk dat er meer aan de hand is.'

Betsy knikte. Ze nam aan dat Rhoda onder de invloed stond van een *Englischer*, maar ze wilde niet zo ver gaan om het te zeggen.

Martha was druk bezig in de keuken en zei niets meer en Betsy dacht weer aan het vele voedsel dat ze bij zich had.

'Wil je een dagje vrij hebben van het koken? Ik heb een hele mand met eten in het rijtuig. Ik zou het niet graag laten bederven.'

Martha nam het gretig aan en begreep ongetwijfeld waar het vandaan kwam, omdat Betsy al had gezegd dat ze bij de Yoders was geweest. 'Ik zou wel gek zijn om mijn neus op te halen voor Nellie Maes kookkunst. Eens zal ze een heel goede echtgenote zijn.'

Betsy hield haar mond en vertrok geen spier.

'Hebt u hulp nodig met ophalen?' bood Martha aan.

Betsy wuifde het weg. 'Het lukt wel.' Ze was blij dat ze

het extra eten bij Martha achter kon laten, met vier mondjes te voeden en Rhoda erbij, die vast en zeker geen kostgeld betaalde. Bovendien, als ze het eten weer mee naar huis nam en Nellie zag het, werd ze er alleen maar opnieuw aan herinnerd dat de Yoders hun neus hadden opgetrokken voor haar hartelijke geschenk.

Toen ze met de laatste schaal binnenkwam, vroeg ze: 'Waar hangt Emma uit?'

Martha riep haar dochter. '*Mammi* Betsy is er voor je.'

Betsy zette de taart op het aanrecht en hoorde voetjes trippelen. Ze herkende dat geluid overal en daar kwam kleine Emma met een blij gezichtje op haar afgerend. 'Ik wil je laatste naaiproject zien,' zei ze nadat ze elkaar hadden geknuffeld. En Emma draafde weg om het te halen.

'In de herfst gaat ze naar school.' Martha veegde de tafel schoon. 'Het zal hier heel stil worden… overdag tenminste.'

Betsy zag een droevige glans in haar ogen. 'Kleine meisjes zijn het moeilijkst om te laten gaan.'

'Dat ontdek ik.'

Hoe oud ze ook zijn, dacht Betsy.

Ze herinnerde zich de lange rij jonge boompjes die Reuben als windscherm aan de noordoostkant van het huis had geplant toen hun eerste zoons Jeremiah en Thomas waren geboren. Ze had haar pasgeboren baby's vastgehouden, een in elke arm, en Reuben en zijn broer prediker Joseph uit haar slaapkamerraam boven gadegeslagen. Hoe teer en vergankelijk hadden die sprietige boompjes eruitgezien zonder bladeren.

En ze vroeg zich af: *hoe diep zal mijn Rhoda wortel schieten in de wereld?*

★

Wat Reuben het meest trof, was de kaalheid van het ziekenhuis. De lange, steriele gangen. Het ontbreken van versiering was haast een troost, het leek op thuis. *Maar toch heel vreemd.*

De zusters die aan een lange balie zaten met papieren en stapels patiëntendossiers om zich heen, zagen er heel jong uit. Er stonden ook een paar telefoons en een vaas met bloemen. Drie zusters namen hen van top tot teen op toen ze langsliepen.

Toen ze de woorden *intensive care* zagen, vonden Elias en hij de kamer waar Elizabeth Yoder en haar twee oudere zussen de wacht hielden bij David.

Reuben bleef stilstaan bij de deur en ving Elizabeths blik. Ze leek in elkaar te krimpen toen ze hem zag.

'Elias King is bij me,' zei hij.

Davids hoofd was helemaal in wit verband verpakt en zijn gezwollen ogen waren gesloten. Hij lag plat op zijn rug in bed naast een lichtblauw scheidingsgordijn. Elizabeth richtte zich op en knikte dat Reuben dichterbij kon komen.

'Hij is onder zware medicatie voor de pijn… en andere dingen. Ze zeggen dat nu hij de nacht heeft overleefd, de bloedstroom naar de ruggengraat de grootste zorg is,' legde ze uit. Ze leek kleiner dan hij zich herinnerde. 'David heeft waarschijnlijk niet eens in de gaten dat je er bent.'

Reuben stond bewegingloos aan het voeteneind van het bed, dat door Davids lange lichaam helemaal in beslag werd genomen. Er gingen verscheidene slangetjes naar binnen en naar buiten, waardoor de harde boer er nog hulpelozer uitzag. Alle mannen in Davids familie waren sterke zuivelboeren: zijn grootvader, vader, broers en al zijn ooms. In de jaren dat Reuben hem had gekend, had hij nooit een Yoder horen klagen over de verplichting twee keer per dag te moeten melken of over al het andere veeleisende werk dat gedaan moest worden.

'Hij heeft een heleboel onderzoeken gehad, röntgenfoto's, scans en wat niet al, om meer te weten te komen over zijn hersenbeschadiging,' zei Elizabeth. 'Hij kan zijn benen helemaal niet bewegen. De dokter zegt dat hoe langer zijn benen verlamd zijn, hoe minder waarschijnlijk het is dat hij weer zal kunnen lopen.'

Reuben verwerkte het nieuws. Wat een enorme klap voor deze trotse man. 'Het is nog vroeg,' zei hij, om hoop te bieden.

Ze boog zwijgend haar hoofd.

'Is er iets wat we voor je kunnen doen, Elizabeth?' vroeg hij.

De twee oudere vrouwen keken hem plotseling aan, alsof hij iets verkeerds had gezegd.

'Wat ik bedoel is…' Hij zweeg toen Davids ogen fladderden en opengingen.

Alle hoofden draaiden naar hem toe en Elizabeth bukte diep om zacht te zeggen: 'Je hebt bezoek, lieverd.'

David fronste. Zijn blik viel eerst op Reuben en toen op Elias voordat hij vlug weer naar Reuben keek. 'Zei je… dat je… wilt helpen?' Davids stem was schor en hij ademde moeizaam.

'Ja.'

David bracht zijn hand naar zijn voorhoofd en hield hem daar, kneep zijn ogen even dicht. Toen zei hij angstvallig: 'Laat iemand bericht sturen… aan Caleb.'

Reuben knikte, onzeker over wat David bedoelde.

'Zeg dat hij weer thuis moet komen,' voegde David eraan toe.

Elizabeth keek ineens gepijnigd, maar haar ogen lieten haar man niet los.

Daarop liet David zijn hand zakken, legde hem op zijn borst en sloot zijn ogen weer.

Reuben wenste dat hij hier in de rust van de schemerige kamer mocht voorgaan in gebed. Hij was er haast zeker van dat Elias in stilte ook vurig bad, terwijl Elizabeth Davids hand pakte en begon te huilen.

★

Aan het eind van die middag leunde Chris Yoder met beide ellebogen op het bureau van zijn vader in het hovenierskantoor. Zijn potlood wervelde over het grootboek, de verkoopcijfers van de week. Maar hij kon zich niet concentreren. Hoe kon hij ontkennen dat hij zich onmiddellijk aangetrokken had gevoeld tot Nellie Mae Fisher? Hij vond haar leuker dan goed was. Ze was per slot van rekening Amish. *Net als Suzy.*

Toegegeven, Nellie Mae was anders dan Zachs meisje; uiterlijk was ze behoudender dan haar jongere zus, die gretig de grenzen van haar Oude Orde-traditie had opgerekt.

Nellie heeft natuurlijk verkering... of misschien is ze zelfs al verloofd, zo'n lief meisje. Ze was ook knap, zij het niet op de onmiskenbare, opgetutte' manier van de meisjes bij hem op school.

Hij bladerde in zijn vaders kwitanties en dacht aan de komende eindexamenfeesten op school en in de kerk. Het banket dat door hun jeugdgroep gesponsord werd ter ere van de afgestudeerden was het interessantst.

Hij leunde achterover in zijn stoel om zijn benen te strekken en dacht aan verscheidene meisjes die hij kon vragen, zelfs de dochter van de dominee zou best met hem mee willen. Of een ogenschijnlijk aardig meisje als Joy Landis van school. Chris liet zijn verbeelding de vrije loop en vroeg zich af hoe het zou zijn om Nellie Mae mee te nemen naar het banket.

Hij zou het natuurlijk nooit weten, want ze zou een '*Englischer*' geen tweede blik gunnen. Dat was het woord dat Suzy, evenals zijn Amish neven, hadden gebruikt voor hem en zijn familie, maar alleen in het begin. Mettertijd was vooral Suzy kennelijk vergeten dat Zach en hij eigenlijk niet zoals zij van Eenvoud waren.

Chris was wel wijzer dan zijn verliefdheid op te biechten aan Zach of wie dan ook. Hij schudde het belachelijke idee van zich af en ging weer aan het werk.

Verbaasd, maar gehoorzaam, pakte Caleb zijn spullen in. Hij laadde zijn rijtuig in en schikte zijn spullen op de vloer, voordat hij zich naar het grote huis haastte om zijn grootouders te laten weten dat hij op verzoek van zijn vader terugkeerde naar huis. Volgens Reuben Fisher, die een paar minuten langs was gekomen om de boodschap over te brengen. De aanblik van Nellies vader maakte dat hij wenste ook met haar te kunnen praten. Maar een radicale breuk was veel beter na een verkering. En aangezien Nellie niet van gedachten veranderd scheen te zijn, zou hij niet proberen haar terug te winnen. Misschien zou de tijd de pijn wat verzachten.

Nu stond hij bij zijn oma in de keuken, waar *Dawdi* aan tafel *Het Budget* zat te lezen, een uitgave van Eenvoud.

'Nou, ik heb alles ingepakt,' kondigde Caleb aan.

Mammi veegde haar ogen af en knikte met haar grijze hoofd, *Dawdi* stond op uit zijn stoel om zijn hand met een klap op zijn schouder te leggen. 'Je doet het juiste voor je vader, jongen.'

Hij stemde ermee in, maar worstelde nog met zijn vaders besluit nadat hij een paar weken geleden zo grof het huis uit was gezet.

'Maak je over ons maar geen zorgen. De buurjongens komen helpen met melken en uitmesten, net als eerst.' *Dawdi* zweeg even, zijn bebaarde kin trilde. 'Je moeder heeft je nu nodig en als je pa weer thuiskomt, zal hij je ook nodig hebben.'

Omwille van zijn ouders zette Caleb een glimlach op. Er was veel te vergeven en hij zou zijn uiterste best doen. Intussen moest hij hard werken, zijn vaders vee verzorgen, melken en het land ploegen dat eens bestemd was voor zijn erfenis.

Nu hij zijn geboorterecht had geweigerd om zijn liefde voor Nellie Mae te bewijzen en vrij te zijn van zijn vaders zeggenschap, zou het land aan zijn neus voorbijgaan en aan een andere broer gegeven worden. Of misschien aan een van de *beaus* van zijn zussen, mits ze trouwden en in de oude kerk bleven. En welke gedoopte ziel zou zo dwaas zijn om de kerk te verlaten, nu de verstoting weer in werking was getreden?

'Wees dankbaar voor deze kans om je zieke vader te dienen, Caleb.' De stem van zijn grootmoeder klonk zwak.

Een bittere pil om te slikken.

'Laat je moeder niet wachten.' *Dawdi* stond op en liep met hem mee naar de deur.

Zijn grootvader had er spijt van gekregen dat hij hem aan pa had verklikt. Caleb had het in *Dawdi's* ogen gezien tijdens zijn verblijf hier, de pijn dat hij zijn kleinzoons misstap met Nellie Mae, hoe gering ook, had moeten melden.

'*Denki, Dawdi… Mammi.*' Hij waardeerde hun gastvrijheid en vooral de uitstekende kookkunst van zijn grootmoeder. 'Hartelijk bedankt.'

'Graag gedaan, Caleb.' *Dawdi* drukte hem de hand. 'Als je ooit iets nodig hebt… je geeft maar een gil.'

Hij knikte, dankbaar voor het aanbod. Onzeker van wat hem wachtte, duwde hij de deur open en liep naar buiten naar zijn wachtende paard.

Ik heb geen open rijtuigje meer nodig, dacht hij terwijl hij naar binnen klom. *Ik zal mijn handen vol hebben aan mijn vader.*

Hoofdstuk 5

Voor de keukendeur van James en Martha fluisterde Rhoda met een lichtzinnig gevoel welterusten tegen Ken. Hij nam haar in zijn armen en kuste haar pal op haar lippen.

'Tot gauw.' Hij drukte haar nog even tegen zich aan.

Ze zwaaide en keek hem na toen hij naar zijn auto liep. Met bonzend hart deed ze zachtjes de achterdeur open. Rhoda dacht aan hun opwindende eerste afspraakje na het diner bij de Kraybills en voelde weer hoe gegeneerd en zelfs opgelaten ze zich had gevoeld. Het vreemde van optrekken met een attente man, laat staan een buitenstaander die niemand in haar leven zou goedkeuren, afgezien van zijn oom en tante natuurlijk, maakte haar zenuwachtig. Ze had nog steeds geen idee waarom haar werkgeefster er zo op gebrand was hen te koppelen. Daar had het destijds in elk geval op geleken.

Voor dat eerste afspraakje had Ken gereserveerd bij een mooi restaurant in Reading, een half uurtje rijden ten noordwesten van Honey Brook. Het eten was verrukkelijk en alles was zo perfect als ze zich altijd had voorgesteld, maar het was gewoon zo raar om in het openbaar met een *beau* rond te lopen. Heel anders dan de Amish gewoonte van uitgaan onder de dekking van de avond, met z'n tweeën in een open rijtuigje met alleen een paard als chaperonne. Maar ze was al gauw opgetogen geraakt over het verschil en had de herinnering van zich afgezet aan de Amish boerenkinkels die haar links hadden laten liggen. Tegen het derde of vierde afspraakje begon ze te acclimatiseren en Kens moderne manier van doen te aanvaarden.

Natuurlijk wist hij dat Rhoda van Eenvoud was opgevoed,

maar ze beantwoordde zijn vragen over haar achtergrond slechts in vage termen. Ze vermeed het om te praten over haar familie en de teleurstelling en onenigheid die zich zeker zouden aandienen als Ken en zij zouden trouwen. Ze vroeg zich wel af met welke kerk ze hun kinderen zouden opvoeden, maar het onderwerp was nooit ter sprake gekomen. Daar kwamen ze later wel uit. Alles simpel en gestroomlijnd houden was de zekerste weg naar een huwelijk.

Ze liet haar modderschoenen bij de deur staan en liep op haar tenen naar haar kamer, een van de twee voormalige logeerkamers naast de serre. Ze hield haar adem in om niemand wakker te maken. Haar broer had royaal zijn huis voor haar opengesteld. Martha en hij waren zo vriendelijk geweest, en nu tartte ze James alweer.

Stilletjes sloop ze door de gang naar haar kamer. Met een diepe zucht deed Rhoda de deur dicht en leunde er met bonzend hart tegenaan.

Mooi. Ze had zo stil gedaan als een muis. Ze deed haar lichtgewicht sjaal af en haalde diep adem. Wat had ze het weer heerlijk gehad met Ken, die zo intelligent was en haar aan het lachen maakte. Daarbij was hij de knapste man die ze ooit had gezien. Te bedenken dat hij ook nog een eigen makelaardij had. Ze had het aan de Kraybills te danken dat ze hem had ontmoet, maar ze had het aan zichzelf te danken dat ze hem had aangetrokken en al die weken zijn aandacht had vastgehouden.

Ze hing haar sjaal aan de binnenkant van de deur en trok haar kousen uit. Het gevoel van de hardhouten vloer onder haar blote voeten deed haar denken aan de vloerbedekking bij Ken thuis. Twee keer had hij haar uitgenodigd in zijn mooie, historische huis en allebei de keren had hij voor hen gekookt in de luxe suite op de derde verdieping, waar hij woonde. *Stel je voor dat pa of mijn broers in de keuken bezig waren!*

Bij het eerste bezoek had Rhoda inwendig getobd omdat

ze zich ongemakkelijk voelde in de verleidelijke eenzaamheid van het huis, alsof ze iets verkeerds deed en zich er schuldig over voelde. Maar de tweede keer, vanavond, was het iets minder zenuwslopend geweest en ze voelde dat ze haar eerdere opvattingen begon los te laten en te genieten van Kens moderne wereld.

En het was allemaal wonder-*gut*: zijn muziekkeuze, exotisch voedsel, mooie kleuren en de subtiele geur van zijn eau de toilette. Zelfs de muskusachtige geur van de sigaren die Ken nu en dan rookte, trok haar aan.

Ineens werd er één keer aan haar slaapkamerdeur geklopt en ze schrok op. 'Rhoda… ben je nog op?' Het was James.

'Eh… *jah.*'

'Ben je aangekleed?'

Ze keek neer op haar blote tenen en grinnikte. *Op mijn voeten na*, dacht ze. '*Jah.*'

'Doe de deur dan eens open.'

Ze deed het en daar stond haar oudere broer in zijn pyjama en lange blauwe badjas, zijn haar helemaal *schtrubbich*. '*Ach*, het is laat,' zei ze vlug, in de hoop een confrontatie af te weren.

'Dat kun je wel zeggen.' Hij leunde tegen de deurpost. 'Waarom kun je je niet aan mijn huisregels houden, Rhoda?'

Ze had kunnen weten dat hij dat zou vragen.

'Toen je vroeg of je hier mocht komen, heb je van het begin af aan geweten dat ik kerktoezicht kan verwachten. En dat je voor twaalf uur thuis bent… door de week in elk geval.' Hij staarde haar aan, wachtend op antwoord.

'Ik ben in mijn *Rumschpringe.*'

'Dat is de ouderwetse regel.' Hij zuchtte. 'De Beachy's zijn strenger voor hun jeugd en dat vind ik eerlijk gezegd heel *gut.*'

'Bedoel je dat je wilt weten waar ik heen ga en met wie?' Wat een vreemde, nieuwe manier van doen.

'Dat heb ik niet gezegd, maar wij Beachy's gaan alleen in het weekend uit... door de week heb je je slaap nodig en moet er gewerkt worden.'

Dat had ze inderdaad gemerkt; ze kreeg last van het tekort aan slaap. 'Het is niet aan mij hoe laat ik thuis ben. Niet echt.' Ze dacht aan Ken, die niet blij zou zijn met een opgelegde avondklok. Hij vond het ook maar niks dat ze 's zondags urenlang aan een kerkdienst vastzat. 'En over de kerk heb ik me bedacht.'

'O? Ga je terug naar prediker Manny?'

Ze zweeg even en schaamde zich bijna. 'Ik ga nergens heen. Voorlopig.' Als Ken en zij eenmaal getrouwd waren en ze elkaar niet pas 's avonds laat hoefden te zien, ging ze misschien wel weer. *Misschien.*

Hij fronste. 'Dus daarom ben je er thuis uitgeschopt, *jah?*'

Rhoda werd rood. 'Ik ben tweeëntwintig,' zei ze. 'Moet ik niet kunnen leven zoals mij goeddunkt?'

'Jazeker, zolang je het maar ergens anders doet. En ik geef je een paar weken om ander onderdak te zoeken.' Hij schudde zijn hoofd en draaide zich om om weg te gaan, mopperend dat hij onder zijn dak geen opstandigheid duldde.

Rhoda was verdrietig. Maar even later, toen ze nadacht over het nieuwe avontuur dat voor haar lag, was ze heimelijk blij dat ze binnenkort van James' regels af was.

Ik hoef maar een klein appartementje, dacht ze, opgewonden en doodsbenauwd tegelijk.

★

Woensdagmiddag liep Nellie naar de brievenbus aan de weg met een brief voor nicht Treva om haar en een of meer van haar zussen uit te nodigen voor de aanstaande zustersdag bij Rosanna King. Ze had van de gelegenheid gebruik gemaakt om te vragen naar haar grootouders, *Dawdi* Noah en *Mammi* Hannah. De verleiding was groot geweest om te schrijven:

Missen ze ons? Maar het was beter om dat alles maar te laten rusten na de laatste persoonlijke poging van haar ouders om hen over te halen terug te verhuizen naar Honey Brook. Wat leek dat bezoek in januari al lang geleden. En Nellie had het hele uitstapje gemist, doordat ze na de gemeenschappelijke maaltijd te lang was gebleven om baby Sadie, het dochtertje van haar broer Ephram, te bewonderen. De baby was nu al tien weken oud.

Misschien moest ze aan *Mammi* Hannah zelf schrijven. Ze kon beginnen met vragen naar een paar van haar lievelingsrecepten. Dat was niet nodig geweest toen ze haar lieve grootmoeder elke week zag en gewoon kon vragen of ze botercrackers of biscuits gebruikte in haar crackerpudding, en pecannoten of walnoten in haar ontbijtmuffins. Maar nu *Mammi* helemaal in Bird-in-Hand zat… Nellie zuchtte ervan.

Ze wist zeker dat vooral haar moeder het miste om *Dawdi* en *Mammi* Fisher één keer in de week te zien, zoals voor de kerkscheuring de gewoonte was. Na de kerkdienst zaten ze altijd bij elkaar tijdens de gemeenschappelijke maaltijd van koud vlees, brood en pasteien. Ze was soms naar de tafel geglipt waar *Mammi* Hannah en mama kletsten met tantes en oudere nichten. *Mammi* Hannah praatte vaak over vroeger, toen de meisjes op een zangavond nog geen oog op durfden te slaan naar een jongen. *Mammi* Hannah vertelde ook verhalen over quiltbijeenkomsten en weckpartijen. In haar *Rumschpringe* was ze een keer stiekem met een ponykar naar de stad gegaan om een antiekwinkel te bezoeken, waar ze een oude, glinsterende broche had gekocht. Die had ze stiekem in bed op haar nachtpon gedragen en 's morgens afgedaan als het zonlicht onder de gordijnen door piepte, om hem onder haar matras te verstoppen.

Nellie verlangde ernaar *Mammi's* verhalen weer te horen. Ze miste haar lieve, scheve glimlach en haar zachte lach. Maar als ze dacht aan de meisjesstreken van *Mammi* Hannah voelde ze zich vooral minder alleen omdat ze de plank had misgeslagen met Caleb, hoewel haar voorbije zonde nu geheel was schoongewassen.

Er stond in de Bijbel dat haar hart nu wit was als sneeuw en diep vanbinnen, waar niemand het van haar af kon nemen, had Nellie de belofte van verlossing. Die wetenschap gaf haar zoveel vreugde dat ze het aan iedereen wilde vertellen.

Er lagen brieven in de brievenbus. Nu al! Ze was de postbode misgelopen om Treva's brief te versturen. *Dan moet hij morgen maar mee.*

Ze keek de post door en zag tot haar blijdschap een brief van nicht Treva zelf. 'Nou, kijk eens aan.' Opgetogen snelde ze over de oprijlaan terug naar de bakkerswinkel.

'Nog iets belangwekkends?' vroeg Nan toen ze binnenkwam.

'Een brief van Treva.' Ze gaf de brieven aan haar zus.

'Zit er iets voor mama bij?'

'Heb ik niet naar gekeken.' Nellie stopte Treva's brief in haar zak om later in alle rust te lezen.

'Ik ben bang dat mama zich niet zo goed voelt. Ik heb haar naar huis gestuurd om te gaan liggen.'

'O? Heeft ze iets verkeerds gegeten?'

Nan haalde haar schouders op. 'Moeilijk te zeggen.'

'Misschien is het door de reactie van Emmie Yoder op het eten dat mama heeft gebracht. Het is natuurlijk heel erg om afgewezen te worden…' Alleen iemand die zo koppig was als de Yoders zou Nellies kookkunst afslaan. Maar Nellie duwde de gedachte weg.

'*Jah*, afgewezen door mensen die vroeger vrienden van ons waren,' voegde Nan eraan toe. 'De Yoders hebben geen gehoor gegeven aan het verzoek van oom Bisschop om mensen van de Nieuwe Orde die tijdens de genadetijd vertrokken zijn niet te verstoten.' Nan kwam bij Nellie aan een van de ronde tafeltjes zitten.

Nellie wist het maar al te goed. 'Hoe gaat het met Rebekah, sinds ze het huis uit is?'

'Tja, ik weet wel dat het vreselijk moeilijk is om niet bij haar familie te wonen.' Nan staarde dromerig uit het raam. 'En nu dat verdrietige met haar vader. Ze weet vast niet wat ze moet beginnen.'

'Zou ze niet naar huis willen om te helpen?' vroeg Nellie.

'Pa zegt dat David Yoder gisteren Caleb naar huis heeft laten halen.'

Ze bloosde ineens. 'O ja?' Ze hoorde het voor het eerst.

Nan glimlachte vriendelijk en pakte haar hand. 'Heus, Nellie Mae, je gedraagt je als een verliefd meisje.'

Verlegen wendde ze haar blik af. *Dat ben ik nog steeds…*

'Eerlijk gezegd geloof ik dat ik zelf verliefd aan het worden ben. Beetje bij beetje.' Nan begon te vertellen over haar nieuwe *beau*, een jongen die ze in de kerk van prediker Manny had leren kennen, en Nellie luisterde met plezier. 'Hij is zo'n harde werker en heel intelligent. Hij gaat zo vriendelijk met zijn trekpaard om...'

'En met jou ook, Nan?'

Nan knikte blozend. '*Ach*, je hebt gewoon geen idee.'

'Nou, ik kan het me voorstellen.' Nellie was heel blij voor haar zus. 'Ik hoop dat hij vriendelijk en liefdevol blijft.'

'Dat is hij inderdaad.' Nan knikte nadrukkelijk. 'Ik heb het gevoel dat hij de ware is.'

'Dus komend bruiloftsseizoen stap je in het schuitje?'

Nans ogen straalden van opwinding. 'Dank de goede God, dat is het enige wat ik kan zeggen.' Ze legde haar hand op haar hart. 'Ik had nooit geloofd dat een nieuwe liefde bijna het verdriet van de oude kon uitwissen.'

'Heeft die wonder-*gute* jongen ook een naam?'

Nan keek haar ineens verlegen aan. 'Dat kan ik beter nog niet zeggen.'

'Geheimen hebben voor je eigen zus?' Ze lachte; ze had het wel verwacht.

'*Jah*, vooral.' Nan lachte schalks en gaf haar hand een kneepje. 'Ik hou echt van je, Nellie Mae. Ik zal het je op tijd vertellen, dat beloof ik.'

'Nou ja, als je dat belooft...'

Daarop sloeg Nan haar armen om Nellie heen en gaf haar een vrolijke knuffel. Toch bleef Nellie bezorgd. *Wordt dit op een dag Nans echtgenoot?*

Een uur later, toen de bakkerswinkel dicht was en de avond-maaltijd op tafel stond, terwijl ze wachtten tot pa binnen-kwam uit de schuur, las Nellie in stilte Treva's brief.

Lieve nicht Nellie,

Ik heb je zo veel te vertellen.

Ten eerste hebben we een nieuw, kleiner Dawdi Haus *aan ons huis gebouwd en mijn overgrootouders trekken erin. Ik moest van de week wel aan jouw grootouders denken, met al die drukte van de verhuizing van mijn bejaarde familieleden. We zien Noah en Hannah om de andere zondag tijdens de kerkdienst en mama nodigt je grootmoeder ook uit voor quiltbijeenkomsten.*

Maar ik heb iets nog belangrijkers te vertellen. Mama vertelde over drie vrouwen, twee in ons Oude Orde kerkdistrict en een van de Nieuwe Orde, die het droevige verhaal hadden gehoord van je lieve vriendin Rosanna King, en iets wilden ondernemen. Elk van hen biedt aan een baby te krijgen voor je kinderloze vriendin. Het is toch niet te geloven? Ik vind het wel raar dat ik degene moet zijn die je dit doorgeeft, maar mama verzekert me dat ik het mag zeggen. Ze wil zelfs graag dat jij het zelf aan Rosanna vertelt, omdat jullie zulke goede vriendinnen zijn.

Geen van de vrouwen weet het nog van de anderen, dus Rosanna kan met elk afzonderlijk gaan praten en beslissen zonder dat iemand anders het ooit hoeft te weten. Mama en ik zullen het nieuws hier stil houden.

O, ik hoop toch zo dat het goed is dat ik je dit vertel, Nellie.

Maar kijk maar eens wat je mama ervan zegt. Het is altijd veilig om wijze raad te vragen.

Nellie kreunde. Ze had er meteen spijt van dat ze Treva had uitgenodigd voor de zustersdag. Als Treva van plan was om hier zelf met Rosanna over te praten, wilde Nellie Rosanna beschermen. Ze wist niet of haar vriendin klaar was voor een nieuwe adoptiepoging. Zuchtend overwoog ze het verbazingwekkende nieuws. Dat er *drie* aanstaande moeders zo veel medelijden hadden met de diepbedroefde Rosanna om een kind te baren voor Elias en haar!

Net als haar nicht Kate Beiler…

Nan kwam bij haar staan. 'Gaat het?'

Ze wilde beslist niet dat Rosanna nog eens hetzelfde moest doormaken als met haar nicht, die haar eerst een baby had beloofd en vervolgens de tweeling had weggehaald. 'Maakte ik geluid?'

'*Jah*, alsof je ziek begon te worden.'

Nellie glimlachte. 'Nou, dat was niet de bedoeling.' Ze vouwde de brief op. Ze hoefde Nan er nog niet bij te betrekken. 'Komt mama wel aan tafel?'

Nan draaide zich om. 'Ik zal even bij haar gaan kijken.'

Nellie las de opmerkelijke brief van haar nicht uit. Maar de rest van het nieuws, de splitsing van een kerkdistrict in de buurt dat te groot geworden was, en boeren die al haver hadden gezaaid, kon niet op tegen de drie vrouwen die Rosanna een baby wilden geven. En twee van hen waren leden van de oude kerk. Hoe was het mogelijk?

Zou ik het aan Rosanna durven vertellen?

Lang nadat de vaat was gedaan en pa de Schrift had voorgelezen en was voorgegaan in gebed, wachtte Nellie op een moment met mama alleen in de keuken. Ten slotte ging pa naar boven om naar bed te gaan. Nan was al eerder gegaan.

'Ik zou u graag iets willen vragen,' zei Nellie voordat haar moeder de anderen kon volgen.

Mama gebaarde dat ze aan tafel mocht gaan zitten.

Nadat Nellie had verteld wat er in de brief stond, vroeg ze: 'Wat moet ik doen? Ik bedoel, bedenk eens: dit plaatst de arme Rosanna in een vreselijke positie… als er iets mis mocht gaan.'

'En dat zou best eens kunnen.' Mama keek ernstig. 'Soms is het antwoord op onze gebeden niet duidelijk. Soms is het "nee", of "vertrouw alleen".'

Nellie glimlachte. Natuurlijk zou haar moeder dat zeggen. En hoe meer Nellie leerde uit de preken van Manny en door haar eigen Bijbellezen, hoe meer ook zij de dingen op die manier begon te benaderen. 'Ik ben erg bezorgd over Rosanna's zwakke toestand op dit moment. Ze huilt nog steeds omdat ze Eli en Rosie mist.'

'Nou, dan is het waarschijnlijk te vroeg.'

'Dus ik kan beter mijn mond erover houden?'

Mama zuchtte en wreef nadenkend haar hals. 'Het zou vreselijk zijn als ze nog meer verdriet kreeg dan ze al geleden heeft. Misschien nog maar even wachten… eens zien of het die vrouwen ernst is.'

Nellie Mae speelde met de brief van haar nicht en dacht aan Rosanna's gewonde hart. 'Als Treva en haar zussen mijn uitnodiging aannemen, zijn ze hier aanstaande zaterdag voor zustersdag.'

'Lieve help. Ik kan me de laatste keer niet herinneren dat we haar gezien hebben. Jij?'

Nellie schudde haar hoofd. 'We schrijven zo vaak met elkaar dat het niet zo lang geleden lijkt, maar het moet minstens een paar jaar zijn.'

Mama rekte zich uit en geeuwde. 'Te lang, denk ik.'

'Nou, ik ga maar eens naar bed… er is morgen ook een kleine bijeenkomst bij Rosanna. We gaan een paar wiegenquilts quilten om cadeau te geven.'

'Ze houdt zichzelf wel druk bezig, hè?'

'Misschien wel te druk.'

'O, maar dat is echt een zegen als je verdriet hebt,' zei mama met een lachje. 'Het is echt *gut*.'

Nellie keek haar moeder aan en wist dat ze het over zichzelf had.

Hoofdstuk 6

Nellie stond verbaasd toen ze de volgende morgen Rebekah Yoder bij Rosanna's werkbijeenkomst zag, gezien de slechte toestand van haar vader. Niettemin waren zij en nog zes vrouwen voor een paar uur gekomen. Ze zaten met z'n allen om Rosanna's keukentafel aan afzonderlijke wiegenquilts te werken, in lichte kleuren geel, groen en hier en daar wat blauw.

Rosanna's schoonzus Essie was er niet bij, noch iemand van haar andere familieleden van de oude kerk. Nellie voelde een spoor van droefheid om Rosanna, die een keer over deze mogelijkheid had gesproken, dat de naaste familie Elias en haar zouden ontlopen omdat ze de Nieuwe Orde hadden aangenomen.

Een hoge prijs om te betalen…

Nellie had Rosanna elke week opgezocht sinds de terugkeer van haar tweelingbaby naar hun biologische ouders, John en Kate Beiler. En hoewel Rosanna uiterlijk sterk was, wist Nellie door wat haar lieve vriendin haar had verteld dat Rosanna nog steeds verschrikkelijk worstelde met het verlies van kleine Eli en Rosie.

Zo dapper en attent van Rosanna, die babyquilts maken, dacht Nellie. Ze zat tegenover Rosanna, die haar ogen op haar quilt gericht hield. Haar slanke vingers bewerkten de stof en de naald bewoog rap op en neer. Rosanna schonk de kleine quilts aan Amish en mennonitische vroedvrouwen, die ze cadeau gaven bij de geboorte van een nieuwe baby. Hoewel het de bedoeling was dat de quilts anoniem geschonken werden, werd Rosanna verdacht in het roddelcircuit en als iemand ernaar vroeg, ging ze de waarheid niet uit de weg.

Nellie dacht weer aan de brief van nicht Treva. *Wat een verrassing.* Toch kon ze die onzekere deur niet openmaken alleen om hem weer dicht te laten slaan, zoals mama en zij gisteravond hadden besproken. Rosanna's nicht Kate had haar hart gebroken en Nellie wilde geen partij zijn in een eventuele herhaling.

Niettemin knaagde de gedachte in haar achterhoofd dat ze misschien een fout maakte door Rosanna het verbazingwekkende nieuws niet te vertellen. Als ze het verzweeg en haar vriendin kreeg er later lucht van, misschien van Treva zelf, zou Rosanna dan gekwetst zijn als ze ontdekte dat Nellie het had geweten?

Ze verschoof op haar stoel en dwong haar gedachten naar Rebekah, die naast Rosanna aan tafel zat. Zou ze haar moeder wel mogen helpen, die haar nu harder nodig had dan ooit?

En Caleb? Hij lijdt natuurlijk ook onder deze nieuwe last.

Nellie voelde zich gespannen, met een spoor van hoofdpijn. Ze boog haar nek naar achteren en naar voren voordat ze haar aandacht weer richtte op het stikken van de babyquilt.

Na een tijdje werd het gesprek om de tafel verrassend vrolijk. Het was alsof ze een bewuste poging deden om het pijnlijke onderwerp van David Yoders ongeluk te omzeilen.

Nellie keek de tafel rond en besefte dat alle aanwezigen zichzelf behouden gelovige noemden. Die gedachte maakte haar blij en ze schepte genoegen in het gevoel van de naald tussen haar vingers en de mooie kleuren van de stof, allemaal resten van andere quiltprojecten. Sommige waren wel vier jaar oud, van toen Rosanna een jonge bruid was van nog maar zeventien.

Het gesprek nam enigszins af en toen alleen nog het geluid was te horen van draden die door weefsel werden getrokken en het knippen van de schaar, nodigde Rosanna iedereen uit voor haar geplande zustersdag. 'Neem je zus mee of een goede vriendin en háár zus, natuurlijk. Het wordt heel gezellig, met een lichte lunch tussen de middag en taart in overvloed.' Glimlachend keek ze Nellie aan, die knikte en haar liet weten dat ze met alle plezier een stuk of zes verschillende taarten wilde bakken.

Rosanna's glimlach werd breder. 'We weten toch allemaal hoe overheerlijk Nellies taarten zijn?'

Iedereen glimlachte en knikte en Nellie werd een beetje verlegen, maar haar hart werd verwarmd door Rosanna. Zo'n geliefde vriendin verdiende het geluk van veel kinderen. *Net als mama had, negen in totaal.*

Nellie vroeg zich af of iemand een genezingsgebed voor Rosanna had uitgesproken, zoals waar prediker Manny over sprak in zijn zinnige preken. Nellie zou niet zo vrijpostig zijn om het Rosanna te vragen tenzij het onderwerp op een natuurlijke manier ter sprake kwam... en alleen als ze met z'n tweeën waren. Maar in haar hart voelde ze zich gedrongen om Rosanna's genezing toe te voegen aan haar groeiende gebedslijst. De Heere God kon haar vriendin kracht geven en haar in staat stellen een zwangerschap uit te dragen. Gebed was het beste geschenk dat Nellie te bieden had.

★

Chris Yoder liep over het parkeerterrein voor de school naar zijn auto. Tijdens de lunch mocht hij van de campus af. Vandaag had hij trek in een grote, sappige hamburger en frietjes met peper en zout. Hij was van plan om onder het eten de krant door te lezen voor zijn les maatschappijleer van vanmiddag, aangezien hij daar gisteravond geen tijd voor had gehad. *Natuurkunde*, kreunde hij inwendig, zich afvragend waarom sommige leraren zo overdreven veel huiswerk opgaven.

Op weg naar de snackbar kwam hij langs het Honey

Brook Restaurant en weer werd hij geplaagd door het idee: was hij brutaal genoeg om Nellie Mae Fisher mee te vragen naar zijn eindexamenbanket? Waarom toch die knagende gedachte, ondanks al zijn pogingen om haar uit zijn hoofd te zetten?

De hele situatie was vreemd. *Eerst valt Zach voor een Amish meisje... en dan ontmoet ik haar zus.* Was het wel verstandig om zelfs maar te overwegen Nellie beter te leren kennen? Hij kon zich voorstellen wat zijn vader zou zeggen, maar Zach niet. Hij had zijn jongere broertje niet nodig om hem eraan te helpen herinneren dat zijn interesse lachwekkend was. Zach kon zelfs wel verstoord zijn door de herinnering aan het meisje dat hij verloren had. Het hielp niet bepaald dat Nellie Mae zelfs Suzy's zus was.

Hij ging zitten met zijn lunch en las de koppen op de voorpagina. Stijgende dodentallen in de Vietnamoorlog en de aanstaande kampioenschappen tussen Philly's 76'ers en de Boston Celtics stonden bovenaan.

Chris sloeg om naar het plaatselijke nieuws en las een artikel over een Amish boer die een trap tegen zijn hoofd van zijn muilezel had overleefd. Melkveehouder David D. Yoder uit westelijk Honey Brook was tragisch verlamd geraakt door het bizarre ongeluk.

'David Yoder?' zei hij hardop. *Pa's neef!* Hij las de kolom nog een keer. De laatste keer dat hij met zijn familie het uitstapje had gemaakt naar de Amish boerderij was heel wat jaren geleden, maar hij was hun vele bezoekjes op zaterdagmiddag niet vergeten. Hij staarde uit het raam en herinnerde zich hoe hij met Caleb en zijn oudere broer Jonah aan een touwschommel door de schuur was gevlogen. Ook had hij hooi opgestoken in de stal voor de nieuwe kalfjes en geholpen met melken, tot grote verbazing van de jongens en hun ouders. Koeien waren eenkennig, maar Chris hadden ze gemogen alsof hij een broer van Caleb was.

De laatste keer was hij negen of tien geweest, op een

zaterdag voordat de kerkdienst bij de Yoders zou worden gehouden. Hij herinnerde zich de opwinding toen de Amish wagen met banken voor het huis stopte. De mannen hadden alle muren op de benedenverdieping van het huis weggehaald voordat ze lange, houten banken hadden neergezet om een tijdelijke kerkzaal te vormen. De wagen bevatte ook stapels Amish zangboeken en tientallen extra borden voor de grote maaltijd achteraf.

Chris en zijn broers gingen al gauw net zo op in het plezier van de voorbereidingen als zijn vele neven en nichten. De Yoders hadden gezorgd voor popcorn en koude appelcider voor iedereen die meehielp en Caleb, de neef die het minst met hem scheelde in leeftijd, en hij hadden meer dan hun eerlijke deel gekregen. Terwijl Chris' oudere broers een handje toestaken, hadden Zach en hij Caleb nagedaan en verstoppertje gespeeld onder de banken die opgestapeld waren op het erf.

Chris vroeg zich af hoeveel er was veranderd sinds de tijd van zijn eigen opa Yoder, die de Amish had verlaten om met een *Englisch* meisje te trouwen. Omdat opa geen lid was geworden van de Amish kerk, was hij niet verstoten en de familie van Chris' vader kon hun familieleden van Eenvoud bezoeken wanneer ze maar wilden.

Chris was ineens nieuwsgierig om de boerderij weer eens te zien en voelde zich tegelijkertijd verplicht om zijn hulp aan te bieden in deze moeilijke tijd. *En ik zou het ook wel leuk vinden om Caleb weer eens te zien.*

Hij vroeg zich af of de neven van zijn vader een sterk geloof hadden om uit te putten.

Ja, ik denk dat het tijd wordt dat ik op zoek ga naar mijn Amish wortels, grinnikte Chris en alweer zag hij Nellie Mae voor zich.

★

Het was een zonovergoten dag met heldere luchten geweest toen haar broer James Rhoda afzette bij de Kraybills. Ze had het grote dakspanen huis bewonderd, de aparte garage en het stuk land achter het bezit van de Kraybills, maar vooral verlangde ze ernaar haar Buick weer te zien. *Mijn toegangskaartje tot de vrijheid.* Ze had er nu minstens een keer of twaalf in gereden met mevrouw Kraybill als instructeur en met haar broer James, voordat hij haar de wet had voorgeschreven.

Ze was een heel eind gekomen nadat ze in januari per ongeluk achteruit de voortuin van de Kraybills was binnengereden en de sneeuwpop van de kinderen had vernield. Maar ze wilde volledig voorbereid zijn voor het praktijk- en theorie-examen.

Ken had erop aangedrongen dat ze snel examen deed, zodat ze zelfstandig ergens heen kon rijden om hem te ontmoeten en naar zijn huis om te komen eten. Haar hart bonsde als ze aan Ken dacht… en aan zijn mooie huis. Hoewel ze nog niet lang genoeg verkering hadden om al zo serieus te zijn, vroeg ze zich af wanneer hij haar ten huwelijk zou vragen.

Haastig de kamers beneden afstoffend zette Rhoda haar romantische ideeën opzij en maakte grondig schoon. Straks hoopte ze even de tijd te nemen om de advertenties voor appartementen te lezen. Bij zichzelf glimlachend bedacht ze dat het niet lang geleden was dat ze de advertenties doorspeurde op zoek naar een auto. *Dat is goed gelukt*, dacht ze en ze feliciteerde zichzelf terwijl ze voorzichtig de vele prulletjes op het oude bureau in de woonkamer één voor één verzette.

Ik krijg mijn liefste wensen… en morgen heb ik mijn rijbewijs, als het allemaal goed gaat.

Sinds ze Ken in ditzelfde huis voor het eerst had ontmoet, had ze zich menigmaal moeten knijpen om te zien of het allemaal niet maar een droom was. Het werken voor de Kraybills was met recht Voorzienigheid. Zo dacht ze nog steeds, maar ze vroeg zich af of Ken soms gelijk had. Hij bekeek de dingen anders, dat het er in het leven meer om ging wat je er op de lange duur van maakte. Dat is wat telde, zei hij.

Het hangt allemaal van mij af, hield ze zichzelf voor.

Dat hield ze in gedachten toen ze eindelijk klaar was voor een koffiepauze en de krant bekeek. Tevreden om haar eigen vleugels uit te slaan, sloeg ze de advertentiepagina's open en zag verscheidene appartement die onmiddellijk beschikbaar waren. Eentje niet zo ver uit de buurt trok haar aandacht, maar ze vroeg zich af of ze het kon betalen.

Mevrouw Kraybill kwam de keuken binnen. 'Waar ben je nu weer naar op zoek?'

'Tja, ik ben eruit gezet, zogezegd.' Ze legde uit dat James veel te streng was naar haar zin. 'En Ken is ook niet zo blij met zijn regels.'

Op de naam van haar neef hield mevrouw Kraybill haar hoofd schuin en trok haar wenkbrauwen op. 'Zo, wordt het serieus tussen jullie tweeën?'

Rhoda was niet gewend persoonlijke zaken te bespreken. 'Ik denk dat ik rustig kan zeggen dat we elkaar graag mogen.'

'En je broer is erop tegen dat je omgaat met iemand van buiten de Gemeenschap van Eenvoud?'

'Dat is zacht uitgedrukt.' Dat had ze Ken een keer horen zeggen en ze vond het lekker klinken. 'Dus nu ben ik op zoek naar een appartement.' Mevrouw Kraybill boog zich over de krant om te kijken waar Rhoda naar wees. 'Wat denkt u hiervan?'

Mevrouw Kraybill las de advertentie. 'Tja, als het net zo mooi is als de beschrijving zou je het daar heel prettig kunnen hebben.' Ze richtte zich op en keek haar nieuwsgierig aan. 'Meneer Kraybill heeft er vast geen bezwaar tegen als je de logeerkamer van ons huurt, Rhoda. Tot je alles op de rails hebt.'

Bedoelt ze tot ik getrouwd ben?

'Dat is aardig aangeboden,' antwoordde ze. 'Ik zal het u zo gauw mogelijk laten weten.'

Ze was er niet bijzonder op gebrand, maar ze wilde ook niet onbeleefd zijn. Eerlijk gezegd vroeg ze zich af of het wel verstandig was om onder het dak van haar werkgevers te wonen, hoe aardig ze ook waren.

Gelukkig drong mevrouw Kraybill niet verder aan. Rhoda snuffelde nog een paar advertenties door en besefte dat ze het eigenlijk heel opwindend vond om een eigen plekje te zoeken. Het gaf niet dat James haar het huis had uitgezet. Misschien was Ken bereid vanavond na hun eetafspraak met haar mee te gaan om de appartementen uit de krant te bekijken.

En zo niet, dan ontdek ik misschien hoe serieus hij is, dacht ze. Zou deze wending in de gebeurtenissen hem misschien zelfs aansporen om haar ten huwelijk te vragen?

Hoofdstuk 7

Met de radio loeiend op zijn favoriete zender bekeek Chris de omgeving toen hij over Beaver Dam Road langs de smalle brug reed, vlakbij de plek waar hij Nellie Fisher voor het eerst had ontmoet. Voor het eerst zag hij een bordje langs de weg met *Nellies Zoete Heerlijkheden*. Zou dat haar winkel zijn?

Zonder toe te geven aan de verleiding om vaart te minderen reed hij door naar de stenen molen. Hij was wel wijzer dan zijn gedachten te laten afdwalen naar de twee keer dat hij met haar had gepraat. Suzy's zus was verboden terrein voor hem. Dat was logisch.

Maar wat moest hij beginnen? Haar uit zijn hoofd zetten, die aantrekkelijke bruine ogen, haar lieve onschuld.

In het heldere middagzonlicht reed hij langs de oude stenen molen. Zijn moeder had het historische bouwwerk vaak aangewezen, met de molenvijver en de brede kreek die evenwijdig liep aan de weg. Hoewel dit gebied niet ver van zijn eigen buurt lag, voelde het vreemd afgelegen van de bekendheid van de stad. Een paar bomen belemmerden de zonnestralen die gouden licht op de weg wierpen. Overal waar hij keek, was de natuur aan het uitbotten.

Met half dichtgeknepen ogen reikte hij naar de zonneklep om zijn zonnebril te pakken. Hoe dieper hij het land in reed, met graasland en de silhouetten van silo's en schuren, hoe duidelijker hij de boerderij van David Yoder voor zich zag. Aan de voorkant bungelde een lange schommel aan de hoogste esdoorn.

Met Zach en Caleb was hij een keer stiekem naar de waterpoel gegaan, zich onderweg uitkledend tot op hun onderbroek. Ze waren hoog in een plataan geklommen om van de dikke middentak in het koude, heldere water beneden te springen.

Wat een avonturen hebben we beleefd!

Er kwamen zoveel herinneringen terug aan de bezoeken aan het landelijke gebied dat Chris bewust moest oppassen om van opwinding niet te veel gas te geven.

★

Reuben was ontmoedigd door de weigering van de Yoders zijn hulpaanbod te aanvaarden, 'We houden het bij hulp van onze familie', had de oudste zoon Gideon hem verteld, en hij liet zijn frustratie los in gebed. Hij stond niet alleen; heel wat andere boeren van de Nieuwe Orde waren ook afgewezen. Vóór de kerkscheuring was de Gemeenschap van Eenvoud altijd een eenheid geweest als het noodlot toesloeg, ongeacht of het slachtoffer familie was of niet, wel of niet van de oude kerk, met uitzondering van de *Bann*.

Maar nu? De Yoders hielden de verdeeldheid in stand, juist nu ze bijstand het hardst nodig hadden.

Overmand door bezorgdheid knielde Reuben boven in zijn slaapkamer voor de tweezitsbank. 'O God, maak mijn hart zacht jegens de Yoders... wat er ook mag komen.' Hij bad om verlossing in Davids gezin, om lichamelijke genezing en om goddelijke hulp voor de hele familie. Op zijn knieën maakte hij aanspraak op Gods beloften.

Na een tijdje rees hij overeind en voelde de vertrouwde aandrang om nogmaals te proberen David te bereiken. *Ik zal Uw wil doen.*

Hij snelde naar de paardenschuur om zijn twee beste trekpaarden op de trainingsbaan te laten draven. Binnenkort kwamen er twee boeren uit Chester County die belangstelling hadden. Reuben moest deze lente meer dan twee paarden verkopen als hij het hoofd boven water wilde houden, maar hij vertrouwde op God, zoals hij nu in alle opzichten van het leven poogde te doen.

★

Voordat hij die middag begon met melken, ging Caleb naar huis om ijsthee te drinken. Hij had gezien dat zijn zus Leah dat aan het maken was toen hij daarstraks langs haar heen was gelopen, en ze had er massa's suiker in gedaan, precies zoals hij lekker vond. Hij betrad de keuken; nu mama en pa allebei weg waren, was het te stil in huis. Hij vroeg zich af hoe het nu met pa ging, die in een ziekenhuisbed lag en zijn benen niet kon bewegen of zelfs maar voelen.

Mijn broers zijn allemaal al bij hem gaan kijken...

Eerlijk gezegd kon hij de aanblik niet verdragen om zijn vader te zien wegkwijnen, verzorgd door *Englisch* volk dat hij amper verdroeg. Maar ze maakten het hem ongetwijfeld gemakkelijk met pijnmedicatie... en ze hielden hem in leven. Hij wist niet precies van de hoed en de rand van zijn vaders toestand. Mama zei niet veel als ze thuiskwam en geen van zijn oudere broers waren praters. Van de drie was Abe het vaakst aanwezig, hij hield zo goed mogelijk toezicht op alles, hoewel hij net als Gideon en Jonah zelf een boerderij had die hij draaiende moest houden en een groeiend gezin.

Caleb was zich bewust van een kleine schaduw die midden in zijn borst was komen wonen en hem soms de adem benam. Hij moest er niet aan toegeven, moest die grote, zwarte kraaien daar niet laten nestelen.

Om zich niet te laten overmannen door gedachten aan zijn hardvochtige vader sloeg hij de zoete thee achterover en liep terug naar de schuur. Het was al bijna vier uur en pa had de hele kudde melkvee op een strikt melkschema, vier uur 's ochtends en vier uur 's middags. 'Je kunt er de klok op gelijk zetten,' had pa een keer verkondigd. En zijn vader hoefde de dingen gewoonlijk maar één keer te verkondigen.

Calebs rechterarm had er vandaag van langs gehad, tijdens een moeilijke geboorte vanmorgen vroeg. In een poging om hem soepeler te maken, zwaaide hij hem rond als een pitcher voordat hij een bal werpt. Hij glimlachte. Hij hoopte van de zomer wat aan softbal te kunnen doen, als hij de tijd kon vinden terwijl mama en zijn zussen druk bezig waren met schillen, snijden en inmaken van de opbrengst van hun groentetuin van zo'n halve hectare die hij binnenkort moest bewerken. Hij ging al niet meer naar zangavonden en andere jeugdbijeenkomsten, hoewel hij de verkeringsleeftijd had. Ondanks haar geflirt in het verleden had Susannah Lapp hem onlangs na de kerkdienst niet zien staan. Ze had vast en zeker gehoord dat hij het land van zijn vader had opgegeven en een bruid nu niets te bieden had. 'Niet dat het me iets kan schelen,' mopperde hij, zijn gekneusde arm wrijvend. Het arme kalf had verkeerd gelegen en de geboorte had uren geduurd. Hij was blij dat zijn arm de haast verpletterde weeën lang genoeg had doorstaan om het waardevolle kalf diep in de moeder te keren. Hij was het prachtige schepsel bijna kwijtgeraakt.

Hij liep haastig over het brede erf en was bijna blij bij de gedachte aan de veeleisende werkdagen die zich voor hem uitstrekten. Hij moest nog enkele tonnen hooi afladen, hooi dat was binnengehaald van aangrenzende boerderijen, omdat de droogte vorige zomer tientallen plaatselijke hooivelden had vernield. Nellie had er ook langdurig over gepraat. Hij herinnerde zich elk gesprek dat hij ooit met Nellie Mae had gehad in levendige bijzonderheden. Was het zo aan het einde… dat je je het begin nog maar al te goed herinnerde?

Bij de schuur gekomen, hoorde Caleb een auto de laan oprijden. Een onbekende geelbruine sedan minderde vaart en stopte.

Er sprong een man van zijn leeftijd uit, met een dikke bos blond haar. 'Hallo, Caleb!' riep hij en zwaaide.

Caleb herkende zijn neef meteen. 'Hallo, Christian!'

Grijnzend kwam Christian op hem toe lopen, met zijn blik de omgeving in zich opnemend. 'Het ziet er nog net zo uit als ik me herinner.'

'Behalve de schuur… die kan volgens mij wel een verfje gebruiken.' Hij stak zijn hand uit. 'Fijn om je te zien.'

'Van hetzelfde. De laatste keer was… waar?'

'In de stad bij de ijzerhandel, meen ik. Er speelde een "jingle" zoals jij het noemde op de radio achter de toonbank.' Caleb deed een stap naar achteren om zijn neef te bekijken, die er piekfijn uitzag in zijn donkere spijkerbroek en een bruin suède jack. 'Wat voert je hierheen?'

Christian kneep zijn lippen op elkaar en scheen te aarzelen. 'Ik vind het heel erg van het ongeluk van je vader, Caleb. Ik heb erover gelezen in de krant.'

Caleb verstrakte, hij voelde zich ongemakkelijk onder medeleven. 'Wij hebben geen krant. Nooit gehad.'

Christian keek naar het huis. 'Ik wist niet of ik het wel kon vinden. Het is zo'n tijd geleden…'

Ineens ongeduldig wilde Caleb gaan beginnen met melken. 'Tja… ik zou je wel een rondleiding geven,' zei hij, met zijn duim naar de schuur wijzend, 'maar we zitten een beetje onthand nu pa in het ziekenhuis ligt. Dus ik moest maar eens…'

'Kun je hulp gebruiken?'

'Wat?' Hij stopte zijn handen in zijn zakken. 'Nou… nee.'

'Ik meen het. Ik heb wat vrije tijd en ik heb al eens eerder gemolken.'

Caleb herinnerde zich inderdaad dat zijn vader het Christian jaren geleden had geleerd. *Hoe oud was ik toen?*

'Ik weet het vast nog wel.' Christian grinnikte. 'Bovendien hebben we dan de gelegenheid om de kennismaking te vernieuwen.'

De kennismaking te vernieuwen? Caleb stond versteld. Normaal gesproken zou Caleb hem weg hebben gestuurd, net als de mensen van de nieuwe kerk die sinds pa's ongeluk veelvuldig langs waren gekomen. Mensen die je maar al te graag wilden bekeren, zoals het hele stelletje van Manny's kerk met Nellie Mae en haar familie hadden gedaan. Net als zij leek Chris veel te vriendelijk, maar wat kon het voor kwaad? Hij was per slot van rekening familie, hoewel *Englisch*, en melken was een heel karwei voor één man.

Hij haalde zijn schouders op. 'Nou ja, als je dan echt wilt. Weet je nog hoe je met de koeien moet omgaan?'

Christian knikte vol zelfvertrouwen. 'Dat vergeet ik nooit!' Hij liep met hem mee naar de schuur.

'Nou, laten we maar eens kijken hoe de koeien op je reageren. Ze zijn nogal eenkennig, hoor.'

Het bleek dat Christian inderdaad nog wist hoe het moest en na maar een paar aanwijzingen ging hij aan het werk.

Er was meer dan een uur verstreken toen Caleb zijn neef voor een korte pauze meenam naar het melkhuis.

'Het was geen grapje.' Caleb toonde hem de kolossale melktank. 'Je kon het inderdaad nog goed. Een wonder, eigenlijk.'

Christian sloeg het stro van zijn broekspijpen. 'Zeg, ik was vergeten hoe leuk ik het hier vond.'

'Het stinkt.' Caleb lachte. 'Dat zeggen stadsmensen tenminste.'

Christian schudde zijn hoofd. 'Ik zal wel gek zijn. Ik heb het altijd lekker gevonden, mestlucht in de lente.'

Ze lachten en toen vroeg Christian: 'Wanneer ga je weer melken?'

'Morgenochtend om vier uur. Wilde je *dan* komen helpen?'

Christian lachte. 'Nee, maar serieus, ik kan een paar keer in de week na school komen.'

Caleb staarde zijn neef aan en overpeinsde het onverwachte aanbod. Het was een sympathieke vent. Hij had iets ontwapenends over zich... en iets verfrissends. *Wat kon het voor kwaad?*

Hij keek naar Christians schoenen. 'Misschien kun je de volgende keer beter geen tennisschoenen aantrekken.'

Christian tilde zijn rechtervoet op; er zat gedroogde mest aan. 'Ja, ik snap wat je bedoelt.'

'Je moet werklaarzen hebben.'

'Betekent dat ja?' vroeg Christian met een brede grijns.

Caleb sloeg hem op zijn rug. 'We zullen nog een boer van je maken, Christian.'

'Ik vind het best... en noem me alsjeblieft Chris.'

Caleb hoopte dat hij er niet verkeerd aan had gedaan het aanbod van de zoon van John Yoder aan te nemen... en ook dat pa er niet binnenkort lucht van kreeg.

★

Rhoda kon wel dansen van blijdschap, maar ze daalde ingetogen de trap af van het Departement voor Motorvoertuigen. Ze droeg haar katoenen bloemetjesrok en een geelbruin truitje en ze had een lange vlecht op haar rug en haar scheiding aan de zijkant in plaats van traditioneel in het midden. Ze wilde vooral niet als van Eenvoud worden gezien. Zeker niet vandaag!

Een collega van Ken was achter Ken en haar aangereden naar de stad Reading, de dichtstbijzijnde locatie voor het rijexamen. Ken en zijn vriend waren al teruggegaan naar het makelaarskantoor in Strasburg. Heimelijk was Rhoda er blij om, gretig om te genieten van haar eerste soloritje nu ze 'met vlag en wimpel' zoals de beambte had gezegd, geslaagd was voor theorie en praktijk.

Met vlag en wimpel. Wat een raar idee!

Ze snelde naar de auto, opende het portier en gleed achter het stuur. 'Het is me gelukt!' zei ze, lachend achteroverleunend.

Vol zelfvertrouwen nu het rijexamen achter de rug was, reed ze van het parkeerterrein af, blij dat ze niet had hoeven fileparkeren, zoals daarstraks. Haar enige zwakke puntje, had de examinator gezegd. Hij had uitgelegd dat veel nieuwe automobilisten die vaardigheid mettertijd beter onder de knie kregen.

Ze reed in zuidelijke richting over Business Route 222, verlangend om terug te gaan naar het landelijke Honey Brook, voordat ze aan het werk ging in het restaurant. Ze had haar werkkleding meegenomen, nog steeds verwonderd dat ze de serveerstersbaan in de wacht had gesleept terwijl ze haar Amish kledij droeg. *Dat moet Voorzienigheid geweest zijn*, dacht ze en betrapte zich erop. Geloofde ze dat nog wel? Ze wilde in iedere zin modern worden, maar hoe hard ze ook haar best deed, het was moeilijk, zo niet onmogelijk om dat deel van haar opvoeding van zich af te zetten.

Rhoda naderde een stopbord. Daar was ze eigenlijk blij mee, maar niet omdat ze het leuk vond om vaart te minderen of te stoppen. Nee, ze genoot van het schakelen, dat zo gladjes verliep nu ze het ritme te pakken had.

Na nog eens twintig minuten begon het landschap opener te worden, maar ze stond zich niet de luxe toe om uit de zijramen te kijken. Ze concentreerde zich op de weg voor haar... en op haar toekomst, die ze in gedachten voor zich zag.

'Eerst betaal ik deze auto af... dan ga ik sparen voor mijn reizen. *Onze* reizen,' verbeterde ze zichzelf, denkend aan Ken. Hij was per slot van rekening de perfecte keuze als echtgenoot.

Op het kruispunt van Route 10 en Beaver Dam Road minderde ze vaart en keek naar beide kanten voordat ze weer gas gaf. Ze zag een paar boeren die al vroeg aan het ploegen waren met een span muilezels en ze dacht aan pa en haar broers. Ephram zou nog een poosje wachten met ploegen, omdat hij het prettig vond als de grond zachter was, maar Thomas en Jeremiah en ook James konden met hun nieuwe tractor nu elk moment gaan ploegen. Even voelde ze een steek van verdriet. Ze miste haar broers en hun gezinnen, maar haar nieuwe, volledig moderne levensstijl was veel opwindender dan de hunne.

Toen ze de boerderij van haar vader aan de linkerkant naderde, zag Rhoda een stel kleine eendjes vlakbij de weg. Ze minderde vaart en wachtte tot ze naar de overkant gewaggeld waren. 'Voorzichtig, kleintjes,' waarschuwde ze op de toon die ze aansloeg tegen haar neefjes en nichtjes. 'Heel voorzichtig zijn...'

Toen de vertrouwde paardenschuur en het huis in zicht kwamen, het huis van haar vader, keek ze opzettelijk niet. Ze was vastberaden om recht vooruit te blijven kijken. Het had geen zin om achterom te kijken; dat stond zelfs zo ongeveer in de Bijbel.

★

Tijdens een korte onderbreking in het diner tussen de salade en het hoofdgerecht, dat nog een paar minuten in Kens oven moest blijven, vouwde Rhoda haar handen strak in haar schoot onder het witte linnen tafelkleed. Ze keek op naar Ken, die piekfijn opgedoft was, zoals hij het noemde als ze zich netjes aankleedden. Wat zou hij te zeggen hebben over haar dilemma, als hij er al iets over te zeggen had?

Hij keek haar onderzoekend aan. 'Is alles goed, Rhoda?' Hij liet zijn hand met de palm naar boven over tafel naar haar toe glijden, maar ze bleef haar handen ineenknijpen.

'Ik ga weg uit het huis van mijn broer.'

Ken zette grote ogen op en hij fronste. 'Na zo'n korte tijd?'

Zijn reactie maakte haar nog zenuwachtiger.

'Ik moet gewoon weg.'

Zuchtend trok hij zijn hand terug. 'Tja, als je onderdak nodig hebt, een van mijn huurders heeft gisteren opgezegd. Beneden komt een woning vrij, op de tweede verdieping.

Het is een flinke ruimte met een bad, maar het is pas over drie weken schoongemaakt en klaar.'

Tweede verdieping?

'Aardig van je aangeboden… maar ik heb nog niet besloten wat ik doe.' Ze bedacht wat haar mama ervan zou zeggen als ze in hetzelfde huis woonde als haar *beau*, al was het op een andere verdieping. *Vermijd de schijn van het kwaad.*

Nee, haar moeder zou het niet begrijpen. Noch de Kraybills, zeker nu mevrouw Kraybill zo vriendelijk was geweest om hun logeerkamer aan te bieden. Nu was Rhoda in de war en wist ze niet meer wat ze moest doen.

James zou vragen waarom ik me niet gewoon aan de regels houd, dacht ze, en zette het meteen van zich af.

'Ik denk dat je het erg naar je zin zou hebben in die kamer,' zei Ken aan de overkant van de kleine tafel. 'Maar je moet het zelf weten, hoor.'

Na het eten wilde Ken beslist ijscoupes maken. 'Wil je de hele handel?' vroeg hij. 'Chocoladesiroop, noten, slagroom… en de kers bovenop?'

'Klinkt lekker. *Denki*… eh, bedankt.'

Toen hij haar coupe bracht en op tafel voor haar neerzette, boog hij zich over haar heen en kuste haar. 'Gefeliciteerd, Rhoda. Je bent nu een gediplomeerd automobilist.'

Ze bloosde, blij met haar rijbewijs en bijna net zo blij met zijn lieve kus. Het theorie-examen was vlot verlopen nadat ze het boekje zo vaak bestudeerd had met Ken en zijn tante.

Ze lachte breed en Ken grinnikte. 'Je kent de verkeersregels van Pennsylvania nu waarschijnlijk beter dan de meeste middelbare schoolleerlingen die hun rijopleiding doen, dat geloof ik echt.'

Hij paaide haar en ze vond het prachtig. Ze genoot van de aandacht die Ken haar gaf. Ze hield meer van hem dan ze ooit van iemand had gehouden, er had nog nooit iemand zo veel belangstelling voor haar gehad.

En nu zaten ze weer hier samen in dit prachtige huis. Ze nam aan dat hij ook van haar hield, want daar leken zijn kussen op te duiden, hoewel hij het niet uitgesproken had. Maar ja, zoals mama vaak zei: 'Daden zeggen meer dan woorden.' Misschien ging dat ook op als het over liefde ging.

Schijnbaar zonder reden gaf Ken haar een knipoog. Toen pakte hij haar hand en dit keer vond ze het goed. 'Je ziet er moe uit.'

'Ik heb eens nagedacht. Wat zou je ervan vinden als ik mijn haar liet knippen?'

Hij keek haar guitig aan. 'Ik zou nooit de vrijheid nemen om een dame te vertellen wat ze met haar haar moet doen.'

Ze wilde niet zeggen dat ze al een afspraak had voor morgenochtend, voordat ze om twaalf uur op haar werk moest zijn. 'Goed dan. Maar dan wordt het kort.'

'Een drastische verandering?' Hij zweeg even. 'Ik heb het zelfs nog nooit los gezien.'

Dat hoort ook niet.

'Hoe lang is je haar, Rhoda?' Zijn ogen werden zo zacht dat ze het gevoel kreeg dat hij het jammer zou vinden als ze het liet afknippen.

'Tot over mijn middel.'

'Echt?' Zijn ogen lichtten op.

'Maar dat duurt niet lang meer.'

Hij glimlachte bedachtzaam. 'Wat je er ook mee gaat doen, in mijn ogen blijf je altijd knap.'

Ach, knap...

Ze kon wel dansen, al had ze dat van haar leven nog nooit gedaan.

Hoofdstuk 8

Zaterdagmorgen reed Rhoda vol verwachting naar de kapsalon. Zelfs de lucht leek helderder blauw en ze was gewekt door zingende roodborstjes, een heel goed teken.

Vandaag was haar speciale dag en ze wist precies hoe ze haar haar wilde hebben, zoals een filmster die ze had gezien in een tijdschrift dat in het restaurant was blijven liggen. Ze had het kortgeleden gevonden toen ze op een avond moest afsluiten. Het had haar getroffen hoe lang en sierlijk de hals van de actrice was met zo'n kort kapsel, compleet met piekerige pony.

Anders dan de actrice, Suzanne en nog wat, was Rhoda geen brunette. En ze had helemaal geen zin om haar blonde lokken donkerbruin te verven.

Ze hoopte alleen dat ze geen spijt zou krijgen van haar brutale stap, haar haar was de laatste verbinding met haar vroegere Amish verschijning. Het was bemoedigend dat Ken het eens was met haar besluit.

Een uur later staarde Rhoda naar zichzelf in de spiegel van de kapper. Ze moest steeds haar haar aanraken en ze verbaasde zich erover hoe kort en veerkrachtig het was. Niet alleen was het gewicht verdwenen, letterlijk en figuurlijk, maar ze had een overweldigend gevoel van opstandigheid. Ze gaf de kapster een aardige fooi en liep naar haar auto, die langs de stoeprand stond geparkeerd.

Ze genoot van de wind door haar korte kapsel en besefte dat haar leven nu al volkomen veranderd was. Het afknippen van haar haren was maar één verdere stap in de richting van haar hoop een volledig stadse vrouw te worden, een leven dat begonnen was met de aanschaf van deze prachtige auto.

Ze glipte achter het stuur en voelde zich vrijer dan op de dag dat ze het huis van pa en mama had verlaten. Ze bewoog haar hoofd van links naar rechts en verstelde de achteruitkijkspiegel om zichzelf nog eens te bewonderen.

Ze zette haar bril op en stak de sleutel in het contact, als altijd genietend van het geluid van de motor die aansloeg. *Ach, wat een kracht.* Ze gaf richting aan en keek over haar schouder om te kijken of er iets aankwam, toen reed ze de straat op. *Gelukkig heb ik dat saaie reizen met paard en rijtuig achter me gelaten.* Ze reed rechtstreeks naar het huis van Ken, verlangend om hem te zien en verlangend om hem haar nieuwe uiterlijk te laten zien.

Bij het eerste verkeerslicht zag ze een sjofele vent met een klein omabrilletje langs de stoeprand staan met zijn duim omhoog. Hij had lang, vlassig haar. Ze had van Ken gehoord dat zo'n jongeman een hippie was, een 'bloemenkind'. Ze vond het een merkwaardige naam, weer zo'n *Englische* term die haar niets zei. Ze had medelijden met de man en overwoog hem mee te nemen, maar iets vreemds en vaags in zijn ogen bracht haar op andere gedachten.

Het verkeerslicht sprong op groen en genietend concentreerde ze zich weer op de weg. Nu en dan keek ze naar de kilometerteller, zoals Ken en James haar hadden geïnstrueerd. Met gemengde gevoelens dacht ze aan haar broer. James had haar gevraagd zijn huis te verlaten. Zoveel offers had ze gebracht voor haar nieuwe leven, al hoorde het afstaan van zestig centimeter loodzwaar haar daar niet bij.

Ze parkeerde voor het grote huis van Ken. Het steenhouwerswerk deed haar denken aan de huizen op Beaver Dam Road, in de buurt van de grote boerderij van haar vader.

Ze keek op en zag Ken in de deuropening staan wachten. Ze haalde haar handen door haar haar en keek vlug in de spiegel. Wat ze zag, beviel haar en ze stapte uit. Ze snelde de stenen trap op en riep: 'Nou, ik heb het gedaan! Wat vind je ervan?'

'Het is mooi… echt leuk.' Komisch hield hij zijn hoofd schuin. 'Je lijkt op iemand van de film.'

'O?' zei ze charmant. 'Op wie dan?'

'Ze was de ster in een horrorfilm van Alfred Hitchcock.' Hij knipte met zijn vingers. 'Niet de hoofdpersoon, maar een knappe brunette…' Hij keek haar nog eens onderzoekend aan en ingetogen draaide ze haar hoofd naar alle kanten. 'O ja, ene Suzanne Pleshette. In *The Birds*.' Hij boog naar haar toe en kuste haar op de wang. 'Je bent gewoon oogverblindend, schat.'

Ze had geen reden om hem niet te geloven en ze lachte, bijna angstig om deze laatste overwinning. 'Hartelijk dank,' zei ze toen hij nog een keer zei hoe mooi ze was. 'Nou, ik ga maar eens naar mijn werk.'

'Dit past helemaal bij jou, Rhoda.' Ken knikte en wuifde, een en al glimlach. 'Ik kom straks wel even langs, als je het leuk vindt.'

Ze glimlachte blij.

'Tot straks,' riep hij.

Alles waarnaar ze had gehunkerd kwam uit.

★

Rosanna was op de ochtend voor zustersdag extra vroeg wakker geworden om het huis klaar te maken. Ze had de vloeren van de keuken, zitkamer en voorkamer geboend. Er kwamen meer dan twaalf vrouwen, waaronder Nellie Mae en haar zus Nan en hun nichten Treva en Laura uit Bird-in-Hand.

Aan het ontbijt had Elias afgesproken het frame klaar te zetten voor de Double Wedding Ring quilt. Ze had haar tijd nodig om de stofvlokken uit de hoeken te vegen, de meubels af te soppen en de vensterbanken af te nemen. Als ze er toe in staat was geweest, had ze beneden alle ramen van binnen en van buiten gelapt, maar ze moest zuinig zijn met haar energie.

Voordat het tijd was om de middagmaaltijd voor Elias klaar te maken, voelde Rosanna zich gedrongen om naar de kinderkamer boven te gaan, waar Eli en Rosie hadden geslapen. *Al die weken dat ze van ons zijn geweest.*

Ze stond rond te kijken in het knusse kamertje met de kast en de dekenkist tot de rand gevuld met handdoeken en babydekentjes die ze had gemaakt. Ineens zakte ze onbedwingbaar huilend neer op de grond. De bij elkaar passende eikenhouten wiegjes die voor hun tweeling waren gemaakt, vervaagden tot een waas.

Met de armen om zich heen geslagen wiegde ze heen en weer, denkend aan haar baby's die nu in de armen van Kate en John lagen. Ze dacht aan de laatste keer dat ze haar lieve Eli had gezien, genesteld in Kates omhelzing aan de andere kant van de kamer tegenover haar, waar zij de kleine Rosie voor het laatst had vastgehouden. Het was op de dag dat de bisschop de twee echtparen bij zich thuis had laten komen, de dag dat Rosanna beide baby's weer aan hun oorspronkelijke ouders had afgestaan.

Ze kon de beelden niet uit haar gedachten wissen. Hoe ze ook haar best deed, almaar zag ze haar lieve kindjes voor zich… Eli, Rosie… zelfs alle naamloze baby's die ze sinds haar eerste mislukte zwangerschap had verloren.

En in stilte nam ze zich voor Elias niet te vertellen wat ze wist: er leefde weer een kindje in haar. Maar voor hoe lang? Het weten gaf haar geen blijdschap. 'Is dit mijn lot in het leven, God?' bad ze. Ze moest zich emotioneel en lichamelijk voorbereiden op de waarschijnlijkheid van alweer een miskraam.

Ze schreeuwde het uit tot God om genade om het ophanden zijn verlies te dragen, om van haar baby te mogen houden in de paar korte weken dat hij veilig was in de schuilplaats zo dicht bij haar hart. Haar ziel zelf was verbonden met dit leven, zoals het bij de anderen ook was geweest, en ze was wanhopig. Ze hield zo radeloos veel van haar vormende kind, al zou ze hem of haar nooit, maar dan ook nooit zien, noch de kleine horen huilen om eten en liefde.

'Hoe vaak nog, God?' snikte Rosanna. 'Hoe vaak nog?'

★

Tussen de middag, terwijl de taarten voor de zustersdag in de oven stonden, vroeg Nellie of Nan haar wilde helpen het bed in de logeerkamer op te maken. Nan, die sokken van pa had zitten stoppen, ging gauw met haar mee naar boven. 'Ik heb gisteren de lakens en kussenslopen gestreken, zodat ze er extra mooi uitzien,' zei Nellie.

Nan straalde. 'Treva zal zich er wel op verheugen om hierheen te komen, *jah*?'

'Ik denk dat ze ook wel nieuwsgierig is naar de bakkerswinkel.'

'Komt ze daarom?' vroeg Nan.

Nellie vermoedde dat het meer te maken had met haar hoop om een baby te vinden voor Rosanna dan met de winkel. 'Nou ja, we schrijven elkaar al jaren, dus het werd wel eens tijd dat ze kwam.'

'Raar, eigenlijk.' Nan vertrok haar gezicht. 'Te bedenken dat we nichten hebben die we voornamelijk kennen door rondzendbrieven en zo.'

'Tja, als het er meer dan honderd zijn en ze wonen niet allemaal in de buurt, dan is het moeilijk bij te houden.'

'Maar toch. Familie is familie.'

Ze keek naar Nan, die het onderlaken op de hoeken vierkant instopte, en dacht ineens aan Nans beste vriendin. 'Denk je dat Rebekah Yoder morgen komt... met een vriendin of een nicht?'

'Ze brengt vast haar zussen Leah of Emmie niet mee.'

'Ik had ook niet gedacht dat die zouden komen.' Ze vroeg zich af hoe het met de arme Elizabeth ging, die volgens de geruchten elke dag heen en weer reisde tussen thuis en het ziekenhuis. Het was inmiddels zeker dat haar man zou blijven leven, maar hij bleef verlamd. 'Nog nieuws over David Yoder?'

'Alleen wat Rebekah me gisteren vertelde, dat haar vader vandaag of morgen thuiskomt.'

Ze kon zich niet indenken wat een droevige hereniging dat voor het hele gezin zou zijn en vooral voor Caleb. Ze nam aan dat hij de melkveehouderij draaiende hield, omdat hij weer thuis was. Binnenkort zou hij ook de tabaksbedden inzaaien. Net als veel anderen was zijn vader afhankelijk van dat marktgewas, waarbij van 's morgens vroeg tot 's avonds laat de hulp nodig was van het hele gezin. Maar prediker Manny had zich uitgesproken tegen de tabaksteelt en veel boeren waren het met hem eens dat het 'voeren van de kliek van de duivel' was.

Nellie schudde het kussen aan haar kant van het logeerbed op en wachtte tot Nan hetzelfde deed. Toen trokken ze samen de oude quilt, in het sterke Bars patroon, in diepblauwe, rode en lichtroze tinten, omhoog en stopten hem in onder de kussens. Ze deden een stap naar achteren om hun werk te bewonderen.

'Jammer dat mama Rhoda deze lege kamer niet heeft laten nemen,' zei Nellie zacht. 'Dan was ze misschien wel gebleven.'

'*Ach*, dat kun je niet weten.' Nan leunde op het voeteneind.

'Rhoda heeft een eigen willetje en dat laat ze duidelijk zien.'

Nan liet haar hoofd hangen. 'Misschien moeten we er minder over praten en meer bidden.'

'*Jah*,' beaamde Nellie. 'Nou, ik denk dat het tijd wordt om bij de taarten te gaan kijken.'

Nan ging weg en Nellie bleef nog even om het raam open te zetten om de kamer een beetje te luchten. Ze keek naar het westen en dronk de aanblik in van het weideland, ze hoopte dat haar nichten het ook mooi zouden vinden. Het duurde niet lang meer voordat Treva en Laura kwamen.

Nellie zuchtte. Ze wenste half en half dat ze Rosanna had verteld dat ze niet lang meer op een baby hoefde te wachten.

Nee, dat kan ik haar niet aandoen, besloot ze. Maar wat moest ze Treva als reden opgeven dat ze zulk verbazingwekkend nieuws voor zich had gehouden?

★

Caleb voelde zich merkwaardig genoeg als twee verschillende mensen toen hij in de schuur door het raam van het melkhuis de auto aan zag komen die zijn vader thuisbracht. Daar was de Caleb die voor het splinternieuwe kalfje had gezorgd en het naar de uier van zijn moeder had gelokt, omdat hij niet naar huis wilde om mama en de anderen te helpen zijn vader te installeren. Zijn gewonde vader kwam thuis na elf lange dagen in het ziekenhuis, maar hij zou nog regelmatig terug moeten voor revalidatie.

De andere Caleb hield zich in bedwang om niet naar buiten te rennen en voor pa en het hele gezin een stumperende dwaas te lijken. *Die* Caleb wist wat goed was om te doen, maar hij was haast verstard van angst en frustratie... zelfs schuldgevoel. *Als ik thuis was geweest, zou het ongeluk dan ook gebeurd zijn?* had hij zich tientallen keren afgevraagd. Toch was het door toedoen van zijn vader dat hij die avond afwezig was geweest omdat hij bij *Dawdi* en *Mammi* woonde.

Het huis uit gegooid omdat ik van Nellie Mae houd.

Hij keek toe hoe zijn zussen de deur openhielden voor de rolstoel. Mama keek ernstiger dan hij haar ooit had gezien. Hij zag aan haar schokkerige bewegingen dat ze net zo bang was als hij. Dit was niet de altijd zo zelfverzekerde, stabiele moeder die elke storm kon doorstaan.

Kon hij maar beschrijven hoe ellendig hij zich voelde

nu zijn vader ernstig gewond was... en uiterst zwak. Kon hij maar zijn diepste angsten tegen iemand uiten, of die het begreep of niet; alleen het uitspreken zou hem al verlichting geven. Maar hij liet geen woord los, zeker niet tegen zijn broers, en mama had haar handen vol aan haar eigen zorgen. Rebekah, dat was een ander verhaal, maar die was sinds lange tijd weg en ze bleef weg, zoals hij soms wenste dat hij gedaan had. Maar nu was hij terug en hield de boerderij onder Abes toezicht draaiende voor pa. Die broer zou waarschijnlijk op een dag alles erven, aangezien hij zijn boerderij huurde en zijn oudste broers al een eigen boerderij hadden.

Wat ben ik dom geweest. Maar Caleb voelde zich niet bij machte om de omstandigheden te veranderen. 's Nachts droomde hij gekmakende dromen waarin hij gevangen zat in een put en zich niet kon bewegen of eruit komen.

Veel liever had hij van Nellie Mae gedroomd, ondanks dat ze voor hem voor altijd verloren was. Dan zag hij tenminste nog iets van schoonheid en goedheid in zijn terugkerende nachtmerries. Juist zij kon misschien begrijpen hoe hij zich nu voelde.

Later die middag hoorde Caleb de auto van Chris aankomen, precies op tijd. Het was bijna tijd voor de tweede melkbeurt van de dag en Caleb was nog niet naar huis geweest om zijn vader welkom thuis te heten. *Maakt niet uit*, besloot hij. 'Hallo,' begroette hij zijn joviale neef terwijl hij de schuur-deur opende.

Chris grinnikte. 'Tijd om melk uit de melkmakers te trekken.'

'Je vindt het veel te leuk.' Caleb lachte en nam hem mee naar de melkinrichting.

'Het is heerlijk om terug te zijn.' Chris haalde diep adem en hield die vast. Ze barstten in lachen uit.

'We hebben neuspluggen bij de hand voor *Englischers*.'
'Serieus?'

'Nee,' bekende Caleb, waardoor ze nog harder moesten lachen.

Ze schoven de achterdeur van de schuur open en de koeien liepen naar hun eigen boxen. Vlug begon Caleb hen vast te maken in hun afzonderlijke halsbeugels.

'Het is hier heerlijk rustig,' zei Chris, terwijl hij tussen de rijen koeien doorliep om de uiers schoon te maken voordat de melkstellen bevestigd werden.

'Nou, de hanen kraaien zich soms schor, koeien loeien, honden blaffen...'

Chris lachte. 'Dus dat wil je vergelijken met getoeter, piepende remmen en het eindeloze gebrom van de stad?' Hij klopte op de uitpuilende zijkant van een koe.

'Daar heb je me te pakken,' antwoordde Caleb.

'Het is hier zo vredig als het maar kan, behalve 's morgens vroeg als ik stille tijd houd.'

Caleb kermde zachtjes. Dus Chris was een van *die* christenen. Dat had hij kunnen vermoeden van zijn mennonitische neef; hij had het ook over prediker Manny's groep gehoord. *De onruststokers...* Hij vond het nog steeds verachtelijk wat ze met zijn Nellie hadden gedaan: haar volstoppen met die nonsens.

'En jij, Caleb?' vroeg Chris terwijl hij onder een koe verdween. 'Waar vind jij je vrede?'

Hij voelde spanning in zijn borst opkomen. In plaats van antwoord te geven, haalde hij zijn schouders op en stuurde het gesprek in de richting van het mooie weer. Hij begon over het groeiseizoen en de tabaksplanten, alles om Chris' vraag te ontwijken. 'Ik ben eigenlijk nog steeds aan het inhalen. Was bijna twee maanden niet thuis geweest.' Hij keek naar de rij zware melkkoeien aan de andere kant van de schuur en voelde dat Chris zijn kant op keek.

'Twee maanden is een lange tijd,' zei zijn neef.

'Ik heb gewoon een poosje voor mijn grootouders gewerkt.' Hij deed zijn mond open om meer te zeggen, maar bedacht zich.

'Hadden ze je hier niet nodig?'

Caleb wreef zijn onderrug en rekte zich uit. 'Pa en ik zijn het niet eens.'

Chris zweeg even. 'Toen ik nog klein was, speelde je vader volleybal of zijn leven ervan afhing.'

Caleb lachte ruw. 'Zo doet hij alles.'

Chris hurkte om weer onder de koe te reiken. 'Ik hoop maar dat zijn gezondheid nog verbetert.'

'Niemand weet wat er gaat gebeuren.' Caleb aarzelde om te zeggen waar hij bang voor was. 'De dokters zeggen dat hij de rest van zijn leven verlamd kan blijven. Maar met die revalidatie… misschien komt hij daardoor weer op de been.'

Chris knikte en begon over het verleden. Hij vroeg wat Caleb ervan vond dat hij zulke stadse neven had. Daar had Caleb eigenlijk nooit veel over nagedacht, omdat hij weinig belangstelling had voor de buitenwereld. Maar ondanks hun duidelijke verschillen, waaronder Chris' scherpe belangstelling voor 'het Woord van God', verbaasde het Caleb hoezeer hij zich bij hem op zijn gemak voelde. Ook had hij waardering voor zijn vasthoudendheid en zijn harde werken. Chris was al twee keer geweest sinds zijn eerste bezoek van vorige week, toen hij ruim twee uur was gebleven. Hij hield het voer voor de koeien in de gaten en hielp de melkstellen bevestigen. Chris was sterk door het werken voor zijn vader in hun door de familie gerunde kwekerij en hoveniersbedrijf, wat hij door de week enkele uren deed en zaterdags de hele dag. Toch had hij zich beschikbaar gesteld om Caleb door de week een paar keer 's middags te helpen met melken, vooropgesteld dat hij niet te veel huiswerk had.

Chris had een bijzondere manier van omgaan met de kudde. Maar hoe verrassend goed de regeling ook werkte, Caleb vroeg zich onwillekeurig af wat er zou gebeuren als zijn vader er lucht van kreeg dat een buitenstaander een handje toestak.

Waarschijnlijk zijn mijn dagen met Chris dan geteld.

Hoofdstuk 9

Caleb was zich aan het opfrissen voor het avondeten toen hij zijn moeder hoorde roepen. Vlug droogde hij zijn handen af en snelde door de zitkamer naar de slaapkamer naast de voorkamer, waar Abe en Gideon pa uit zijn rolstoel tilden en op het smalle bed tegen de verste muur legden.

De wond aan de rechterkant van zijn vaders hoofd zat nog in het verband en de rest van zijn gezicht was enigszins gezwollen. Op zijn slapen zaten vervagende blauwe plekken.

'Wil je de rolstoel even vastzetten, Caleb?' vroeg mama zacht.

Hij hurkte en zette de rem vast. *Dat hadden ze eerder moeten doen*, dacht hij, zich afvragend waarom mama hem had geroepen. Hij begreep het gauw genoeg en het was precies wat hij had kunnen vermoeden. Zijn vader wierp een korte blik op hem voordat hij zijn hoofd afwendde zonder te laten merken dat hij hem had gezien. Toen wendde pa zich zacht sprekend tot Gideon en Abe en bedankte hen traag voor alles wat ze hadden gedaan.

Caleb voelde een mengeling van emoties, maar hij richtte zich op en stak zijn borst naar voren, om zijn vader uit te dagen hem nogmaals te negeren.

Toen pa hem eindelijk aankeek, knikte hij kort. Niets meer.

Gaat het voortaan zo?

Later, toen mama de tafel dekte, verontschuldigde ze hem vlug. 'Je vader is niet goed, dat weet je, jongen.'

Ja ja, zo is hij altijd al geweest, dacht Caleb.

★

'*Willkumm*, Treva… en Laura,' zei mama toen Nellie Mae de achterdeur opendeed om hun nichten te begroeten. 'We verwachtten jullie al.'

'Hallo, fijn jullie te zien,' zei Treva met een brede glimlach terwijl ze haar zwarte buitenmuts afzette. Haar gezicht was rood van opwinding.

Mama nam hen mee naar binnen en Nellie nam hun lange omslagdoeken en hing ze op aan de houten muurhaken. 'Hoe was jullie reis?' vroeg Nellie, terwijl ze de gezamenlijke koffer van Treva overnam en in de keuken zette.

'Tja, we hebben wel even vastgezeten in het verkeer, maar voor de rest ging de autorit snel,' antwoordde Treva, met een blik op haar jongere zus. 'Maar Laura was een beetje zenuwachtig.'

'Was het voor het eerst dat je in een auto zat?' vroeg mama.

Laura knikte bedeesd.

'*Ach*, kom, je was *zo* zenuwachtig… je hield je vast of ons laatste uurtje geslagen had.' Treva schudde zogenaamd vol afgrijzen haar hoofd en glimlachte.

Mama keek naar Nellie en stelde voor dat ze hen naar boven meenam om hun kamers te laten zien.

Nellie Mae knikte en wenkte haar nichtjes mee. Treva babbelde erop los en Nellie begreep nu beter waarom ze zo vaak schreef, Treva mocht zich graag uiten, dat viel niet te ontkennen. Misschien moest ze Treva vragen een paar van haar favoriete recepten af te ratelen.

Beleefd glimlachend kon Nellie haast niet wachten op het wonder-*gute* avondmaal dat mama had bedacht. En op de grote quiltbijeenkomst van morgen bij Rosanna King.

★

Het zaterdagse ontbijt was overvloedig, met bosbessenpannenkoeken, roereieren, bacon en Duitse worstjes, een typische vroege ochtendmaaltijd en niet alleen omdat er visite was. Pa merkte op hoe 'extra luchtig' Nellies pannenkoeken waren en iedereen knikte instemmend.

Bij Rosanna werd duidelijk hoe goed ze de speciale bijeenkomst had voorbereid. Ze was al urenlang bezig geweest met het stukwerk en het applicatiewerk, en had de vele ringen prachtig vast gestikt. Het midden, een dunne laag katoenen wattering, zat al op zijn plaats en de effen geelbruine achterkant was ook kunstig aangemeten.

Er stonden twaalf stoelen om het grote quiltframe en alle benodigdheden voor het quilten waren bij de hand, ook de kartonnen sjablonen voor de ingewikkelde versieringsmotieven die door de geslachten heen waren ontworpen en doorgegeven. Er waren zelfs twee tinnen sjablonen, erfstukken van Rosanna's quiltende grootmoeders.

'Je hebt het geweldig gedaan met al dat stukwerk,' zei Nellie, wijzend naar de reeks pastelkleuren. 'Hoe heb je daar in vredesnaam allemaal tijd voor gevonden?'

'O, er is tijd in overvloed, geloof me.' Rosanna lachte, maar ze zag een beetje bleek. 'Ik vind het fijn werk.'

'Voel je je goed?' fluisterde Nellie.

'Best.'

Nellie zag de grijze schaduwen onder Rosanna's ogen. *Ze heeft meer afleiding nodig... zoals de bijeenkomst van vandaag.*

'Nou, ik wil met alle plezier helpen de taarten te serveren tussen de middag. Of iets anders doen waarmee ik je vandaag kan helpen.'

'*Denki*, Nellie Mae... dat is fijn.' Toen gaf Rosanna haar onverwachts ineens een snelle knuffel.

'Weet je zeker dat je...'

'Onzin.' Rosanna wuifde haar weg en ging de keuken binnen.

Ze is zichzelf niet. Nellie zag dat Treva en Laura met Nan en Rebekah Yoder stonden te lachen en te praten. 'Willen jullie allemaal bij elkaar zitten?'

Laura keek naar Treva alsof ze op haar wachtwoord wachtte. 'Jij moet maar zeggen waar we zitten,' zei Treva vlug. Ze streek het kastanjebruine haar glad dat onder haar *Kapp* uit piekte en raakte de ringen in de quilt aan. 'Prachtig, *jah*?'

Laura knikte en volgde, Rebekah bleef zacht met Nan staan praten.

Na een tijdje gingen ze aan het werk. Treva had haar eigen dunne naald, een koperen vingerhoed en een stoffen meetlint in een pakje meegebracht, evenals enkele anderen.

Het gebabbel rees en daalde op het ritme van een levendige preek. En Treva vulde de verspreide stiltes met haar geratel, net als in haar brieven was ze vol nieuwtjes.

Later, tijdens het middagmaal, terwijl Nellie Mae elke taart in acht punten sneed en roomijs opschepte, nam Treva Rosanna apart. 'Heeft Nellie iets tegen je gezegd over... nou ja, iets nogal persoonlijks?' Hoewel Treva haar stem had gedempt tot een gefluister, werd de vraag luid genoeg gesteld om door Nellie en de andere aanwezigen te worden verstaan.

Nellie Mae kromp in elkaar. *Nee, niet daarover beginnen!*

Treva vervolgde: 'Heeft Nellie je verteld over mijn buurvrouw en twee vrouwen in ons kerkdistrict... wat ze hopen te doen?'

Rosanna schudde haar hoofd. 'Nee.'

Nellie wierp Treva een waarschuwende blik toe en Treva vroeg Rosanna en Nellie met haar mee te gaan naar de lege zitkamer.

Rosanna stemde in en fronste naar Nellie. 'Waar heeft ze het over?'

In de zitkamer boog Treva zich naar hen toe. 'Die vrouwen hebben alle drie aangeboden je een baby te geven, Rosanna.' Treva knikte om haar verklaring te benadrukken. 'Ze weten het niet van elkaar, maar ze willen allemaal dat je op

bezoek komt. Je kunt kennis met ze gaan maken om te besluiten welke vrouw het moet zijn.'

Rosanna's ogen verloren hun glans. Ze staarde Nellie ongelovig aan.

Nellie pakte de hand van haar vriendin. '*Ach*, Treva,' zei ze,
met een woedende blik naar haar nicht. 'Kom, Rosanna, we
moeten het uitpraten... alleen.'

Vlug gingen ze naar de voorkamer en lieten Treva achter.
'Wil je zeggen dat je hiervan wist... en niets hebt gezegd?'
fluisterde Rosanna op gespannen toon.

'O, Rosanna... ik heb het vorige week pas gehoord. Ik
was eerlijk gezegd heel bang. Ik wilde de deur niet openzet-
ten voor meer verdriet voor Elias en jou.' Ze schudde haar
hoofd. 'Geloof me, alsjeblieft.'

Rosanna keek trillend over haar schouder. 'Weet je nicht
het heel zeker?'

'Over de bedoelingen van die vrouwen?' Nellie knikte.
'Het schijnt zo.'

Rosanna leunde tegen haar aan en huilde.

Voordat halverwege de middag de laatste quiltsteekjes werden gezet, had Rosanna besloten om inderdaad naar Bird-
in-Hand te gaan om de vrouwen te ontmoeten. Nellie was
bang dat Rosanna alleen al van de bezoeken nog meer verdriet kreeg, laat staan als ze afsprak een van de baby's te ontvangen als hij of zij geboren was.

Treva boog naar voren om te vragen: 'Zou je mee willen
komen met Rosanna?'

Nellie glimlachte. 'Als dat is wat ze wil.'

Rosanna kreeg weer tranen in haar ogen en ze knikte
zwijgend, haar lippen strak op elkaar geperst.

Die arme lieverd... weet ze wel waar ze aan begint?

Rosanna kennende, was Nellie een beetje verbaasd dat
haar vriendin niet had gezegd dat ze zou wachten tot ze het
idee eerst met Elias besproken had. En dat zou ze toch zeker

doen, zo'n hechte band als ze hadden. *Veel hechter dan andere echtparen die ik ken.. behalve pa en mama.*

Toen de gasten begonnen te vertrekken, boden Nan en Rebekah Yoder Rosanna aan te helpen de quilt van het frame te halen. Maandag zouden ze langskomen om de randen af te maken door een kleurige, contrasterende bies van tweeënhalve centimeter toe te voegen.

Nellie bood aan de huwelijksquilt te signeren en de datum aan te brengen in een kettingsteek, een van haar favoriete steekjes. 'Heb je al een bruid in gedachten?' fluisterde ze.

'Laat het maar zoals het is, voorlopig alleen de datum van vandaag.' Rosanna zag haast grijs.

'O, Rosanna, je hebt te veel van jezelf gevergd.' Nellie pakte haar elleboog. 'Hier. Ga even rustig zitten.'

'Nee. Ik kan beter bezig blijven.'

Nellie vroeg zich af waarom ze niet wilde gaan zitten en de rest de quilt van het frame liet halen en het frame ontmantelen. 'Eventjes maar?' smeekte ze.

Rosanna schudde haar hoofd, ze liep recht op de quilt en het frame af, bijna alsof ze beledigd was. Dat kwetste Nellie mateloos, maar ze probeerde het niet te laten merken en hielp haar en de anderen vrijwillig met de quilt terwijl Laura naar de keuken ging om nog een stuk taart te nemen.

★

Het was misschien stom om die maandagmiddag van de weg af te slaan, maar nu was het te laat. Chris reed al op de oprijlaan die naar de landelijke bakkerswinkel leidde. Zulke impulsieve besluiten waren doorgaans niets voor hem en toen hij uit zijn auto stapte, wist hij maar één ding. Hoe vreemd het ook was, hij wilde nog een keer met Nellie Fisher praten. Bovendien had hij in geen tijden strooptaart geproefd en hij wist zeker dat zijn ouders en Zach zouden genieten van iets wat zelfgemaakt *en* Amish was. Wie niet? En hij had trouwens tijd in overvloed voordat hij bij David Yoder moest zijn voor het melken. Deze nieuwe band met de Gemeenschap van Eenvoud was een geweldig idee, iets waarmee hij te lang had gewacht, de kennismaking met familieleden hernieuwen, meer te weten komen over zijn eigen erfgoed. *En een blik werpen in de wereld van Nellie Mae.*

Hij duwde de deur open en zag tot zijn schrik vijf Amish vrouwen achter de toonbank staan, die hem hartelijk glimlachend welkom heetten. Twee herkende hij als Nellie Mae en haar zus Nan, die hij in het Honey Brook Restaurant had ontmoet. De andere twee jonge vrouwen konden familie zijn, maar hij wist dat Suzy had verteld dat ze maar drie oudere zussen had. De laatste vrouw was veel ouder en nogal dik, met plukken grijs tussen het blond dat zichtbaar was onder haar gebedskapje.

'Hallo,' zei ze, en haar blauwe ogen deden hem aan Suzy denken. 'Kan ik u helpen?'

Nellie en haar zus keken elkaar verlegen aan, alsof ze wilden zeggen: 'Wat doet hij hier?'

Toen hij om een strooptaart vroeg, haalde de oudere vrouw, mevrouw Fisher, vermoedde hij, een hoge taart tevoorschijn. 'Een natte bodem is het best, moet ik zeggen.' Ze glimlachte opnieuw breed. 'En we hebben vandaag ook twee vruchtentaarten. Houdt u van Hollandse appeltaart?'

Hij keek naar de strooptaart in zijn handen en aarzelde. Hollandse appeltaart was een van zijn vaders favorieten en allebei roken ze heerlijk. Ineens wist hij niet welke hij moest kopen.

'Ze zijn allebei verrukkelijk.' Ze hield haar hoofd schuin.

Nellie Mae verraste hem door iets te zeggen. 'Je kunt ook twee taarten nemen en beslissen welke je een andere keer zou willen kopen.'

Hij keek haar aan. Wat een frisse schoonheid, met haar zijdeachtige teint en lieve, gevoelige ogen. 'Tuurlijk, waarom niet?' Hij glimlachte speciaal naar haar en ze lachte met stralende ogen terug.

Hij voelde dat hij een kleur kreeg. *Ze heeft me door,* dacht hij. Hij reikte naar zijn portefeuille en zei: 'Ik neem ze allebei.'

Nellies vriendelijke manier van doen deed zijn hart sneller slaan. Terwijl hij wachtte tot de taarten in een doos zaten, keek hij rond in de winkel, die niet zo kaal was als hij had gedacht. Er stonden gezellige tafels en stoeltjes, en de ramen zonder gordijnen lieten het licht naar binnen stromen.

Toen hij alle ogen op zich voelde rusten, draaide hij zich om en betaalde de taarten. 'Tot ziens,' zei hij. 'En bedankt!' Hij ging de deur uit en hoorde de bel rinkelen toen hij vertrok.

Chris waagde het niet naar de winkel om te kijken terwijl hij naar zijn auto liep. *Mannentijd, melken.* Hij lachte in zichzelf toen hij dacht aan al die Amish vrouwen die hem hadden aangegaapt. 'Tjonge, ik moet me toch echt vermannen.'

Nellie Mae wist amper wat ze moest zeggen, zo verlegen was ze. Het was veel te stil in de bakkerswinkel nu Chris Yoder weg was, al zaten Treva en Laura aan de ronde tafeltjes in Nellies receptenboek te bladeren en almaar te babbelen over het babygebeuren.

Mama keek uit het raam naar Chris, die de taarten in zijn auto op de passagiersstoel zette voordat hij aan de andere kant instapte.

Ach, dat was pijnlijk, dacht Nellie Mae.

Het schoot haar door het hoofd dat hij misschien was gekomen in de hoop weer met haar te kunnen praten. Maar waarom zou hij? Hij was duidelijk een buitenstaander en nog een verwarde ook. *Hij voelde zich natuurlijk ongemakkelijk met zoveel vrouwen om hem te helpen.*

Ze smoorde de aandrang om te giechelen en keek hem

na toen hij langzaam achteruit wegreed. Hij reed met een slangengang en keek een paar keer naar het huis.

Wat moet dat? Ze werd een beetje zenuwachtig toen hij aan de voorkant nog meer vaart minderde, waar de lange veranda zich langs het huis uitstrekte naar het zijpad. Toen reed Chris naar de weg en sloeg eindelijk af naar het oosten.

Betsy zuchtte en ging zitten om even uit te rusten. Nellie en Nan waren naar het huis gegaan met Treva en Laura om hen te helpen met de voorbereiding voor de reis naar huis. En daar kwam Fannie, de vrouw van Jeremiah, met haar jongste, om een grote hoeveelheid koekjes te kopen voor een naaibijeenkomst die ze morgen hield. 'Een hele groep vrouwen van de Beachykerk komen bij elkaar,' vertelde ze aan Betsy. 'Ik hoorde dat er afgelopen zaterdag iets was bij Rosanna King.'

Knikkend controleerde Betsy hoeveel koekjes er nog waren. '*Jah*, Nellie en Nan zijn erheen geweest met een paar nichten die op bezoek waren.' Ze pakte een doos op en vroeg: 'Wil je van alles wat?'

'Alles wat Nellie over heeft is wonder-*gut*,' antwoordde Fannie, die haar zoon op haar heup hees.

'Hoe gaat het met je, Fannie?' vroeg Betsy terwijl ze de vele koekjes verzamelde, blij dat haar schoondochter ze nam zodat ze morgen geen koekjes van een dag oud hoefden te verkopen.

'Best... en met u?'

'O, even druk als altijd.'

Fannie haalde een bundel dollarbiljetten uit haar zak. 'Hier, neem maar wat u nodig hebt.' Ze gaf de peuter een kus op het hoofd.

'Het is zo *gut* om je te zien. En jou ook.' Speels rimpelde Betsy haar neus tegen haar kleinkind. Toen telde ze maar een paar dollar uit en bracht de koekjes naar de andere kant van de toonbank.

'Ik vind het ook fijn om u te zien, mama.' Fannie gaf haar een kus op haar wang. 'Ik mis u en Reuben in de kerk… sinds we bij prediker Manny weg zijn.'

'Kom wanneer je wilt. Jullie zijn altijd welkom.' Ze stak een vinger uit naar het jongetje, die hem vastgreep. 'Kom, ik loop even met je mee.'

Fannie nam het aan. 'Hoe hebben pa en u het nieuws over de Yoders opgenomen? Ik vind het zo vreselijk wat er is gebeurd. Arme, arme Elizabeth. Ik weet dat jullie een hechte band hadden.'

Betsy zuchtte. 'Het is erg jammer, dat staat vast.'

'Ik hoor dat er een nieuwe vent samenwerkt met Caleb. En hij is beslist niet Amish.'

'Weet je het zeker?'

'Nou, Jeremiah was er vorige week om hulp aan te bieden. Jonah weigerde het botweg, die heeft wel wat van z'n vaders scherpte. Maar toen Jeremiah naar de schuur ging om een poosje met Caleb te praten, was er een blonde jongeman, heel stads gekleed, nou ja, niet in mooie kleren, dat bedoel ik niet, maar hij was beslist niet Amish. Toch waste hij de uiers van het vee voor het melken terwijl Jeremiah een praatje maakte met Caleb.'

'Blond, zeg je?'

'*Jah*. Jeremiah zei dat hij Christian heette en hij leek wel een tweelingbroer van Caleb.'

Betsy dacht erover na terwijl ze de koekjes in het rijtuig zette. Ze nam haar kleinzoon van Fannie over en hield hem vast terwijl zij zich installeerde. 'Zeg, diezelfde vent is hier daarstraks geweest. Nog maar een paar minuten geleden.'

Fannie keek verrast. 'Nou zeg, dat is vreemd. Ik vraag me af wat hij hier te zoeken heeft.'

Wie weet, dacht ze. 'Ik zal Reuben eens vragen wat hij ervan denkt.'

Een Englischer *die de Yoders helpt?* Merkwaardiger nieuws kon Betsy zich niet voorstellen.

Hoofdstuk 10

Vanaf het aanbreken van de dag had Reuben gebeden voor eenheid onder de broeders, ofwel Oude Orde, of Nieuwe Orde of Beachy.

Zijn gebed had zich verdiept voor David Yoder, een schim van een man. Het deed Reuben pijn als hij bedacht hoe hulpeloos David daar in het ziekenhuis had gelegen, met Elizabeth naast zich. Hij wilde voor al zijn zorgen op God vertrouwen en liep naar buiten om met de Bijbel in zijn kantoortje te gaan zitten, een kleine ruimte aan één kant van de schuur. En nadat hij ruim een half uur had gelezen, bekeek hij zijn aantekeningen over de bijzonder mooie Morgan die hij vandaag hoopte te verkopen. *Dat is de derde dit voorjaar,* dacht hij dankbaar.

Toen de zon boven de horizon kwam, ging hij naar buiten en spande zijn beste merrie voor het rijtuig. Toen ging hij weer naar boven om een slaperige Betsy te vertellen dat hij van plan was om bij Ephram te gaan ontbijten, omdat hij contact met hem wilde houden. *Mijn enige zoon die nog in de oude kerk zit…*

In de zijtuin van Ephram en Maryann hadden de magnolia's al dikke knoppen. Er zaten tientallen roodborstjes in. Reuben stuurde het paard de laan in. Hij kwam onaangekondigd voor het ontbijt, dat vonden zijn zoon en schoondochter best. Ook de kleintjes zouden blij zijn dat hij er was en o, wat genoot hij daarvan. Hij nam zich voor over een paar weken nog een paar zwaluwhuisjes te bouwen en steeds een andere kleinzoon uit te nodigen om hem te helpen. Maar dat kon wachten; vanmorgen had hij andere dingen aan zijn hoofd.

Toen Maryann opkeek van het fornuis en hem zag, kwam ze glimlachend de deur opendoen. '*Ach*, kom binnen pa. Wat leuk om u te zien!'

Spoedig hingen de peuters Katie en Becky aan zijn broekspijpen. 'Op, *Dawdi*... op!'

Ephram stond op van tafel. '*Guder Mariye*, pa! U bent net op tijd voor het ontbijt!'

'Het ruikt wonder-*gut*,' zei Reuben. Hij droeg kleine Katie naar haar plaats aan de tafel. Becky rende naar Maryann en zeurde tot haar moeder haar op haar krullen kuste en in haar kinderstoel zette.

'*Kumm esse*,' zei Ephram. Hij wachtte tot Reuben een stoel had gepakt en aan het andere hoofdeind was gaan zitten. *Aan de voet van de tafel, gereserveerd voor ons oudjes*, dacht Reuben grinnikend.

Het stille gebed duurde niet lang en algauw gaf Maryann een schaal door met roereieren met kaas en toen een schaal met huisgerookte ham, wat wentelteefjes, kaneelbroodjes en bosbessenjam. Er was zwarte koffie en room zo van de koe en vers geperst sinaasappelsap.

'Allemensen, verwachtte je bezoek?' vroeg Reuben.

'Nou pa, u bent geen bezoek!'

'Bovendien kookt mama elke ochtend zo,' zei een van de schoolgaande jongens.

'Dat klopt.' Ephram keek naar Maryann.

Haar knappe gezicht kleurde rood. 'Fijn dat u bent gekomen,' zei ze zacht.

De kinderen aten zonder een kik te geven, behalve smakkende lippen en nu en dan een boer. Maryann had hen goed opgevoed: kinderen mocht je wel zien, maar niet horen. Hij vroeg zich af hoe lang het zou duren voordat ze beseften welke verschillen er zo pijnlijk bestonden tussen de oude kerk en de Nieuwe Orde.

Toen het hem werd aangeboden, nam hij een tweede portie van Maryanns verrukkelijke roerei en nog een kop koffie, dit keer met een dot room, waar de kinderen om schaterden. Aan het hoofd van de tafel lachte Ephram mee, hoewel het niets voor hem was om met anderen mee te doen om hen te plezieren. Aan dat eigenzinnige trekje was Reuben herinnerd in de ruzieachtige dagen van de kerkscheuring, toen Ephram vastbesloten was gebleven om bij de oude kerk te blijven. *Ik weet wat ik de komende jaren te doen heb, om hem het licht te laten zien.* Maar Reuben geloofde in de kracht van het gebed. De machtigste kracht van alle.

Na het ontbijt slenterden ze naar de houtschuur en Ephram zei dat hij de vaalbruine kleuren die nog deden denken aan de strenge winter moe was. Hij pakte een bijl op en gaf er een aan Reuben. 'Ik heb gisteren de groentetuin van de vrouw bewerkt... ze heeft al sla, erwtjes, worteltjes en peterselie geplant.' Ephram praatte over koetjes en kalfjes terwijl hij een houtblok klaarzette. Toen liet hij de bijl neerkomen met een machtige slag en spleet het blok doormidden.

'Binnenkort gaan we de akkers bewerken voor aardappels en maïs.' Reuben maakte korte metten met zijn houtblok.

'Thomas en Jeremiah gebruiken natuurlijk hun tractor,' mopperde Ephram. 'Zoveel nieuwe mogelijkheden tegenwoordig.' Hij zweeg even. 'En een heleboel mensen hebben ze gebruikt als excuus om ook andere dingen te gaan doen.'

'Als de vrijheid komt, moet je er wijs mee omgaan,' zei Reuben.

Ephram duwde zijn strohoed met kracht op zijn hoofd en sloeg zijn bijl in de nabije boomstam. 'Die kerkscheuring die u en prediker Manny in gang hebben gezet, heeft een hoop deuren geopend die dicht hadden moeten blijven, pa.'

'Bedoel je, als je ze een vinger geeft, dan nemen ze de hele hand?' Reuben hield ook op met hakken en veegde zijn voorhoofd af met de rug van zijn arm. 'Hoor eens, jongen, ik ben hier niet gekomen om te twisten.' Hij pakte zijn bijl weer op.

'Nou, vertel me dan eens: waar is God in deze hele ontwrichte troep?' vroeg Ephram. 'Ik geloof dat God me gezond verstand heeft gegeven, als ik zo vrij mag zijn.'

'Dat zal ik niet ontkennen.'

Ze keken elkaar recht in de ogen. 'Daarom ben ik in de kerk van mijn doop gebleven.'

Reuben reikte naar een nieuw houtblok. 'Ik begrijp wel waarom je wilt blijven.'

'En waarom dan, pa?'

'Het is bijvoorbeeld het enige wat je kent. Het is vertrouwd.'

Van zijn stuk gebracht begon Ephram vlug over iets anders. 'Hebt u gehoord dat de zoon van David Yoder *Englische* hulp heeft gekregen?'

Reuben schudde zijn hoofd. 'Dat lijkt me helemaal niets voor hem.'

'Ik heb de jongeman laatst zelf gezien, hij was aan het uitmesten met Gideon en Caleb.'

'Wie is het?'

'Dat zeiden ze niet.' Ephram haalde zijn schouders op. 'Maar hij is niet Amish en dat is het enige wat *ik* hoef te weten.'

'Ik wou maar dat ik David in deze tijd kon helpen.' Hij krabde op zijn hoofd. 'Heb je een idee om boeren van de Nieuwe Orde daarheen te krijgen om het werk te doen?'

'Als David uw hulp niet wil, kunt u beter wegwezen.'

Reuben vroeg zich af of Ephram suggereerde dat dat voor hem ook gold. Ineens hing er spanning in de lucht. Hij legde zijn bijl opzij. 'Nou, ik moet voor mijn paarden gaan zorgen, dus ik ga maar weer eens.'

'Goed.' Ephram zwaaide.

Reuben nam zijn hoed even af om zichzelf koelte toe te wuiven. Hij liep naar zijn paard en rijtuig en legde Ephram in gedachten in Gods handen. *Dat is de beste plek voor hem... voor ons allemaal eigenlijk.*

★

Rhoda hielp Martha met het opruimen van de ontbijtboel tot haar oog viel op Matty's vieze gezichtje. 'Ach, kijk toch eens, liefje.' Ze pakte een schoon, nat washandje en veegde zijn wangen en mond af terwijl hij tegen haar grinnikte. Toen ging ze aan het werk met de tafel, ze veegde hem af en verzamelde de kruimels in haar hand. Terwijl ze de kruimels in het afwaswater gooide, boog ze dicht naar Martha toe. 'Ik wil je even laten weten dat eh... ik binnenkort verhuis.'

Martha keek verrast. 'Dus je hebt iets gevonden?'

'Nou, het is nog niet zeker, maar ik heb twee ijzers in het vuur.'

'En is een daarvan teruggaan naar je ouders?' Martha keek haar doordringend aan.

Ik ga niet terug, beloofde Rhoda zichzelf opnieuw. Ze keek naar Emma en Matty die samen speelden en onderdrukte haar neerslachtigheid.

'Dat zou toch verstandig zijn?'

'Heus, ik kan het niet.' Zuchtend wenste ze dat alles anders was en dat ze hier de vrijheid had gekregen waarnaar ze verlangde. Maar dat was allemaal verleden tijd, al miste ze Nan en Nellie Mae vreselijk. 'Ik moest maar eens naar mijn werk.'

'Een *gute* dag, Rhoda.'

Ze wierp de kinderen kushandjes toe en bedankte Martha voor het ontbijt; toen trok ze vlug haar jas aan. De telefoon ging en Martha nam op.

'Rhoda, nog niet weggaan. Het is voor jou.' Martha legde haar hand op de hoorn en fluisterde: 'Het is een man.'

Ken? O, wat hoopte ze dat, maar ze vond het ongemakkelijk om zijn telefoontje aan te nemen waar haar schoonzus bij was. Gelukkig waren de kinderen in de andere kamer bezig en was Martha zo beleefd om zich te excuseren nadat ze haar de telefoon had overhandigd.

'Hallo?'

'Hoe gaat het vanmorgen met mijn meisje?'

Mijn meisje…

Ze gluurde om de hoek om te kijken of Martha buiten gehoorafstand was. 'Ha, Ken. Je treft me nog net.'

'Ik wilde je spreken voordat je weg was.'

Misschien belde hij om een nieuw afspraakje te maken. Wat was een telefoon toch gemakkelijk en wat lag hij lekker in de hand! Om nog niet te spreken van Kens stem zo dicht bij haar oor.

'Ik zat te denken aan het eten van morgenavond. Wat zou je zeggen van een lekkere kotelet?' vroeg hij.

Ze leunde tegen de muur, genietend van de klank van zijn stem als hij over wijn sprak en al het verrukkelijke eten waar ze van zouden genieten. Zijzelf had in haar leven maar één klein slokje heel zoete wijn gedronken, maar als Ken vond dat het de kroon op de maaltijd vormde, had ze geen bezwaar wat te proeven.

'Weet je, Rhoda, je hebt nooit gezegd waarom je bij je broer weggaat,' zei hij tot haar verrassing opeens.

'Nou ja, je weet hoe oudere broers kunnen zijn.'

Hij lachte. 'Zou het helpen als ik je vanavond vroeger naar huis bracht?'

Dat is scherp van hem.

Heimelijk hoopte ze dat haar vertrek bij James en Martha de dingen sneller in de richting van haar doel zou bewegen. Maar tot nu toe had Ken nog niet eens gezinspeeld op een huwelijk en dat ondanks Rhoda's pogingen om het soort moderne vrouw van zichzelf te maken die ze dacht dat hij wenste als echtgenote.

Ze vond het zelfs nauwelijks te geloven hoe goed de transformatie lukte. Ze was steeds haast elke vier dagen een pond kwijtgeraakt door als ontbijt alleen fruit en sap te nemen en tussen de middag een grote salade, dankzij de chef-kok van het restaurant op de dagen dat ze daar werkte en mevrouw Kraybill en Martha. Hoewel ze nog steeds smachtte naar grote hoeveelheden calorierijk voedsel was ze heel blij met haar nieuwe figuur.

Maar als Rhoda nadacht over gewicht en haar uiterlijk in het algemeen, bedacht ze tot haar blijdschap dat Ken haar had gekozen om mee uit te gaan toen ze nog meer dan gezellig mollig was. En dat maakte haar gelukkig.

Hoofdstuk 11

Na lang beraad was Rosanna klaar om plannen te maken voor de reis naar Bird-in-Hand, waar ze kennis hoopte te maken met de vrouwen achter Treva's verbazingwekkende onthulling. Ze had Elias verteld wat ze wilde doen, en hoewel hij een beetje opklaarde bij het vooruitzicht van weer een kind, had hij ook zijn bedenkingen. 'Ik wil niet dat je nog meer verdriet moet doormaken, lief,' had hij gezegd.

Ze liep de weg af en keek naar het gras van het weiland dat zijn best deed om groen te worden, en de doorbrekende knoppen aan de bomen. Ze snelde naar de kleine, gemeenschappelijke telefooncel die verborgen werd door een eik en belde een chauffeur om een afspraak te maken voor morgenmiddag. Eerst zou ze bij Treva langsgaan en dan met haar samen naar de vrouwen. Het gevoel van de telefoonhoorn in haar hand maakte haar altijd zenuwachtig, en vandaag was het niet anders.

Terwijl ze wachtte tot er opgenomen werd, bedacht ze hoe fijn het zou zijn als Nellie Mae morgen meeging. Zuchtend herinnerde ze zich hoe gekwetst Nellie was geweest door de ontwikkelingen op zustersdag. Daar voelde Rosanna zich schuldig om. Voor een deel was het te wijten aan haar eigen moeite; de wetenschap dat ze de baby die in haar groeide binnenkort zou verliezen. Maar dat was geen excuus om Nellie zo te behandelen.

Had ik haar de waarheid maar verteld...

Maar ze hoefde het eigenlijk aan niemand te vertellen. Niemand anders hoefde de al te bekende pijn te verduren.

Nadat ze een chauffeur had besteld, wandelde ze terug naar huis. Ze weerstond de aandrang om haar handen om

110

haar buik te leggen, om het tere leven dat daar groeide te troosten. Ze koesterde elke dag dat het bleef duren. In elk geval had Rosanna nu het vertrouwen dat ze dit kind in de hemel zou kennen, zo niet hier op aarde.

Ze dankte God voor het licht van de Schrift in haar hart en Elias' hart. De waarheid had hen bevrijd van gebonden-heid uit het verleden en hun de vrijheid geschonken om in gebed tot haar Verlosser te spreken.

Hierdoor nam Rosanna meer dan in andere lentes tijd voor de geuren van aprils verfrissende landschap en de groe-pen zangvogels, elk met zijn unieke roep. En de lucht die elke week blauwer werd... de zon die met zonsondergang tot rust kwam in de moerbeibomen. De buren zouden bin-nenkort hun vaarzen in het grazige weiland zetten en hout-hakkers zouden de bossen verkennen op zoek naar droog timmerhout.

De lente is nog nooit zo verbluffend mooi geweest.

Ze hoopte maar dat het goed was dat ze Treva's beken-den wilde ontmoeten. Ze had gevraagd om een goddelijke waarschuwing, iets wat haar in de weg zou staan, als ze niet moest gaan. Zo tastte Rosanna zich behoedzaam een weg door deze pijnlijke doolhof, terwijl haar bitterzoete herin-neringen aan Eli en Rosie nog in haar leefden.

★

Met hulp van Nan legde Betsy het patroon voor haar jurk uit terwijl Nellie in de bakkerswinkel stond. Ze was van plan een nieuwe jurk te knippen en vandaag nog voor het groot-ste deel in elkaar te naaien, aangezien haar andere zondagse jurken betere dagen hadden gekend.

Op dat moment kwam Reuben door de achterdeur bin-nen om nog een grote beker koffie. Ze liet alles uit haar han-den vallen en schonk koffie voor hem in terwijl Nan haar patroon op de blauwe stof spelde. Toen het klaar was, vertrok

Nan met een lachje naar de winkel.

'Nou, dat is *gut* op tijd,' zei ze tegen haar man.

Hij pakte zijn koffie, lekker zwart, zoals hij het graag had. 'Heb je een kus voor me, Betsy... is dat het?' Hij boog naar haar toe en tuitte zijn lippen.

'Ach, gekkie.' Ze bukte en gaf hem een stevige zoen. 'Ik vroeg me af of je hebt gehoord dat Caleb Yoder een vent van buiten heeft die hem 's middags komt helpen met melken.'

'Het is heel merkwaardig, moet ik zeggen. Ik hoorde het net van Ephram.'

'Dus het is waar.' Ze liep weer naar de tafel en pakte haar schaar op, boog zich over de stof heen om de jurk te knippen. 'Ik denk dat het dezelfde jongeman is die hier langs is geweest... om een paar taarten te kopen.'

Reuben keek uit het raam. 'Hier?'

'*Jah*, Nellie heeft hem gistermiddag twee taarten verkocht.'

'Zo. Nou, ik vraag me af wat David daarvan vindt.' Hij schudde zijn hoofd en liep weer naar de achterdeur.

Betsy ging gauw aan de slag, vastbesloten de stof geknipt te hebben voordat het tijd was om het middagmaal klaar te maken.

★

Met hulp van Abe tilde Caleb zijn vader uit zijn rolstoel op het bed beneden, waar hij na het middagmaal het liefst rustte. Zijn vader sliep zomaar meer dan een uur, iets wat hij voor zijn ongeluk nooit had gedaan.

Abe stapte de slaapkamer uit en liet Caleb alleen met pa, wiens gezicht nog ontsierd werd door vervagende blauwe plekken. Zorgvuldig bewoog Caleb de benen van zijn vader precies zoals hij had gevraagd, al kon pa vanaf zijn middel niets voelen. Maar zonder aarzelen kon hij zijn mening geven, zijn tong was niet verlamd.

Pa boog zijn hoofd en zette zich schrap met zijn lange armen. Hij keek nors naar zijn gekreukte broek. '*Ach*, strijk eens glad, Caleb,' blafte hij.

Caleb knikte en tilde eerste de ene voet en toen de andere op om de pijpen naar beneden te trekken. Hij bleef kalm terwijl hij de zwarte schoenen losmaakte en uitdeed om ze neer te zetten aan het voeteneind van het tweepersoonsbed. Het was hem een raadsel waarom zijn vader niet gewoon zijn slaapkamerslippers droeg. Hij ging per slot van rekening nooit het huis uit en bleef voornamelijk in de keuken bij mama, waar hij *Het Budget* las en de hele dag toekeek hoe ze kookte, bakte en schoonmaakte.

Voordat pa hem kon opdragen de quilt te pakken die opgevouwen op het dekenrek naast het bureau lag, pakte Caleb hem en spreidde hem met grote zorg uit over zijn vaders benen, bijna vergetend dat er geen sprankje gevoel in zat.

'Laat me niet te lang alleen.' Pa deed zijn ogen dicht. 'Zoals laatst.'

Caleb staarde knarsetandend naar de grond. Kon je het dan nooit goed doen bij pa?

'Luister je of treur je nog steeds om die meid van Fisher?' gromde pa. 'Laat me hier niet liggen rotten!' herhaalde hij.

Zijn broers en Leah en Emmie liepen voortdurend in en uit. Waarom moest pa hem hebben? Maar nee, hij liet zich niet ontmoedigen door de scherpe opmerkingen van zijn vader.

Caleb had sterk het gevoel dat zijn oudere zus Rebekah binnen goed van nut zou kunnen zijn als Gideon, Jonah en Abe het te druk hadden met boerderijwerk, vooral op dagen dat Leah weg was om bij de buren te werken. Zelfs als pa het niet goedvond dat Rebekah hier kwam wonen, zou het niet verstandig zijn om haar nu en dan te laten helpen nu alles op zijn kop stond?

'Nou, waar wacht je nog op?' zei pa, met één dik oog open. 'Ga tabak zaaien. Binnenkort moet je verplanten, hoor.

Jij, je broers en hun hele gezin. Je hebt alle hulp nodig die je krijgen kunt.'

Caleb knikte, maar zijn verbolgenheid hing als een wapenrusting om zijn schouders. 'Hebt u nu nog iets nodig?'

Pa wuifde met zijn hand, die nog groot en sterk was van het jarenlang tabak verbouwen.

'Dan kom ik over een paar uur bij u kijken.'

Het enige antwoord was een grom.

Dit is niet het juiste moment om over Rebekah te beginnen...

Hij was blij dat hij zijn mond had gehouden over de bezoeken van zijn neef Chris en hij vroeg zich af waarom mama noch een van zijn broers er een woord over gezegd had tegen pa. Anders had zijn vader allang zijn afkeuring uitgesproken.

Hij ging de kamer uit en liet de deur op een kier staan, zoals pa beslist wilde. Hij had medelijden met zijn moeder, die zijn vader nu nog meer dan vroeger op zijn wenken bediende. Caleb had zelfs geholpen met het zware werk van de voorjaarsschoonmaak. Met zijn moeder en zussen had hij de muren afgenomen en ramen gezeemd, aangezien het hun beurt was om de kerkdienst te houden en dat alles terwijl pa toekeek, klaarblijkelijk vol afschuw dat zijn zoon zich verlaagde tot vrouwenwerk. Maar Caleb gaf er niet om; hij moest zijn uren vullen om niet te veel aan Nellie Mae te hoeven denken.

Soms kon hij zichzelf wel schoppen dat hij de stad niet uit was gegaan toen hij de kans had. Met háár... als ze gewild had. Maar hij had de fout gemaakt te blijven en te wachten tot Nellie tot haar verstand kwam, in de hoop dat ze tot het besef kwam dat ze in de verkeerde kerk zat. Tevergeefs. En hoe langer ze het volhield in die nieuwe kerk van haar, hoe onredelijker ze vast en zeker zou worden.

★

Nellie was zo opgetogen dat ze Rosanna de oprijlaan op zag draaien, dat ze de winkel uit rende en zwaaide. 'Hallo, Rosanna!'

Haar vriendin klom traag uit het rijtuig en even schoot het door Nellies hoofd dat ze misschien nog steeds niet lekker was. 'Ik kom dit keer niet om gebak te kopen,' zei Rosanna.

'Je hoeft helemaal niets te kopen.'

Rosanna pakte haar hand en vroeg: 'Zou je erover willen denken morgen met me mee te gaan naar Bird-in-Hand?'

Dat deed Nellie goed. 'Ik zal kijken of mama of Nan de winkel zonder mij aan kunnen. Misschien samen.'

'Lieve help, je moet wel heel veel klanten hebben.'

'Je hebt geen idee.' Nellie omhelsde haar. 'O, ik ben zo blij dat je niet boos op me bent.'

'Waarom zou ik?'

Ze lachten samen en Nellie nam haar mee naar binnen om aan het tafeltje voor het raam te zitten. 'Heb je zin in een kop thee… of koffie misschien?'

Rosanna schudde vlug haar hoofd. 'Ik hoef niets.'

Dat was een verrassing. Sinds wanneer had Rosanna haar favoriete warme dranken opgegeven? Nellie kwam bij haar aan tafel zitten en vroeg zich af wat ze haar dan kon aanbieden. 'Wil je dan een beetje sap?'

'*Jah*, appelsap lijkt me lekker.'

Nellie knikte. 'Dat hebben we wel. Wacht maar even.'

Vlug ging ze naar huis en kwam terug naar de winkel met een kleine kan sap. Maar tot haar ontsteltenis zag ze dat Rosanna tranen wegveegde. 'Lieve Rosanna, wat is er?'

'Ik ben zo bang… net als jij toen je Treva's brief las.'

Nellie klopte op haar hand. 'Natuurlijk ben je bang.'

'Wat zal ik tegen hen zeggen… Bedenk eens: hoe kies ik de moeder van mijn kind?' Rosanna's gezicht was nat van tranen en haar *Kapp* stond scheef.

'God zal je wijsheid geven.' Nellie pakte de handen van

haar vriendin. 'Vraag er maar gewoon om.' Ze boog haar hoofd en begon zacht te bidden. 'Vader in de hemel, U ziet in onze harten, in Rosanna's hart en in mijn hart. U weet hoe onzeker Rosanna op dit moment is. Daarom vraag ik U om hulp voor morgen, zoals prediker Manny zegt dat we moeten bidden. En moge Uw wil geschieden. Amen.'

Toen ze hun ogen opendeden, zag Nellie haar moeder van het huis naar de bakkerswinkel lopen. 'Mama weet van Treva's brief, ik heb het aan haar verteld. Is dat goed?'

Rosanna knikte zuchtend. '*Denki* voor het gebed, Nellie Mae. Ik vind het mooi zoals je rustig tegen God praat alsof Hij hier bij ons zit.'

'Eigenlijk is dat toch ook zo?'

Rosanna glimlachte. '"Waar twee of drie vergaderd zijn", *jah*?'

Mama kwam binnen en Rosanna wenkte haar om bij hen te komen zitten, om te vragen of ze bezwaar zou hebben om morgen op de winkel te passen zodat Nellie mee kon naar Bird-in-Hand.

'Weet je heel zeker dat je wilt gaan, Rosanna?' vroeg mama bezorgd.

Rosanna keek naar Nellie en glimlachte. 'Nellie Mae heeft ervoor gebeden... en, *jah*, ik weet het heel zeker.'

'Nou ja, wie ben ik dan om iets anders te zeggen?' Mama reikte over de tafel en kneep zachtjes in Rosanna's beide handen.

Nellie beet op haar lip en vocht tegen haar tranen.

Hoofdstuk 12

Hij had niet bepaald een oogje op Sheryl Kreider, maar het was beslist een knap meisje. Chris kende haar al bijna zijn hele leven van de kerk. Het eindexamenfeest was over zes weken en hij moest toch *iemand* mee vragen, aangezien de hele jeugdgroep voor zulke dingen kwam opdraven, of ze in de hoogste klas zaten of niet, als één grote, aanmoedigende familie. Het baarde hem wel zorgen dat Sheryl zou kunnen denken dat hij meer dan één keer met haar uit wilde. In werkelijkheid was er niemand met wie hij dat zou willen. In zijn wereld, althans.

Als hij terugdacht aan zijn impulsieve stop bij Nellie Maes bakkerswinkel voelde Chris zich belachelijk. Hij wist dat hij niet gek genoeg was om haar mee uit te vragen, hoe interessant ze ook was. Zach had hem ondervraagd over waar hij een paar middagen in de week naar toe ging, maar Chris had geweigerd opening van zaken te geven en alleen gezegd dat hij een vriend in nood hielp. Niettemin werd het lastiger om Zachs vragen te ontwijken zonder er nog meer te laten rijzen. Straks begon hij Suzy weer erger te missen, als ze over hun Amish neven praatten.

Tussen het vijfde en zesde uur zag hij Sheryl bij haar kluisje staan. Ze draaide aan haar combinatie, haar bruine, schouderlange haar naar achteren gekamd in een losse knot onder de stijve mennonitische hoofdbedekking. Hij nam haar van top tot teen op; haar profiel deed hem denken aan dat van Nellie Mae.

Hou daar nou mee op, hield hij zichzelf voor terwijl hij door de gang liep om Sheryl mee te vragen naar het banket.

★

Rosanna hoopte dat Treva's kennissen haar aardig zouden vinden en als een goede moeder zouden zien. *Als God het wil*, dacht ze terwijl ze met Nellie Mae door de zijtuin liep terwijl Treva het paard vastbond.

Met z'n drieën betraden ze de grote, stenen boerderij om kennis te maken met de eerste vrouw, een trouw lid van de Oude Orde Amish kerk. De jonge moeder van vier kleintjes heette Emma Sue Lapp en door de manier waarop ze haar eerste twee namen uitsprak, werden ze in elkaar gedrukt tot één.

Rosanna luisterde terwijl ze babbelde over haar levendige kinderen en genoot van de heerlijke chocoladekoekjes van de vrouw. Rosanna hield Emma Sues jongste jochie vast, een vlaskopje van een jaar oud, en dacht er voortdurend aan hoe erg het zou zijn om zijn babybroertje of zusje mee te nemen. Beelden van de andere kinderen van nicht Kate die dweepten met Eli en Rosie raakten haar diep en huiverend wendde ze haar blik af van het kind in haar armen. Ongestoord leunde het jongetje tegen haar aan, vlakbij waar haar eigen kleintje groeide.

Rosanna probeerde zich te concentreren op Emma Sue. De vrolijke vrouw maakte het overduidelijk dat haar man ervóór was om deze volgende baby aan Rosanna te geven, 'zolang het een meisje is'.

Rosanna voelde zich niet lekker en heel aanmatigend, ze was opgelucht dat ze niet lang konden blijven. Nu ze er weer over nadacht waarom ze hier vandaag was gekomen, voelde ze zich terneergeslagen.

'In het volgende huis krijgen we een lichte maaltijd,' zei Treva, die naar Rosanna keek, die tussen Nellie Mae en haar zat ingeklemd op de voorbank van het rijtuig.

Gelukkig vroegen ze geen van beiden wat ze vond van Emma Sue. Rosanna had grote moeite om stil te blijven zitten en niet voor te stellen terug te gaan.

Maar toch, ze was nu al zo ver gekomen. Waarom niet doorgezet en de anderen ontmoet?

Tegen het middaguur was Rosanna uitgeput. Ze wilde dankbaarder zijn, althans meer dankbaarheid tonen. Maar ze voelde zich verdrietig toen ze de laan opreden waar Rosie Miller woonde.

Rosie ontving hen bij de deur. De attente, maar erg uitgesproken vrouw was al gezegend met acht kinderen, vier jongens en vier meisjes. Met een nieuwe baby onderweg, het kleintje dat ze bereid was aan Rosanna en Elias te geven, zou haar huis wel erg vol worden. Treva wees erop hoe interessant het was dat haar naam zo goed bij die van Rosanna paste, kennelijk vergetend dat Rosie ook de naam was van de baby waarvan Rosanna zo innig had gehouden.

Maar Rosanna wilde geen emotionele band leggen tussen de volwassen Rosie en de baby die ze zo erg miste dat ze soms 's nachts huilend wakker werd.

Toch was er iets aan deze Rosie wat Rosanna niet erg beviel. Misschien was het haar al te voortvarende manier van doen. Ze was bang dat Rosies baby eenzelfde karakter zou krijgen, terwijl zij een goedhartig kind wilde. Ook Elias zou dat koesteren in een kleintje.

De derde aanstaande moeder, Lena Stoltzfus, was een quiltvriendin van Nellies grootmoeder Hannah Fisher, die ook in de buurt woonde. Rosanna wenste dat er tijd was om bij haar *Dawdi* en *Mammi* langs te gaan. Lena's band met de familie van Nellie Mae wekte meteen Rosanna's belangstelling en ze hing aan de lippen van de vrouw.

Lena's gezicht straalde toen ze sprak over 'de leidende hand van God' en Rosanna vroeg zich af of ze wilde zeggen dat God haar op het hart had gelegd om een baby te krijgen voor Rosanna, net zoals nicht Kate had beweerd. De herinnering daaraan was nog te vers en Rosanna raakte gespannen. Lena was niet zo jong als Rosie en Emma Sue en ze wilde weten dat deze baby, haar zevende, 'opgevoed zou worden in de kennis des Heeren'. Treva zuchtte en Rosanna knikte vlug instemmend.

In het rijtuig op weg terug naar het huis van Treva's ouders, waar Rosanna en Nellie Mae afgesproken hadden met hun chauffeur, bedankte Rosanna Treva. 'Ik vind het zo aardig van je.'

'Blij te kunnen helpen.' Treva glimlachte. 'Als er iets *guts* uit voorkomt.'

Toen ze bij het huis kwamen, wachtten ze binnen aan de keukentafel op de chauffeur, terwijl Treva's moeder een glas limonade voor hen inschonk.

'Als ik zo brutaal mag zijn, heb je al een voorkeur voor een van de drie?' vroeg Treva.

Rosanna wilde niet ondankbaar schijnen. 'Ik heb tijd nodig om na te denken over deze dag,' bracht ze uit. *En meer tijd om te treuren om Eli en Rosie… en mijn eigen lieve baby hier,* dacht ze met haar handen in haar schoot. 'Het is allemaal zo snel gegaan, zie je.'

'Nou, dat is zeker,' antwoordde Treva, een beetje teleurgesteld. Ze had ongetwijfeld gehoopt erbij betrokken te worden.

Nellie Mae sprak. 'Het is zo'n grote beslissing na alles wat je hebt meegemaakt.'

Rosanna pakte haar limonade. 'Bijna te veel op dit moment.' Ze kreeg ineens het gevoel of ze wegglipte, alsof ze er helemaal niet bij was. *Of misschien wou ik dat alleen maar.*

'Niemand zegt dat je vandaag nog moet besluiten,' zei Treva met een blik op Nellie Mae.

'Zullen we het allemaal maar even laten rusten, gezien Rosanna's verdriet van nog niet lang geleden?' opperde Nellie Mae.

Treva scheen het te begrijpen, ze knikte langzaam. Toen

begonnen Treva en haar moeder over quiltbijeenkomsten en ze vroegen Nellie Mae of ze naar de volgende ging in Honey Brook.

Rosanna had weinig zin om te praten, ze luisterde alleen maar en was blij toen ze de chauffeur de laan in hoorde rijden.

★

'Je bent *ferhoodled*, Ken!' Het woord was Rhoda ontschoten en met grote ogen sloeg ze haar hand voor haar mond. Achterover leunend in haar stoel glimlachte ze verontschuldigend. '*Ach,* dat meende ik niet.'

Ken boog naar voren, zijn blauwe ogen waren zacht in het kaarslicht. 'Wat zei je daar?'

Ze lachte een beetje en veegde haar mond af met haar servet, in een poging zich te vermannen. Durfde ze te zeggen dat hij gek was en in de war? Hij had per slot van rekening net de gek gestoken met haar fantastische geheim, haar droom om eens te reizen, en eraan toegevoegd dat hij niet van plan om zelf ooit in een vliegtuig te stappen. 'Wat is er mis met willen vliegen?' vroeg ze.

'Begrijp me niet verkeerd.' Hij zweeg even en keek haar verwonderd aan. 'Je lijkt me gewoon niet zo'n... nou ja, niet zo'n jetsetter.'

'Maar dat is precies waarom ik het wil. Snap je dat niet?'

'Maar waarom zou je niet liever jezelf zijn?'

'Ik *ben* mezelf. Dit is wie ik *wil* zijn.' *Maar totaal niet zoals ik opgevoed ben.* 'Weet je, mijn oom de bisschop zou me roekeloos noemen omdat ik wil vliegen.'

Hij kneep zijn ogen halfdicht. 'Dat klinkt nogal afkeurend.'

'Dat zou je kunnen denken.' Steeds vaker geloofde ze dat veel van wat de bisschop zei, en sommige predikers ook, moeilijk te accepteren was. Maar niet wat prediker Manny uit zijn hart had gezegd, die preken hadden om de een of andere reden een gevoelige snaar bij haar geraakt. Maar ze wilde niet over de kerk praten, want dat interesseerde Ken niet. En ook wilde ze de tijd die ze samen doorbrachten niet verknoeien: dit speciale diner, compleet met kaarsen. Maar wat voerde haar vriend in zijn schild?

'En, ga je me nog vertellen wat *ferhoodled* is?' Hij gaf haar een knipoog en haar hart smolt.

'Hoe klinkt het?'

'Helemaal verward?'

'Precies. Dat is het dus,' plaagde ze.

Hij stond op en kwam naar haar toe, nam haar handen in de zijne en trok haar overeind. 'Ik ben inderdaad helemaal in de war. Jij doet dat met me, ik geef het toe.'

Ze glimlachte, blij met de aandacht die ze was gaan verwachten.

Hij keek weer naar haar haren. 'Je ziet er zo anders uit, Rhoda,' fluisterde hij, en stak een hand uit om het aan te raken.

'Dus je vindt het mooi?'

'Het is prachtig… zo glad, net zijde.'

Ze lachten samen. Toen legde hij zijn handen om haar gezicht. 'Je bent volmaakt, Rhoda… precies zoals je bent.'

Onwillig maakte ze zich los, onzeker hoe te reageren. Moest ze zeggen dat hij de knapste vent was die ze ooit had gekend?

Hij verraste haar door als eerste iets te zeggen. 'Als je de kamer wilt zien die te huur is, zal ik je die nu laten zien.'

'O… goed.' Maar haar hart zonk enigszins. Wilde hij dat ze van hem huurde in plaats van vooruit te denken aan een huwelijk?

'De huurder is vanavond weg. We kunnen nu een kijkje gaan nemen, als je wilt.'

'Weet je zeker dat het goed is?'

'Hij weet dat ik een nieuwe huurder moet vinden.'

Ken sloeg zijn arm om haar middel en ze liepen door de gang naar de lange, glanzende trap naar de tweede verdieping.

★

Mammi Hannah was zo blij geweest hen te zien dat ze Nellie Mae en Rosanna had overgehaald om te blijven eten, veel langer dan ze van plan waren geweest. Dankzij de openbare telefooncel had Rosanna Maryann kunnen bereiken, die Elias met alle plezier wilde vertellen dat ze na het eten thuiskwam.

Rosanna ontspande enigszins terwijl ze genoot van de smakelijke rundvleesschotel met zure room, uien en champignons, en erwtjes in roomboter, warme broodjes met aardbeirabarberjam en appelmoestaart. *Mammi* Hannah deelde met genoegen haar recepten met Nellie terwijl ze aan tafel zaten met koffie en tweede porties. Intussen had hun chauffeur andere mensen op te halen, dus het kwam hem goed uit om later terug te komen.

'Het was een hele schok om te horen van David Yoders ongeluk,' zei *Dawdi* Noah, die suiker in zijn koffie roerde. 'Maar je weet maar nooit wat je te wachten staat.'

Nellie Mae knikte.

'Het is wel heel verdrietig.' *Mammi* schudde haar hoofd.

'Tja, David is een vechter, dat staat buiten kijf,' zei *Dawdi*. Zijn baard bewoog. 'Hij zou iedereen wel eens kunnen verrassen door weer te gaan lopen... wie zal het zeggen?'

Nellie wist dat haar grootouders niet zozeer bedroefd waren door de verlamming van David Yoder, maar door de keuze die haar ouders hadden gemaakt om lid te worden van de nieuwe kerk. Dat was de reden dat ze in Bird-in-Hand bleven wonen in plaats van naast haar ouders in het *Dawdi Haus*, zoals de bedoeling was geweest. Ze hoopte dat ze iets zou kunnen zeggen of doen om hen aan het denken te zetten over de godsdienstige beroering in meerdere delen van Lancaster County en ook in andere staten. Sommigen noemden het 'een daad van God'. Anderen schudden in opperste verwarring hun hoofd, zoals *Dawdi* en *Mammi*. Ze hoopte dat ze gauw hoorden van de verbazingwekkende dingen die haar ouders en zij en vele anderen leerden uit de Schrift en uit de rake preken die ze elke Dag des Heeren te horen kregen.

'Er wordt veel gebeden voor David Yoder,' zei Nellie zacht. 'Om genezing van zijn lichaam... en ook om geestelijke heling.'

Meteen viel er een diepe stilte aan tafel.

Nellie werd ineens stoutmoedig. 'Het zou best eens kunnen dat David Yoder misschien diep vanbinnen nadenkt over het gepraat over een persoonlijke relatie met God. Een heleboel mensen hongeren ernaar.'

'Nou, nou, Nellie Mae.' *Dawdi* keek haar doordringend aan.

'Ik meen het,' zei ze. 'Waarom de vragen onderdrukken... het verlangen?'

'Hoe gaat het met je zus Rhoda?' vroeg *Mammi*. De gevolgen van de beroerte die haar grootmoeder had gehad, waren nog hoorbaar in haar lichtelijk slepende spraak.

Nellie wist dat haar op een vriendelijke manier de mond werd gesnoerd, maar Rhoda was niet het meest aangename onderwerp. 'Ik weet tegenwoordig niet veel van haar.'

Dawdi en *Mammi* knikten.

Ze hebben vast wel gehoord dat ze bij James en Martha woont...

'We zagen mevrouw Kraybill laatst bij de supermarkt. Ze zei iets over haar neef en Rhoda. Het schijnt dat je zus een *Englische beau* heeft.' *Dawdi* legde zijn lepel neer en vouwde zijn knobbelige handen om zijn koffiebeker. 'Eerst Suzy, nu Rhoda?'

Opgelaten keek Nellie naar Rosanna en zuchtte. Dit was

allemaal geen geheim. 'Rhoda slaat haar vleugels uit, denk ik. Maar Suzy… zij heeft haar geluk in de Heere Jezus gevonden.' Ze begon een aantal lievelingsteksten van Suzy op te zeggen en vertelde waarvoor Suzy had gebeden. Toen ze klaar was, waren *Mammi's* ogen vochtig, maar *Dawdi* keek onaangedaan.

'Niemand heeft ooit iets gezegd over deze kant van je zus,' zei *Mammi*. 'Ik weet niet wat ik ervan denken moet.'

Rosanna knikte. 'Suzy hield van God, dat staat vast.'

Dawdi fronste, zijn wenkbrauwen kwamen bij elkaar onder zijn dunnende pony. 'Zo praten over de Almachtige? *Ach*, dat is *unsinnich!*' Hij schudde zijn hoofd.

'Vroeger dacht ik er ook zo over, *Dawdi*,' waagde Nellie te zeggen. 'Maar nu zie ik dat de waarheid voor ons ligt… in Gods Woord, het is onmogelijk af te wijzen.' *Voor sommigen althans…* Het brak haar hart om haar grootouders zo met vragen te zien worstelen.

Rosanna pakte Nellies hand. 'Ook Elias en ik geloven dat we behouden zijn door de genade van God.' Er glinsterden tranen in de ogen van haar vriendin. 'U kunt ook behouden worden.'

Dawdi fronste, en *Mammi* fluisterde iets.

Teksten die Nellie uit het hoofd had geleerd kwamen boven, maar dit was niet het juiste moment om ze uit te spreken. De weerstand was te sterk waar de oude kerk nog regeerde.

Hoofdstuk 13

'Dit is een van de grootste slaapkamers in het huis.' Ken wees naar het hoge plafond. Rhoda stond naast hem in de deuropening en gluurde naar binnen, bewust van Kens arm om haar heen. 'De ramen kijken uit op het zuidoosten, dus langs die muur zullen je planten het goed doen.' Hij wees naar de ramen, die bekleed waren met een tweedachtige, goudkleurige stof. Het uitzicht op Strasburg was bijna even mooi als vanuit Kens suite boven.

Rhoda probeerde in gedachten zichzelf in de kamer te plaatsen en vroeg zich af hoe het zou zijn om hier elke ochtend wakker te worden, in de wetenschap dat Ken op de verdieping boven haar woonde. Zou ze vroeg en laat zijn voetstappen horen en het merken als hij kwam of ging? De moderne ruimte was zo anders dan de boerderij waar ze nu bij James' gezin woonde. Ze dacht aan haar schattige nichtjes en neefjes. *Wat zou ik ze missen als ik hierheen verhuisde.*

Ken keek haar aan. 'En, wat vind je ervan?'

'Het is mooi en ruim.' Onwillekeurig bewonderde ze de schikking van de meubels van de huidige huurder.

'Vergeet niet dat er een eigen badkamer bij is, met een bad en een douche.'

De televisie in de hoek maakte haar nieuwsgierig. Wat opwindend om er eentje te bezitten. *Op een keer*, dacht ze, met een blik op de mooie staande lamp en andere meubelstukken. Zou ze een eigen stijl ontwikkelen? Aangezien ze niet veel spullen had, zou ze moeten investeren in een bed en een ladekast, evenals een bankje of een tweezitsbank om gasten te ontvangen. *Komt Ken hier dan bij me op bezoek?*

Zuchtend deed ze een stap naar achteren. In haar hart

had ze gehoopt boven te wonen als Kens bruid en de grote ruimte samen te delen. Ze moest niet laten merken hoe teleurgesteld ze was, dan kwam ze verwaand over.

'Je kunt de kamer nog een keer bekijken als hij leeg is. Misschien weet je tegen die tijd beter wat je wilt.' Hij deed de deur dicht en sloot hem af met zijn loper.

Als ze trouwden, zouden ze dan het hele huis voor zichzelf hebben, voor hun groeiende gezin?

Op dat moment besefte ze dat ze het nooit over kinderen krijgen hadden gehad. Hield hij net zo veel van kinderen als zij? Ze had hem nooit met de kinderen van de familie Kraybill zien spelen, die eerste avond dat ze hem daar ontmoet had aan het diner, terwijl het toch zijn eigen neefjes en nichtjes waren. Noch had hij ooit vanuit zijn eigen gezichtspunt over hen gepraat.

Op de overloop boven aan de lange trap pakte hij haar hand. 'Ik schenk ons wat dessertwijn in voor bij het verrassingstoetje,' zei hij. 'Zou je dat lekker vinden?'

Wijn… bij het eten en na het eten?

Tja, wie was zij om tegen te spreken? Dit was Kens leven en zelfs de vreemdste aspecten waren welkom.

'Neem je huurders met kleine kinderen aan?' vroeg ze terwijl hij een stoel voor haar aan zijn tafel bijtrok. Het leek een beetje te donker in de eetkamer en ze glimlachte toen hij de dimschakelaar indrukte en het licht wat aandraaide voordat hij de kaarsen weer aanstak.

'Zo.' Hij deed een stap naar achteren en glimlachte. 'Veel beter.' Hij ging naar de keuken, waar hij twee dessertbordjes pakte en twee kleine glazen. 'Wat vroeg je ook alweer?'

'Zijn kinderen hier welkom?'

Hij trok een lelijk gezicht. 'Honden en kinderen zijn een strop voor je investering.'

'Hoe bedoel je, een strop?' vroeg ze.

'Met andere woorden, ze zijn rampzalig,' verklaarde hij botweg, terwijl hij de twee dessertbordjes met een royale punt taart erop naar binnen bracht. 'Van de meeste kinderen heb je meer last dan gemak.' Hij zette de kersentaart met een bolletje roomijs voor haar neer. Toen pakte hij zijn vork op en keek haar zonder verblikken of verblozen over de tafel heen aan.

Ze voelde zich bijna ziek. Ze dacht aan de kinderen van haar eigen familieleden. Die waren vermakelijk en slim en verantwoordelijk... Heel leuk, kortom. 'Hou je van je nichtjes en neefjes van de familie Kraybill?'

'Wat krijgen we nou? Een kruisverhoor?' Hij staarde haar langs de kaarsen heen aan.

Rhoda besefte dat ze op het punt stond een mooie avond met een fijne man die kennelijk verzot op haar was te bederven. Ze pakte haar vork op en dwong zichzelf een hap te nemen van Kens kersentaart. Hoewel ze absoluut geen trek meer had.

Pa zegt dat kinderen een zegen van God zijn.

Hij stond op om dessertwijn in te schenken en ze knikte dankbaar toen hij haar een glas met een kleine hoeveelheid aanreikte. Met ingehouden adem nam ze een klein slokje, zoals ze hem had zien doen. Ze voelde zich ontzettend gespannen, alsof ze viel en niet meer terug kon.

★

Betsy had het koud en wilde de gehaakte deken hebben die ze soms over haar schoot drapeerde als Reuben haar voorlas uit de Bijbel. Vlug ging ze naar boven naar de dekenkast aan het voeteneind van het bed. Ze opende het deksel, deed een stap naar achteren, verbaasd door de aanblik van het reukzakje, het 'hoofdpijnkussentje' dat Suzy voor haar had gemaakt, dat bovenop de quilts en de gehaakte dekens lag.

Hoe komt dat hier?

Ze wist nog dat ze er laatst mee was gaan slapen, maar toen was het 's morgens op de grond gevallen. Natuurlijk, daar had Reuben het gevonden en hij had het weer in de kist gelegd.

Ze staarde naar Suzy's verfijnde handwerk. Had Reuben speciale aandenkens en herinneringen aan hun Suzy? Hij sprak haast nooit over haar. Was de pijn van het verlies nog te vers... te gevoelig? Of had zijn verdriet troost gevonden in het weten dat hun jongste nu woonde aan de voeten van de Heiland?

Wat meer naar onderen vond ze Suzy's favoriete lente-quilt. Ze stopte het reukzakje in de vouwen en liet het veilig in de dekenkist zitten. Ze pakte de gehaakte deken, sloot het deksel en ging weer naar beneden, zich verheugend op de Schriftlezing... en het alleen zijn met Reuben later van-avond.

★

Tijdens de woensdagavondles waren de jongens uitzonder-lijk onrustig en na de Bijbelstudie, afgestemd op jongeren, stelde Chris maar drie vragen om hun aandacht te testen. Na nog wat grappenmakerij vroeg hij om een gebed voor de neef van zijn vader en vertelde dat David Yoder een trap van een muilezel tegen zijn hoofd had gehad. Een paar jongens trokken zelf hun hoofd in.

Tot zijn verrassing bleef Billy Zercher, de eenling, nog rondhangen toen de anderen al weg waren. 'Ik heb nog nooit gehoord dat een muilezel iemand trapte.' Hij knipperde snel met zijn ogen. 'Hoe is dat gekomen?'

'Hij was de ploegketting aan het repareren.'

Bill friemelde met zijn vingers. 'Is hij Amish?'

Het kind was heel opmerkzaam. 'Ja. Waarom vraag je dat?'

'Nou, die gebruiken toch muilezels op het land?'

Hij glimlachte. 'Dat klopt. Heb je dat wel eens gezien?'

'Soms, van een afstand.'

Hij keek Billy na toen hij naar de deur liep. De jongen bleef staan, alsof hij wachtte of Chris nog meer wilde zeggen. Toen viel hem iets in. 'Zeg Billy, zou je wel eens op bezoek willen bij een Amish melkveehouderij?'

De ogen van de jongen lichtten op. 'Echt?'

'Vraag het maar aan je moeder.'

'O, van haar mag ik wel… als jij me meeneemt.' Hij keek bijna vrolijk.

Chris voelde zich bemoedigd.

Ineens weer verlegen zwaaide de jongen en vertrok.

Chris verzamelde de bijbels en stapelde ze op in de kast. Hij hoopte maar dat Caleb het goed zou vinden. Hij had zich erover verbaasd hoezeer hij zich erop verheugde naar zijn neef te gaan en hij hoopte een hechtere band met Caleb te krijgen, om hem in de richting van God te duwen. Vriendschap met hem sluiten was simpelweg het begin.

Was het maar net zo makkelijk om Nellie Mae beter te leren kennen. Misschien zou hij over zijn verliefdheid heen raken als hij haar beter kende. *Er is maar één manier om daarachter te komen.* Zou hij haar vertrouwen genoeg kunnen winnen om haar een keertje te vragen een ijsje te gaan eten, of een wandeling te maken? Hoe raar zou dat zijn voor haar? Voor hem?

Was het tijd om Zach te vertellen wat hij voelde? Hij had geen zin om iets te doen waardoor zijn broer weer dieper in de put raakte.

Op weg naar de hal van de kerk, zag hij Sheryl met een vriendin. Hij bedacht dat het tijd was om op vriendschappelijker voet te komen met zijn aanstaande afspraakje en wachtte glimlachend tot ze klaar was met haar gesprek. Sheryl kwam met stralende ogen op hem af en hij voelde zich schuldig omdat hij iets in gang had gezet.

'Hoi, Sheryl.'

Ze glimlachte bevallig, haar wenkbrauwen licht gebogen van verrukking. 'Hoe gaat het?' Ze sprak zo zacht dat hij dicht naar haar toe moest buigen om haar te verstaan.

'Het schooljaar is bijna afgelopen,' zei hij, hoewel praten over koetjes en kalfjes het laatste was wat hij wilde.

Ze knikte. 'Nog een maand tot het banket.'

'Zes weken, ja.'

Glimlachend keek ze naar een andere vriendin die naar haar zwaaide toen ze langsliepen.

'Wat voor kleur jurk ben je van plan om te dragen?'

'Lichtblauw,' zei ze.

Hij nam zich voor het te onthouden. 'Oké... klinkt leuk.' Hij glimlachte en vroeg zich af hoe andere kerels dat deden, een gesprek voeren met een meisje dat ze kenden, maar niet *echt* kenden. In alle jaren dat ze samen waren opgegroeid in deze kerk had hij nooit de moeite genomen om Sheryl beter te leren kennen... tot nu. Tjonge, Zach kende haar waarschijnlijk beter dan hij. Zijn jongere broer was altijd vlotter geweest, meer op zijn gemak bij meisjes.

Misschien klikte het daarom tussen Zach en Suzy. Ze waren allebei extraverter dan hij, maar dat zei niet veel. *Extravert als Nellie Mae,* peinsde hij met een ongeveinsde glimlach. Meteen klaarde Sheryl op, ze geloofde vast dat zijn blijde gezicht voor haar bestemd was.

Tijdens de hele rit naar huis voelde Chris zich ellendig. Hij kon zichzelf wel schoppen omdat hij Sheryl in zo'n meelijwekkende positie plaatste. Hij had een hoop goed te maken. *Ik mag wel een heel bijzondere corsage voor haar kopen,* besloot hij.

Maar wacht eens, als hij alles uit de kast haalde wat bloemen betreft, zou dat niet al te aanmoedigend zijn? Hij kermde hardop en reed naar huis.

Hoofdstuk 14

Op donderdag, marktdag, nam Rosanna uitgebreid de tijd om zes grote quilts uit te spreiden. Dankbij Elias was ze vroeg genoeg om de uitstaltafel op te eisen die het dichtst bij de snoepkraam lag, een populaire stopplaats voor winkelende mensen. Daar stond ze ook niet ver van een aantal andere vrouwen van prediker Manny's kerk, die ingelegde groene tomaten, bieten en paprika's verkochten.

Ze zag een paar vrouwen van de Beachy kerk die ook hun spullen al aan het uitstallen waren. 'Hallo!' Ze zwaaide en lachte. Wat was ze toch dankbaar dat Elias op andere gedachten was gekomen over tractors en auto's, en over lid worden van de liberalere Beachy Amish. Wat een verdeeldheid zou dat bij hen thuis hebben veroorzaakt. Voorlopig was Elias er tevreden mee de Nieuwe Orde kerk te bezoeken, waar aanstaande zondag na de preek en de liederen van aanbidding de wijding plaatsvond van een tweede prediker. Vanwege haar zwangerschap had ze geen maaltijden overgeslagen om te bidden en te vasten, zoals Elias en de rest enkele weken hadden gedaan, maar ze had oprecht gebeden voor Gods wil in de keuze van deze prediker. Net als in de oude kerk moest de man die door trekking van het lot gekozen werd, bereid zijn de Schrift te bestuderen en tijd te besteden aan de voorbereiding van preken. Ook lag er grote nadruk op het uit het hoofd leren van Gods Woord, wat Rosanna bemoedigend vond, want ze voelde zich onder de preken van prediker Manny net een dorstige spons.

Ze schikte de uitstaltafel op de kleuren van de quilts, de felste kleuren plaatste ze aan weerskanten: een rood en koningsblauw Barspatroon en haar Sunshine and Shadows quilt helemaal in donkerrode, blauwe en gouden tinten. De zachtere, gedemptere kleuren en ontwerpen waren voor het centrum van de tafel. Deze truc had ze geleerd van haar tante, een deskundige quiltster en de oudste zus van haar moeder.

Gewoonlijk had Rosanna rond het middaguur alles verkocht. Ze hoopte maar dat het deze week ook zou zo zijn. Elias had een boodschap te doen in de buurt van White Horse en ze hoopte dat zijn terugkeer samenviel met het tijdstip dat zij klaar was om naar huis te gaan.

Futloos zat Rosanna achter de tafel, tevreden dat de quilts er netjes en mooi bij lagen. In haar dagdromen dacht ze vaak aan de vele mooie babyspulletjes die ze kon maken, mocht God haar toestaan een zoon of een dochter ter wereld te brengen. Het geld dat ze met haar quilts verdiende, zou ze met plezier gebruiken voor stof en garen.

Na het bezoek van gisteren aan Bird-in-Hand vond ze het welhaast onmogelijk om niet te denken aan Emma Sue, Rosie en Lena, zulke zorgzame vrouwen. Maar was ze bereid het kind van een andere vrouw aan te nemen als haar eigen?

Een jonge vrouw met stralende ogen stond stil bij haar tafel en Rosanna zette haar overpeinzingen van zich af. Ze hoopte dat de algemene zwakheid die ze nu voelde, zou afnemen zodat ze Elias niet weer hoefde gerust te stellen dat alles goed kwam. De laatste tijd vroeg hij elke ochtend liefdevol hoe het ging. Toch wilde ze hem beschermen, dus ze hield nog steeds voor zich dat ze zwanger was.

'Tjonge, wat is dat een schitterende quilt,' zei de klant. 'Is dat het Log Cabin patroon?'

'*Jah*, dat klopt.' Ze wees naar de grote vierkante quilt.

'Is hij echt door de Amish gemaakt?' vroeg de vrouw.

Rosanna knikte. 'Ik heb hem zelf ontworpen.'

'Voortreffelijk werk.' De vrouw betastte de rand van de quilt. 'Werkt u ook op bestelling?'

'Ik wil met genoegen iets voor u maken.' Ze reikte naar

haar schrijfblok en een pen. Ze was eraan gewend om quilts te naaien naar de zin van een koper. Ze schepte genoegen in het proces van patronen en kleuren kiezen, en het ontwerpen van het unieke dessin, evenals in het quilten zelf. Elk aspect was wonder-*gut*, ook met de voltooide quilts op de markt staan. 'Welk patroon wilt u?' vroeg ze.

'Kunt u een Album Patch voor me maken?'

'Wat voor kleurenschema?'

De vrouw dacht even na. 'Zolang er maar wat groen in zit, als achtergrond misschien, en geel en roze, elke mengeling is goed.'

'Klinkt mooi,' zei Rosanna, die de vele stukjes voor zich zag in elk van de vijfentwintig vierkanten, even duur om te maken als het mooie Dahliapatroon, met zijn afzonderlijke verzamelde bloemblaadjes.

'Ik heb er eens een gezien op een verkoop van antieke quilts, die ging voor bijna zevenhonderd dollar weg,' zei de klant.

'Nou, die van mij zal u dat lang niet kosten.' Rosanna legde uit dat het fijne wollen batist en kasjmier van vroeger niet meer te krijgen waren. 'Tegenwoordig gebruiken we polyesters en knipsels van oude jurkenstof, stukken van zondagse mannenoverhemden en allerlei andere stukjes. Ik koop zelfs wel eens quiltvierkantjes speciaal voor mijn werk. Lijkt u dat iets?'

De vrouw glimlachte breed. 'O, wat vind ik dat opwindend.' Ze pakte haar portemonnee en deed een contante aanbetaling. De rest zou ze betalen met een cheque op naam.

Rosanna stemde in met de betalingsmethode. Ze had wel eens te horen gekregen dat ze te goed van vertrouwen was, maar zo waren haar moeder en haar grootmoeders ook. En bij haar weten waren ze met *Englischers* nooit op moeilijkheden gestuit. 'Ik geef u mijn adres, dan kunt u hem over drie weken bij mij thuis of hier op de markt komen ophalen. Ik zal iets moois voor u maken.'

De vrouw schreef haar eigen naam, adres en telefoonnummer op een kaartje dat Rosanna haar overhandigde. 'Hartelijk bedankt. U weet niet hoe een groot plezier u me hebt gedaan.'

Rosanna keek naar het kaartje. 'Ik hoop dat je er blij mee zult zijn, Dottie,' zei ze. Ze voelde een steek van pijn in haar middel. Ze glimlachte zonder haar gezicht te vertrekken terwijl ze de vrouw haar adres overhandigde. 'Een prettige dag.'

Na die klant kwamen er nog vier. Ene Julie en Wendy wilden quilts op bestelling, evenals wiegenquilts. Rosanna bood aan gratis het Ocean Wave patroon voor hen te maken. De zussen stonden versteld, maar Rosanna hield vol en ze drongen aan dat hun vriendin Bonnie de duurste quilt die er lag aanschafte, 'om het goed te maken'.

Om elf uur, toen Rosanna onder de tafel naar haar lunchpakket reikte, was ze zo hongerig en duizelig dat ze blij was dat ze zat. Ze had overwogen naar een dokter te gaan, maar ze wist dat Elias zich dan zorgen zou maken.

Terwijl ze langzaam zat te eten, viel haar oog toevallig op haar nicht Kate met haar nichtje Lizzy, die aan het eind van de straat stonden. Ze hielden ieder een van de tweeling vast terwijl ze praatten met de jonge Amish vrouw die bekend stond om haar jams en geleien, Rebecca uit het nabije Hickory Hollow.

Hoe hard ze ook haar best deed, ze kon niet ophouden met staren naar Kate en Lizzy… en de baby's. Allemensen, wat werden ze groot! Hoe oud waren ze nu? *Geboren op zeven november en vandaag is het tien april… dus ze zijn alweer vijf maanden, de schatjes.*

Ze begon onbedwingbaar te huilen.

'*Ach*, Rosanna, gaat het wel?' vroeg de vrouw aan de tafel naast haar. Ze kwam naar haar toe en boog zich over haar heen.

Ze kon niets zeggen, schudde haar hoofd en klopte op

haar borst, in een poging zich te beheersen.

De vrouw wees naar de half opgegeten boterham in haar hand en vroeg of er soms iets heets in zat. 'Wil je iets drinken?'

Rosanna knikte, opgelucht toen de vrouw wegliep om een beker water voor haar te halen. Toen ze terugkwam waren Kate en Lizzy kennelijk naar de andere kant omgelopen, want Rosanna zag hen niet meer. *Maar goed ook.* Ze moest zich vermannen, anders barstte ze echt in snikken uit. *En o, wat zou ik huilen als ik de lieve gezichtjes van de tweeling te zien kreeg.*

Toen stond ze op, gedreven door een onweerstaanbare aantrekkingskracht. *Ik moet Eli en Rosie zien... ik moet hun kleine handjes voelen.* Ach, *ik kan er niets aan doen.*

De vrouw met het water onderschepte haar, pakte haar bij de arm en nam haar mee terug naar haar tafel en de enige quilt die nog over was met de zachte, gedempte Nine Patch in het midden. 'Zo, dit zal je goed doen.'

'*Denki,*' bracht ze uit terwijl ze dankbaar weer ging zitten.

'Je ziet zo wit als een doek.' De vrouw nam haar op. 'Komt er straks iemand voor je?'

Ze knikte vlug. 'Mijn man komt me ophalen.' Dankbaar dronk ze met kleine slokjes van het water. Ze bracht haar gedachten op andere dingen, het geld dat ze vandaag had verdiend en de aardige nieuwe klanten: de knappe Dottie en de twee zussen Julie en Wendy en hun vriendin Bonnie. Ze overpeinsde alle gezichten, elke opmerking... allemaal om haar gedachten af te leiden van het feit dat haar lievelingen hier op de markt waren, in ditzelfde gebouw.

Als Elias een paar minuten later niet was gekomen, had Rosanna niet geweten wat ze wellicht had gedaan. Een scène geschopt, misschien? Ze wilde geloven dat ze haar emoties onder controle had gehouden. Maar ach, haar hart trok zo naar Eli en Rosie.

Maar voorlopig vouwde Elias de enig overgebleven quilt op en keek haar nieuwsgierig aan. Hij vroeg of het beter met haar ging dan vanmorgen vroeg. Hij ondersteunde haar elleboog toen ze naar het loket liepen om hun verschuldigde percentage te betalen.

Toen ze naar de uitgang liepen, vertelde ze hem dat ze Eli en Rosie had gezien en hij sloeg zijn arm om haar heen en zei geen woord. Aldoor hoopte ze tegen beter weten in dat ze Kate en Lizzy met de baby's niet tegenkwamen, nu ze zo emotioneel was. *Laat me alstublieft zonder kleerscheuren thuiskomen.*

Bijna de hele weg hield Elias haar hand vast. Het zachte wiegen van hun oude overdekte rijtuig suste haar tot kalmte en ze leunde met haar hoofd tegen de sterke schouder van haar man.

Toen ze thuiskwamen, ging ze liggen om te rusten en Elias stopte haar teder in bed. Bezorgd kwam hij naast haar op bed zitten en streelde haar arm.

Ondanks dat ze zich nu tamelijk prettig voelde, kon Rosanna de herinnering niet uitwissen aan de baby's die knus en vrolijk in Kates en Lizzy's armen genesteld waren. En ze wist zonder enige twijfel dat ze op dit moment niet kon overwegen de baby van een andere vrouw te 'adopteren'. *Misschien wel nooit.*

★

Chris Yoder popelde om over de achterafwegen naar het land van zijn Amish neven te rijden. Hij hield van de openheid en de boerenactiviteit aan beide kanten, nu Amish en *Englisch* druk bezig waren slijk te verplaatsen op hun erf, om ondiepe slootjes te maken voor de afvoer van dooiwater in de lente. Chris herinnerde zich dat hij David Yoder en zijn oudere zoons jaren geleden hetzelfde had zien doen.

Onlangs had Caleb gezegd dat hun trekpaarden hun haar

begonnen te verliezen, ook een teken dat de lente kwam. Chris merkte dat hij beter op zulke dingen lette nu hij hielp op de boerderij. Caleb en Abe waren gewoonlijk ergens aan het werk en soms kwam Gideon of Jonah een paar uur. Gelukkig hadden de andere broers zijn hulp zonder omhaal aanvaard, maar alleen Caleb praatte echt op zijn gemak met hem.

Toen Chris de oprit opreed, zag hij tot zijn verrassing de bankenwagen geparkeerd staan. Hij kon zich niet voorstellen dat David en Elizabeth aanstaande zondag de kerkdienst ontvingen, nu David zoveel hulp nodig had. Maar hij had ook geen idee hoe het werkte in deze Gemeenschap. Klaarblijkelijk bleven ze keurig op tijd alles doen wat ze altijd deden, al was het hoofd van het gezin zo ernstig gewond. Het ging hem boven zijn verstand hoe de familie overeind bleef zonder de hulp van een inwonende verpleegster of therapeut. Toen hij met Caleb had gesproken over de wanhopige toestand van zijn vader, had Caleb alleen gezegd dat het zo nu eenmaal ging bij hen. 'Het leven gaat door, wat er ook gebeurt.'

Chris parkeerde en zette de motor af. Toen hij opkeek, zag hij tot zijn schrik dat Calebs vader door de vier broers naar buiten werd gedragen op een provisorische draagbaar met een smalle matras.

Hij sprong uit de auto en haalde hen in. Langzaam liep hij achter het gezelschap aan naar de achterdeur. Hij wilde niet storen en wachtte op de achterstoep, in de war door wat hij had gezien. Toen Leah de deur opendeed en vroeg of hij binnen wilde komen, zei hij dat hij op Caleb wilde wachten.

'Het kan nog wel even duren voordat mijn broer komt.'

Tot op de dag van vandaag was hij sinds zijn kindertijd nog niet weer binnen gevraagd. 'Ik wacht wel, bedankt,' zei hij. Van Caleb had hij de indruk gekregen dat het beter was als hij geen beroering wekte.

Spoedig kwamen er twee oudere mannen met lange, bruine baarden uit het huis, ze praatten langzaam in Pennsylvania Dutch. De mannen knikten toen ze zijn blik vingen, maar ze liepen door. Hij bleef opgelaten staan en hoorde flarden van iemand die binnen hard praatte. Toen een gegrom en een schreeuw en hij begreep dat Calebs vader moeizaam weer in zijn rolstoel werd gezet.

Vlug maakte Chris dat hij buiten gehoorsafstand kwam. Zonder te weten waar hij heen moest om geen privégesprekken te hoeven horen, liep hij naar de schuur en keek toe hoe de vastberaden optocht koeien naar het melkhuis liep. Het verbaasde hem opnieuw hoe elk dier onafhankelijk naar zijn eigen melkbeugel liep.

Onder het wachten vroeg hij zich af of David Yoder net was teruggekomen van een afspraak bij de dokter. Dat moest wel. En meteen wist hij hoe hij van dienst kon zijn om die beproeving voor de neef van zijn vader, de arme man, te verlichten.

Hij hoorde stemmen en zag Abe en Caleb de schuur binnenkomen. Vlug begonnen de broers de halsbeugels vast te maken terwijl de koeien hooi aten. Dat had Chris in hun afwezigheid kunnen doen, maar Caleb had vorige week gezegd dat de koeien nog steeds aan hem moesten wennen en Chris wilde ze niet bang maken.

Hij hoefde niet te vragen of zijn vermoeden klopte. Terwijl Abe begon te melken, vertelde Caleb hoe moeilijk het was voor zijn vader om elke week in de bankenwagen naar de revalidatie te gaan.

Chris bood meteen de bestelbus van zijn vader aan, waarmee ze bezorgingen voor de kwekerij deden.

Caleb keek hem onthutst aan. 'Wil je dat doen?'

'Tuurlijk, waarom niet? Ik kan je vader makkelijk heen en weer rijden, zolang het na schooltijd is. Pa zal geen bezwaar hebben. Ik heb er al met mijn ouders over gesproken wat ik hier wil doen.'

'Nou, zijn volgende afspraak is dinsdagochtend,' zei Caleb. 'Ik zal kijken of het verzet kan worden naar de middag. Pa zal vast wel met je mee willen. Hij klaagde daarstraks dat hij nooit meer ging als hij nog eens op die stijve plank moest liggen.'

'Denk je dat je een oprit kunt maken voor zijn rolstoel?' opperde Chris.

'Goed plan. We zullen ernaar kijken.' Caleb knikte. 'Eerlijk gezegd doet het me pijn om mijn vader zo te zien lijden. *Denki*, Chris.'

In Calebs ogen stond een mengeling van pijn en dankbaarheid te lezen. *Ik hoop maar dat ik kan helpen de spanning hier te verlichten en het niet erger maak,* dacht Chris, zich afvragend wat hij nog meer kon doen zonder inbreuk te maken op het leven van zijn neef.

Hoofdstuk 15

De hele middag praatte mama almaar over vlug naar Martha gaan, in de hoop ook Rhoda nog tegen te komen, maar ze was nog steeds bezig in de bakkerswinkel toen het bijna sluitingstijd was. Nellie, die nu de klanten bediende, wilde dolgraag vertrouwelijk praten met Nan, als mama inderdaad vertrok. Anders moest ze wachten tot vanavond. Nan en zij hadden lekker opgerold op Nans bed verscheidene nachtelijke gesprekken gevoerd over de Schrift. Samen hadden ze bijna de eerste vijf hoofdstukken van het Evangelie van Johannes uit hun hoofd geleerd.

Mama liep naar de deur, zei vlug gedag en snelde naar het wachtende rijtuig dat pa juist voor haar had teruggebracht.

'Ik dacht toch echt dat mama zich bedacht had en vandaag thuisbleef,' zei Nan met een blik uit het raam.

'*Ach*, grappig. Ik dacht het ook.'

'Dus je hebt een geheim te vertellen, hè?' Nans ogen twinkelden.

'Nou, ik heb eens nagedacht over alle keren dat je me hebt gevraagd mee te gaan naar de zangavonden van de Nieuwe Orde.'

Nan boog zich met een komieke uitdrukking op haar gezicht naar haar toe. 'Wil je zeggen dat je er klaar voor bent?'

'Nee.'

'Wat dan?'

'Ik wil alleen je *beau* zo graag zien... al is het maar van een afstand.'

Nan lachte. 'O, wat ben jij een stiekemerd, hè?'

Nellie probeerde niet te lachen. 'Hoe lang moet ik nog wachten, zus?'

'Hij is heel knap, dat wil ik wel zeggen.'

'Dat zijn zoveel jongens.'

'Maar hij is niet zo brutaal als sommigen, dus ik betwijfel of hij ooit bij de schuurdeur op me zal wachten… zodat *jij* een glimp van hem kan opvangen.'

'Goed, dan moet je me vertellen wie het is.'

Nan sloeg schertsend haar armen over elkaar. 'Dat hoef ik je helemaal niet te vertellen.'

'Dat is waar.'

Nans gezicht klaarde op en ze plaagde: 'Maar als je zijn naam raadt, zal ik het vertellen.'

Daar had Nan haar goed te pakken. 'Het duurt veel te lang om alle jongelui van de nieuwe groep op te noemen. En jou kennende zul je me vast geen aanwijzing meer geven.'

'Niet één!' Daarop barstte Nan weer in lachen uit.

'Nou, als je in de herfst gaat trouwen, zal hij wel doopkandidaat zijn, *jah*?'

'Nu begin je warm te worden.'

Nellie Mae dacht aan alle jongemannen die de juiste leeftijd hadden om lid van de kerk te worden. Er kwamen voornamelijk neven in haar op. 'Je bent toch niet verliefd op een familielid, hè?'

Nans ogen puilden uit en ze probeerde zich te beheersen.

Dit was leuk. 'Pa's neven hebben heel wat zoons van de verkeringsleeftijd…'

'Maakt niet uit. Ik vertel het ook niet als je het wel raadt.'

'Nou, Nan!'

'Ik kan het beter voorlopig niet zeggen.'

'O, en ik was er zo dichtbij.'

Nans ogen twinkelden weer. 'Dat denk je maar.'

'*Ach*, wat plaag je me. Dan moet ik zeker maar met je mee naar de zangavond.'

'Wonder-*gut*! Ik hoopte dat je dat zou zeggen.'

Nellie Mae schudde haar hoofd. *Waar raak ik in verzeild?*

★

'Het leven is vol vreemde wendingen,' zei Caleb tegen Chris terwijl ze naar het melkhuis liepen. 'Ik had nooit verwacht dat mijn vader in een rolstoel zou belanden. Ik dacht dat hij nog steeds tabak zou snijden als zijn tijd gekomen was.'

'Het moet moeilijk zijn om hem zo te zien.'

'Eén ding staat vast,' zei Caleb. 'Het zet je wel aan het denken.'

'Wat?'

Caleb haalde zijn schouders op. Hij wist dat hij met een gesprek over ziekte en dood de deur wagenwijd openzette voor Chris' ongetwijfeld vreemde ideeën. Maar het kon hem op dit moment niet schelen. 'Wij gaan anders met zogenaamde tragedie om dan *Englischers*, zie je.'

'Maar je bent een mens. Je lijdt toch ook.'

'Gewoonlijk in stilte,' zei Caleb zacht. 'Soms vraag ik me af…' Hij zweeg even, schudde zijn hoofd, onwillig om zijn frustratie onder woorden te brengen. Hij staarde uit het raam en vroeg zich af hoe ze hier opgekomen waren.

Chris schraapte zijn keel. 'Ik neem het je niet kwalijk. Je denk te weten hoe je reageert op zoiets vreselijks als het ongeluk van je vader, maar voordat het gebeurt kun je het eigenlijk niet weten.'

Hij keerde zich af van het raam en verbaasde zich over Chris' antwoord. Hij was gewend geraakt aan schijnbaar trotse verklaringen van bepaalde mensen van de Nieuwe Orde, *de behouden mensen*. Maar Chris leek anders. Waarom?

Alsof hij antwoord gaf op Calebs vragende blik, boog Chris zijn hoofd een ogenblik en haalde zijn handen door zijn dikke, blonde haar. 'Ik zal je zeggen… de verdrinkingsdood van Suzy Fisher was het ergste wat onze familie ooit is overkomen. Het moeilijkste was het voor Zach en mij.'

'Kende je haar goed?'

Chris zweeg even, alsof hij zijn woorden zorgvuldig af-woog. 'Voor de korte tijd dat mijn broer verkering met haar had, zou ik zeggen dat ik haar tamelijk goed kende, ja.'

Caleb keek Chris onderzoekend aan. 'Je was erbij toen ze stierf, hè?'

Chris knikte en deed een stap opzij van de melktank. Caleb opende voorzichtig het deksel om het roermecha-nisme te controleren. 'Laat ik maar zeggen dat het ons geloof geschokt heeft, van mijn broer meer dan van mij. 'Waarom stond God toe dat zo'n prachtig jong meisje verdronk? We hadden debatten gehoord over lijden, maar...' Hij aarzelde. 'Tot het jezelf raakt, is alle gepraat van de wereld niets meer dan dat... gepraat.'

'En wat is er gebeurd? Ik bedoel, hoe heb je het volge-houden... om te geloven zoals je gelooft?' vroeg Caleb.

Chris haalde zijn schouders op. 'We besloten God zoge-zegd op Zijn Woord te geloven. Het is soms moeilijk, maar in de Bijbel staat het duidelijk: wat ons wacht... na dit leven, het is onmogelijk te begrijpen of voor te stellen. Maar het allerbelangrijkste voor ons...'

Caleb wachtte af.

'We wisten dat we Suzy weer zouden zien.'

Caleb slikte moeilijk. Hij wilde niet laten merken hoe hij zich voelde, uitgesproken hulpeloos. Alleen zelfs. 'Mijn vader zegt dat we niet zeker kunnen weten waar we heen gaan. Maar we mogen hopen op de hemel, als de Dag des Oordeels komt.'

'Nou, daar ben ik het niet mee eens.'

Chris lijkt zo zeker van zijn zaak. 'Waarom niet?'

'Omdat Gods Woord ons anders leert.'

'Ik moet toegeven dat ik sinds het ongeluk van pa soms dingen denk die de bisschop zouden schokken.' Caleb lachte gedwongen en zenuwachtig.

'Nou, ik ben je bisschop niet, Caleb.'

Hij draaide zich langzaam om en wierp een lange blik op zijn moderne neef. 'Dat is misschien maar goed ook.' Caleb glimlachte.

Ze werkten samen door als broers. En toen het later tijd werd dat Chris vertrok, maakte hij een opmerking over een jongen in zijn Bijbelklas die het goed zou doen als hij een paar uur op de boerderij kon zijn.

Caleb sprak af aan zijn vader te vragen of Billy Zercher een keer met Chris mee mocht komen. Maar wat Caleb echt wilde, was vragen of Chris mocht blijven eten. *Alles om hem maar langer hier te houden.*

Na het eten zat Caleb in een hoek van de tabaksschuur tabak te snijden. Een grijze schuurkat drentelde door de open deur naar binnen en wreef haar kopje tegen zijn been. Het begon schemerig te worden en Caleb vond rust in de stilte van de avond. Hij hunkerde naar vrede.

Hij was het huis uit gegaan om even niet te hoeven kijken naar pa in zijn rolstoel, die bij elke maaltijd beslist zijn eigen vlees wilde snijden en zijn eigen glas wilde pakken, maar hulp nodig had van mama om hem te steunen. Met het verstrijken van de tijd leek hij zelfs in zijn armen en bovenlichaam meer spierspanning en mobiliteit te verliezen. Maar hij bleef aan het hoofd van de tafel zitten, waar een barst in het hout hen allemaal herinnerde aan zijn driftige karakter. Nu de verlamming pa's toorn had opgejaagd tot een angstaanjagende razernij om zijn zwakheid, trachtte hij nog steeds zijn huishouding met sterke hand te regeren. Het was puur uit praktische overwegingen dat hij bereid was Caleb te laten meehelpen, wist Caleb, en niets meer.

'Mijn vader wordt niet beter,' zei Caleb tegen de kat. Ze hield haar kopje schuin en keek hem met geelgroene ogen aan. En hij zuchtte. 'Ik moet wel wanhopig zijn als ik nu al tegen jou begin te praten.'

Behoedzaam leunde hij achterover tegen de wand van de tabaksschuur, zijn spieren deden pijn na een lange dag opgeslagen hooi afladen voor de buren. De laatste tijd kwam hij zichzelf tussen de bedrijven door af en toe eens tegen, voor het aanbreken van de dag stond hij op en hij bleef te laat op om na te denken over zijn deel in dit leven.

Het was nog maar een paar weken geleden dat zijn vader en broers de gedroogde en gestripte tabak in balen hadden verpakt voor de veiling. Pa had zijn 'Pennsylvania 41' altijd verkocht aan een tussenpersoon van de Lancaster Leaf Company. Het donkergekleurde, kleverige blad was uitstekende sigarenvulling, volgens zijn grootvaders, en ook prima pruimtabak. Pruimen had hij stiekem geprobeerd, als een overgangsrite toen hij zestien werd.

Het ergste van tabak kweken was het zware werk. Toen Calebs oudere broers druk bezig waren met hun eigen oogsten, had een hele groep boeren alles laten vallen om pa te helpen het 'blad' te snijden. Het was slopend werk om de stengels één voor één met de hand te snijden en de bladeren op de grond te laten liggen om te drogen in de zon, alvorens ze op lange latten te steken en op de kar te stapelen om naar de droogschuur te slepen. Het was een hele hoop werk dat steeds weer terugkwam, had hij zijn vader door de jaren heen horen klagen.

Caleb geeuwde en staarde omhoog naar de lege dakspanten. Hij miste het niet, het slepen van de twintig kilo zware latten die nodig waren om de tabaksbladeren hier in de schuur aan de lange balken te hangen. Noch miste hij de ondraaglijke temperaturen onder het tinnen dak. De hitte van afgelopen zomer was een ware beproeving van het uithoudingsvermogen van een man, wist hij uit de eerste hand. In dat seizoen had hij nooit moeite om in slaap te vallen.

Maar tegenwoordig kwam de slaap maar langzaam, als hij al kwam. Sinds zijn vader uit het ziekenhuis was, worstelde hij met slapeloosheid. Zodra Caleb zijn ogen sloot, hoe uitgeput hij ook was van het harde werken, schoot zijn brein in de hoogste versnelling. Ook nu maalde Chris' vriendelijke aanbod om pa naar de revalidatie te rijden door zijn hoofd.

Caleb zuchtte diep en blies uit door zijn opeen geknepen lippen. Hij moest goed uitgerust zijn als hij zijn vader hierover benaderde. Hij durfde er niet aan te denken hoe dat gesprek kon verlopen.

Alles was veranderd sinds zijn vader getrapt was door die chagrijnige ezel. Er waren dagen dat Caleb het gevoel had dat hij zou stikken. Had God hem willen straffen?

Ironisch genoeg miste Caleb het werken naast pa: silo's vullen en kalveren ter wereld helpen. Hij dacht aan het uur verschil tussen de Gemeenschap van Eenvoud en de moderne mensen die elk jaar in april hun klok een uur vooruit zetten om het einde van de dag te verlengen, in plaats van het begin, wanneer het meeste werk werd verzet. Die stadse gewoonte werd onder de Amish 'snelle tijd' genoemd, omdat het alles naar voren duwde. 'Totaal niet zoals God het bedoeld heeft,' had pa altijd gezegd.

Snelle tijd betekende meer uren daglicht, niet alleen om te werken maar ook om te spelen en uit te gaan, hoewel de meeste jongens wachtten tot de schemering voordat ze met hun meisje uit rijden gingen.

Hij vroeg zich af of Nellie Mae zich verheugde op het weekend en de zondagse zangavond. Ze vormde nu onderhand ongetwijfeld een paar met een nieuwe kerel. Er waren Nieuwe Orde jongens in overvloed die een goede partner zouden zijn, als een 'behouden' echtgenoot was waar ze op uit was.

Zijn mes sneed diep. Caleb keek neer op het misvormde hout en gaf zijn pogingen om er een paardje van te snijden op. Hij gooide de repen hout van zijn schoot en besefte opnieuw dat hij nooit meer de kans zou krijgen om met Nellie Mae te praten als ze een van die 'verloste' jongens ontmoette. En aanstaande zondag kreeg de nieuwe kerk een dominee en een diaken erbij. Kennelijk bloeide de groep van prediker Manny, in plaats van uit elkaar te vallen zoals hij gehoopt had.

Hij aaide de muizenvanger over haar hals. 'Mijn meisje trouwt uiteindelijk met een prediker... wacht maar eens af.' De kat duwde haar lijfje tegen zijn hand en spinde luid. 'Nou ja, ze *was* mijn meisje. Nu is ze zo vrij als een vogel...'

Het deed nog steeds pijn en niemand wist hoe erg.

Hoofdstuk 16

Het regende licht toen Nellie Mae op deze troosteloze vrij-
dagmiddag met Rosanna aan de keukentafel zat. Op aandringen van mama had ze de bakkerswinkel verlaten om
haar liefste vriendin te bezoeken, die nog steeds zo bleek
zag. Nellie was er zeker van dat ze een voorjaarsvirus te pakken had.

Nellie roerde in de vers gezette pepermuntijsthee. 'Het is
drukkend buiten,' zei ze.

'Elias zei dat het land begint uit te drogen, dus dit buitje is
fijn.' Rosanna keek uit het raam.

Nellie keek naar de regen, genietend van het vredige geluid. 'Het gaat lekker hard.'

Opstaand om een schaal havermoutrozijnenkoekjes te
pakken, zei Rosanna: 'Voordat ik het vergeet, ik wil je een
oud quiltpatroon laten zien dat ik gevonden heb.' Ze zette de
koekjes neer en ging de kamer uit. Ze kwam terug met een
flodderig tijdschrift. 'Kijk maar.' Rosanna wees naar een foto
van een wiegquilt van rond de eeuwwisseling. 'Mooi, hè?'

'Wat is het patroon?' Nellie had dit nog nooit gezien, maar
ze was niet op de hoogte van de oudere patronen. Maar
Mammi Hannah zou het wel weten, zij was een wandelende
encyclopedie van quiltpatronen. Soms zei ze voor de grap
dat ze de 'quiltpokken' had, zoveel hield ze van quilten.

'Het heet Grootmoeders Droom en het werd gemaakt
van keperstof.'

'En toch een patroon uit Lancaster County.' Nellie bekeek de afbeelding nauwlettender. 'Wil je proberen hem na
te maken?'

'Als alles goed gaat, maak ik er drie als bedankje.'

Het begon haar te dagen wat haar vriendin van plan was. 'O, wat attent van je, Rosanna.'

'Nou, dat weet ik niet... maar ik wil graag iets moois maken voor Emma Sue, Rosie en Lena. Ze zijn zo aardig voor me geweest.'

Nellie Mae wachtte, in de hoop dat Rosanna zou zeggen aan welke vrouw ze dacht voor haar baby.

Ten slotte zuchtte Rosanna en ze schoof de quiltafbeelding opzij. Langzaam ademhalend liet ze haar hand erop liggen. 'Als ik je iets vertelde, Nellie Mae, beloof je dan dat je je mond erover houdt?'

Nellie knikte en haalde haar wijsvinger en duim langs haar lippen.

'Dit is heel erg moeilijk,' fluisterde ze, Nellie vast in de ogen blikkend.

'Je kunt me je besluit toevertrouwen,' zei Nellie. 'Echt.'

'Nee, nee... dat is het niet.'

Nellie keek haar vriendin onderzoekend aan en zag haar pijn. 'Gaat het, Rosanna?'

'Ik ben weer in verwachting.' Rosanna sloeg haar handen voor haar gezicht. 'Elias weet het niet eens.'

Nellies hart brak.

'Hij zal zo teleurgesteld zijn... als ik ook deze baby verlies.' Rosanna veegde haar ogen af. 'Ik wil hem geen hoop geven, snap je?'

'O, Rosanna...'

'Bid dat ik de genade mag krijgen om dit nog een keer te dragen.' Ze huilde onbedwingbaar. 'Of om genezing, als God het wil.'

Nellie vocht tegen de brok in haar eigen keel. 'Ik zal bidden... daar kun je op rekenen.'

'Ik bedoel nu. Wil je dat?' vroeg Rosanna. 'De Heere heeft de bloedvloeiende vrouw genezen... wat voor ziekte was dat?'

Nellie had het verhaal in het Nieuwe Testament ook gelezen. 'Ik weet alleen dat ze geloofde dat ze genezen zou als ze het gewaad van de Heere Jezus aanraakte.'

'Och, kon Hij vandaag nog maar onder ons zijn.'

'Hij *is* toch onder ons,' zei Nellie Mae.

Rosanna veegde haar tranen af. 'Voel je Zijn aanwezigheid?'

'Tegenwoordig wel, *jah*… sinds Hij in mijn hart woont.'

Rosanna knikte zwijgend, niet in staat iets te zeggen.

'We kunnen elkaar en anderen Zijn liefde betonen als we door de diepste dalen wandelen.'

Rosanna zocht in de mouw van haar jurk naar een zakdoek.

'Zoals het dal waar je nu in wandelt.' Nellie boog naar haar toe. 'Heb je eraan gedacht de oudsten te vragen je de handen op te leggen, zoals de Schrift ons zegt?'

'Maar we zijn nu hier. En God belooft bij ons te zijn als we samenkomen in Zijn naam, *jah*?'

Nellie keek haar onderzoekend aan. 'Je moet geloven dat God je zal genezen als we samen bidden.'

'Het is heel moeilijk, dat geef ik toe.' Rosanna ademde diep in en leek een beetje op te klaren.

Nellie Mae voelde zich niet bekwaam genoeg om een krachtig gebed op te zenden, zoals de broeders zouden doen. Ze haalde alleen diep adem en deed haar best. 'O God, mijn vriendin Rosanna hier wil met haar hele hart een baby als het U behaagt om dat te laten gebeuren. En ze wil sterk genoeg zijn om haar baby te dragen tot het tijd is voor de geboorte.' Nellie zweeg even, in de hoop dat ze de juiste woorden koos.

Alleen God kent mijn hart… en dat van Rosanna.

Nellie vervolgde, vervuld van een diepe liefde voor haar vriendin. 'Maar meer dan dat alles verlangt Rosanna dat Uw wil geschiedt. Dat wil ze meer dan al het andere. Amen.'

★

Betsy wenste deze hele grijze, regenachtige dag in de winkel in een eerbiedige stemming te zijn. Ze dacht nu al een volle maand aan het avondmaal, dat twee keer per jaar werd gevierd. Morgen was het zo ver, na de wijdingsdienst. Als voorbereiding voor de avondmaalsviering met de gemeente had ze een groot gedeelte van 1 Korintiërs 11 uit haar hoofd geleerd. Maar het achtentwintigste vers had haar het meest overtuigd.

Maar de mens beproeve zichzelf, en ete alzo van het brood, en drinke van de drinkbeker.

Ze had geen bekende zonde in haar hart, maar ze was niet volmaakt. Dat was God alleen. En daar was de vreselijke kloof tussen Rhoda en het gezin. Wat verlangde ze ernaar dat de breuk geheeld werd. Ach, *de dwaasheid van de wereld…* Rhoda's zelfzuchtige leven kwetste haar nog steeds. Toch wilde ze haar eigenzinnige, afgedwaalde dochter vergeven.

Ze was zelfs verscheidene keren naar James en Martha gegaan om Rhoda op te zoeken, maar steeds was ze al weg geweest.

Wat kan ik toch doen om de dingen glad te strijken?

Nan hield de deur voor haar open toen ze de bakkerswinkel betrad met de nog warme taarten en koekjes. Vlug schikte ze samen met Nan de vruchtentaarten en de twee kokosroomtaarten in de vitrine. De koekjes werden op platte schotels gelegd met plastic folie erover om ze lekker en smeuïg te houden.

'Ik hoop toch zo dat het goed gaat met Rosanna,' zei Nan zacht.

Betsy telde een bakkersdozijn uit voor elke soort koekje. 'Ik verwacht dat Nellie Maes bezoek haar wel goed zal doen.'

'Rosanna heeft een sterk geloof. Ze heeft vast en zeker gebeden over de vrouwen daarginds.'

'Dus Nellie heeft het je verteld?'

Nan glimlachte. 'Er is niet veel meer wat Nellie me niet vertelt.'

Beide meisjes hebben een zus verloren met wie ze een hechte band hadden... ze zijn aan elkaar gaan hangen.

'God is zo goed om me Nellie Mae te geven,' voegde Nan eraan toe.

Betsy was het volmondig met haar eens en ze sloeg haar armen om het meisje heen. 'Ik ben zo blij dat het goed met je gaat, Nan. Ik ben vreselijk ongerust geweest nadat je *beau* het had uitgemaakt.'

'Dat hoeft niet, hoor mama. Het gaat nu goed.' Nan praatte verder over de kerk en de jeugdbijeenkomsten, en dat ze niet kon wachten om 's avonds met Nellie samen uit de Schrift te lezen. 'Nadat pa ons allemaal heeft voorgelezen gaan we naar boven en leren we teksten uit ons hoofd.'

O, wat een vreugde! 'Hoe jonger je bent als je de Schrift uit je hoofd leert, hoe beter je het je zult herinneren... een leven lang.'

'Dat begrijp ik. Elk gedicht dat ik ooit heb geleerd toen ik nog klein was, kan ik nog steeds opzeggen.'

'*Ach*, zie je wel?'

'Welke gedichten herinnert u zich uit uw jeugd, mama?'

Betsy bracht haar vinger naar haar wang. 'Hier is er eentje die ik geleerd heb uit de McGuffey Reader: "Tabak is een smerig kruid. 't Komt rechtstreeks van de Duivel uit. Zoals dat spul toch stinken kan. Je neus wordt er een schoorsteen van."'

Nan knikte. 'Dat is zeker waar!'

'En het rijmt nog ook.'

Ze lachten hartelijk en toen ze opkeek, zag Betsy een geelbruine auto de laan oprijden. Als dat niet dezelfde blonde knul was die maandag uitstapte en door de regen rechtstreeks naar de winkeldeur rende.

Nou, kijk eens aan...

★

Nellie wilde haar benen strekken toen Rosanna sliep. Ze trok haar regenjas over haar hoofd en ging vlug naar buiten om Elias' nieuwe kleine geitjes te bekijken. Ze vond een van de moeders, een prachtig bruin met wit wijfje, dat speels aan haar kleintje snuffelde. Nellie had schik om de vriendelijke manier waarop de moedergeit omging met de baby, die al-gauw begon te drinken. Het kleintje had zijn hoorntjes nog, dus het was nog geen tien dagen oud, waarna Elias het van zijn hoorns zou ontdoen.

Een aardse geur hing zwaar in de lucht en ze dacht aan de kudde melkvee van David Yoder. Hoe zou Caleb het stellen sinds het ongeluk van zijn vader? Ze vermaande zichzelf. *Bij alles moet ik aan hem denken.*

Ze hoorde een rijtuig ratelen en naderende paardenhoe-ven en zag Elias aan komen rijden. Hij sprong uit het rijtuig en spande midden in de regen het paard van de wagen. *Hij is afgevallen.* Rosanna had gezegd dat hij de laatste tijd maal-tijden had overgeslagen om te vasten en te bidden. Nellie had haar verzekerd dat als *Gmee*, de grote kerkbijeenkomst van aanstaande zondag, voorbij was, hij weer zou gaan eten en zijn gewicht zou terugkrijgen. Ze had pa en haar broers hetzelfde zien doen als ze naar hun gebedskast gingen, deels om God te smeken het goddelijke lot van hen weg te hou-den, omdat het zo'n ernstige verantwoordelijkheid met zich meebracht. Maar ook om te bidden om Gods wil.

Na een tijdje ging Nellie weer naar huis. Ze was opge-lucht dat Rosanna wakker was geworden en dat haar kleur beter was. Toen Elias binnenkwam, ging hij naar boven en zei dat hij na het eten weer naar beneden zou komen.

'God heeft hem geroepen om te bidden voor de toekomst van onze kerk,' legde Rosanna uit terwijl ze een losse lok onder haar *Kapp* stopte.

Nellie Mae had nog nooit gehoord dat God iemand riep

154

om voor iets specifieks te bidden. De bisschop was altijd degene geweest die de gemeente vermaande om dat te doen.

'Eerlijk, Nellie, ik heb Elias nog nooit zo vastbesloten gezien. En hij heeft besloten dit jaar ook geen tabak te zaaien.'

'Het schijnt dat prediker Manny's boodschap dus is aangeslagen.'

'*Jah*, zeker, al kwam de opbrengst altijd goed van pas.' Rosanna zette een ketel op het vuur en ging haar handen wassen.

'Sommige mensen blijven tabak oogsten, hoor.'

'Natuurlijk. Het zal ongetwijfeld een tijdje duren voordat hier veel verandert.' Ze pakte haar houten snijplank en zocht de groenten bij elkaar voor de avondmaaltijd. 'Afgezien van dat alles, Elias en ik hebben een echt thuis gevonden in de nieuwe kerk. We hebben prettige omgang met twee oudere echtparen die een soort geestelijke ouders voor ons zijn.'

Aangezien de families van Elias en Rosanna in de oude kerk waren gebleven, was het een zegen dat oudere gelovigen naar hen omkeken.

'Ik kan haast niet wachten tot september,' zei Nellie.

'Om lid van de kerk te worden?'

Nellie glimlachte, verlangend naar haar doop. Tot die dag was ze vrijgesteld van het wijdingsproces, dus Nan en zij en andere niet-gedoopte jeugd zouden buiten de kleine kinderen bezighouden terwijl hun ouders een waardig man kozen om te nomineren. Als een man drie of meer stemmen ontving, ging zijn naam in het lot. Van die mannen zou uiteindelijk één het oude gezangenboek trekken met de Schrifttekst die erop wees dat hij Gods man was. *Net als in de oude kerk op Gmee zondag*, dacht ze, blij dat oom Bisschop had besloten een tweede prediker te ordineren.

'Onze kerk moet flink groeien,' zei ze.

'O, beslist.' Rosanna steunde de selderij met haar linkerhand en sneed met haar rechter ferm de stengels door. 'Daarom komt deze ordinantie op zo'n goed ogenblik. En ik ben niet de enige die dat vindt.'

'Mama zegt dat er geen geklets mag zijn onder de leden over wie genomineerd moet worden,' zei Nellie.

Rosanna knikte. 'We moeten er een zaak van gebed van maken.'

'Mogen niet-leden er ook voor bidden?'

'Of je lid bent of niet, je wilt dat Gods wil geschiedt.'

Nellie was klaar met worteltjes hakken en reikte naar de uien. 'Hoe lang zal het duren, denk je, voordat we onze eigen bisschop hebben?' Dat had ze zich al maanden afgevraagd, sinds oom Bisschop Joseph de *Bann* had opgeheven van de Gemeenschap van Eenvoud en tijdelijk had toegestaan dat degenen die lid wilden worden van de Nieuwe Orde genadig mochten vertrekken.

'Elias denkt dat het wel een paar jaar zal duren.'

'Een hele drukte voor oom Bisschop, om toezicht te houden op twee kerkdistricten.'

Rosanna knikte. 'De broeders dragen een liefdeslast waar wij geen idee van hebben.'

'Pa zegt ook zoiets,' erkende Nellie.

'Je vader is een wijs man, Elias rekent vaak op hem voor goede raad, net als op prediker Manny. Manny zegt dat we moeten oppassen om niet te verslappen en ons behoud vanzelfsprekend te gaan vinden... opdat onze daden ons niet misleiden.' Rosanna hield even op met hakken om Nellie aan te kijken. 'Ik wist niet of ik het mocht zeggen, maar je *Aendi* Anna is geweest om te kijken hoe het met me ging... je weet wel, nadat Elias en ik met John en Kate bij haar man de bisschop waren geweest over... de baby's. Zo aardig van haar... alles in aanmerking genomen.'

Nellie was blij het te horen. 'Mijn tante heeft altijd van je gehouden, Rosanna.'

'Ik vond het zo lief dat ze naar me kwam kijken. Als Anna jonger was, kon ze als een moeder voor me zijn... behalve één ding.'

'Dat ze het niet met je eens is dat je mag zeggen dat je verlost bent?' vroeg Nellie zacht.

'Wat iedereen ook denkt, de breuk verdeelt de Gemeenschap van Eenvoud nog steeds,' zei Rosanna.

Voor sommigen is dat erger dan voor anderen, dacht Nellie.

Samen lieten ze alle klaargemaakte groenten in een grote pan vallen en Rosanna voegde ruim zout en peper toe voordat ze het deksel op de pan legde en het gas aanstak.

'Anna vertelde me wel zonder verblikken of verblozen dat zij en de bisschop elke dag hardop uit de Bijbel lezen,' zei Rosanna.

Dat vond Nellie heerlijk om te horen.

'Dat doen ze al een poosje… maar ze zei er wel nadrukkelijk bij dat ze er niet over zouden piekeren om de teksten te bestuderen of te bespreken.' Rosanna lachte ondeugend.

'En ook niet uit het hoofd te leren natuurlijk?' Nellie kon zich amper bedwingen.

'Ik geloof echt dat God aan het werk is in hun hart,' zei Rosanna zacht.

In de verzekering dat het avondeten een eind op weg was, gaf Nellie haar vriendin vlug een kus op haar wang. 'Dag hoor, en pas goed op jezelf.' Ze hoopte en bad met haar hele hart dat Rosanna deze baby niet zou verliezen. 'Ik verheug me erop de volgende keer je mooie Grootmoeders Droom quilts te zien, als God het wil.'

'Wees voorzichtig op de natte wegen!' riep haar vriendin. 'En kom gauw weer!'

Zwaaiend snelde Nellie over het drassige erf om haar paard uit de stal te halen.

Hoofdstuk 17

Zijn moeder trok haar wenkbrauwen hoog op toen Chris de doos met de kokosroomtaart de keuken binnendroeg en met een zwierig gebaar op het aanrecht zette.

'Hebben we alweer iets te vieren?' Ze glimlachte, opende het deksel en snoof het heerlijke aroma op.

'Moeten we een reden hebben om een heerlijke taart te eten?'

'Je bent zeker verliefd op een of andere kokkin,' plaagde Zach, die aan kwam slenteren om de traktatie te bekijken. Zijn ogen schoten komiek heen en weer en stiekem veegde hij met zijn vinger langs de romige witte toppen.

'Hé… pas op.' Chris mepte zijn hand weg.

Zach bekeek de eenvoudige witte doos. 'Waar haal je ze nou eigenlijk vandaan? Drie taarten in één week?'

Chris glimlachte alleen maar. 'Eet ze nou maar lekker op.'

Mam reikte naar het messenrek. 'We eten ons toetje op vóór het eten,' zei ze met een lach.

Zach grinnikte en boog zich dicht over de taart heen.

'Ach, jij… straks snuif je hem nog op.' Mam duwde hem speels opzij.

Chris vond het heerlijk dat zijn moeder thuis was. Ze had nooit een andere baan overwogen dan huisvrouw en moeder. *Zoals Nellie Mae Fisher stellig zal zijn.*

Geschrokken probeerde hij de gedachte weg te duwen terwijl mam dikke punten sneed van Nellie Maes verrukkelijke kookkunst. Hij had haar vandaag gemist in de winkel.

Nadat Chris tot de laatste kruimel had genoten, volgde Zach hem naar hun gezamenlijke slaapkamer en plofte op zijn bed neer met een veeleisende blik op zijn gezicht. Chris wist dat hij zijn broer beter duidelijkheid kon geven. Hij had hun ouders per slot van rekening al verteld over zijn bezoeken aan hun Amish neven.

'Hoor eens, die taarten komen uit een landelijke bakkerij,' zei hij.

Met een onaangename grijns trok Zach zijn wenkbrauwen op. 'En…?'

'En… wat?'

'Zo gek ben je niet op taart!' snauwde Zach. 'Kom op!'

Chris zuchtte. 'Er is inderdaad iemand…'

Zach lachte. 'Ik wist het wel!' Toen fronste hij. 'Wacht eens even. Ik dacht dat je gek was op Sheryl Kreider. Stond je niet laatst bij haar kluisje?'

'Nou ja, ik heb haar wel meegevraagd naar het banket.'

'Zo, dus je speelt dubbelspel?' Zachs ogen twinkelden.

Chris strekte zich uit op zijn bed, tegenover Zachs bed. 'Ach, man, kun je voor één keer serieus zijn?'

'O, dit is lachen.' Zach steunde op zijn elleboog. 'En… wie is het andere meisje?'

Chris zweeg even. 'Hoor eens, ik wil een bepaald iets niet weer helemaal oprakelen.'

'Waar heb je het over?'

'Suzy Fisher.'

Zach schudde fronsend zijn hoofd. 'Wat… ik snap je niet.'

'Het meisje dat ik leuk vind is Amish.'

'Specificeren, graag.'

Chris besloot het maar gewoon te zeggen. 'Het andere meisje is… de zus van Suzy Fisher.'

Verbijsterd hield Zach zijn hoofd schuin. 'Kan niet.'

'Ze heet Nellie Mae. Maar ik weet niet goed wat ik ermee aan moet. Ik bedoel, je weet er alles van.' Hij keek naar zijn broer, die nadenkend knikte en het kennelijk nog moest verwerken.

'Ja,' zei Zach. 'Ik weet er alles van.'

Rhoda glipte uit bed nadat ze al een paar uur had geslapen. Ze was gisteravond ruim op tijd thuis geweeste, dankzij Ken. Nu sloop ze naar de keuken voor een glas melk, voorzichtig om de kinderen niet wakker te maken.

De lucht was opgeklaard sinds haar uitje met Ken en in het licht van de maan zat ze uit het raam te staren. Ze was ontzettend bedroefd. Ken zou het beschouwen als zwelgen in zelfmedelijden, zoiets had ze hem horen zeggen over een van de makelaars van zijn kantoor, die klaagde toen haar verkoopcijfers net tekortschoten om haar Makelaar van de Maand te maken.

Maar Rhoda's malaise ging over haarzelf en Ken. Hoe had het haar kunnen ontgaan dat hij niets om kinderen gaf?

Hij had tenslotte alles om een goede vader te zijn. Of niet? Misschien zag hij het gewoon niet in zichzelf. Als hij meer met zijn neefjes en nichtjes optrok, zou hij misschien zijn vaderinstinct ontdekken.

Het maanlicht viel op de binnenkort aan te planten maïsvelden en Rhoda staarde naar de schoonheid ervan. Ze wist zeker dat ze Ken tot haar standpunt over kon halen, althans mettertijd. Op dat moment besloot ze dat het misschien toch wel een goed idee was om de kamer van hem te huren.

James wilde dat ze gauw besliste, hij wilde dat ze aanstaande dinsdag haar spullen weghaalde. *Hij* veranderde niet van gedachten, tenzij... Misschien kon ze wat tijd winnen.

Als ik aanstaande zondag eens met hen meeging naar de kerk?

★

Rosanna was druk bezig met de quiltopdrachten die ze op de markt in de wacht had gesleept. Maar aangezien morgen de zondag was van de wijding en het avondmaal lette ze erop haar tijd te verdelen tussen het knippen van de kleurige vierkanten voor de quilt die Dottie had besteld en Bijbellezen en bidden om leiding.

De knagende pijn in haar onderrug was vandaag een beetje afgenomen. En haar wangen waren wat roziger als ze in de spiegel keek. In het algemeen voelde ze zich sterker dan de laatste tijd.

De post kwam en ze snelde naar buiten, hoewel ze nog geen rondzendbrief terug verwachtte van haar tantes in Smoketown of haar nichten in Conestoga. Ze werd nieuwsgierig toen ze een brief zag met het poststempel van Bird-in-Hand.

Gretig scheurde ze de envelop open en zag tot haar verrassing dat hij van Lena Stoltzfus was, de vriendelijke vrouw van de Nieuwe Orde aan wie Treva haar had voorgesteld. De zwangere moeder en quiltvriendin van Nellies grootmoeder had de brief gisteren nog geschreven.

Ze begon te lezen.

Vrijdag 11 april 1967
Lieve Rosanna,

Gegroet in de naam van God!
Ik vond het zo prettig om je te ontmoeten en te weten dat we hetzelfde geloof delen. Ach, ik had je graag alleen gesproken toen je hier was, om je mijn merkwaardige verhaal te vertellen.
Toen ik nog niet zo lang geleden aan het bidden was, kreeg ik sterk het gevoel dat ik mijn zevende baby aan God moest geven, net als Samuël van vroeger. Natuurlijk hebben mijn man en ik al onze kinderen aan God opgedragen, maar deze baby, en ik geloof vast en zeker dat het een jongen is, is bestemd om grootgebracht te worden in het huis van God.
Destijds had ik geen idee wat dat betekende, maar toen mij ter ore kwam dat een jonge vrouw in Honey Brook meerdere keren een miskraam had gehad, en toen haar twee geadopteerde baby's had verloren vanwege haar nieuw gevonden geloof, vroeg

ik me af of God bedoelde dat ik hem aan jou moest geven, Ro-
sanna. Om opgevoed te worden in de vreze en vermaning van
de Heere.

Hoe meer ik bad, hoe meer ik het gevoel kreeg dat dit kind een
grote zegen zou zijn voor jou en je man. Ik geloof dat nu nog
even sterk als toen ik meer dan twee maanden geleden aan het
bidden was.

God zegene je, lieve Rosanna. Ik hoop gauw van je te horen, wat
je ook beslist.

Je zuster in Christus,
Lena Stoltzfus
P.S. De baby wordt half september verwacht.

Rosanna probeerde de laatste alinea's nog eens te lezen, maar
ze kreeg tranen in haar ogen. *Meer dan twee maanden geleden.*
Dus Lena had gebeden rond de tijd dat Eli en Rosie terug-
gingen naar nicht Kate...

Ze was gerustgesteld dat deze vrouw niet impulsief han-
delde. Daarom, en om deze verbazingwekkende brief, knielde Rosanna neer om voor haar te bidden. Ze wist niet goed
hoe ze moest reageren op Lena's royale aanbod. Haar hart
bonsde als ze bedacht hoe het zou zijn om op een dag Lena's
zoon in haar armen te houden. *Als het Uw wil is, God.*

★

Na zijn vaders middagslaapje installeerde Caleb hem extra
zorgzaam in de keuken, met hulp van Abe, die gauw vertrok.
Zijn broer had duidelijk grote moeite met pa's hulpeloze
toestand. Dat hadden ze allemaal, maar Abe liet het duidelijker merken dan mama en de meisjes. Caleb echter, bleef
altijd in de buurt om zijn vaders bevelen uit te voeren, vooral
als mama uit was om boodschappen te doen of naar een
quiltbijeenkomst ging, zoals vandaag.

Verbazend genoeg vroeg pa alleen om een vol glas koud water binnen handbereik. Hij zou hier blijven zitten om op mama te wachten. Voordat ze vanmorgen vertrok, had ze pa enigszins verontschuldigend onder het oog gebracht dat dit de grote maand was voor quiltbijeenkomsten. Caleb had zich zelfs afgevraagd of mama last had van de afzondering, hoewel ze genoeg buiten was geweest om met zijn zussen de tuingroenten te planten. Ze had gisteravond nog gezegd dat de radijsjes al opkwamen... ook piepte er al wat sla uit de grond, *een beetje vroeg*. Mama's ogen hadden gestraald toen ze het vertelde.

Zij maakt haar eigen geluk...

'Abe en ik zijn een oprit aan het bouwen voor uw rolstoel, pa,' zei Caleb.

'Waar is dat voor nodig?' gromde pa.

'Die hebt u nodig om naar de revalidatie te gaan.'

Even lichtten de ogen van zijn vader op, als een licht dat even aan flikkerde en toen uitging.

'De zoon van uw *Englische* neef heeft aangeboden u te rijden in een bestelbus, zodat u er snel bent... en comfortabeler.' Hij hield zijn adem in voor wat er komen ging.

'Wie bedoel je?'

'Christian Yoder.'

Pa glimlachte vaag. 'De zoon van mijn neef John? Wie had dat gedacht.'

Voordat pa een andere toon aan kon slaan, vermeldde Caleb dat Chris een paar keer in de week was gekomen om te helpen met melken en andere taken. 'Hij werkt ontzettend hard. En hij is ook handig met het vee.'

Pa knikte en sloot zijn ogen om uit te rusten, of misschien dacht hij aan vroeger tijden.

Moest hij doorzetten en het wagen om te vragen of Chris' jonge vriend Billy op bezoek mocht komen? Langzaam nam hij plaats op de hoek van de tafelbank en keek zijn vader aan. 'Chris wil graag een keer een jongetje meenemen om de boerderij te zien, pa. Voor een paar uurtjes maar. Wat vindt u ervan?'

'Die Chris is een goeie jongen, hè?' vroeg pa.

Caleb knikte vlug. 'Een grote hulp, *jah*.'

'Nou, ik kan niet zeggen dat ik blij ben met hulp van buiten.' Hij ademde langzaam en diep in, met zijn ogen neergeslagen. 'Ik weet het niet…'

De moed zonk Caleb in de schoenen. 'Chris Yoder is wel familie,' bracht hij hem onder het oog.

Weer een lange grom. 'Dat is waar. Het zal wel goed zijn. John Yoder en ik kennen elkaar tenslotte al heel lang, al heb ik hem in jaren niet gezien.'

Stomverbaasd hoe goed zijn vader het opnam, haalde Caleb verlicht adem.

'Wanneer kan ik de zoon van die neef eens te zien krijgen?' vroeg pa.

'Aanstaande dinsdagmiddag brengt Chris u naar de revalidatie. Gideon helpt Abe met melken zodat ik ook mee kan.'

'Nou, schiet dan maar op met die oprit.'

Daarop zette Caleb opgelucht koers naar de achterdeur. Op weg naar de schuur om de zaag te halen, overwoog hij terug te gaan en te vragen of Rebekah ook overdag mocht komen helpen.

Maar hij bedacht zich en besloot het te laten rusten.

Hoofdstuk 18

Nellie Mae kon haast niet wachten tot ze de winkel kon sluiten. Ze had mama naar huis gestuurd om even te rusten terwijl Nan eten kookte: gebakken kip, noedels en jus, en groene bonen met ham en uien. Ze trok de winkeldeur achter zich dicht en liep naar huis, de aardse, vochtige geur indrinkend van omgewoelde aarde. Binnenkort zouden de boeren gaan ploegen en planten, en dat deed haar aan Caleb denken.

Op de zomerveranda veegde ze haar blote voeten aan het lappenkleedje bij de deur en zette een glimlach op. Toen snelde ze langs Nan in de keuken naar boven naar haar kamer. De hele dag al was ze van plan geweest om Calebs oude brieven uit hun bergplaats te halen en opnieuw te lezen. *Om me te helpen verder te gaan zonder hem*, dacht ze. *Verder niets.*

Maar nu ze een paar ogenblikken voor zichzelf had, vreesde ze een nog diepere pijn los te maken door het lezen van zijn liefdevolle woorden en het zien van zijn sterk hellende handschrift.

Op haar bed gezeten pakte ze haar bijbel en begon Psalm 89 te lezen. *Ik zal de goedertierenheden des* Heeren *eeuwig zingen; ik zal Uw waarheid met mijn mond bekendmaken, van geslacht tot geslacht.*

'O, God,' bad ze, 'ik heb het uitgemaakt met Caleb... voor U. En opnieuw geef ik hem, en onze liefde, aan U terug.' *Almaar opnieuw*, dacht ze, in het besef dat het een bijna dagelijkse gebeurtenis was.

Gesterkt las ze de halve psalm en de zinnen troostten haar. Toen weerstond ze de aandrang om bij het verleden stil te blijven staan en ging op zoek naar haar moeder. Ze zag de slaapkamerdeur van haar ouders op een kier staan en riep zachtjes: 'Bent u bezig, mama?'

'Kom binnen.' Haar moeder had een stuk papier in haar hand, de Bijbel lag op haar schoot.

'Ik wilde u niet storen...'

'Ik bereid me voor op het avondmaal van morgen.'

'Net als in de oude kerk?'

Haar moeder knikte. 'Sommige dingen zijn hetzelfde, *jah*. Er is vooraf een periode van zelfonderzoek.' Ze hield het papier omhoog. 'Kom maar eens kijken waar je straks in de herfst over na moet denken als lid... voor de voetwassing en de avondmaalsdienst.'

Ze ging naast mama op de tweezitsbank voor het raam zitten. 'Ik weet dat de bisschop voor een avondmaalszondag altijd vroeg of de Gemeenschap van Eenvoud eensgezind was.'

'Eenheid is noodzakelijk voor deze allerheiligste ordinantie.' Mama liet haar de vijf opgeschreven vragen zien en de tekst in prediker Manny's eigen handschrift bovenaan: *Want zo dikwijls als gij dit brood zult eten, en deze drinkbeker zult drinken, zo verkondigt de dood des Heeren, totdat Hij komt.*

Ze bespraken het brood en de 'wijn', wat bij hen druivensap was, en lazen hardop de eerste vraag die biddend moest worden overwogen: '"Bent u bereid vrede te hebben met God, geheel vertrouwend op Jezus Christus en een onberispelijk leven te leiden door de kracht van de Heilige Geest?"'

Mama glimlachte lief. 'Dat is mijn hartenkreet.' Tranen sprongen in haar ogen. 'O, Nellie Mae... het is de tweede vraag die me zo'n pijn doet. En ik denk er al de hele maand over na.'

Nellie begreep het meteen toen ze hardop las: '"Bent u zich bewust van een onopgeloste relatie, waarin iemand iets tegen u heeft?"'

'Rhoda is natuurlijk gekwetst,' zei mama met een zucht.

'Wat kan ik doen om het goed te maken?'

Nellie klopte op haar hand. 'Het is niet uw schuld dat Rhoda is vertrokken.'

'Toch moet ik proberen met haar te praten... dat moet gewoon.'

Mama was ervan overtuigd dat ze niet kon deelnemen aan het avondmaal als ze vandaag niet met Rhoda ging praten. 'Om vergeving aan te bieden, anders niets.'

'Nou, ik wil u er wel heen brengen, als u dat wilt.'

'Wil je dat doen, Nellie Mae?'

Ze omhelsde haar moeder. 'Ik zal tegen Nan zeggen dat we vanavond niet thuis eten.'

'Zeg het ook tegen pa.'

Nellie snelde naar de paardenschuur en bad dat Rhoda open mocht staan voor mama. Rap spande ze het paard voor het rijtuig en dacht aan het Avondmaal waaraan ze eens zou deelnemen, de tekenen van lichaam en bloed van de Verlosser. *Verbroken voor mij*, dacht ze diep geroerd. De tranen rolden over haar wangen.

'O, God, als Caleb het maar kon begrijpen. Als hij maar kon beseffen wat U voor elk van ons hebt gedaan,' fluisterde ze terwijl ze de lange hals van de merrie streelde.

★

Terwijl ze wachtte tot de kok haar bestelling voor tafel vier klaar had, zag Rhoda haar moeder en zus het restaurant betreden. Getroffen door het ernstige gezicht van haar moeder wilde Rhoda zich in de keuken verstoppen. Maar ze besloot dapper te zijn en 'de gevolgen onder ogen te zien', zoals mevrouw Kraybill wel eens zei.

Nellie ving haar blik en zwaaide verlegen toen de gastvrouw hen naar een aanlokkelijk zitje bracht. *Wat moet ik beginnen?*

Ze kon niet anders dan beleefd zijn en ze wilde vriendelijk zijn. Maar werkelijk, *nog* een bezoek van haar familie en deze keer was mama erbij! Was uit eten gaan ineens zo aantrekkelijk nu zij serveerster was?

Ze zette een glimlach op en snelde naar hun tafel. 'Hoe gaat het, mama... Nellie Mae?'

Haar moeder keek op, haar mooie gezicht straalde. 'O, Rhoda, kind... kom jij ons bedienen?'

'Wat wilt u bestellen?' Ze sloeg een nieuw blaadje op in haar schrijfblokje.

Nellie zei niets en mama bleef haar maar aankijken alsof ze haar helemaal niet had gehoord.

'We hebben vanavond enkele specialiteiten,' zei Rhoda en ze noemde ze op. De aanblik van haar moeder bracht haar laatste avond thuis in één golf weer terug: de afschuwelijke manier waarop ze tegen haar vader had gesproken, haar hooghartige houding en haar ongeduld om het huis te verlaten. Ongetwijfeld wist mama het allemaal nog.

'Zou je het erg vinden als ik even met je praat voordat we ons eten bestellen?' vroeg mama.

Het gewicht van de hele wereld landde op haar schouders. Haar moeder wilde dat ze naar huis kwam, ze wist het zeker. 'Kan niet... ik ben op mijn werk.'

'In vredesnaam, Rhoda, we zijn dat hele eind gekomen,' bemoeide Nellie zich ermee. 'Wil je mama laten uitspreken?'

'Een paar minuten maar?' Er blonken tranen in haar moeders ogen.

Onwillig ging Rhoda naast Nellie Mae zitten. 'Wat is er, mama? Is er iemand ziek... of nog erger?'

Haar moeder sloeg haar ogen neer en haar schouders rezen langzaam omhoog toen ze inademde. 'Lichamelijk ziek is niemand, nee. Maar ik ben terneergeslagen, dochter. Ik ben gekomen om je vergeving te vragen... om het goed te maken tussen jou en mij.'

Verrast zei Rhoda: 'U begrijpt het niet.' Ze zuchtte en

vervolgde: 'Dit is niet makkelijk om te zeggen, mama, maar mijn vertrek heeft weinig met u te maken... of met de familie. Het gaat helemaal niet om iets wat jullie hebben gedaan.'

'Maar waarom dan?' vroeg mama. 'Het is niet natuurlijk voor een alleenstaande vrouw om niet bij haar vader thuis te wonen. Gewoon niet natuurlijk.'

Ze had wel gedacht dat haar moeder dat zou vinden. Het was het enige dat ze kende. 'Het gaat best met mij. U hoeft zich geen zorgen te maken.'

Mama stak haar hand uit over de tafel. 'Wil je mij vergeven... ons allemaal?'

'Dat u van Eenvoud bent? Dat is iets waarin wij, waarin u geboren bent. Daar hebben we geen van allen iets in te zeggen gehad.' Ze stond vlug op, verward. 'Dat is niet iets wat ik u kan vergeven, mama.'

Haar moeder boog haar hoofd.

'Het is goed, mama.' Nellie wierp Rhoda een teleurgestelde blik toe. 'U hebt gedaan waarvoor u bent gekomen... nu moeten we maar eten bestellen.'

Na een korte aarzeling koos mama gehaktbrood en Nellie Mae vroeg om de gebakken kip.

Later, toen ze klaar waren en Rhoda weer was overgeschakeld op professioneel gedrag, bood ze hun de dessertkaart, maar haar moeder en zus zeiden dat ze 'propvol' waren.

Toen ze hun rekening betaalde voelde Rhoda zich bijna ziek en ze wist niet of ze mee moest lopen naar het rijtuig of binnen op haar post blijven. Maar met die grote onzekerheid kwam een bekende golf van frustratie mee, en ze kon alleen maar toekijken hoe ze naar de deur liepen.

Wat voor een vrouw wijst haar eigen moeder af? Rhoda rende naar de gang en naar het toilet om haar make-up te controleren, bang dat haar plotselinge tranen haar stadse gezicht hadden bevlekt.

In april was de zonsondergang kleurrijker, vol rood en goud.

En Nellie was vooral blij dat het 's avonds lang licht bleef toen ze met haar moeder het restaurant verliet en op weg ging naar huis. Het geklipklop van de paardenhoeven hielp de spanning verlichten. 'Hebt u er geen spijt dat we zijn gegaan, mama?' vroeg ze.

'Het was fijn om Rhoda te zien, al is ze zichzelf niet.'

'U hebt gedaan wat u kon,' zei Nellie, die de teugels stevig vasthield.

'Ik herkende haar eigenlijk amper.'

Nellie zuchtte. 'Nou ja, ze is een beetje afgevallen. En haar haar is kortgeknipt... ze heeft een heel modern kapsel.'

'Het is meer haar houding... haar manier van praten.'

Nellie beaamde het. 'Meer stads dan van Eenvoud.' Rhoda was ook vol verzet geweest, ze had niet willen gaan zitten en praten. Was hun gezelschap zo onwelkom?

'Ze heeft de wereld aangenomen.' Mama snufte een beetje.

Nellie waagde het niet haar moeder aan te kijken, anders ging zij ook huilen. 'Laten we aan iets prettigs denken. Morgen krijgen we een diaken en een nieuwe prediker.'

Mama fleurde op. 'De kerk bloeit, dat is zeker.'

Ze reden een paar kilometer rustig verder en dronken de schoonheid in van de velden en de almaar veranderende lucht. Maar in de buurt van Route 10, een eindje buiten de stad waar minder verkeer op de weg reed, werden ze iets te dicht gepasseerd door twee auto's, die achter elkaar aan reden alsof het een race was. Waarschijnlijk waren het joyriders.

Nellie hield de teugels stevig vast en hield haar adem in terwijl het paard uitweek, zodat het rijtuig gevaarlijk over de middenlijn raasde. 'O, God, help ons,' riep ze toen mama haar arm greep.

Ze worstelde met de teugels om het paard in bedwang te krijgen en riep tegen de merrie: 'Aan de kant, meisje!'

Maar het paard steigerde en begon toen te galopperen. 'Kom, meisje,' zei Nellie zachter, met het hart in de keel. Ze had te vaak gehoord van rijtuigen die midden in een gevaarlijke situatie kantelden. *Dat mag ik niet laten gebeuren!*

In een poging het paard vaart te laten minderen door herhaaldelijk aan te teugels te trekken, slaagde ze er eindelijk in het paard naar de kant van de weg te krijgen. Haar armen waren slap van angst en ze kon alleen maar zeggen: 'God zij gedankt…'

Ze keek naar haar moeder, die lijkbleek zag van afgrijzen. '*Ach*, Nellie, wat heb je dat goed gedaan.' Mama vouwde haar handen in haar schoot. 'Ik weet niet of ik hetzelfde had gekund.'

Nellie Mae was opgelucht, het was op het nippertje geweest, maar ze zat nog steeds te beven. Ze vroeg zich af of haar hartslag ooit weer normaal zou worden.

Ze liet het paard weer aantrekken en vroeg mama: 'Bidt u wel eens om bescherming als u op weg gaat?'

'Nu wel… sinds ik elke dag in de Bijbel ben gaan lezen.'

'Vroeger niet?'

'Toen ik opgroeide, werd ons niet geleerd te bidden om bescherming. Er staat genoeg in de Schrift over de naam van God aanroepen om verlossing, om leiding, om Zijn liefdevolle bescherming en over afwending van het kwaad of voorkomen van onheil,' legde mama uit. 'Zoveel passages, eigenlijk. Vroeger wisten we alleen niet dat het er stond.'

'Passages zoals Suzy in haar dagboek schreef?'

Mama zweeg.

'*Ach*, ik had mijn mond moeten houden.'

Met een ernstig gezicht schudde mama haar hoofd. 'Eigenlijk ben ik blij dat je erover begon, Nellie, want ik heb je steeds willen vragen of ik Suzy's dagboek mocht lezen. Om het verdriet vanbinnen te verlichten.'

'Nou, eerlijk gezegd is alleen het laatste deel van het dagboek troostend. Maar hoe dan ook, Rhoda heeft het nu.'

Mama klaarde op en zei: 'Nog beter. *Jah*, dat is goed nieuws.'

'Ik weet zeker dat Rhoda het onderhand heeft gelezen, al heeft ze er niets over gezegd.'

'Dat geeft niet. Ik kan wachten.'

Nellie dacht aan de nogal afstandelijke opmerkingen die Rhoda eerder had gemaakt en vroeg zich af waarom Suzy's woorden haar hart niet hadden verzacht. Was haar zus zo ondergedompeld in de wereld van de *Englischers* dat ze doof was voor de stille stem van God?

★

De tijd die ze na het eten doorbracht met Elias was voor Rosanna een van de fijnste uurtjes van de dag. Vanavond zaten ze aan tafel te praten over de vragen rond het avondmaal. De derde was: 'Bent u bereid te leven in liefde, vergeving en vrede met uw broeders en zusters in Christus en met alle mensen, voorzover het in uw vermogen ligt?'

Rosanna voelde zich geraakt in haar geest. 'Ik heb beslist geen vrede over iets.'

'Wat is er, lief?' Elias keek haar onderzoekend in de ogen.

Ze zuchtte en probeerde niet te huilen. 'Eerlijk gezegd weet ik niet of ik wel een baby van weer een andere vrouw moet aannemen. Ik voel me zo verdoofd.' Ze haalde Lena's brief uit haar zak en reikte hem Elias aan. 'Deze is vandaag gekomen, dat heeft het nog moeilijker gemaakt.'

Ze wachtte terwijl hij las en zag zijn gezichtsuitdrukking veranderen. Eerst keek hij verbaasd, toen nadenkend, toen weer verbaasd. 'Ik vind dat we het aan God moeten voorleggen.'

Trillend pakte ze zijn hand. 'Er is nog iets, Elias. Iets wat ik je eerder had moeten vertellen.'

'Je beeft, lief. Wat is er?'

'Ik ben weer in verwachting,' fluisterde ze moeilijk.

Hij zette grote ogen op. '*Ach*, Rosanna…'

'Ik weet het al een poosje, maar ik kon niet aan het avondmaal gaan als ik het je niet had verteld.'

Hij boog naar haar toe, kuste haar op de wang en nam haar hand in zijn beide handen. 'Waarom zou je zoiets moois voor jezelf willen houden?'

Ze perste haar lippen op elkaar en probeerde niet te huilen. 'Ik wilde de pijn alleen dragen, om het jou te besparen als... wanneer...'

Vlug stond hij op en hurkte naast haar stoel. 'Je moet me beloven nooit meer alleen zo te lijden, mijn schat. Je draagt onze baby, geschapen door God... door onze liefde voor elkaar.'

Ze knikte, gaf zich over aan zijn armen en liet haar gezicht tegen het zijne rusten. *Vertrouw... vertrouw*, zei ze tegen zichzelf. *Vrees niet.*

'We zullen elke dag bidden voor de veiligheid van de baby,' fluisterde hij.

Ze voelde zijn borst zwoegen toen Elias haar dicht tegen zich aan trok, alsof ook hij vreselijk bang was.

Hoofdstuk 19

Calebs bantammer haan begon te kraaien, niet gewekt door het felle licht van de maan die achter een wolk vandaan schoof, maar doordat er ratelend een rijtuig arriveerde. Caleb was al bijna een half uur op om een paar teksten te lezen uit de oude familiebijbel, alleen om de Dag des Heeren te beginnen. *Om geen andere reden*, had hij tegen zichzelf gezegd, hoewel hij de laatste tijd geboeid werd door het uitbundige gepraat van neef Chris over de Bijbel.

Caleb liep naar het raam en zag een jonge vrouw met gebogen hoofd uit het rijtuig stappen. Was het... kon het zijn zus zijn, die hij zo lang niet had gezien? Hij boog dichter naar het raam en besefte dat het inderdaad Rebekah was. 'Wel allemensen!'

Ze had sinds haar vertrek van bijna drie maanden geleden geen voet meer over de drempel gezet. Hij daalde vlug de trap af naar de achterdeur, boos dat hij geen contact had gehouden zoals hij die ellendige zondagavond eind januari had beloofd. Kort daarna was het fout gegaan en had hij geen zeggenschap meer gehad over de toestand. Er was geen tijd geweest voor zijn koppige zus, toen hij zelf zoveel problemen had.

'Nou, kijk eens aan.' Hij deed de deur open.

Ze glimlachte. 'Jij bent al vroeg op.'

'Het zou best kunnen dat ik de enige ben die wakker is in huis.' Hij stond bij het fornuis en bedacht dat hij het aan moest steken om de kou te verdrijven. Vooral voor pa. 'Wat voert jou hierheen?'

'Het is avondmaalszondag, bij prediker Manny tenminste. En al ben ik nog geen lid, ik wil zogezegd een schone

174

lei hebben.' Ze keek hem weifelend aan. 'Caleb... ik wil hier vrede sluiten. Als het al mogelijk is.' Haar lichtblonde haar was nog steeds in het midden gescheiden en bovenop glad naar achteren gekamd, de gedraaide lokken aan de zijkanten vastgespeld onder haar witte gazen *Kapp*. Hij had gedacht dat zijn zus er inmiddels anders uit zou zien, na al die tijd bij de overlopers. 'Sta je me aan te staren?' vroeg ze zacht.

'Je ziet er nog precies hetzelfde uit als voordat je wegging.'

'Tja, wat had je dan gedacht? We zijn niet stads. We kleden ons van Eenvoud en we gebruiken nog steeds paard en rijtuig.' Ze glimlachte. 'De geestelijke leer is het grootste verschil... en ik moet zeggen, Caleb, als je het eens zou proberen, zou je het ook wonder-*gut* vinden.'

Hij haalde geërgerd zijn schouders op.

'Hoe gaat het met pa sinds... het ongeluk?' vroeg ze.

'Ga zelf maar kijken,' daagde hij haar uit.

Ze gooide haar omslagdoek af. 'In ernst, Caleb. Zo makkelijk zal het niet zijn om het goed te maken.'

'Met pa?'

'Tja, niet met *jou*.' Ze gaf ondeugend zijn arm een por.

'*Ach*, ik mis je,' gaf hij toe. 'Je moet af en toe eens naar mama komen kijken. Je hebt geen idee hoe moeilijk het is voor haar, dat pa niet kan bewegen zonder hulp en zo.'

'Ook daarom ben ik hier. Maar denk je dat ik weer welkom ben?'

Hij schudde droevig zijn hoofd. 'Ik betwijfel het, eerlijk gezegd... vast niet, als je beslist bij de ketters wilt blijven.'

Haar ogen werden donker. 'Waarom noem je ons zo? Je kunt toch zeker niet veroordelen wat je niet zelf kent?'

Het viel hem in dat ze Nellie Mae elke week in de kerk zag, dat nam hij tenminste aan. Hij merkte dat hij zich inspande om te zwijgen, zelfs een eindje van haar wegschoof, omdat hij niet wilde vragen wat hij zo graag wilde weten.

'Wat is er?' Ze keek hem onderzoekend aan. 'Gaat het wel, Caleb?'

Hij lachte gedwongen en wuifde haar vraag weg. 'Ik zal gaan kijken of pa en mama al op zijn.'

★

Rhoda werd wakker van de lijsters die in het weiland luid kibbelden. Een plotselinge windvlaag deed de etensbel rinkelen die op de achterveranda hoog in de dakspanten aan een touw hing. Ze rekte zich uit in de warmte van haar bed en bedacht dat het zondag was. Weer overwoog ze met James en Martha mee te gaan naar de kerk. Ze kon helpen met de kleintjes in de crèche, misschien kalmeerde dat haar een beetje. O, wat zou ze graag Kens ruwe opmerkingen uit haar geheugen wissen!

Ze stond op, waste zich en trok voor vandaag haar Amish kleding aan. Het was onmogelijk haar korte haar in een knot te duwen, dus ze scheidde het maar in het midden en zette het opzij vast met platte haarspelden. Toen zette ze haar *Kapp* op, die ze al een hele tijd niet had gedragen, en snelde naar beneden om voor Martha te beginnen met het ontbijt voordat de rest van het gezin wakker werd. Voor zichzelf zou ze alleen fruit klaar leggen: grapefruit, plakjes appel en een halve banaan. Ook zou ze geen suiker in haar koffie nemen, noch zichzelf een hapje toestaan van de verrukkelijke kaneelbroodjes die Martha gisteravond had gebakken.

Een saai ontbijt is mijn lot...

Zelfs Emma scheen haar kleding op te merken toen het kleine meisje de keuken binnen kwam rennen om haar te begroeten met een knuffel. Emma nam haar van top tot teen op en grinnikte verlegen toen haar ogen dwaalden naar Rhoda's slordige, al te korte haar. Vlug stuurde ze Emma naar de la om haar schort te pakken, die ze om haar middel bond voordat haar nichtje haar nog een knuffel gaf, alsof ze wilde zeggen: *ik ben blij dat je vandaag meer op jezelf lijkt,* Aendi *Rhoda.*

Aan tafel gezeten om op de rest van de familie te wachten, luisterde Rhoda naar Emma's gebabbel over 'naar Gods huis gaan' en wenste dat Ken ontroerd zou kunnen raken door zo'n schattig kind.

Toen James en Martha met de rest van de kinderen aan tafel kwamen, lichtten James' ogen even op toen hij Rhoda zo behoudend gekleed zag, klaar om naar de kerk te gaan. En Martha's glimlach week niet één keer tijdens het ontbijt.

Na het eten waren dezelfde lawaaiige vogels nog steeds aan het ruziën. Af en toe klonk hun lied te midden van het kabaal toen Rhoda naar haar auto liep. Hoewel ze nog steeds bij James en Martha hoopte te blijven, zou ze zich niet verlagen tot kruiperij, ondanks haar kerkgang van vandaag.

Woorden waren niet het enige instrument dat ze had om James over te halen. Hij was weliswaar koppig, maar heel ontvankelijk voor Martha, anders dan haar broer Ephram die het nooit veel interesseerde wat zijn vrouw ergens van vond.

Dus ik zal mijn kaarten handig spelen, besloot Rhoda terwijl ze naar het Beachy kerkgebouw reed, behoorlijk tevreden met zichzelf en haar groeiende verzameling wereldse uitdrukkingen.

Ze hoopte dat haar bereidheid om een pelerinejurk met schort te dragen en zijn kerk te bezoeken op deze mooie ochtend van de Dag des Heeren, het hart van haar broer zou verzachten.

★

Rosanna zag de grote, zwarte herdershond van prediker Manny al zitten toen Elias zondagmorgen zijn erf opreed. Hij hield de wacht op de trap van de voorveranda, alsof hij alle rijtuigen met hun grijze daken waarnam. Hij maakte zich nergens druk om, ook niet om het heen en weer lopen van de tienerjongens die druk bezig waren trekpaarden naar de stal te brengen om ze water te geven voor de lange dag die voor hen lag.

Ten slotte nam ze met andere vrouwelijke kerkleden plaats in de keuken. Ze leverden hun handgeschreven papieren in met hun afzonderlijke antwoorden op de avondmaalsvragen, en groepjes gemeenteleden werd gevraagd antwoord te geven toen prediker Manny de lijst met vragen had voorgelezen.

Ze was blij dat ze gisteravond openhartig met Elias had gesproken. En hoe onwaardig ze zich ook voelde, afgezien van Gods reddende genade, vandaag geloofde Rosanna dat ze klaar was om aan het avondmaal te gaan.

Onder het gemeenschappelijke zingen voelde ze een haast tastbare zoetheid in de ruimte; bij sommigen stroomden tranen van ootmoed over de wangen. En na het avondmaal, tijdens hun traditionele voetwassing, genoot ze van het wonder van eenheid die in de gemeente werd betoond. Ze knielde neer om met grote tederheid de eeltige voeten van Betsy Fisher te wassen, denkend aan de vele families die in de loop van het afgelopen jaar verdeeld waren, nadat ze hun besluit hadden genomen om de weg van verlossing te volgen. *Zo veel van ons die acht hebben geslagen op de goddelijke leiding van de Heilige Geest…*

Toen het tijd was om Betsy's voeten te drogen, bad Rosanna in stilte dat Ephram en Maryann Fisher en ook Rhoda, de Heiland op een persoonlijke manier zouden vinden. Met een warme glimlach bukte Betsy om haar kousen en schoenen weer aan te trekken en wisselden ze van plaats, waarna Betsy op haar beurt knielde om Rosanna's voeten te wassen. Betsy huilde terwijl ze het deed en hield haar hoofd gebogen. Toen ze eindelijk klaar was, keek ze op en knikte Rosanna vriendelijk toe.

Nellie Mae paste met plezier op een groepje rustige kindertjes. Met haar witte zakdoek deed ze trucjes om hen te vermaken. Eerst maakte ze er een denkbeeldige muis van, het volgende ogenblik een tweelingbaby die naast elkaar lag te slapen in een zakdoekwieg. De ogen van de kleine meisjes straalden van vrolijkheid, al waren ze wel zo wijs om geen harde geluiden te maken hier in de schuur.

Toen het avondmaal eindelijk was afgelopen, nam ze de kinderen weer mee het huis in om met hun ouders te herenigen. Nellie wilde blijven helpen en bood aan in de keuken te werken om het gemeenschappelijke maal op tafel uit te stallen. De vrouw van prediker Manny was blij met extra hulp en vroeg haar een assortiment kazen uit de zomerkeuken te halen.

Op weg naar de kaas, die nog wat voorbereiding nodig had, keek Nellie Mae toevallig uit het raam aan de achterkant. Daar, bij de schuur, zag ze de neef van prediker Manny vlak in de buurt van Nan staan. De aantrekkelijke jonge vent stond zelfs gedempt te grijnzen en te flirten.

Hé, zeg, is dat Nans beau? Nieuwsgierig keek ze toe hoe hij dichter naar Nan toeliep en haar een briefje toestopte.

Vlug stopte Nan het in de zak van haar jurk en wandelde weg, met opgeheven hoofd, alsof ze alleen maar even naar de buiten-wc ging. Uit respect voor de privacy van haar zus veegde Nellie de verrukte glimlach van haar gezicht voordat ze doorliep naar de keuken, nog nagenietend van haar ontdekking.

Nan zal niet begrijpen hoe ik het weet, dacht Nellie terwijl ze de kaas dun sneed op de snijplank. *Wat zal het leuk zijn om haar te plagen!*

'Waarom kijk je zo blij?' Rosanna kwam naar haar toe.

'O, niets bijzonders.'

Rosanna's ogen waren dik, maar ze keek vrolijk. 'Romantiek in de lucht? Een *beau*, misschien? Getrouwde mannen van de Nieuwe Orde zien er heel knap uit met hun nette baard.'

Nellie bloosde lachend. 'Nee, er is geen *beau*. Voor mij niet.'

'Ach, Nellie Mae…' Rosanna boog dicht naar haar toe. 'Er is vanavond wel zangavond!'

Dat wist ze dankzij Nan maar al te goed.

'Elias' knappe neef Jacob komt ook.'

'Het is niet eerlijk als ik ga,' bracht Nellie uit.

'Waarom?'

Ze zuchtte. Ze kon het niet uitleggen met zoveel vrouw-volk in de buurt. 'Dat is nu gewoon beter. Dat is alles.'

Rosanna glimlachte. 'Je zult het weten als je er klaar voor bent…'

Dankbaar voor Rosanna's begrip knikte Nellie. 'Het is allemaal in Gods hand.'

★

Ken moest me nu eens zien, dacht Rhoda met een baby knus in haar armen. De ochtenddienst had langer geduurd dan an-ders, maar ze vond het niet erg. Het was fijn om de kleintjes in de crèche te voeden en te verschonen, al was het een paar weken geleden sinds ze naar de Beachy kerk was geweest. En ze genoot er echt van om er weer te zijn. *Nog meer zelfs dan ik dacht…*

De baby in haar armen begon te huilen. Rhoda liep rond en fluisterde in het Amish tegen de kleine. Het drong tot haar door dat het maanden geleden was dat ze tegen iemand anders dan de kinderen van James en Martha haar eerste taal had gesproken. Ze had het bezoek van mama en Nellie Mae aan het restaurant gisteren, niet uit haar hoofd kunnen zet-ten. Nog geen minuut.

Zuchtend ging ze zitten om het kindje te wiegen, in de hoop dat het hem zou kalmeren. 'Ik heb mijn mama vreselijk pijn gedaan,' fluisterde ze klaaglijk.

Een van de andere vrouwen vroeg of alles in orde was.

Rhoda knikte en besefte ineens dat ze huilde. Het kleine hoofdje strelend, keek ze naar de muur en trachtte zich te vermannen.

Ik heb niet alleen mijn familie teleurgesteld, maar mezelf ook...

★

Reuben was de laatste man die op deze Dag des Heeren het tijdelijke bedehuis van prediker Manny betrad. Hij had met opzet getreuzeld en buiten achter de schuur met grote passen heen en weer gelopen. Er waren er nog een paar bij hem geweest, ongetwijfeld om God te smeken hen over te slaan. Zo zwaar was de last van geestelijke bijstand aan de Gemeenschap van Eenvoud... het lot bracht een levenslange gelofte mee, zonder financiële compensatie om alle uren van de dag beschikbaar te zijn. Dat was echter niet zozeer Reubens zorg als zijn getob over de afgedwaalde Rhoda... en ook Ephram en Maryann, die nog steeds de oude traditie aanvaardden. Hij vroeg zich af of hij geen vrijstelling had moeten vragen voor het ambt van diaken of prediker. Maar waarschijnlijk was al zijn getob voor niets. Het idee alleen al dat iemand hem zou nomineren was iets om trots op te zijn.

Hij ging op de rugloze bank naast zijn zoon Benjamin op zijn beurt zitten wachten om een man te nomineren voor het ambt van diaken. Als die man eenmaal goddelijk benoemd was, gingen ze allemaal op een rij staan om hetzelfde proces te herhalen voor de wijding van een prediker. Ze fluisterden prediker Manny de naam van een rechtschapen man in het oor.

Het viel Reuben op dat verscheidene mannen zich nerveus gedroegen. Drie rijen verderop zag Elias King zenuwachtig heen en weer te schuiven. *We zullen allemaal onrustig zijn tot dit voorbij is...*

Hij was enigszins terughoudend om de man voor prediker te nomineren die hij van alle getrouwde mannen het waardigst vond. Aan de andere kant, een naam noemen voor diaken was iets anders, hoewel het nederig maakte als het lot op je viel, droeg die speciale positie niet de immense verantwoordelijkheid van prediker. *Een haast verpletterende slag voor de meesten.* Sommigen mannen sliepen tientallen jaren slecht als het lot hun had getroffen.

Bisschop Joseph stond op en ging voor hen staan. Hij las uit 1 Timoteüs 3. '*De diakenen eveneens moeten eerbaar zijn, niet tweetongig, niet die zich tot veel wijn begeven, geen vuil-gewinzoekers; houdende de verborgenheid des geloofs in een rein geweten. En dat dezen ook eerst beproefd worden, en dat zij daarna dienen, zo zij onbestraffelijk zijn.*'

Verder vermaande de bisschop de echtgenoten van de toekomstige diakenen: '*De vrouwen eveneens moeten eerbaar zijn, geen lasteraarsters, wakker, getrouw in alles.*'

Met gebogen hoofd overdacht Reuben de onderwijzende verzen en bad dat Gods wil hier bekendgemaakt mocht worden.

De vrouwelijke leden vormden een rij aan de ene kant van de boerderij van prediker Manny, terwijl de mannen hetzelfde deden aan de tegenovergestelde kant. Betsy keek toe hoe hun buurman, de pas verkozen diaken Abraham Zook, naar voren stapte. 'Fluister slechts één naam voor prediker bij de deur,' bracht hij hen onder het oog. Voor de vrouwen was het de ene keukendeur; voor mannen de andere. Noch de bisschop, noch prediker Manny kon een stem krijgen, maar Manny zou daar in de keuken staan om de naam te horen, die hij door zou geven aan bisschop Joseph als hij de deur had dichtgedaan. De bisschop zou op zijn beurt de naam van elke kandidaat op een stuk papier schrijven. Elke naam die drie of meer keer werd gefluisterd werd opgenomen in het lot.

Betsy's hart bonsde toen ze de keukendeur naderde, die

op een kiertje stond. Ze durfde niet voor zich te kijken, maar hield haar blik op de vloer gericht. In gedachten was ze bij Reuben, ze hoopte dat hij niet in het predikerslot werd opgenomen. Hij had al genoeg aan zijn hoofd, met zijn zoons die in vier windrichtingen waren verspreid. *En met onze afgedwaalde Rhoda. Een grote zorg,* dacht ze.

Ze legde haar hand op haar hart en deed een stap naar voren. Zacht sprak ze de naam uit van de man die ze het meest lovenswaardig vond en liep toen gedwee door de voordeur het huis weer binnen.

Binnen voegde ze zich bij de anderen in de grote voorkamer die hun *Stimmen* al hadden uitgebracht. Niemand behalve de bisschop zou ooit weten hoeveel stemmen elke man had ontvangen.

Toen bisschop Joseph diep ernstig als laatste binnenkwam en een gebed uitsprak om een zegen te vragen over wat ze gingen doen, kneep Betsy haar ogen stijf dicht. Daarna koos de man van God vijf uitzonderlijk versleten *Ausbund* liedboeken en legde een enkel vel papier in één daarvan. Toen werd elk liedboek verzegeld met eenzelfde elastiek en de boeken werden op tafel geschikt.

Bisschop Joseph vroeg: 'Wil prediker Manny of diaken Zook de liedboeken opnieuw schikken?'

Zwijgend stapte prediker Manny naar voren en maakte een stapel van de boeken voordat hij ze op tafel uitspreidde in een nieuwe volgorde. Hij ging opzij en liet de nieuwe diaken hetzelfde doen. Toen de broeders tevreden waren dat de boeken voldoende geschud waren, kondigde de bisschop de namen aan van de vijf mannen in het lot. Elias King werd als eerste genoemd en Rosanna snakte naar adem, een reactie die herhaald werd door de volgende drie vrouwen toen de naam van hun man werd afgeroepen.

Niet mijn Reuben, hoopte Betsy, met het zweet in haar handen.

Bisschop Joseph stopte om in zijn ogen te wrijven. Toen

keek hij de gemeente aan en zei ernstig: 'En ten slotte... Reuben Fisher.'

Betsy greep de hand van haar schoondochter Ida, die naast haar zat. Ach, *lieve man.*

Ze slikte moeilijk, zich volledig bewust van de ernst van het uur... en het gewicht van de plicht die hun binnenkort te verkiezen dienaar toeviel. De mannen van wie de naam was genoemd, konden het lot niet langer weigeren, omdat ze bij hun doop al beloofd hadden te dienen als verordineerde geestelijken, mocht het goddelijke lot hun treffen.

Betsy hoorde haar eigen hart bonzen toen de bisschop eerbiedig de bekende woorden sprak: 'Zijn degenen in het lot, die hier voor mij gezeten zijn, in overeenstemming met de ordinanties van de kerk en de artikelen des geloofs?'

Elke man antwoordde: '*Jah,*' en knielde dan om God te smeken het Bijbelse proces te gebruiken om aan te wijzen wie de predikant moest zijn.

Betsy boog haar hoofd en dacht aan de dag waarop Reubens neef Manny was getroffen door het lot. Zijn echtgenote en een groot deel van zijn directe familie hadden gehuild, en niemand in de Gemeenschap van Eenvoud had het gewaagd hun verdriet te minachten.

Toen het gebed beëindigd was, boog Reuben zijn hoofd toen de oudste van de vijf mannen naar de tafel ging om een liedboek te kiezen. Na een tijdje hoorde hij die man terug schuifelen naar de bank en gaan zitten.

De volgende twee mannen kozen op hun beurt elk een van de liedboeken, maar het lot was nog steeds niet geworpen.

Nog maar twee over...

Met ingehouden adem liep Reuben naar de tafel. Hij dacht aan de extra verantwoordelijkheden die voor hem lagen, mocht hij gekozen worden door God, en hij voelde zich neergedrukt door een enorme last toen hij een boek oppakte.

Toen de bisschop het elastiek verwijderde, zocht Reuben eerbiedig tussen de bladzijden naar de reep papier met het veelzeggende Bijbelvers. Het was er niet.

Hij kon weer ademhalen en liep terug naar zijn plaats. De uitslag drong tot hem door voordat Elias overeind kwam om het overgebleven liedboek te pakken en hij hoorde iemand huilen: de rituele rouw. Zijn hart ging uit naar Elias en Rosanna, allebei nog zo jong om deze goddelijke roeping te ontvangen en ze hadden al zoveel verdriet meegemaakt…

Met zwoegende schouders gaf Elias het boek aan de bisschop terug. Hij bleef voor de bisschop staan om zijn opdracht te ontvangen. 'In de naam van de Heere onze God en deze kerk, het ambt van prediker is gegeven aan u, Elias King. U zult Gods Woord prediken tot de mensen en hun naar uw beste vermogen bemoedigen en onderwijzen.' Vervolgens noemde de bisschop een lijst op van andere verplichtingen die van hem verwacht werden, tot hij besloot: 'Moge de almachtige God u sterken in dit werk, met de hulp van de Heilige Geest. Amen en amen.' Toen schudde bisschop Joseph Elias de hand en begroette hem met een heilige kus.

Onmiddellijk daarna kregen de leden de opdracht te bidden en 'Elias en zijn goede vrouw Rosanna te bemoedigen', en de bijeenkomst, die een halve dag had geduurd, werd snel beëindigd.

Reuben zocht tussen de gemeenteleden naar Betsy en zag hoe opgelucht ze keek. Hij vroeg zich onwillekeurig af hoe zij zich nu hadden gevoeld als het lot op hem was gevallen in plaats van op Elias, van wie werd verwacht dat hij zichzelf, zijn tijd, energie, en inzicht, gaf voor het welzijn van de kudde. *Alle dagen van zijn leven.*

★

Elias en Rosanna zeiden geen woord onder het rijden. De stilte regeerde, afgezien van het ratelen van de rijtuigwielen op het wegdek, begeleid door het gestage geklipklop van hun paard.

Volledig bewust van het nederige hart van haar man veegde Rosanna haar tranen weg. *God, geef Elias het geduld van Job, de wijsheid van Salomo, het geloof van Abraham...*

Toen Elias tastte naar haar hand en deemoedig naar haar glimlachte, legde ze de onuitgesproken belofte af haar man te zullen helpen waar ze maar kon, zo lang ze leefde.

Plotseling schoot een scherpe pijn door haar buik. Ze schrok, maar onderdrukte de aandrang om het uit te schreeuwen.

'Wat is er, lief?' vroeg Elias.

'*Ach...* de baby.' Ze vouwde haar armen om haar buik en probeerde niet te huilen. Ze weigerde haar angst de baas te laten worden.

Elias trok haar tegen zich aan. 'O God, bescherm ons kind. En mocht het Uw wil zijn, sterk... en genees mijn vrouw. Ik roep Uw naam aan, Heere Jezus Christus,' bad hij.

Rosanna was getroost door het vertrouwen van haar man, maar haar eigen twijfels dreigden haar te overmannen. *Laat me de baby vandaag niet verliezen, God*, smeekte ze, denkend aan Elias' ordinantie. *Alstublieft, niet vandaag...*

Hoofdstuk 20

Op weg naar de zondagavondzang zag Nellie bandensporen in het maïsveld van James en Martha. 'Wat raar dat James zijn tractor op het land gebruikt in plaats van alleen in de schuur zoals sommige boeren,' zei ze tegen Nan op de voorbank van het familierijtuig. 'Hij wil zeker meer doen dan silo's vullen.'

Nan, die de teugels in handen had, knikte. 'Het is moeilijk om te wennen aan alle moderne apparatuur rond Honey Brook.'

Nellie zag dat de grond bedekt was met de maïsstoppels van het vorige jaar, zodat het groen niet kon opkomen. *Er zijn minder paarden nodig tegenwoordig.*

Haar gedachten gingen naar de zang. Ze wenste half en half dat ze thuis was gebleven om met mama plannen te maken voor de bloembedden.

Ik begin al te denken als een Maidel.

In het kreupelhout krasten de kraaien en roodgevleugelde merels kwebbelden bij de vijver achter het huis van de nieuwe diaken. Hoe snel zou het bericht zich verspreiden van de ordinanties van Abraham Zook en Elias King. Ze wenste dat ze naast Rosanna had gezeten toen het lot op Elias viel. Ze zou zo met haar mee hebben gehuild.

Toen de jeugd klaar was met de avondliederen zocht meer dan de helft van de jongens een meisje uit. Nellie kreeg Ezekiel Mast weer in het oog, de donkerharige neef van prediker Manny. Hij kuierde zelfverzekerd op Nan af en raakte discreet haar hand aan. Zijn innemende glimlach en de manier waarop zijn hele gezicht oplichtte toen hij haar aansprak, onthulden zijn bedoelingen. Nan deed ook geen moeite om haar stralende glimlach te verbergen.

Nu het georganiseerde deel van de avond was afgesloten, ging Nellie ervan uit dat zij met pa's paard en rijtuig naar huis terug zou gaan en Nan achterliet om met Ezekiel in zijn open rijtuigje mee te rijden. Nellie stond te wachten tot Nan haar kant opkeek, zodat ze haar zus kon laten weten dat ze op het punt stond weg te gaan. Ze wees naar de schuurdeur en Nan knikte. Tevreden wilde Nellie vertrekken.

Ze wilde juist de rustieke schuurdeur openschuiven toen Jacob King naast haar kwam staan. De lange, knappe neef van Elias lachte haar enthousiast toe, met zijn grote, bruine ogen vast op haar gericht. Haar gezicht werd warm toen ze besefte hoe dichtbij hij was. Rosanna had hem vast en zeker iets ingefluisterd en dat vond Nellie nog vernederender, hoewel het niet voor het eerst was dat iemand had geprobeerd te koppelen. *Hij is ontzettend leuk,* dacht ze toen hij met één makkelijk gebaar de schuurdeur openduwde.

'Ga je een luchtje scheppen?' Hij kwam naast haar lopen.

'Ik wilde naar huis.'

Hij keek omhoog naar de lucht. 'Maar de avond is nog jong, *jah?*'

Dat had ze eerder gehoord. Alle jongens zeiden het tegen een nieuw meisje als ze om woorden verlegen zaten. Hij ging haar beslist mee uit rijden vragen in zijn open rijtuigje.

Moet ik het doen? Wat zou Caleb ervan vinden?

Jacob keek nog steeds aanmoedigend glimlachend op haar neer. Ze voelde zich zo ongemakkelijk om zo te lopen met een nieuwe jongen, of ze haar vroegere *beau* verraadde.

Ineens zei ze: 'Jacob, wacht even, alsjeblieft.' Ze rende naar de schuur terug en wenkte Nan om vlug te komen.

Nan kwam haastig naar haar toe. 'Ik dacht dat je weg was.'

'Ja, ik ging ook, maar…' Ze aarzelde. 'Er staat buiten iemand op me te wachten. *Ach*, Nan… dit is gewoon zo vre-selijk.'

'Het komt goed. Het eerste afspraakje na een breuk is het moeilijkst.' Dus Nan had geraden dat Nellie misschien de kans kreeg om uit rijden te gaan. 'Weet je wat, als ons rijtuig er nog staat als ik klaar ben om weg te gaan, rijd ik het naar huis en ga mijn… nou ja, mijn *beau*… later lopend tegemoet.'

'Je hoeft niet geheimzinnig te doen over Ezekiel Mast, hoor.'

Nan glimlachte. 'Nou, vertel het maar aan niemand.'

'Zoals wie?'

'Zoals niemand,' zei Nan met twinkelende ogen. 'En ik houd mijn mond over Jacob King, *jah*?'

'Dus je hebt hem gezien.' Nellie zuchtte. 'Hoor eens, ik heb nog niet besloten wat ik vanavond zal doen. Ik zou hier eigenlijk helemaal niet moeten zijn.'

Nan fronste even en boog dichter naar haar toe. 'Waarom ga je niet gewoon een keer met Jacob mee? Kijk of hij je Caleb kan laten vergeten.'

Nellie gaf Nans hand een kneepje en vroeg zich af of Jacob het onderhand had opgegeven. Maar toen ze weer naar buiten stapte, was hij nog steeds in de buurt. Hij praatte tegen zijn paard en streelde de lange hals van het dier. Hij stond op haar te wachten.

★

Rosanna lag in bed en durfde zich niet te bewegen. Ze ademde oppervlakkig. Ze liet haar lichaam in de matras zinken en aanvaardde diens troost. Afgezien van haar vele miskramen had ze nooit zo'n overheersende pijn doorstaan, pijn die maakte dat ze haar kaken op elkaar moest klemmen om het niet uit te schreeuwen en dat ze haar tenen kromde onder haar mooie, handgemaakte quilts. Maar ze mocht zichzelf niet toestaan die vreselijke, ellendige ogenblikken opnieuw te beleven. *Probeer aan God te denken*, hield ze zichzelf voor. *God en Elias.*

Haar lieve man was zo vriendelijk voor haar geweest dat ze er bijna van moest huilen. Ze dacht eraan hoe hij op het bed had gezeten en haar hand teder had vastgehouden terwijl hij bad, om haar en haar baby aan Gods wil toe te vertrouwen.

Uiteindelijk viel ze in een diepe slaap. Ze droomde dat ze de tweeling weer in haar armen hield en toen ze wakker werd zat Elias naast haar, met zijn arm beschermend over haar heen.

Uren later werd Rosanna wakker en ze besefte dat de pijn wat verminderd was. Toch kon ze er niet op vertrouwen dat het voorbij was, al hunkerde ze ernaar dat deze angstaanjagende middag voorbijging.

Elias bracht thee voor haar boven en hielp haar langzaam rechtop te gaan zitten, lieve woordjes mompelend. Wat zorgde hij goed voor haar. Ze had hem er des te liever om. 'Zo, nou, alles komt goed.' Zijn lippen streken over haar voorhoofd. 'De pijn wordt minder, *jah*?'

'Hoe weet je dat?' vroeg ze.

Hij pakte haar hand. 'Dat zie ik aan je ogen, lief.'

'Misschien was het vals alarm.' Ze kreeg tranen in haar ogen. '*Ach*, Elias, ik heb je nog nooit zo ernstig horen bidden.'

Hij knikte en keek neer op hun ineengevlochten vingers. 'Ik geloof dat God de kreet van ons hart heeft gehoord, Rosanna.'

Ze dronk van haar thee en liet zich er langzaam door verwarmen terwijl ze zich ontspande in de aanwezigheid van haar echtgenoot... de pas gewijde prediker.

★

Het was al donker toen Chris naar huis ging na de zondag-avondbijeenkomst van de Mennonitische Jeugdvereniging. Ze hadden plannen besproken voor hun jaarlijkse bazaar van de zomer en besloten welke groenten ze zouden verbouwen voor de verkoop.

Zach en enkele jongeren van de MJV hadden besloten nog wat fris te gaan drinken, ook Sheryl, die naar Chris had gekeken alsof ze zich afvroeg waarom hij niet meeging. Hij had naar haar gelachen toe hij vertrok, maar nu hij erover nadacht moest hij afstandelijk zijn overgekomen. Nu hij zoveel tijd stak in het kantoor van het hoveniersbedrijf en de boerderij van David Yoder, vond hij het moeilijk om geconcentreerd te blijven op zijn studie en uiteindelijke academische toekomst aan de Eastern Mennonite School in Harrisonburg, Virginia. Hij was in het bijzonder geïnteresseerd in hun interculturele studieprogramma's. Hij was blij dat ze nog geen twee jaar geleden cursussen theologie hadden toegevoegd, want daarvoor hoopte hij zich in te schrijven als hij zijn vierjarige graad had.

Chris had nog maar een klein eindje gereden toen hij in de verte een Amish rijtuigje langs de weg geparkeerd zag, maar een paar straten van de ijssalon in Honey Brook. Hij trapte op de rem. Hij had nog niet veel vrijende Amish paartjes rond zien rijden; de avonden waren nog te koud. Ze bleven meestentijds trouwens op zichzelf, op de achterwegen, ver van spiedende ogen. Hij was nieuwsgierig naar hun geheimzinnige verkeringsgewoonten, waarop Caleb in het voorbijgaan had gezinspeeld. Zo vreemd dat niemand mocht weten met wie je ging, totdat de prediker slechts een paar weken voor de trouwerij datum en tijd van je bruiloft 'bekendmaakte'.

Chris ging nog langzamer rijden en zag een jong Amish paartje in de berm staan kijken naar hun kapotte rijtuigje. Zonder zich te bedenken gaf hij richting aan en op een veilige afstand achter hen kwam tot stilstand. Het laatste wat hij wilde was hen aan het schrikken maken.

Hij sprong uit de auto en liep naar de jongeman toe, die ongeveer van zijn leeftijd was. 'Kan ik helpen?' vroeg Chris.

'Nou, het is iets wat vanavond niet meer gerepareerd kan worden. Maar *Denki.*' De jongen tikte gefrustreerd aan zijn strohoed. 'Ik ga het paard uitspannen en naar huis brengen, die kant op.' Hij wees naar de boerderij midden in een uitgestrekt weiland naar het zuiden.

Chris nam aan dat dat betekende dat het meisje met hem mee zou lopen, maar er was een koude wind opgestoken. 'Weet je zeker dat ik jullie tweeën geen lift kan geven?'

De jongeman keek naar het meisje, van wie het gezicht verborgen werd door de schaduw van haar zwarte bonnet. 'Nellie Mae, wil je een lift naar huis van deze *Englischer?*'

Nellie Mae? Chris was overrompeld.

'Nellie Mae Fisher?'

'*Jah*, hoe weet jij dat?' vroeg de jongen, hem van top tot teen opnemend.

Ze hield haar handen stijfjes voor zich. Maar nu ze zich omgedraaid had, kon hij zien dat ze inderdaad het meisje was aan wie hij almaar had moeten denken sinds ze elkaar begin februari langs de weg hadden ontmoet. 'Hallo, Nellie Mae,' zei hij. De jongen zag hij ineens niet meer staan.

Ze knikte. 'Hallo, Christian.'

De Amish jongen nam hem argwanend op en keek toen weer naar haar. 'Kennen jullie elkaar?'

'We hebben elkaar al eens ontmoet,' zei Nellie Mae, die naar Chris bleef kijken.

'Nou ja, het zal wel goed zijn, als je hem kent,' zei de jongen.

Ze keek aarzelend naar hem om. '*Jah*,' zei ze. 'Ik ga maar naar huis.'

'Zo ben je er vlugger,' drong de jongen aan.

'Goed.' Ze zwaaide halfslachtig naar haar jongeman voordat ze zich omdraaide om Chris te volgen, die nog steeds probeerde uit te maken of dit nu stom geluk was of wat.

Hij liep naar de passagierskant en opende het portier, hij wachtte tot ze haar lange rok binnen had voordat hij het sloot. *Wat je ook doet, wees kalm*, waarschuwde hij zichzelf, omdat hij niet gespannen wilde lijken.

'Je vriend… komt hij veilig thuis?' vroeg hij Nellie terwijl hij de auto startte.

'Hij woont eigenlijk vlakbij. Een klein eindje die kant op.' Ze wees. 'Ik weet niet hoe het gekomen is. Dit gebeurt vaak als je uit bent.' Ze lachte zacht. 'Je weet het maar nooit met een paard…'

'Je zult me moeten helpen je huis te vinden in het donker.'

'O, het is niet moeilijk. Ik ben eerlijk gezegd blij dat ik lekker vroeg thuis ben.'

Hij keek haar aan. 'Je vriendje lijkt een aardige jongen.'

Ze keek verlegen terug. 'Nou, Jacob is niet mijn *beau*. Gewoon een jongen die…' Haar stem brak af. Toen vervolgde ze: 'Hij is wel aardig, dat bedoel ik niet.'

Hij knikte en was verbazend opgelucht. Hij bleef luisteren, vond het slim van zichzelf om haar het woord te laten doen.

'Vond je de taarten lekker?' vroeg ze opeens.

'Nou, ze waren heel vlug verdwenen.'

Ze lachte. '*Ach*, er zijn er altijd nog meer.'

Hij was blij met haar uitzonderlijk vriendelijke manier van doen. Maar ze klemde de portierhendel vast en hield haar ogen op de weg.

'Je bent toch niet bang om in een auto te rijden?'

'Ik zit alleen zelden voorin. Als ik met een betaalde chauffeur meerijd, is het meestal in een bestelwagen. En we reizen vaak in grote groepen als we ergens heen moeten waar het niet zo veilig is voor het span.'

'Het span?'

Ze lachte zacht, muziek in zijn oren. 'Zo noemen we het paard en rijtuig.'

'Natuurlijk.' Nu lachte *hij*, beter op zijn gemak bij haar dan goed voor hem was.

'Zou je het erg vinden... nou ja, wil je me meer vertellen over mijn zus Suzy en je broer Zach?' vroeg ze tot zijn schrik.

Zijn gedachten vlogen terug naar de keren dat hij bij hen was geweest. 'Zij was het echt voor Zach, zie je... en Suzy scheen hetzelfde te denken over hem.'

'Denk je dat ze uiteindelijk getrouwd zouden zijn, als ze niet verdronken was?'

'Ik weet dat Zach vlak voordat hij Suzy ontmoette, gebeden had om een levenspartner.' *Net als ik nog niet lang geleden.*

Vanuit zijn ooghoek zag hij haar zedig naast hem zitten. Ze keek hem aan. 'Zachs geloof leidde Suzy tot Jezus.' Ze zuchtte, liet de portierhendel los en vouwde haar handen. 'Suzy schreef erover in haar dagboek, dat ik besloot te lezen. Daarmee heb ik mijn belofte aan haar verbroken, maar ik weet dat ze me vergeven zou hebben. De Schriftteksten die ze heeft opgeschreven en de dingen die ze hoorde op een kampeerterrein in de buurt hebben een verlangen in mijn hart gelegd naar meer. *Ach*, ik zal eerlijk tegen je zijn, Christian, ik wilde weten wat Suzy had gevonden.'

Verbluft dat ze zo openhartig over God sprak, luisterde hij aandachtig. Bijna alle Amish die hij tegengekomen was, ook Caleb en zijn familie, spraken weinig over een persoonlijk geloof. En een discussie over de Schrift gingen ze al helemaal uit de weg.

'Ik ben een volgeling van Christus,' zei Nellie Mae vrijuit. 'En mijn ouders ook en Nan, de andere zus met wie je hebt kennisgemaakt.' Ze noemde nog een paar getrouwde broers en hun vrouwen, die ook verlost waren. 'Maar die zijn veel minder behoudend, nu nog tenminste.'

Hij besefte nu waarom hij zich zo tot haar aangetrokken voelde, afgezien van haar aanlokkelijke en natuurlijke schoonheid. Nellies liefde voor God straalde van haar gezicht af en dat moest hij vanaf de eerste dag onbewust hebben geweten.

'Wanneer ben *jij* christen geworden?' vroeg ze. 'Afgezien van de dag dat je "Christian" werd genoemd dan.'

Hij glimlachte om haar woordspeling. 'Ik was nog jong toen God me riep. Ik wachtte niet, ik heb mijn hart opengesteld en Hem op dat moment mijn hele leven gegeven. Net als mijn vader en moeder toen ze nog kind waren.'

'Je ouders lijken me ook heel aardig.'

Wilde ze zeggen dat *hij* aardig was?

'Ik ben blij dat mijn ouders en Zach die avond in het restaurant hebben kennisgemaakt met Nan en jou.'

'Vond je vader het fijn om zijn verjaardag zo in het openbaar te vieren?' Haar stem klonk nu zachter.

Hij had geen idee wat ze bedoelde. 'Vieren jullie verjaardagen altijd thuis?'

'O, altijd. Maar we houden het heel eenvoudig, met alleen nu en dan een speciaal toetje, geen taart met kaarsjes, zoals stadse mensen.' Ze zweeg even betrapt. Toen vervolgde ze, alsof ze niet helemaal door had dat er een 'stads' persoon achter het stuur zat om haar naar huis te brengen. 'Er is meestal zelfgemaakt ijs en de kinderen krijgen kleine cadeautjes, net als met Kerst. En we zingen ook "Lang zal hij leven". Toen we nog klein waren, gaf Suzy me op mijn verjaardag eens een mooi schaaltje om op onze ladekast te zetten.' Ineens klonk ze een beetje verdrietig.

Hij wachtte, in de hoop dat ze nog meer zou vertellen, maar de rest van de rit bleef ze zwijgen.

Later, nadat Chris haar op haar aandringen aan het begin van de oprijlaan had afgezet, liet hij de hele avond nog eens afspelen in zijn hoofd. Wat was het allemaal mooi uitgekomen. Hoofdschuddend keek hij naar de passagiersplaats waar Nellie had gezeten.

Wat is er met haar? Waarom is ze zo onvergetelijk?

Hoofdstuk 21

Dinsdagmiddag wilde Chris precies op tijd bij de boerderij van de Yoders zijn. In de stad zag hij Sheryl Kreider voor het stoplicht staan en omdat hij zich schuldig voelde omdat hij zondagavond niet met haar had gepraat, zwaaide hij misschien een beetje te enthousiast.

Ze glimlachte en zwaaide terug. *Mooi.* Ze was in elk geval niet boos. Hij wilde niet zonder afspraakje zitten voor het banket.

De ene gedachte leidde tot de volgende, als vallende dominostenen, en toen het licht op groen sprong, kwamen zijn gedachten bij Nellie Mae. Hij stond nog steeds versteld van de vreemde wending in de gebeurtenissen, dat hij Nellie Mae en haar vriendje was tegengekomen. Als er ook maar één aspect van de avond anders was verlopen, van Zachs besluit om niet met hem naar huis te rijden tot Chris' besluit om niet mee te gaan iets drinken na de MJV, was de kans dat hij haar naar huis had kunnen brengen een dikke, vette nul geweest.

Niettemin kon hij beter niet te vaak dagdromen over een meisje dat verboden terrein voor hem was. Hij stak zijn hand uit naar de radioknop en vond zijn favoriete zender, 94.5 WDAC, 'de stem van de christelijke radio'. Hij hoopte David Yoder en Caleb wat van die ontroerende muziek te laten horen als ze op weg naar Lancaster waren voor de revalidatie.

Help me altijd een licht voor U te zijn, God…

Toen ze de buitenwijken van Bird-in-Hand naderden op de terugweg van David Yoders revalidatie, hoorde Chris David snurken. Caleb en hij hadden gezorgd dat hij veilig vastgegespt zat in de rolstoel, die achter in de bestelbus was vast-gezet.

Vanaf zijn plaats voorin naast Chris keek Caleb over zijn schouder 'Die revalidatie kost pa een hoop energie.'

'Dat zal nog wel een tijdje zo blijven.' Eerst had Chris in de wachtruimte zitten leren terwijl Caleb en zijn pa in de revalidatieruimte waren, maar toen was Caleb teruggekomen om samen met hem te wachten. Ze hadden een poosje gepraat, tot Calebs aandacht getrokken werd door de tijdschriften op de lamptafels. En dus was Chris teruggekeerd naar zijn geschiedenisboek.

Nu ze niet meer in het openbaar waren en vertrouwelijker konden praten, wilde hij Caleb vragen naar de prognose van zijn vader. 'Is er hoop dat de toestand van je vader mettertijd zal verbeteren?'

'Ze hebben de laatste tijd niet veel gezegd. Pa kan misschien hier en daar een beetje vooruitgang boeken, maar...' Caleb schudde zijn hoofd. Hij keek uit het raam en toen weer naar beneden, alsof hij de juiste woorden niet kon vinden. Uiteindelijk zei hij afgemeten: 'Zoals ik al eerder heb gezegd, het is onmogelijk om je op zoiets voor te bereiden.'

Chris knikte en wenste dat hij iets voor zijn neef kon betekenen. 'Maar je vader lijkt nogal vastbesloten. Dat is positief.'

'Tja, vastbeslotenheid is altijd pa's sterke punt geweest.'

Caleb vertelde over de vele artsen die bij de zorg voor zijn vader betrokken waren en 'de behulpzaamheid die de Gemeenschap van Eenvoud biedt aan families in crisis, zoals de onze nu.' Hij praatte honderduit terwijl ze naar Honey Brook reden.

Toen ze ongeveer een kilometer van de boerderij waren, vroeg Chris: 'Heb je extra hulp klaarstaan voor het melken op de dagen dat we naar revalidatie gaan?'

'Gideon en Jonah helpen waar ze kunnen en mijn zus Rebekah komt nu ook drie keer per week. Zelfs Leah en

Emmie steken een handje toe met het boerenwerk.' Caleb lachte. 'Abe heeft ons allemaal hard aan het werk gezet, dat staat vast.'

'Je vader zal er wel trots op zijn dat zijn kinderen het allemaal zo goed doen.'

Caleb haalde zijn schouders op. 'Dat is moeilijk te zeggen bij pa.' Hij zette zijn strohoed af en haalde zijn handen door zijn haar. 'Weet je, ik vind het fijn dat jij komt melken, Chris.' Hij zweeg even. 'Ik weet niet goed hoe ik dit moet zeggen, maar…'

Chris keek hem aan en vroeg zich af wat Caleb op zijn hart had.

'Eerlijk gezegd is mijn leven de laatste tijd niet veel anders dan werken en slapen… en dan nog meer werk. Dag in, dag uit hetzelfde.' Caleb betastte de hoed op zijn knieën. 'Als mijn broers voor etenstijd naar huis gaan, is dat zo'n beetje het einde van mijn dag… wat iemand om mee te praten betreft.'

'Geen tijd voor vrienden… of een meisje?'

Caleb snoof en schudde zijn hoofd. 'Dat is het, kort samengevat… en er is geen meisje. Niet meer, in elk geval.'

Chris wist niet wat hij moest zeggen en hield zijn ogen op de weg gericht en zijn oren open.

'Ze is verliefd op iemand anders. Nou ja, *iets* anders.' Caleb dempte zijn stem en Chris zag hem nerveus over zijn schouder kijken. 'Maar mijn vader keurde het toch al niet goed, dus dat is dat.'

'Dat spijt me voor je, man.'

'*Jah*, het spijt mij ook.'

Ze naderden de afslag naar de boerderij. 'Hoor eens, Caleb… als ik kan helpen zodat je een poosje het huis uit kunt, dan moet je het zeggen.'

'Dat is niet nodig,' verklaarde Caleb. 'Ik moet toegeven dat ik er nog niet helemaal klaar voor ben om weer naar de zang te gaan.'

'De zang?'

'Twee zondagavonden per maand komen de jongelui bij elkaar. We zingen wat, dan vormen we paartjes en gaan in het donker rondrijden.' Caleb drukte zijn hoed weer op zijn hoofd. 'Als je het meisje hebt gevonden dat je het leukste vindt, dan vraag je haar ten huwelijk. En als het dan herfst wordt, trouw je in het bruiloftsseizoen, tussen november en december.'

'Kun je maar twee maanden per jaar trouwen?' Dat was een verrassing.

'Na de doop... *jah*.' Hij zei het zo plechtig dat Chris zich afvroeg of hij zinspeelde op zijn eigen afgebroken plannen om te trouwen.

Ze sloegen de oprit in en Chris hoorde achter hen Calebs vader ontwaken.

'O, trouwens, pa vindt het goed dat je Billy meebrengt om de boerderij te zien,' zei Caleb vlug.

'Dat is geweldig, bedankt. Ik zal kijken wanneer hij mee kan.' Chris was blij, maar Calebs mistroostige gezicht maakte dat hij zich afvroeg of er meer onthuld zou zijn over de vroegere vriendin van Caleb om wie hij nog steeds scheen te geven, als de reis van vandaag langer was geweest.

Het ging hem boven zijn verstand dat hij wellicht de enige vriend was in deze moeilijke periode in het leven van zijn Amish neef.

★

Doodmoe nadat hij urenlang bezig was geweest een sterke merrie te temmen, maar overtuigd dat God wilde dat hij nog een poging deed om David Yoder te bezoeken, reed Reuben in zijn oude, gammele marktwagen naar de melk-veehouderij, omdat Nellie Mae het familierijtuig nodig had om Rosanna King te bezoeken. Het was een mooie middag geworden, de zon scheen fel alsof het zomer was... de lucht was onbewolkt zo ver hij kon kijken.

Hij was vroeg wakker geworden en had meteen mest uit de schuur naar hun twee tuinen gebracht, ook de liefdadigheidstuin die aangeplant was om groenten te kweken voor hun nieuwe prediker, Elias King. Betsy had al snijbiet geplant, sla, uien en mierikswortel. Ze zou hem samen met de meisjes onderhouden, evenals een overvloed van geplante selderij. 'Voor alle zekerheid,' zei Betsy lachend gezegd. Een grote pan selderij met room was standaardkost op een bruiloftsfeest en ze moesten meer dan genoeg hebben voor alle gasten. Hij nam aan dat Betsy Nan in gedachten had; die dochter ging nu schijnbaar elk weekend uit met een *beau*.

Reuben naderde het huis van de Yoders en hoopte dat hij dit keer niet werd weggestuurd. *De arme man moet weten dat we ons om hem bekommeren!*

Toen hij het paard naar links mende om de draai te maken de oprijlaan in, zag hij een grote grijze bestelbus geparkeerd staan die de weg versperde. Nee maar, als dat David Yoder niet was die daar uit de bestelbus werd gehaald op een houten oprit voor zijn rolstoel. 'Wel allemensen.' Zo te zien had hij inderdaad hulp van buiten. Reuben nam de lange, blonde jongen eens goed op. Hij was duidelijk *Englisch*. Was dit de jongeman over wie Ephram en Betsy het hadden gehad? Hij leek beslist veel op Caleb.

Zonder tijd te verspillen klom Reuben van de wagen en bond het paard vast. Zijn nieuwsgierigheid werd hem de baas. Voorzichtig werd David langzaam uit de bus gehaald en hij liep erheen om te kijken of hij Caleb en zijn stadse makker kon helpen.

'Hallo, Reuben,' begroette Caleb hem.

Reuben knikte. 'Hoe gaat het hier?'

Op dat moment sprak David zelf, scheef hangend in zijn rolstoel. 'Ik ben totaal afgemat, Reuben.'

'Mijn vader komt net terug van de revalidatie,' legde Caleb beleefd uit. In zijn ogen stond het hele verhaal te lezen.

Het was klaarblijkelijk een slopende sessie geweest.

'Dan kom ik wel een andere keer terug,' zei Reuben, maar voordat hij zich omdraaide om weg te gaan, stelde Caleb hem vlug voor aan 'Christian Yoder, mijn neef.'

'Fijn je te ontmoeten, Christian.' Hij schudde de *Englische* kerel de hand.

'En Chris, dit is Reuben Fisher…' Calebs stem stierf weg. Reuben vroeg zich af of hij er 'de vader van Nellie Mae' aan toe had willen voegen.

Christian keek hem onderzoekend aan. 'Fisher, zei je?'

'Dat klopt.'

'Kent u toevallig een bakkerswinkel die Nellies Zoete Heerlijkheden heet?' vroeg Christian met zijn ogen strak op hem gericht.

'Jazeker, die is van mijn dochter. Nou ja, zij doet het meeste bakwerk in elk geval.'

Christian straalde, maar hij beheerste zich vlug.

'Fijn je te ontmoeten,' zei Reuben toen Caleb de rolstoel om het huis heen duwde.

'Heel fijn om u te ontmoeten!' riep Christian over zijn schouder.

Wat een enthousiasme.

'Wat krijgen we nou?' mompelde Reuben op weg terug naar zijn paard en wagen.

'Je bent dus bij Nellie in de winkel geweest,' zei Caleb toen ze pa eenmaal binnen hadden en die in zijn kamer lag te rusten. Hij reikte zijn neef een glas limonade aan.

'Ik ben er een paar keer geweest, ja. Ik heb een paar taarten gekocht om mijn familie te verrassen,' zei Chris terwijl hij plaatsnam achter de houtstapel. 'De lekkerste die ik ooit heb geproefd.'

Caleb wenste met zijn hele hart dat Chris niet over Nellies wonder-*gute* bakkunst was begonnen. Daar kon niemand die hij kende aan tippen. Zelfs de heerlijke toetjes van zijn eigen moeder konden niet in de schaduw staan van de hare. 'Heb je haar perziktaart wel eens geproefd?' vroeg hij om een praatje te maken.

Chris schudde zijn hoofd. 'Daar is het nu het seizoen niet voor.'

'*Jah*... ver buiten het seizoen.' Caleb wist dat hij het zo niet had moeten zeggen, alsof hij meer probeerde te onthullen dan hij eigenlijk wilde.

Chris stond op, het nu lege limonadeglas nog in zijn hand. 'Nou, ik ga maar weer eens naar huis,' zei hij. 'Ik moet mijn vaders bus terugbrengen.'

'Ik stel het zeer op prijs en pa ook.'

'Geen probleem,' antwoordde Chris. 'Misschien kunnen onze vaders weer eens bij elkaar komen.'

'Ik denk dat pa dat fijn zou vinden.' Caleb liep met hem mee naar de grote bestelbus.

'Zou Nellies bakkerswinkel nog open zijn, denk je?' Chris keek op zijn horloge.

Caleb wist vroeger tot op de minuut hoe laat Nellie sloot, maar dat was vroeger. Het kon best veranderd zijn. 'Ik heb geen idee.'

'Nou, misschien ga ik wel even langs om te kijken.'

Caleb merkte de onbekende glans op in Chris' ogen en hij vroeg zich af hoe goed zijn neef Nellie Mae Fisher eigenlijk kende.

★

'*Ach*, waarom blijf je niet eten?' smeekte Rosanna.

Nellie Mae wilde geen overlast bezorgen. 'Weet je zeker dat het niet te veel is?'

Rosanna glimlachte lief. 'Misschien kunnen we daarna nog een uurtje quilten. Goed?'

Ze was gekomen om Rosanna te helpen de drie baby-quilts in elkaar te zetten die bestemd waren voor de aanstaande moeders in Bird-in-Hand. 'Als je wilt, dan blijf ik,' zei ze. 'Maar alleen als ik het eten mag koken.'

'Nee, nee… ik ben niet invalide,' lachte Rosanna. 'Ik kan helpen.'

Zo spraken ze af samen de maaltijd klaar te maken en Rosanna vertelde hoeveel beter ze zich voelde. 'Ik wou dat je Elias had kunnen horen bidden toen ik zondagmiddag op weg naar huis zo'n pijn had.'

Nellie glimlachte. 'Ik heb jou en de baby boven aan mijn gebedslijst geplaatst.'

Grinnikend sneed Rosanna vier hardgekookte eieren doormidden om gevulde eieren te maken. 'Met zoveel gebed blijft mijn baby dit keer heel misschien leven.'

'God weet hoe je verlangt naar een zoon voor Elias.'

Ze verwijderde de goudgele eierdooiers en begon ze te prakken met een beetje zelfgemaakte saladedressing. 'Ik durf nergens op te hopen, Nellie,' zei ze zacht.

'Het is normaal om voorzichtig te zijn.'

'Dat zal wel… en daarom hebben Elias en ik besloten om de baby van Lena Stoltzfus aan te nemen.' Rosanna keek naar haar op. 'Nou ja, dat is niet de enige reden.'

'Wat bedoel je?'

'De belangrijkste reden was de inhoud van haar brief. Elias wees me erop dat die nogal profetisch was.' Ze prakte wat mosterd door het mengsel en voegde zout toe.

Nellie wachtte tot ze meer te horen kreeg, stomverbaasd door de verandering in haar vriendin.

'Lena scheen te weten, misschien heeft God het haar laten zien terwijl ze schreef, dat het goddelijke lot afgelopen zondag op Elias zou vallen.'

Nellie Mae hield op met aardappels schillen om haar aan te kijken. 'Dat meen je niet!'

'Ze schreef dat ze wilde dat haar baby grootgebracht werd in "het huis van God".'

'Hoe wist ze dat in vredesnaam?'

Rosanna schudde haar hoofd en haalde haar schouders op. 'Wil je de brief lezen?'

'Nee, dat hoeft niet.' Er liep een rilling over haar rug. Eerlijk gezegd stond Nellie perplex. Waarom hoopte Elias Lena's baby groot te brengen terwijl hij zo hevig bad voor Rosanna en zijn eigen kind en God vroeg haar de zwangerschap te laten uitdragen?

Hoofdstuk 22

Het was gebedsavond in de Beachy kerk in Honey Brook. Maar Rhoda zat in Strasburg in Kens comfortabele woonkamer, met haar voeten op de chique bank een dikke vanillemilkshake te drinken, die ze tegen beter weten in voor zichzelf had gemaakt.

'Vind je die shake lekkerder dan, laten we zeggen, een beetje dessertwijn?' plaagde Ken met een knipoog. Hij zette zijn wijnglas op de salontafel en gleed naast haar op de bank.

Ze pruilde. 'Ik ben al aan mijn calorieën van vandaag, dus laat ik het hier maar bij houden.' Ze had zich al te goed gedaan aan een sappige biefstuk, gegrild op het balkon door niemand minder dan 'de chef', zoals Ken zich speels noemde.

'Ach, liefje, je komt wel weer onder het regime.'

Ze vroeg niet wat dat betekende. Ze voelde zich ellendig en als ze zo neerslachtig was, dan at ze. Geen gezonde kost, maar vet voedsel zoals deze dikke milkshake die gemaakt was van ladingen roomijs, extra suiker en afgetopt met massa's echte slagroom. En twee kersen.

Hij liet zijn arm om haar heen glijden. 'Waarom zo'n verdrietig gezicht?'

Durfde ze het hem te vertellen? Hij was vanavond bijzonder lief en attent. *Maar toch...* Ze haalde diep adem en wist dat dit niet het juiste moment was om te praten over haar verlangen naar een gezin.

'Niks aan de hand,' fluisterde ze, met haar gezicht dichtbij het zijne. *Als we getrouwd zijn en onze eerste baby verwachten...*

Hij kuste de rug van haar hand. 'Pieker je over het huis

uitgaan bij je broer? Want de kamer die ik je heb laten zien, komt vrijdag vrij. Je hoeft het maar te zeggen en hij is van jou.'

Ze wilde veel meer zijn dan Kens huurster.

'We zullen elkaar elke dag zien.' Hij glimlachte.

Ze ging rechter zitten en maakte zich zachtjes los. 'Ken... kunnen we dit alsjeblieft bespreken?'

'Wat valt er te bespreken? Je hebt een plek nodig om te wonen. Hoe moeilijk kan het zijn?'

Ze knikte, maar verstrakte vanbinnen. *Wat zal mijn familie ervan vinden?*

'Ik begin verliefd op je te worden, Rhoda. We zullen meer tijd hebben samen... om elkaar te leren kennen.'

Ik ben al verliefd op jou. Ze keek hem aan en liet zich zacht kussen. 'Ik wil niets doen wat... nou ja, twijfelachtig lijkt,' zei ze.

'Hoe kan het verkeerd zijn om een kamer te huren van je aanstaande verloofde?'

Haar hart begon sneller te slaan. Was hij eindelijk klaar om haar ten huwelijk te vragen? Ze glimlachte hulpeloos naar hem op.

Hij verandert wel van gedachten over kinderen als we eenmaal getrouwd zijn, dacht ze, in zijn armen gesloten.

★

Toen Chris vrijdag na schooltijd met Billy Zercher in zijn kielzog arriveerde, maakte zijn neef een rusteloze indruk. Billy was tijdens het eerste deel van de rit nogal zwijgzaam geweest, zoals altijd in de jongensklas, maar zo gauw de Amish boerderijen in zicht kwamen, werd Billy spraakzamer. Vervolgens kon hij het verrassend goed vinden met Caleb, die opfleurde toen hij Billy een rondleiding gaf. Binnen de kortste keren noemde Billy hem 'neef Caleb'.

Rebekah kwam Chris tegen in de schuur toen Caleb met

Billy naar het melkhuis was gegaan om hem te laten zien waar de melk werd gekoeld en opgeslagen. 'Ik hoopte al dat ik de kans zou krijgen om weer met je te praten.' Ze veegde haar handen, die nog vies waren van haar werk in de groentetuin, af aan haar lange, zwarte werkschort. 'Ik wil je zeggen hoe blij ik ben voor Caleb dat hij jou heeft om mee te praten.'

Chris glimlachte. 'Ik mag ook graag met hem praten.'

Ze keek hem onderzoekend aan. 'Weet je, toen we nog klein waren, vond ik altijd dat Caleb en jij voor broers konden doorgaan. En dat vind ik soms nog steeds, als ik jullie samen aan het werk zie.' Ze hield nadenkend haar hoofd schuin. 'Je hebt waarschijnlijk wel gehoord van onze kerkscheuring. Het is moeilijk voor ons allemaal, maar voor Caleb het meest.' Ze zweeg even en keek naar de grond. 'Ik denk dat ik het eigenlijk niet mag zeggen, het is zo'n persoonlijk onderwerp, maar Caleb en zijn meisje zijn er middenin beland. Het deed echt pijn om hem weer... tja, alleen te zien, hoewel ik wel kan begrijpen waarom ze er een eind aan hebben gemaakt.'

Hij wist niet hoe hij moest antwoorden en of hij wel antwoord moest geven. Van Caleb had hij slechts stukjes en beetjes gehoord, die was op zijn hoede om over de kerk te praten... en over zijn vroegere vriendinnetje.

'Het is het meest hardwerkende, aardige meisje dat ik ken,' zei Rebekah. 'Ik verheugde me erop dat ze mijn schoonzusje zou worden.'

Op dat moment kwam Caleb terug met Billy, die een glas verse koeienmelk in zijn hand had. 'Kijk eens wat ik van neef Caleb heb gekregen,' zei Billy stralend.

Chris moest lachen om het anders zo troosteloze jongetje. 'Heb je gezien hoe de melk door de pijpen naar de grote tank wordt geleid?' vroeg hij aan Billy, die knikte en breder grijnsde dan Chris hem ooit had zien doen.

Hij is beslist uit zijn schulp gekropen!

Ineens vroeg Chris zich af of Billy een lekker koekje van Nellie bij zijn melk zou lusten. Hij hoopte maar dat ze dit keer in de winkel was. Chris' glimlach werd ook breder bij de gedachte.

★

Toen april plaatsmaakte voor mei werden de lengende dagen nog drukker. Met de hulp van James en Benjamin maakte pa het maïsveld klaar voor het planten, en Nellie en Nan hielpen mama om beurten 's morgens vroeg de groentetuin en de liefdadigheidstuin voor prediker Elias te wieden. Het was een uitdaging om het bakwerk bij te houden zonder de hulp van Suzy of Rhoda, maar op de een of andere manier lukte het de dames Fisher. Sinds de lente was begonnen was het leven een vlaag van activiteiten, maar nu de warmere dagen hen eindelijk naar buiten lokten, maakte Nellie 's avonds na het eten tijd om met Nan te gaan wandelen. De overvloed aan wilde bloemen deden hen aan Suzy denken.

Nellie vroeg zich af hoe het met Rhoda ging in Strasburg. Martha had gezegd dat ze vorige maand was verhuisd naar een groot huis dat in bezit was van haar *beau*, een makelaar. 'Ik hoop dat die wereldse man haar hart niet breekt,' had Martha gefluisterd tegen mama. Nellie maakte zich ook zorgen. Ze wist maar al te goed hoe zwaar liefdesverdriet was.

Maar Nan straalde letterlijk, wanneer Nellie Mae ook naar haar keek. Zelfs op dit moment, helemaal besmeurd met aarde uit de tuin, glom ze.

'Het kon wel eens een warme dag worden.' Nellie stopte om op adem te komen en bekeek het laaiende goud van de zonsopgang boven het aardappelveld.

Ook Nan stopte even en staarde langs de lange rijen selderij voor hen. 'Waarom denk je dat mama beslist zo veel selderij wilde planten?'

'Is dat niet duidelijk?' Nellie glimlachte.

'Ze vermoedt zeker dat ik serieuze verkering heb.'

'En, is dat niet zo?'

Nan bloosde. 'O, Nellie... Ezekiel is de beste die er bestaat. Ik hou zo van hem.'

'Je geluk staat op je gezicht te lezen,' zei Nellie. 'Je hebt een zware tijd doorgemaakt.'

'Ja, en jij ook.' Nan begon weer te schoffelen. 'Maar ik denk dat er iemand is die tegenwoordig nogal veel belangstelling voor je heeft.'

Daar was Nellie al bang voor geweest. Christian Yoder was een regelmatige klant geworden van de bakkerswinkel en dat was Nan en mama niet ontgaan.

'Je zou denken dat de moeder van Chris Yoder helemaal niet bakken kan.' Nan keek haar van terzijde aan.

Ze moest antwoord geven. Ze had de geïnteresseerde blik van Chris meer dan eens op zich voelen rusten. 'Hoe aardig hij ook lijkt, hij heeft vast een vriendinnetje,' zei Nellie terloops.

'*Jah*, dat denk ik ook.' Nan grijnsde breed. 'Al was het maar in zijn verbeelding.'

'Ik hoop niet dat je bedoelt wat ik denk.'

'En wat denk je dan wel, Nellie Mae?'

Ze wist het niet, en hoe meer ze haar best deed om zijn wekelijkse bezoekjes uit haar hoofd te zetten, hoe eigenaardiger ze leken. Om het nog erger te maken, had pa een tijdje geleden gezegd dat hij Chris had ontmoet bij de Yoders. Volgens de geruchten werkte hij in de schuur en melkte hij nota bene samen met Caleb.

'Zeg je niks terug?' vroeg Nan.

Ze lachte nerveus. 'Ik denk dat Chris gewoon een aardige vent is. En hij herkent goede bakkunst als hij het ziet... nou ja, *proeft*.'

Daar moest Nan nog harder om lachen en ze maakten het wieden van de selderij af. Daarna gingen ze naar de rijen sla;

mama hield een oogje op de taarten in de oven. Nellie was blij dat het pijnlijke gesprek beëindigd was.

★

Die avond zat Nellie lekker in haar badjas gewikkeld op haar bed en wenste dat ze Rosanna's aanbod om de brief van Lena Stoltzfus te lezen had aangenomen. Ze kon gewoon niet begrijpen waarom Elias en Rosanna weer zo'n groot risico wilden nemen, door Lena's baby aan te nemen als hun eigen. *Als Rosanna goed nadacht, zou ze het niet doen. Niet na de nachtmerrie met haar eigen nicht.*

Maar Nellie kon niet anders dan vertrouwen op het oordeel van haar vriendin, en aangezien Elias kennelijk had gezegd dat het een scherpzinnige brief was, wilde ze daar niet aan twijfelen. Vooral nu Elias door God was aangesteld voor de nieuwe gemeente. Toch zou ze blijven bidden om bescherming van Rosanna's breekbare hart.

Ze sloeg haar bijbel open om de foto van Suzy te pakken die ze tussen de bladzijden van Johannes in hoofdstuk drie had gestopt, het hoofdstuk dat de vorige herfst voor pa en mama het keerpunt was geweest. Ze zuchtte toen ze Suzy's gezicht zag. Wist ze maar wat haar zus had geweten over Christian en Zachary Yoder.

Wat vreemd dat Chris elke week een bezoek bracht aan de bakkerswinkel. Elke donderdagmiddag kwam hij nu vrolijk een of twee taarten kopen. 'Voor mijn familie', zei hij dan, Nellie Mae recht aankijkend met zijn ontwapenende lach. Ze moest zich wel afvragen wanneer mama er iets van ging denken, zoals Nan vandaag.

Suzy had zich aanvankelijk vast ongemakkelijk gevoeld met een jongen van buiten de Amish gemeenschap. Maar volgens haar dagboek had ze zich aangetrokken gevoeld tot de Yoders. Nogal sterk zelfs. Misschien omdat ze genoeg had van de wereldse Jay Hess. Nellie had het laatste deel vaak genoeg gelezen om te weten dat Chris en Zach fatsoenlijk en netjes waren. *Net zo keurig als alle jongemannen die ik ooit heb gekend*, had Suzy geschreven.

Betekende fatsoenlijk en netjes zijn dat Chris haar zocht, zoals Zach Suzy had willen hebben? Waarom zou Chris een vriendin buiten zijn eigen kerk zoeken? Misschien was hij alleen nieuwsgierig naar de Amish familie die Zachs schoonfamilie had kunnen worden als Suzy in leven was gebleven.

Daar dacht ze over na terwijl ze onder haar kussen zocht naar de afgeknipte *Kapp*-bandjes, die van de laatste hoofdbedekking die Suzy ooit had gedragen. Met de bandjes in haar hand keek ze vertederd naar het gezicht van haar blauwogige zus, die zo vol van Gods liefde was op deze foto, en ze bad fluisterend om wijsheid.

★

Getinkel van serviesgoed en bestek en het gedempte gepraat van stelletjes en hun jonge groepsleiders en sponsors mengden zich op de achtergrond. Chris trok een stoel bij voor zijn afspraakje. Het was een verrassing voor hem dat zij aan de hoofdtafel waren geplaatst, hoewel hij het had kunnen weten omdat zijn beurs afgekondigd zou worden.

'Lekker in het zicht, of niet?' grapte hij met Sheryl, die er in een enkellange zachtblauwe jurk knapper uitzag dan hij haar ooit had gezien. Bijna alle andere jonge vrouwen waren net zo behoudend gekleed voor hun kerkversie van een schoolbal, al zou hier niet gedanst worden.

'Had jij gedacht dat we hier zouden zitten?' vroeg ze zacht.

Hij bood een snel, maar welgemeend excuus aan toen hij zag hoe slecht op haar gemak ze was. Om haar af te leiden, wees hij op het aantrekkelijke programma onder haar servet en vork, en samen bekeken ze de volgorde van de gebeurtenissen. Er zou een verrukkelijk diner met dessert worden geserveerd, daarna kwam er een gastspreker, a-capellazang door de aanwezigen, en speciale mededelingen door belangrijke jeugdconsulenten. Het zou al met al een grootse avond worden.

Ze bogen hun hoofd voor het gebed toen de dominee het podium betrad. Tijdens de hele maaltijd en het uitreiken van de beurzen, had Chris het gevoel dat hij het gesprek op gang moest houden, hoe summier ook tussen Sheryl en hem. Hij had wel eens meer pijnlijk verlegen meisjes gekend, maar nooit had hij een hele avond doorgebracht met iemand die zo stil was als zij. Enigszins gefrustreerd stelde hij zich even voor hoe het zou zijn geweest als Nellie rechts van hem gezeten had. Het was bijna onmogelijk haar voor zich te zien aan deze met wit linnen gedekte tafel. Geen enkele aanwezige jonge vrouw droeg de traditionele kleding van de Amish.

Hoe aardig en lief Sheryl ook was, hij keek uit naar aanstaande donderdag, als hij bij de bakkerswinkel langs wilde gaan om zijn moeder te verrassen met alweer een smakelijk dessert. Natuurlijk had ze hem door, al had hij zijn belangstelling voor de 'jonge Amish kokkin' afgezwakt.

Toen op het podium zijn naam werd genoemd om zijn academische beurs voor de Eastern Mennonite School aan te kondigen, concentreerde Chris zich gedwongen op het heden. Sheryl lachte naar hem en klapte met alle anderen mee.

Dankbaar stond hij op en liep naar hun voorganger toe, die glimlachend zijn hand greep en zei: 'Goed gedaan, Chris… God zegene je.'

Hij bedankte hem en ging terug naar zijn stoel, opgewonden over zijn studieplannen.

De rest van de avond was een waas van door elkaar lopende gesprekken met vrienden van de jeugdgroep. Hij deed zijn best om Sheryl erbij te betrekken, die niet van zijn zijde week.

Toen Chris later thuiskwam, was hij uitgeput. Zo'n belangrijke avond had vreugdevol moeten zijn, maar het was een beproeving geworden.Vergeleken met zijn eindexamenbanket waren de slechts twintig minuten die hij met Nellie Mae Fisher had gepraat opwindender, en allemaal vanwege het gezelschap.

Ik wil Nellie in mijn leven hebben, dacht hij terwijl hij met twee treden tegelijk de trap opsprong.

Hoofdstuk 23

Op de laatste dag van mei, weer een Dag des Heeren, beende Reuben door zijn maïsveld. Het moreel van de Nieuwe Orde kerk was opgevijzeld nu ze twee predikers en een diaken hadden. Niet dat dat nodig was, want de huiskerk zat elke zondag stampvol. Al het getuigen dat ze deden, had inderdaad zielen geoogst. Toch hielden de Oude Wegen een groot deel van de Gemeenschap van Eenvoud nog in een ijzeren greep, waaronder David Yoder, die elke keer als Reuben op bezoek kwam te vermoeid was voor visite of 'in afzondering' aan het eten was, volgens Elizabeth. Op de dag dat David hem rechtstreeks had aangesproken toen hij terugkwam van de revalidatie, had hij het gevoel gehad dat hij een klein beetje vooruitgang had geboekt in het contact, maar nu niet meer. Reuben voelde zich een wekelijkse indringer, maar hij geloofde ook dat God wilde dat hij volhield, ongeacht de ijzige ontvangst.

Het was niets voor Reuben om een uitdaging uit de weg te gaan en hij nam even de tijd om nog eens voor David te bidden. Er was per slot van rekening vastbeslotenheid voor nodig om iets te doen wat de moeite waard was, ook paarden fokken en temmen om te verkopen aan andere boeren. Die houding had hem tot een betrouwbare bron van trekpaarden gemaakt, in heel Lancaster County en naar het oosten. De boeren kwamen zelfs uit Maryland en New Jersey om met hem te onderhandelen over zijn paarden, waarvan vele gefokt waren uit kreupele racepaarden die hij weer gezond had gemaakt en had getraind voor het trekken van rijtuigen.

Jah, volharding is de sleutel tot alles wat de moeite waard is. Maar de laatste keer dat hij bij David op bezoek was gegaan, had zelfs de jonge Rebekah hem afgewezen. Zacht had ze eraan toegevoegd hoe het haar speet dat haar vader hem niet wenste te zien.

'Ik zal mijn vriendschap blijven aanbieden,' had hij tegen haar gezegd.

'Denk erom, ik zeg niet dat u niet meer moet komen,' had ze met een schittering in haar ogen gezegd. 'Ik vertel u alleen wat mijn vader heeft gezegd.' Rebekah was zelfs met hem meegelopen naar zijn rijtuig en ze had gewacht tot hij erin zat voordat ze eraan toevoegde: 'God zegene u, Reuben Fisher. U bent een trouwe vriend voor mijn vader geweest, wat zijn eigen familie niet altijd zeggen kan.'

Reuben had niet geweten wat hij daarvan moest denken, maar hij nam aan dat het te maken had met de veeleisende en waarschijnlijk lastige taak om David te verzorgen.

Het ongeluk had onmiskenbaar zijn tol geëist van het hele gezin. Maar nu zijn pogingen om David te bezoeken voortdurend werden gedwarsboomd, kon hij weinig anders doen dan bidden. En hopen.

Hij bukte en trok een hoog onkruid uit, dat hij met zich meedroeg door de gegroefde rijen maïs aan weerskanten van zijn voeten. Onder het lopen bad hij voor het uitgestrekte veld en het aardappelveld verderop. Hij vroeg om een overvloedige oogst, na de droogte van vorig jaar. 'We kunnen een goede oogst goed gebruiken, God. Maar goed of slecht, Uw wil geschiede.'

De lucht was nu verstoken van kleur, wit als de eieren die de zwaluwen hadden gelegd in de twee nieuwe vogelhuisjes, die Benny, zijn zesjarige kleinzoon, en hij van de winter samen hadden gemaakt. Reuben had het zoontje van James de vogelhuisjes meegegeven naar huis. Hij was haast uit zijn bloesje gebarsten van trots.

Als Reuben 's avonds maar wat tijd kon vinden, zou hij vragen of zijn vader het niet leuk zou vinden om er een paar met hem te maken. *Omwille van vroeger.* Hij zag zijn ouders zelden meer, maar hij hield het vol om elke week te schrijven, hoewel hij nooit een brief terugkreeg. *Ze zijn natuurlijk nog steeds kwaad...*

Zo ging het nu eenmaal, ontdekte hij. Je maakte aanspraak op Christus en liep het risico familie en vrienden kwijt te raken. Aan de uiterste grens van het veld, aan de rand van het bos, snoof hij de bekende, aardse geur op van grond en mest. Het onkruid gooide hij uit zijn eeltige hand het bos in.

Smal is de weg.

Maar Reuben was niet verslagen, hoewel een beetje ontmoedigd. Dat kon genezen worden met een flink stuk lezen uit Gods Woord. *David is stellig ook ontmoedigd, dag in dag uit in die rolstoel,* dacht hij en hij wenste dat hij de bemoediging van de Bijbel met de man kon delen.

'Geef me geduld, Heere,' bad hij. 'Verzacht Davids hart.'

★

Rhoda telde met zwierige gebaren haar fooiengeld, ze hief haar rechterhand hoog op als ze elk biljet op de stapel legde. Ze was blij dat ze zaterdag de hele dag in het restaurant had gewerkt. Ook dat haar baas gezien had hoe zorgvuldig en behulpzaam ze was, hoe vaak ze aanbood om dingen te doen waartoe andere serveersters minder bereid waren, zoals de vloer vegen voor sluitingstijd. Ook haar klanten stelden haar ijver op prijs en haar aandacht voor detail betaalde zich uit in grotere fooien.

Als ze nu ook nog eens haar boekhouding in balans kreeg. Ze keek rond in de kamer die ze had kunnen meubileren met wat hulp van mevrouw Kraybill, die haar een kleine sofa had gegeven en een paar lampen die ze op zolder had staan.

Zelfs James en Martha waren over de brug gekomen met een oud ledikant, al had er geen matras bij gezeten. Ze had er meteen een moeten kopen, waarvoor ze geld had moeten lenen van Ken, waar ze een gruwelijke hekel aan had. Hij hielp haar met alle plezier, maar dat maakte haar niet minder ontmoedigd. De waarheid was dat ze tot over haar oren in de schulden zat. 'Ik moet een rijke man hebben,' zei ze met een lachje tegen zichzelf.

Ze sloeg haar notitieboek open en vinkte elke rekening af die ze nu meteen kon betalen, bewust van het feit dat begin juni vlak voor de deur stond.

Ik ga langzaam onder, dacht ze, terwijl ze haar verplichtingen, waaronder de huur voor Ken, bij elkaar optelde. Het leven van de hand in de tand begon haar boven het hoofd te groeien en ze vroeg zich af of ze meer uren zou kunnen werken in het restaurant. Of nog beter, er een werkhuis bij nemen.

Ze zuchtte. Meer uren draaien betekende minder tijd voor Ken. Hij begon al te klagen. 'Als ik hem wil overhalen om met me te trouwen, moet ik wel beschikbaar zijn om het hof gemaakt te worden,' mompelde ze.

Te bedenken dat ik een gratis kamer bij James en Martha heb opgegeven. Lieve help, en bij mijn vader thuis ook al.

Ze zag voor zich hoe Nan en Nellie Mae de tuin verzorgden, de grond bewerkten en de winkel draaiende hielden. Pa's maïsveld zou nu enkelhoog staan en er waren avonden dat haar zussen bijna te moe om hun nachtpon aan te trekken in bed vielen. Die vermoeidheid had zij ook gekend. Nu was ze ook moe, maar dat kwam deels voort uit grote bezorgdheid, angst zelfs. Maar alles was toch goed? Ze had haar auto, ze had een man en ze had twee goede, hoewel parttimebanen. Maar dat alles ging vergezeld van weinig vrolijkheid en ze had nog geen cent gespaard om haar reisdromen waar te maken.

's Nachts lag ze wakker en dacht aan Nan, was ze al over het verlies van haar *beau* heen? Treurde mama nog steeds om een zus aan wie Rhoda zelden meer dacht?

Zuchtend sloot ze haar notitieboek en liep naar de lade

waar ze Suzy's dagboek bewaarde. Ze sloeg het open bij de bladzijde die ze had aangekruist en las: *Wees niet bevreesd, geloof alleen.* Ze wendde zich vaker tot die regel dan ze wilde toegeven.

Suzy was geboeid geweest door ongelovige Thomas, zoals sommigen de discipel noemden die niet kon geloven tenzij hij zijn hand in de gewonde zijde van God legde. Kennelijk was Suzy ook getroffen geweest door die tekst, zo zelfs dat ze hem had overgeschreven en onderstreept.

Rhoda vroeg zich wel af hoe Suzy erin geslaagd was van een heel wereldse vent over te gaan op een aardige mennonitische jongen. Ze overdacht de stappen en misstappen van haar zus. Zij zag het zo dat Suzy's laatste maanden hadden bestaan uit een reeks weinig verstandige keuzes.

Ze was in elk geval niet blut, zoals ik.

Rhoda stopte haar stapel geld in een envelop om maandag op de bank te zetten. Ze had ineens een brok in haar keel.

★

Nellie Mae bedoelde er niets verkeerds mee toen ze besloot haar hart voor Nan open te stellen en haar de foto van Suzy te laten zien.

Nan knipperde met haar ogen. '*Ach*, hoe kom je daaraan?' zei ze stokkend en ze boog zich er dicht overheen om te kijken.

Nellie zette door en vertelde Nan dat Chris Yoder haar op aandringen van Zach in januari de foto terug had gegeven, samen met Suzy's armband.

'Wilde hij dat jij Suzy's foto kreeg?' Nan keek haar aan alsof ze iets zondigs had gedaan.

'Hij dacht dat we hem wilden hebben als aandenken,' legde ze uit.

Nan weigerde de foto aan te raken, maar ze bleef er vol

verlangen naar kijken, alsof hij kon verdwijnen. 'Ze lijkt zo gelukkig, hè?'

Nellie Mae kon het niet tegenspreken. 'Ik denk dat ze dat ook was.' Vervolgens vertelde ze wat Chris had gezegd over de nauwe relatie van zijn jongere broer en Suzy. 'Ze hielden innig van elkaar.'

Nan beet fronsend op haar lip. 'Ik ben blij dat je hem hebt laten zien, maar ik wou bijna dat ik hem niet had gezien.'

'Ik heb je niet van streek willen maken. Daarom heb ik het tot nu toe geheim gehouden.'

Nan krabde op haar hoofd. 'Ik weet echt niet wat ik ervan moet denken.'

Ze wisten allebei dat foto's verboden waren in de Oude Orde, maar er was niets over gezegd of ze in de Nieuwe Orde wel of niet waren toegestaan. 'Ik zou er maar niets over tegen iemand anders zeggen,' zei Nellie, met de foto nog in haar hand. 'Ik wil hem niet kwijt. Ik moet bekennen dat hij me lief geworden is.'

Nan knikte en keek nog eens goed. 'Misschien waren foto's daarom niet toegestaan… vroeger.'

'Ik zeg niet dat ik er niet zonder kan.'

'Maar toch, wou je dat je hem nooit had gezien?' Nan leunde achterover op het bed, met haar hoofd tegen het voeteneind en haar armen gevouwen over haar borst.

'Het is geen afgod voor me, als je dat soms bedoelt.' Ze klemde de foto tegen haar hart. 'Het spijt me, Nan. Ik wilde niet lelijk tegen je doen.'

Nan keek ernstig. 'Misschien is er meer aan de hand, zus.' Vlug ging ze rechtop zitten. 'Laat me uitpraten voordat je overhaaste conclusies trekt, goed?'

Nellie duwde een kussen achter haar rug. 'Ik luister.'

'Is die foto je liever vanwege Suzy… of vanwege degene die hem aan je gegeven heeft?' vroeg Nan.

Dat had ze kunnen zien aankomen. 'Nou, als je me ervan beschuldigt dat ik een *Englischer* aardig vindt alleen omdat hij me de foto van Suzy heeft gegeven...'

'Dat zei ik niet.'

Ze snoof. 'Niet met zoveel woorden. Maar je kunt het niet ontkennen.'

Nan stond op en ging voor het raam staan; toen draaide ze zich langzaam naar haar om. 'Wil je zeggen dat je niet geeft om die stadse vent?'

Nellie was gekwetst. 'Hoe kun je dat denken?'

'Ik denk het, zus, omdat ik het aan je gezicht zie.'

Nellie was verbluft. Zag of wist Nan iets wat ze zelf niet besefte? *Word ik nota bene verliefd op Chris Yoder?*

★

De Dag des Heeren was vermoeiend voor Nellie Mae. En vandaag was Rebekah Yoder na de gemeenschappelijke maaltijd met de Fishers mee naar huis gegaan, zoals ze soms graag deed. Nellie was blij voor Nan, die haar vriendin vaak miste nu Rebekah overdag haar familie hielp als ze niet voor de Ebersols werkte.

Blij met wat tijd voor zichzelf kroop Nellie op bed om rondzendbrieven te beantwoorden, terwijl het vrolijke gepraat van Nan en Rebekah door de gang dreef.

Ze had vooral zin om Treva te schrijven en zo gauw ze haar andere brieven klaar had, begon ze er een aan haar nicht in Bird-in-Hand.

Zondag 1 juni 1967
Lieve Treva,

Het lijkt alweer lang geleden dat je hier was voor zustersdag. Ik ben zo blij dat we brieven hebben om contact te houden. Ben je druk? Ik beslist wel, met de bakkerswinkel en het verzorgen van de groenten van dit jaar, onze tuinen zijn groter dan ooit. Hopelijk zal het de Heere behagen om ons een overvloedige oogst te geven.

*Elias King heeft zijn nieuwe rol aangenomen en kan heel mooi
preken. Ik wou dat je hem kon horen! En over de Kings gesproken, je weet het misschien al, maar Rosanna heeft me gevraagd je
te vertellen dat Elias en zij het aanbod van Lena aannemen. De
baby wordt half september verwacht, als God het wil. (Lena en
zij spreken over hem als een jongen.) Rosanna en Elias hebben
hem al Jonathan genoemd, wat betekent 'geschenk van God'. Ik
vind het passend, want mijn vaders neef Jonathan Fisher was de
eerste die hier in Honey Brook het evangelie heeft verspreid.
Ik bid dat Lena's baby een sterk en gezond kind wordt, of het nu
een jongen of een meisje is.*

Ze hield op het schrijven, bang om te veel te zeggen. Behalve aan de vroedvrouw, Ruth Glick, had Rosanna alleen
aan Elias en Nellie verteld dat ze in verwachting was. Ruth
had erop aangedrongen dat Rosanna naar een arts ging en
Rosanna had het gedaan. Het had haar niet verrast dat de
dokter bedrust had voorgeschreven als de pijn aanhield. Haar
vriendin had Nellie haar dagelijkse angst toevertrouwd dat
ze deze baby kon verliezen nadat ze hem of haar een volle
vier maanden had gedragen, inderdaad langer dan ooit.

Nellie vroeg zich af of Elias Lena's baby beschouwde als
een soort kussen, zodat Rosanna en hij niet al te kapot zouden zijn als ze hun eigen baby verloren. Maar Rosanna zou
Lena toch op enig ogenblik wel vertellen dat zij ook zwanger was. En wat dan? Zou Lena's aanbod geldig blijven?

Nellie maakte haar brief af en legde hem in haar boven-
ste lade om later op de post te doen. Ze raakte het blauwe
schaaltje op haar ladekast aan en bekeek het liefdevol. *Is de
foto van Suzy en alles waarvan ik houd van mijn zus, een afgod?*
Ze haalde de altijd aanwezige *Kapp*-bandjes uit haar zak.
'Deze ook?'

Ze dwaalde door de kamer en ging voor het raam staan
om uit te kijken over de smaragden velden zo ver als ze kijken kon, naar de weelderige, glooiende heuvels langs de hel-

dere horizon. Had ze zichzelf voor de gek gehouden door te geloven dat ze over haar verdriet heen was?

Rusteloos ging ze pa vragen of ze het familierijtuig mee mocht nemen om een ritje te maken. Terwijl ze het paard voor het rijtuig spande, dacht ze na over wat Nan had gezegd over haar gezichtsuitdrukking als ze over Chris Yoder sprak.

Ze keek naar de bakkerswinkel en dacht aan zijn laatste bezoek, als je het zo kon noemen. Hij had een en al zakelijkheid een taart uitgekozen en betaald. Maar hij had ook vaker dan nodig haar kant op gekeken en hij had even gedraald, alsof hij nog iets anders op zijn hart had.

Ze kon niet ontkennen dat ze in april had genoten van hun gesprek in zijn auto. Soms vroeg ze zich zelfs af of hij hoopte dat ze nog een keer zo'n kans kregen.

Het was een volmaakte middag voor een ritje naar de oude molen in het oosten, en hoewel ze wijzer had moeten zijn dan daarheen te gaan, voelde ze zich gedrongen de molenvijver en het bosgebied met al zijn groene schitterpracht een bezoek te brengen.

Ze had niet verwacht mensen langs de molenvliet of in de buurt van de oude stenen molen te zien wandelen, maar er was een stelletje dat hand in hand zat, enigszins versluierd door het dichte kreupelhout en de boombladeren. Verrast dat hun aanblik haar niet zo van streek maakte als het maanden geleden zou hebben gedaan, joeg Nellie het paard op. Eerder had ze zich altijd zo bedroefd gevoeld om wat Caleb en zij waren kwijtgeraakt… hoe ze gescheiden waren door hun geloof.

Heb ik me er eindelijk bij neergelegd dat hij niet meer in mijn leven is?

Het zag ernaar uit dat de kwestie onbeslist bleef tussen haar familie en de Yoders. Haar lieve, zorgzame vader had meer dan twee maanden geprobeerd David te bezoeken, ze had pa en mama er vaak genoeg over horen praten in de keuken om te weten dat pa nog geen succes had gehad. Calebs vader was moeilijk te begrijpen en klaarblijkelijk niet te vermurwen. Was hij zo koppig dat hij zelfs nu dat hij voor zijn dagelijkse behoeften afhankelijk was, van anderen nog volhardde in zijn hardvochtige wegen?

Diep in gedachten verzonken liet Nellie het paard de weg wijzen. Ze schrok toen Calebs huis ineens in zicht kwam. Plotseling in paniek minderde ze vaart en keek uit naar een punt waar ze naar links of rechts kon, maar er waren geen zijwegen. Het was niet verstandig om op deze smalle weg om te willen draaien, al had Caleb dat in de vorige herfst op een avond een keer gedaan, tot haar verbazing en tot Calebs kennelijke opluchting toen hij de gevaarlijke manoeuvre had volbracht.

'*Ach*, niet goed,' mompelde ze. Had ze haar winterhoed maar op om haar gezicht te verbergen toen ze de laan naderde die naar het huis van de Yoders voerde.

Elizabeth of een van de meisjes had felrode en witte geraniums geplant in de bloementuin aan de voorkant en roze purperklokjes en witte reuzenmargrieten. Het grasveld was keurig verzorgd en scherp afgesneden langs de rand van het pad, er was geen spoor van verwaarlozing. Ze keek naar het huis en voelde een steek van verdriet om het vreselijk veranderde leven van David Yoder. Ze wilde de hele familie wel vertellen hoe erg ze het vond.

Maar ik ben van hen afgesneden…

Ze dacht niet alleen aan Caleb en zijn familie, maar ook aan Rhoda en haar weg de wereld in… en aan Ephram, die net als de Yoders vasthield aan de Oude Wegen.

Mocht de hele Gemeenschap van Eenvoud maar de waarheid kennen die haar leven regeerde: *de laatste adem van de Heere Jezus heeft mij leven gegeven.*

Ze barstte in tranen uit, zo groot was de ontferming die ze voelde voor hen die nog vasthielden aan de traditie. Met haar hele hart wenste Nellie dat ze hun één voor één kon vertellen wat God voor haar betekende. *Vooral aan Caleb en zijn arme, bezeerde familie.*

Hoofdstuk 24

In zekere zin sleepten de dagen zich voort, maar in andere zin leken ze voorbij te vliegen. Caleb en zijn broers waren lang niet zo vaak meer nodig om hun vader in de rolstoel te zetten, want pa bleef meestal in bed. De behandeling werd voortgezet, maar de inspanningen van hun vader en de artsen waren nagenoeg tevergeefs. En het besef dat pa's gezondheid achteruitging, trof Caleb als een mokerslag nu hij zich op deze junimiddag met Chris samen opmaakte om te gaan melken.

Chris en hij waren goede vrienden geworden, maar hoewel er veel was dat hij zijn neef wilde vertellen, hield Caleb zich in om niet verkeerd begrepen te worden, vooral wat Nellie Mae betrof. Hoe hij ook op Chris gesteld was, met zijn verdriet om Nellie Mae had niemand iets te maken. En zijn neef glimlachte trouwens veel te breed naar zijn zin als het over Nellies Zoete Heerlijkheden ging.

'Mijn vader wil bij jou vader op bezoek,' zei Chris voordat hij naar huis ging toen het melken was gedaan. 'We kunnen zondag na de kerk langskomen, als dat goed is.'

Caleb schudde zijn hoofd. 'Ik zou het vervelend vinden als jullie de reis voor niets maakten. Je weet hoe het is… Pa is niet zo gesteld op bezoek.'

'Nou ja, we hebben het niet over Reuben Fisher. Zou je vader zijn eigen neef niet willen zien?'

'*Jah*, misschien wel. Maar het is lang geleden.'

'Waarom zouden ze uit elkaar gegroeid zijn?'

Caleb haalde zijn schouders op. Hij wist het niet, maar hij kon het wel raden, het had vast iets te maken met de voortdurende strijd over de *hoop op* versus de *verzekering van* verlossing. Maar het zou pa niet veel kunnen schelen wat zijn stadse neef geloofde. John probeerde hem niet te bekeren, zoals Reuben en Manny's andere volgelingen hadden geprobeerd.

Sinds pa's ongeluk had Caleb persoonlijk talloze mensen van de Nieuwe Orde kerk moeten wegsturen, ze waren geen van allen ook maar één keer ontvangen. Pa had zijn standpunt duidelijk gemaakt en gaf geen duimbreed toe. Maar John Yoder was natuurlijk familie, dus wie weet? 'Nou ja, misschien is hij wat gewilliger, als jullie gewoon langskomen.'

Chris opende het portier van zijn auto en stapte in. 'Dan doen we dat.' Hij zwaaide toen de motor aansloeg.

'Tot zondag!' riep Caleb. Hij keek de auto na, die de draai maakte voordat hij over de oprijlaan naar de weg reed. Aldoor zwaaide Chris met zijn arm uit het raam.

Ik hoop maar dat pa hen niet afwijst.

Op weg naar huis ging Caleb op de achterstoep zitten en staarde naar mama's handwerk in de kleine tuin naast het pad. Jaren geleden hadden ze hun oude schoenen in de grond gedrukt, als plantenhoudertjes voor petunia's en afrikaantjes. De schoenen hielden prima en weerstonden elk jaar de winterse elementen.

De aanblik van de te klein geworden schoenen uit zijn jongenstijd bracht herinneringen terug aan betere tijden. *Vóór pa's ongeluk.*

Soms, als woede hem de baas dreigde te worden, wenste hij dat ze de foute ezel verkocht hadden. Maar pa was degene geweest die erop had gestaan het dier te houden. Het was verre van Caleb om hem tegen te spreken.

Hij zag Rebekah te voet de oprijlaan op wandelen met een taarthouder in haar hand. 'Hallo, *Bruder!*' riep ze. 'Het is bijna etenstijd, hè?'

'Heb je een toetje voor me meegebracht?' Hij lachte en stond op om haar tegemoet te gaan, altijd blij om zijn vrolijkste zus te zien. 'Wat voor taart?' Onder het lopen boog hij zich er komisch overheen om een kijkje te nemen.

'Wacht maar eens af.' Ze snelde naar de achterdeur en bleef daar met een bezorgd gezicht even staan. 'Zeg eens... hoe gaat het met pa vandaag?'

Hij kromp ineen, zag ertegenop het te zeggen. 'Niet zo goed, ben ik bang.'

'Misschien fleurt de taart hem op.'

'Daar zal meer voor nodig zijn.'

Ze trok een gezicht. 'Ik vraag me af of hij luistert als ik hem mijn favoriete Bijbelteksten voorlees.'

'Nou, *ik* kan hem voorlezen.' Hij zweeg, wilde niet onthullen dat hij nieuwsgierig was geweest om het hoofdstuk in Johannes te lezen waar zovelen van de Nieuwe Orde over gesproken hadden bij de aanvang van de scheuring. Eerlijk gezegd had Chris' liefde voor de Schrift hem een beetje aan het denken gezet.

Ze nam hem op. 'Wat zei je?'

'De Bijbel, die kan iedereen aan pa voorlezen.'

Ze grijnsde naar hem en pakte de deurknop. 'Nou, wat let *jou* dan?'

Onder het eten bleven haar woorden door zijn hoofd spoken. Maar elke keer als hij naar het hoofd van de tafel keek, bleef hij omwille van zijn moeder glimlachen. En voor zijn zussen. Het was een verrassing dat Rebekah met hen mee mocht eten.

Maar toch kon niemand eromheen: pa verzwakte geestelijk en emotioneel voor hun ogen.

★

Rhoda was verrukt over de malsheid van de varkenskarbonaadjes die ze voor Ken had klaargemaakt. Er was aardappelpuree, jus en worteltjes en erwtjes in boter. Ze had stevige, smeuïge broodjes gebakken voor bij het eten. Vaker wel dan niet aten ze de avondmaaltijd in zijn suite op de derde verdieping, waar ze bij kaarslicht zaten en genoten van het uitzicht uit de grote ramen en elkaars gezelschap.

Ken vertelde dat hij in de krant had gelezen over twee vliegtuigen die midden in de lucht op elkaar gebotst waren. *Wil hij me mijn droom van reizen met een vliegtuig afnemen?* vroeg Rhoda zich af.

'Er zijn veel mensen omgekomen.' Hij pakte zijn mes om zijn vlees te snijden.

'Dat is vreselijk,' beaamde Rhoda, 'maar het schrikt me niet af om te willen vliegen. Misschien zou ik anders denken als ik kinderen had, maar...'

Hij keek scherp naar haar op. 'Amish meisjes van de Oude Orde vliegen niet… dat is tegen hun opvoeding.'

'Maar ik heb dat leven achter me gelaten,' zei ze.

'O, ja?' Hij kneep zijn ogen tot spleetjes. 'Ben je klaar met God, de schortenbandjes, al die krengen van kinderen, de hele handel?'

Haar mond viel open, maar ze was te geschokt om iets te zeggen. Ze had alleen de Oude Orde verlaten. Ze had nooit gezegd dat ze God had opgegeven, of haar hoop op een gezin.

Hij keek haar onderzoekend aan. 'Nou? Is het afgelopen met al die toespelingen op kinderen?'

Volkomen van slag stond ze op, liep naar de glazen schuifpui en staarde naar de grill en het chique patiomeubilair. Waar ze ook keek, alles was kleurig, mooi, netjes gerangschikt. Ken had geld in overvloed. Waarom wilde hij geen kinderen in overvloed? Of op z'n minst een paar? Ze vocht om niet te huilen.

Ze voelde zijn blik op zich rusten en keek naar hem om.

'Je ziet eruit of je ziek gaat worden,' zei hij.

'Als ik denk aan het leven dat mijn familie me wil laten leiden, voel ik me ook ziek. Maar als ik denk aan het leven dat jij schijnt te willen… zonder kleintjes, dan voel ik me net zo ziek. Zo niet zieker.'

Was Ken niet degene geweest die zei dat het leven was

wat je ervan maakte? Nou, ze was vastbesloten om een leven te maken met hem. Ze rechtte haar schouders en haalde diep adem. 'Ik wil later een gezin.' Ze draaide zich naar hem om. 'Een groot gezin.'

Hij fronste. 'Het is een kansloos onderwerp, Rhoda. Er is geen ruimte voor een discussie over kinderen, kan ik je verzekeren.'

Ze was verpletterd. 'Wat is er zo vreselijk aan baby's?' Haar hals was warm. Waarom maakte ze zich hier zo druk over?

Hij zat hoog opgericht en stil aan tafel. 'Ik dacht dat je al die ouderwetse traditie achter je wilde laten. Een moderne vrouw wilde zijn.'

'Dat heb ik nooit gezegd. Ik wilde een nieuw leven maken voor mezelf... en toen ontmoette ik jou, Ken. Het leek of onze vriendschap voorbestemd was. Voorzienigheid, zoals ze bij ons zeggen.'

Hij nam haar van top tot teen op en schudde vol afkeer zijn hoofd. 'Kom op, Rhoda. Er bestaat niet zoiets als "Voorzienigheid". God is gewoon een sprookje voor het gemak. Daar hebben we het al eerder over gehad. Je familie heeft je echt gehersenspoeld, hè?' Hij verfrommelde zijn servet en smeet hem neer.

'Nee.' De tranen sprongen haar in de ogen. Ze wist dat hij niet hield van hun lange kerkdiensten, maar hoe kon hij niet geloven in God Zelf? Hoe ze ook haar best had gedaan om Kens denkbeelden te aanvaarden, de werkelijkheid van de Schepper kon ze niet zomaar opzijzetten.

'Wat had je gedacht? Dat je mij op andere gedachten kon brengen?' Ze kromp in elkaar op de snijdende toon van zijn stem. 'Dat je *mij* kon veranderen?'

Ze wilde niet toegeven dat ze dat inderdaad had gedacht. Ze ging hem niet vertellen dat ze zeker had geweten dat ze hem, als ze eenmaal getrouwd waren, ervan kon overtuigen dat hij een fantastische vader zou zijn. Of dat ze zich had voorgesteld dat zij tweeën met hun kinderen samen naar de kerk zouden gaan. Wat voelde ze zich nu stom. En bedrogen. 'Het spijt me, Ken. Het was verkeerd van me om het zo ver te laten komen tussen ons.'

'Nee,' zei hij vlug. 'Ik zat fout… om te denken dat dit ooit wat zou kunnen worden.' Hij zuchtte luid. 'Ik schijn vrouwen nou eenmaal nooit te begrijpen!'

Ze kreunde hoorbaar en Ken keek haar woedend aan. Maar ze had niets meer te zeggen en ze liep naar de deur. 'Ik kom er wel uit.'

Hij kwam haar niet achterna, hij vroeg niet of ze verder konden praten. Hij liet haar gewoon gaan en aldoor kon ze zichzelf wel schoppen omdat ze had geloofd in een luchtkasteel, weer zo'n *Englische* uitdrukking van Ken. En nu ook van haar.

Wat belachelijk om naar Strasburg te verhuizen, alleen in de hoop te gaan trouwen. Ze snelde naar haar kamer en sloot de deur achter zich. *Wat nu?* Ze ging op haar bed zitten. *Zit ik hier nu vast, met dat huurcontract van Ken?*

Ze sloeg haar handen voor haar gezicht.

★

'Ik zal alle jam wegzetten.' Nellie Mae stapelde een paar glazen potten en borg ze op in de kast in de bijkeuken terwijl mama naast pa ging zitten. Het was bijna tijd voor het Bijbellezen en haar vader zat er al in te bladeren om op te zoeken waar hij gisteravond gebleven was.

'Mama, u hebt zich de laatste tijd te veel ingespannen.' Nan stond af te wassen en keek over haar schouder.

'Tja, aardbeien plukken is altijd het meeste werk,' zei mama.

'Niet te geloven hoeveel jam we hebben gemaakt,' zei Nan.

'En vergeet de taarten niet,' grapte pa smakkend met zijn lippen.

Nellie vroeg zich af of Chris ooit aardbeienrabarbertaart had geproefd. *Verrukkelijk gewoon.* Ze vermaande zichzelf omdat ze zo familiair aan hem dacht; toen grinnikte ze.

'Misschien moet u morgen een van mijn taarten meenemen naar de Yoders, pa,' zei ze. Ze wist dat haar vader nog geen voet over de drempel had gezet. 'Misschien dat het lukt met een aardbeientaart.'

'Er moet iets gebeuren.' Mama legde zacht haar hand op pa's arm.

Nan zette mama's grote ketel op het afdruiprek. 'Rebekah zegt dat haar moeder veel huilt,' zei ze.

'Ach, Nan… is dat zo?' zei mama met een frons.

'Tja, volgens de berichten gaat David achteruit,' voegde pa eraan toe.

Dit nieuws verdiepte Nellie Maes zorgen om het gezin. 'Wat gebeurt er als…?' Ze kon zich er niet toe zetten de zin af te maken.

'Laten we nu bidden.' Pa wenkte hen.

Nan droogde vlug haar handen af en met z'n vieren hielden ze elkaars handen vast terwijl pa, die haast niet kon praten door zijn tranen heen, God vroeg Davids leven te verlengen zodat hij Jezus zou vinden voordat het te laat was.

In stilte bad Nellie Mae hetzelfde voor Caleb, in de hoop dat haar vroegere *beau* zijn vader niet zou volgen in zijn eigenzinnige voetstappen.

Na het Bijbellezen excuseerde Reuben zich om naar boven te gaan. Betsy zei dat ze met de meisjes beneden in de keuken bleef en dat was maar goed ook want hij kon beter bidden als hij alleen was.

Hij haalde zijn gebedslijst tevoorschijn en begon met zijn eigen vader, die het hoogste was in jaren. Wat miste hij het praten met de man, het leren van hem, het vergaren van verloren wijsheid. Toen bad hij voor elk van zijn zoons, hun vrouwen en hun kinderen, geboren en nog ongeboren.

Als laatste fluisterde hij Rhoda's naam. 'Breng mijn dochter spoedig tot haar verstand, o God.'

Zoveel nood. Hij veegde zijn ogen af en bleef als een vertrouwend kind aan zijn kant van het bed geknield liggen.

Na een tijdje, toen zijn last enigszins verlicht was, ging hij naar de ladekast en pakte zijn schrijfblok. Hij scheurde er een vel uit en begon te schrijven aan zijn vader.

Vrijdag 20 juni
Lieve pa,

De groeten uit Honey Brook. Ik zit hier aan u te schrijven en ik mis u. Ik denk zo vaak aan mama en u en ik hoop dat het u beiden goed gaat.

Het viel me in dat we samen een zwaluwhuisje zouden kunnen bouwen, u en ik. Nog niet zo lang geleden heb ik dat met Benny gedaan. We hadden het wonder-gut naar ons zin en ik moest er wel aan denken hoe u en ik hetzelfde deden toen ik nog maar een jongen was.

Ik breng met alle plezier de noodzakelijke materialen mee en ik zal een chauffeur huren om alles naar uw huis te krijgen. Betsy kan een mand met eten meenemen en mama bezoeken, als het haar uitkomt. Wat vindt u daarvan?

Ik hoop van u te horen. En als u niet antwoordt, schrijf ik gewoon volgende week weer.

Moge God bij u zijn daar in Bird-in-Hand.

Uw zoon,
Reuben Fisher

Hij vouwde de brief op. Hij wilde zijn vader en zijn oude vriend David nog niet opgeven. Noch zou hij dochter Rhoda de rug toekeren, al had ze dat bij hen wel gedaan.

Zuchtend rees Reuben overeind en liet de brief onder de gaslantaarn op de ladekast glijden. Gelukkig had God hem niet opgegeven.

Niemand van ons.

★

Caleb wachtte tot zijn *Englische* neven arriveerden en probeerde niet al te verlangend om de paar minuten uit het raam aan de voorkant te kijken. Hij probeerde pa's neef John voor zich te halen. Het was jaren geleden dat hij met zijn vrouw en hun vijf jongens op bezoek was geweest. Er was geen aanwijsbare reden voor dat ze niet meer met elkaar omgingen... afgezien van hun duidelijke verschillen. Nooit had hij zijn vader iets lelijks horen zeggen over zijn mennonitische familieleden. Pa sloeg hen hoog aan, anders zou Chris hier niet mogen werken naast Caleb en zijn broers.

Hij keek door de grote voorkamer naar de deur naar pa's kamertje. De deur stond op een kier en Caleb hoorde zijn vader in zichzelf mopperen, iets wat hij de laatste tijd steeds vaker deed, verstoord als hij was door zijn omstandigheden. *Wie kan het hem kwalijk nemen?*

Caleb probeerde zich vaak in zijn vaders schoenen voor te stellen, maar het was gewoon niet mogelijk. Hij was snel ter been, sterk, energiek en jong.

Toen hij Chris' auto de oprijlaan in zag rijden, ging hij naar de slaapkamerdeur van zijn vader en keek naar binnen door de kier. *Gelukkig, hij is wakker.* Caleb snelde naar de achterdeur om Chris en zijn vader te begroeten en hoopte dat pa hen wilde ontvangen. Als hij weigerde, hoopte hij dat hij tenminste niet zou schreeuwen, zoals laatst toen prediker Manny was langsgekomen na Nellies vader, Reuben Fisher. Die man moest een hoop lef hebben om steeds terug te komen om weer afgewezen te worden.

Chris en zijn vader stapten uit de auto toen Caleb hen tegemoet liep. Hij was meteen ingenomen met hun zondagse kleren, de donkere pakken en dassen die ze waarschijnlijk hadden aangetrokken om naar de kerk te gaan. Ze zagen er zelfs zo stads uit dat hij bang werd dat het pa af zou stoten. *Of hij ziet het als een compliment.*

'Ha, Caleb.' Chris glimlachte even vriendelijk als altijd. 'Je kent mijn vader nog wel, hè?' Hij wees naar zijn vader, een lange, slanke, blonde man, die een hand uitstak om die van Caleb stevig te drukken.

'Fijn u weer te zien,' zei Caleb, terwijl hij voorging naar huis. 'Mijn vader is wakker... maar ik moet u waarschuwen...'

'Wees maar niet bang. Ik heb het pa al verteld,' onderbrak Chris.

Caleb was een beetje opgelucht. 'Mama is boven aan het rusten. En mijn zussen ook.' Hij deed de achterdeur open. 'We zijn maar met z'n drieën beneden... en pa.'

Chris knikte meelevend en liet zijn vader het eerst de keuken binnengaan. Op tafel stond een schaal met sandwiches in afwachting van hun komst.

'Willen jullie eerst iets eten of drinken?' vroeg Caleb in zijn rol van gastheer.

'Bedankt voor het aanbod, maar we zullen wachten tot nadat we je vader hebben gesproken, als je het niet erg vindt,' zei John beleefd. Chris' vader was kalm en evenwichtig, en Caleb moest ineens denken aan Nellie Mae, die altijd zo aarzelend en schichtig deed als pa erbij was.

Op weg naar de kleine slaapkamer bleef hij even stilstaan om achterom te kijken naar Chris. Toen duwde hij de deur helemaal open. Zijn vader lag met glazige ogen van verveling en pijn naar het plafond te staren. 'Pa... hier zijn uw neven,' zei hij.

Pa lag ondersteund door een overvloed aan kussens in bed, dankzij mama, die hem geïnstalleerd had voordat ze naar boven ging. Caleb verwachtte elk ogenblik de bulderende stem van zijn vader. Maar pa keek zijn neven aan voordat hij vaag glimlachte. 'Komen jullie voor mijn begrafenis?'

John liet geen tijd verloren gaan en liep naar het bed. Hij boog zich over David heen om hem een hand te geven. 'We komen net uit de kerk,' zei hij. 'Daarom dragen we die apenpakken.'

'Nou, trek een stoel bij.' Pa gebaarde met zijn hand.

Caleb was geschokt. Geen woede-uitbarstingen vandaag? Het zag ernaar uit dat pa zelfs kon genieten van dit bezoek. Hij luisterde vredig toen John herinneringen begon op te halen aan vroeger en de bezoekjes uit hun kindertijd aan oom Enos. 'Weet je nog, dat visstekkie achter de vervallen schuur? Daar zijn we 's winters een keer wezen ijsvissen.'

Pa knipperde met zijn ogen. '*Gute* dagen, *jah*. Heel *gut*.'

De tweede oudere mannen voerden het woord en Caleb voelde dat Chris er blij mee was dat het zo ging.

Ineens werd pa's stem sterker. 'Het is erg aardig van je, John, om die bestelbus van je uit te lenen... om naar de revalidatie te gaan.'

'Met alle genoegen. Je roept Chris maar.'

Pa zuchtte langzaam en diep en keek naar Chris. 'En je zoon is hier een grote hulp. Ik sta bij jullie allebei in het krijt.'

'Niets te danken.' John schoof zijn stoel dichterbij.

'Nou, ik ben blij dat jullie vandaag gekomen zijn, zodat ik persoonlijk *Denki* kan zeggen.' Hij haalde nog eens diep adem voordat hij vervolgde: 'Ik zal je auto niet meer nodig hebben, John. En ik laat ook geen behandelingen meer doen.'

Caleb spitste zijn oren. *Wat?*

'Maar die behandelingen zijn toch van essentieel belang, David?' fronste John. Hij vouwde zijn handen. 'Mettertijd word je er sterker van.'

Pa schudde zwakjes zijn hoofd. 'Ik heb niet veel tijd meer over, dus ik ga mezelf niet meer de deur uit duwen. Ze kunnen me naar buiten dragen als ik dood ben, en zo is het.'

Caleb voelde zich opgelaten. Als pa inderdaad geloofde dat hij niet lang meer zou leven, dan was het nog niet goed om dat te zeggen waar anderen bij waren.

'Je wilt de handdoek toch niet in de ring gooien?' vroeg John met een gebaar naar Chris. Die begreep de hint, wierp een blik op Caleb, stond op en ging de kamer uit.

Caleb volgde in zijn kielzog. Hij had geen idee wat Chris' vader tegen pa wilde zeggen. Maar kennelijk was het nogal persoonlijk.

In de keuken haalde hij Chris in en hij pakte twee appels van de schaal op tafel, waarvan hij er een aan zijn neef gaf. 'Hier, neem ook maar een sandwich,' zei hij voordat hij naar de achterdeur liep.

Chris pakte er een en volgde hem. 'Je vader is neerslachtig,' zei hij ernstig. 'Hij is achteruitgegaan sinds zijn laatste revalidatiesessie, hè?'

'Ik heb hem voor vandaag eerlijk gezegd nog nooit zo gezien.' Caleb nam Chris mee naar de tabaksschuur waar ze achterin op een paar oude krukken konden zitten. 'Misschien wordt het tijd dat ik Reuben Fisher naar binnen smokkel om mijn vader te bezoeken, als ze elkaar nog moeten zien voordat...'

'Dus Reuben en je vader zijn vroeger vrienden geweest?' Chris keek verbaasd.

'Ze kennen elkaar al heel lang.'

'En nu? Reuben wil je vader kennelijk heel graag zien.' Chris nam een hap van zijn sandwich.

Chris stelde altijd een hoop vragen, hij wilde het naadje van de kous weten. 'Nou ja, er is veel aan voorafgegaan. Pa is kwaad omdat de neven van Reuben Fisher, Jonathan en prediker Manny, opschudding hebben veroorzaakt toen ze besloten dat de Bijbel niet alleen bestudeerd moest worden, maar ook besproken en uit het hoofd geleerd.'

Chris zette grote ogen op. 'Wil je zeggen dat jullie al die dingen niet mogen?'

'De Schrift is niet iets om je te veel mee te bemoeien, nee.'

'Mag je er zelfs niet over praten?' Chris keek ongelovig.

'Dat doen de predikers tijdens de kerkdienst, om de andere week. Meestal geven ze uiteenzettingen over de Bergrede.' *Waarom zou ik de kerkvaderen moeten verdedigen?* 'Voor de rest van ons is de schrift alleen bedoeld om te lezen.'

Chris was ontzet. 'Maar hij is bezield door God, elk woord. Geloof je dat niet, Caleb?'

Ongemakkelijk keek Caleb reikhalzend naar een grote vlucht vogels die laag overvloog. Intussen vroeg hij zich af waarom Johns vader tientallen jaren geleden de Amish had verlaten. Hoe nieuwsgierig hij ook was, hij wilde het niet vragen. Een ander keertje misschien.

Chris was nog nooit zo scherp geweest. Toch voelde Caleb zich niet vijandig, zoals hij misschien was geweest als iemand als Reuben of anderen van de nieuwe groep had gehamerd op het gevaarlijke aambeeld van verlossing door genade. Nee, Chris praatte niet bepaald dreigend. En nu voelde hij zich ineens net zo als toen zijn eigen 'verloste' zus Rebekah het had over de Bijbel voorlezen aan pa. 'Soms ben ik wel in de war,' bekende hij, 'over wat ik moet geloven.'

Chris knikte en verschoof op zijn kruk. 'Ik snap je. Maar er is iets waaraan je je kunt vasthouden, iets wat niet verandert. *Iemand* op Wie je kunt vertrouwen, wat er ook gaande is in je leven.'

Dit leek te veel op wat hij Nellie Mae had horen zeggen. Caleb zag nog voor zich hoe knap ze was toen ze achter de toonbank van haar bakkerswinkel stond, haar gezicht straalde, waarom?, en hij had zijn armen om haar heen ondanks zijn felle verlangen om haar te beschermen tegen al dat moderne gepraat.

En nu begon zijn eigen neef ook al zo te praten.

Maar Chris was respectvol. Hij flapte er niet uit wat hij vast en zeker popelde om te zeggen. Hij wachtte tot Caleb knikte of iets zei om goedkeuring te geven. Maar Caleb was vastbesloten trouw te zijn aan de oude kerk. Bovenal moest hij trouw blijven aan de enige kerk die hij kende, of wilde kennen. Om die reden gaf hij geen duimbreed toe.

Maar lang nadat Chris en zijn vader weggereden waren, kon Caleb de woorden van zijn neef niet van zich afzetten: '*Iemand* op Wie je kunt vertrouwen...'

Hoofdstuk 25

Een paar uur voor etenstijd vroeg pa of Caleb mama wilde roepen zodat hij alleen met haar kon praten. Caleb knikte en verliet de slaapkamer die zijn vader sinds het ongeluk voor zichzelf had opgeëist. *Hij heeft een dokter nodig,* dacht hij, en wenste dat pa niet had besloten zijn behandelingen te staken.

Sinds het vertrek van pa's neven vandaag had Caleb zich aldoor afgevraagd wat pa en John besproken hadden. Hij begreep niet hoe pa het gewoon kon opgeven en niet sterker wilde worden.

Ik wil er niet over nadenken!

Hij wist dat de koeien in de rij voor het hek zouden staan om gevoerd en gemolken te worden. Op de Dag des Heeren deed hij er minstens twee keer zo lang over, omdat zijn drie broers 's zondagsmiddags meestal thuisbleven.

Rebekah was er ook nog niet, dus hij moest Leah en Emmie om hulp vragen, tenzij de buren langskwamen om een handje te helpen, zoals ze soms in het weekend deden.

Caleb ging naar de wei om het hek open te zetten voor de koeien en keek over het maïsveld uit of er hulp aankwam. Hij vroeg zich af of pa en Gideon al besproken hadden wat er moest gebeuren als zijn vader stierf. Zou Abe de boel draaiende blijven houden? Of Jonah? Wie van zijn broers en zussen zou voor mama zorgen op haar oude dag? Misschien wilde pa haar daarover spreken, verborgen in de kleine slaapkamer op de benedenverdieping.

Om niet te piekeren dacht hij na over de preek van de bisschop, de langste van de twee preken van vanochtend. Hij was vandaag geen enkele keer ingedommeld. De bisschop

had tegenwoordig een andere manier van preken, hij herhaalde Schriftteksten die vreemd waren voor Caleb. Hadden
meer mensen het gemerkt? Mama of Leah kon hij niet naar
hun mening vragen, want die waren op hun beurt thuisgebleven bij pa. En meestal besprak hij toch geen kerkelijke
zaken met zijn moeder en zussen. Alleen Rebekah had ooit
enige belangstelling voor zulke dingen getoond, maar hij kon
nu niet met haar praten omdat ze bij de Ebersols woonde.
Sinds ze over de grens is gestapt…

Caleb waste de vijfde koe in de eerste rij toen Leah, Emmie en mama eraan kwamen. Hij wendde zijn blik af toen
hij zag hoe gezwollen en rood mama's ogen waren. 'Ik wil pa
niet te lang alleen laten', zei ze vlug, wat nog meer onrust in
hem wekte.

Wat gebeurt er? Zou mijn vader soms stervende zijn?

Na het melken en voor een lichte avondmaaltijd van boter-
hammen, eieren met rode bieten en selderijstengels met pin-
dakaas, kwam Rebekah naast Caleb aan het eind van de tafel
zitten. Ze glimlachte.

Ze zette een schaal vol koekjes voor hem neer en zei: 'Ik
heb gisteren je lievelingskoekjes gebakken.'

Hij pakte een chocoladekoekje en keek naar die met pin-
dakaas, maar vlug schoof ze de schaal weg. 'Je bederft je eet-
lust, Caleb Yoder.'

'Waar heb ik dat eerder gehoord?' Hij keek naar mama.
Elke keer als hij haar ernstige gezicht zag, was het of hij
een stomp in zijn maag kreeg. Ze was nog ernstiger dan
daarstraks. *Waarom?* Hij wilde zichzelf voor de gek houden
en denken dat het haar normale reactie was op de Dag des
Heeren; ze was altijd een vurig voorstander van zondagshei-
liging. Maar iets zei hem dat haar troosteloosheid meer van
doen had met pa's verslechterende toestand. En datgene wat
ze onder vier ogen besproken hadden.

Mama kwam bij hen zitten voor het stille gebed, waarin

Caleb als de enige man aan tafel voorging. Toen stond ze op en schepte eten op voor pa. 'Ik help jullie vader vanavond met zijn eten,' zei ze alleen voordat ze de keuken verliet.

Toen de deur van pa's kamer gesloten was, boog Rebekah naar voren. Haar glimlach stierf weg. 'Ik wil jullie niet bang maken, maar mama vertelde me dat pa gelooft dat zijn dagen geteld zijn.'

Leahs adem stokte, ze sloeg haar hand voor haar mond en Emma schudde haar hoofd, vormde met haar mond geluidloos 'nee.'

'Hij bereidt zijn huis,' vervolgde Rebekah met een blik op Caleb.

'Wat betekent dat?' bracht Caleb uit.

'Tja, ik weet dat jullie het misschien niet begrijpen, maar als ik zo vrij mag zijn...' Ze zweeg even, met een blik op Leah en Emmie. Toen keek ze Caleb weer aan. 'Ik zie het zo dat God de gebeden begint te verhoren die opgezonden zijn voor onze familie... en vooral voor pa.'

Caleb staarde haar niet-begrijpend aan. 'Wat bedoel je?'

'Kennelijk wil pa vrede sluiten met God... op zijn eigen manier.' Rebekah stak haar hand uit naar haar sandwich.

'Maar dat heeft hij bij zijn doop gedaan,' zei Leah, 'toen hij als jongen lid werd van de kerk.'

Rebekah keek naar Caleb. 'Nou, als jullie een eindje met me gaan wandelen, zal ik jullie meer vertellen over wat ik bedoel. En ook de reden van de breuk in de oude kerk, als jullie het nog niet weten.'

'Had iets te maken met een grote strijd,' zei Caleb. Hij had het niet zo afwijzend willen zeggen.

Rebekahs gezicht lichtte op, dezelfde glans die hij op Nellie Maes gezicht had gezien toen ze afscheid namen. '*Jah*, de splitsing ging om verlossende genade,' zei ze. 'En de openbare belijdenis daarvan.'

'Ik loop met je mee, Rebekah,' zei Leah verrassend krachtig.

Caleb had geen belangstelling voor Rebekahs denkbeelden over de kerkscheuring. Daar wist hij al te veel van.

★

Rosanna zag de tabakskweker het eerst toen hij hun laan indraaide. *Hij komt vast en zeker om Elias raad te vragen.* Ze zaten samen aan tafel met een stuk aardbeientaart.

'Vind je het erg als ik naar buiten ga om met hem te praten?'Vlug stond haar man op.

'We zijn klaar met eten,' zei ze zacht en Elias liep naar de achterdeur. Hij nam zijn ordinantie ernstig op, zelfs ten nadele van zijn eigen werk, net als prediker Manny en andere broeders. Elias aanvaardde niet alleen zijn goddelijke roeping, maar hij had ook een liefdevol hart voor de gemeente.

God wist wat Hij deed toen Hij hem koos…

Rosanna droeg de vaat naar de gootsteen. Het verraste haar hoeveel sterker ze zich de laatste tijd voelde. *Mag ik dit kleintje houden, God?* Het was de vraag waar ze niet over door durfde te denken, want ze hield zoveel van dit kindje, verwekt midden in haar grote verdriet om het verlies van de Beiler baby's. Kleine Eli en Rosie groeiden nu als kool, ze had hen weer van een afstand gezien, vanmorgen nog, dik ingepakt met John en Kate en hun andere kinderen in hun rijtuig op weg naar de kerk. Ze was niet in elkaar gekrompen bij de aanblik van de kindjes op schoot bij Kate en haar oudste dochter, maar had gezwaaid toen ze dichtbij kwamen. Elias had ook gezwaaid en toen de rijtuigen gepasseerd waren, had hij noch zij de tweeling van John en Kate genoemd. Ze hadden zelfs geen woord gezegd, wat Rosanna achteraf raar vond. Maar wat een zegen dat haar lieveling ook geen vijandigheid koesterde.

Ze waste de laatste schaal af en pakte een theedoek. Ze keek uit het raam naar haar man. Misschien bespraken ze tractors en waar die wel en niet voor gebruikt mochten worden op het land, daar werd de laatste tijd veel over gesproken.

Nu overal in Honey Brook op het land werd gewerkt, vond deze man waarschijnlijk dat hij tijd kon sparen door zijn tractor te gebruiken voor vervoer over de weg. Dat deden er wel meer, had ze gehoord. Het was niet toegestaan door de nieuwe ordinantie en verscheidene families hadden om deze kwestie de Nieuwe Orde kerk verlaten om zich bij de Beachy's aan te sluiten, die een meer vrijelijk gebruik van tractors toestonden.

Zelf dacht ze veel liever aan al het mooie garen dat ze deze week wilde aanschaffen met het geld van haar quilts. Ze wilde beginnen met het haken van babydekentjes voor Lena's baby, die Lena na de geboorte rechtstreeks door de Amish vroedvrouw naar de Kings wilde laten brengen. Lena sprak nu over zichzelf als 'babydrager' en verklaarde Rosanna tot de door God aangewezen moeder. Wegens haar eigen geheime zwangerschap voelde Rosanna zich een beetje verlegen als ze Lena's roerende brieven las, maar ze koesterde ze en bewaarde ze in een mooie houten doos die Elias laatst als geboortegeschenk voor haar had gemaakt.

Nog een blik naar buiten toonde dat Elias nog steeds in gesprek was. Hij had zijn armen over elkaar alsof hij nog wel even bezig zou zijn. Misschien moest Rosanna dit moment gebruiken voor een antwoord aan Lena.

Met een gebed in haar hart ging ze zitten om haar geheimste gedachten neer te pennen, woorden die Lena op volkomen andere gedachten konden brengen.

Zondag 22 juni
Lieve Lena,

Ik kan je niet zeggen hoe vaak ik bid. Ik geloof echt net als jij dat je baby van Elias en mij moet worden. En we zullen even liefdevol voor hem zorgen als voor een eigen zoon.
Maar je moet meer weten en begrijpen, iets wat me heel dierbaar is. Het is namelijk zo dat ik ook in verwachting ben. Het is mijn

hoop en gebed dat ik de baby in mijn schoot mag uitdragen, wat nog nooit eerder is gebeurd. Maar als alles zo blijft als het is, en o, wat bidden we daarvoor!, zal het binnenkort zichtbaar worden en er zullen praatjes jouw kant op komen dat ik zwanger ben.

Ik heb maar een kleine hoop dat dit kleintje, dat zo dicht onder mijn hart ligt, levend geboren zal worden. Alle broertjes en zusjes van onze baby wonen in de hemel, bij onze Heere, Wiens wil we wensen in alle dingen. Elias zegt dat hij graag denkt dat de engelen voor hen zorgen tot wij komen om het zelf te kunnen.

Intussen ben ik heel voorzichtig, ik ga naar de dokter en neem bedrust en ik hoop en bid dat het dit keer zal helpen. Wil je me gedenken in je dagelijkse gebeden, net als ik voor jou bid, mijn lieve zuster in de Heere?

Ze dacht aan Lena's mogelijke reactie en durfde niet verder te schrijven. Het was misschien verstandiger geweest om dit nieuws persoonlijk aan Lena te vertellen, maar ze mocht van de dokter niet langer dan twintig minuten reizen. En zelfs voor zo'n kort ritje had ze iemand nodig die met haar meeging, wat betekende dat ze buurvrouw Linda Fisher, de vrouw van Jonathan, zou vragen deze week met haar naar de manufacturenwinkel te gaan.

Rosanna hoopte maar dat Lena niet verstoord werd door het nieuws van haar zwangerschap. Ze beëindigde haar brief en ondertekende hem. Ze besloot haar benen even omhoog te leggen terwijl ze op Elias' terugkeer wachtte. Ze hoopte met haar hele hart ze dat deze openbaring Lena niet op andere gedachten zou brengen. Maar waarom zou ze zich daar zorgen over maken, als het God was Die Lena ertoe gebracht had haar kind aan te bieden?

★

Caleb beende naar het raam en wachtte in de keuken tot zijn moeder uit pa's kamer kwam. Hij hoopte dat ze hem meer kon vertellen over pa's gesprek met zijn neef John. Was het mogelijk dat pa's hart werd verzacht? Zijn vader kennende, wist Caleb niet hoe dat mogelijk was.

Zelfs zijn naderende dood zou pa niet afhouden van zijn levenskoers. De Oude Wegen waren in zijn hart gestempeld. 'Bij de kerk is het erin of eruit. Er is geen tussenweg,' had zijn vader altijd gezegd.

Na een paar minuten kwam mama met een betraand gezicht de keuken binnen. Ze wenkte Caleb. 'Je vader vraagt naar je.'

Hij staalde zijn hart en liep naar de kleine kamer, waar hij in de deuropening bleef staan. Pa sliep.

Zwijgend nam Caleb plaats op de rieten stoel naast het bed en keek hoe de borst van zijn vader rees en daalde. Daar zat hij, met gevouwen handen, en voor het eerst begreep hij iets van het verdriet dat Nellie Mae en haar familie hadden doorstaan toen ze Suzy verloren.

Chris had gezegd dat je je niet kon voorbereiden op zoiets als een sterfgeval in de familie. Hoe je ook dacht dat je zou reageren, je wist het nooit echt tot het zover was.

Is het al zover? Hij boog naar voren om te kijken of zijn vader inderdaad ademhaalde. *Langzaam*, jah... *heel langzaam*.

Maar om niet bang te worden, hier alleen in de kamer met de dood die zijn vader in de hakken beet, liet hij zijn gedachten afdwalen naar zijn neef Chris. Hij was de vrolijkste mens die Caleb ooit had gekend en hij merkte dat hij hem met Rebekah vergeleek.

Dus wat was het wat hem ontbrak? Ze beweerden allebei dat ze verlost waren, dat wist hij wel. Ze hadden het ook over een vrijheid die ze ervoeren. Bijna alles wat ze deden of zeiden stond op een of andere manier in verband met Gods Zoon, hun 'Heere en Heiland'.

Door het raam zag hij Rebekah en Leah terugkomen van hun wandeling. Hij vroeg zich af wat Rebekah Leah allemaal had verteld. Rebekah deed de laatste tijd haar uiterste best om haar zussen te winnen voor de nieuwe kerk.

Caleb glimlachte even trots. *Ze zal het moeilijk krijgen om mij klem te zetten.*

Hij deed zijn ogen dicht om het beeld van zijn hulpeloze vader buiten te sluiten. Het laatste wat hij vandaag wilde horen was een sterfbedwens.

Na een tijdje fluisterde zijn vader: 'Caleb.'

Met een schok ging hij rechtop zitten. 'Hier ben ik, pa.'

'Mijn neef is gekomen om me op het rechte pad te zetten…' De stem van zijn vader wankelde. Toen begon hij opnieuw, krachtiger. 'Hij heeft me laten zien hoe koppig ik ben geweest.'

Caleb wist niets te zeggen. Nooit eerder had zijn vader zijn wandaden toegegeven, zijn al te strenge wegen. Wat een merkwaardig gedrag, was dat het resultaat van opgesloten zitten in deze kamer en een rolstoel?

'Vandaag bereid ik mijn huis, voordat het te laat is. En ik wil beginnen met jou, zoon.' Pa glimlachte droevig. 'Je hebt door de jaren heen een onnodig wrede behandeling doorstaan. Je hebt niets gedaan om mijn hardheid te verdienen. En ik heb er spijt van.'

Hij verontschuldigt zich?! Caleb was stomverbaasd. De woorden leken misplaatst op zijn vaders lippen. En toch stak de oude verleiding om haatdragend te zijn, bitter zelfs, zijn lelijke kop weer op.

'Je zult wel denken dat ik *ferhoodled* ben.' Pa haalde diep adem, zijn oogleden trilden. 'Maar het was het hellevuur dat de vreze van God in mij bewerkte. Ik wil dat je het van mij hoort. Als je het uit de tweede hand hoorde, zou je eraan twijfelen.'

'Dat hoeft niet, pa. Nu moet u gaan rusten, hoort u?'

'Caleb…'

'U bent uzelf niet,' hield hij vol. 'U hebt verschrikkelijk geleden.'

'Nee, jongen, luister naar me.'

Hij klemde zijn kaken op elkaar. Alle argumenten van Nellie Mae voor haar geloof kwamen terug. De vreemde en belachelijke manier waarop ze zich had gedragen, hoe ze hun liefde had weggegooid, hun verloving had verbroken voor Manny's kerk. Caleb ergerde zich aan het 'vreemde evangelie', zoals hij het door zijn vader en anderen had horen noemen. En nu was zijn eigen vader ervoor gezwicht.

Pa vervolgde: 'Ik weet dat het tegen de draad ingaat… om te zeggen dat mij verlossing is geschonken.' Hij reikte naar een glas water en zijn handen trilden toen hij door het rietje dronk. 'John heeft me eindelijk de waarheid doen inzien. *Ach*, wat een volhardende ziel… al die jaren lang.'

Hoe is dit mogelijk?

'John zei dat als ik het God vroeg, Hij me een nieuwe schepping zou maken, me Zijn genade zou schenken en me geschikt zou maken voor de hemel. Ik weet dat ik vergeving heb gekregen… en ik hoop dat ik eens hetzelfde van jou mag vragen.'

Caleb schudde nog steeds vol onbegrip zijn hoofd. 'Pa, ik…'

'Je hoeft nu niets te zeggen, Caleb. Maar ik wil graag dat je iets voor me doet.' Hij haalde diep adem. 'Ik moet met Reuben Fisher praten. Ga hem halen en breng hem bij me… nu meteen.'

Wat een vreemd verzoek na nog vreemdere woorden, heel iets anders dan wat Caleb ooit had verwacht. '*Jah*, ik zal gaan.'

Daarop ging hij de kamer uit.

★

Reuben schrok toen hij de jonge Caleb met een grimmig gezicht op de achterstoep zag staan en geloofde meteen dat David overleden was. Tot zijn dankbaarheid hoorde hij dat hij het mis had en hij pakte zijn strohoed om met Caleb in zijn open rijtuigje mee te rijden naar de Yoders, vreemd genoeg.

Caleb had alleen gezegd dat zijn vader naar hem had gevraagd, verder niets. Maar onder het rijden beschreef Caleb zijn vaders achteruitgaande gezondheid en zijn sterke geloof nu zijn einde naderde. Caleb was rechtuit en zei dat hij geen idee had wat zijn vader van Reuben wilde.

Nellie had voor het raam zitten nadenken over de preek van de dag en had eerst gedacht dat ze droomde.

Toen ze een paard en rijtuig de oprijlaan op hoorde komen, had ze verbaasd opgekeken. Ze snakte naar adem toen ze Caleb Yoder hoog opgericht in zijn open rijtuigje zag zitten. *Wat komt hij in vredesnaam doen?*

Ze herinnerde zich de laatste keer dat hij onaangekondigd was gekomen. Maar nu de gezondheid van zijn vader zo broos was, maakte ze zich zorgen.

Even later hoorde ze beneden de stem van pa. En toen voerde Caleb pa nota bene mee om in allerijl de oprijlaan weer af te rijden naar de hoofdweg.

Ze had geen reden om aan te nemen dat David was overleden, maar als dat zo was, waarom nam Caleb pa dan mee? Nellie was helemaal van de wijs en ze viel op haar knieën om te bidden.

★

Toen Reuben met Caleb arriveerde bij de boerderij van de Yoders begroette Elizabeth hem ernstig en nam hem mee naar een kamer beneden, waar David plat op zijn rug met zijn ogen dicht op bed lag. 'Hij slaapt,' stelde Elizabeth Reuben gerust en vertrok.

Reuben overwoog de situatie. Hier stond hij nu eindelijk aan de rand van Davids bed, na maanden van herhaaldelijke weigering. *Waarom heeft hij me laten roepen?*

Davids gerimpelde oogleden gingen trillend open en hij richtte zijn blik op Reuben. '*Denki*... dat je gekomen bent.'

'Met alle plezier, David.' Hij knikte.

'Ik geloof dat ik niet lang meer heb in deze wereld,' zei David zacht. 'Ik heb vandaag een waarschuwing gekregen… van een *Englische* neef van me.' Hij haalde moeizaam adem. 'Ik loop gevaar voor de eeuwigheid zonder God als ik geen schuld belijd.' Hij sloot zijn ogen en er gleed een traan over zijn verweerde gezicht. 'Ik ben schuldig omdat ik jou een dwaas heb genoemd, Reuben Fisher… Ik heb op je neergekeken omdat je dat nieuwe geloof najaagde. Ik dacht dat jij en de anderen erop uit waren om de Gemeenschap van Eenvoud te verwoesten met trotse wegen. Het blijkt… dat ik degene was die het mis had.'

Reuben stond verstomd.

David tastte naar zijn hand. 'Ik smeek om je vergeving.'

Reuben greep Davids hand vast, door het brok in zijn keel kon hij haast niet ademhalen.

'Je hebt recht op je eigen manier van denken, Reuben, als het de verzekering van verlossing is die je wilt, dan zij het zo.' Davids gezicht was asgrauw. Hij was uitgeput.

'Ik heb je al maanden geleden vergeven, David. Echt waar.'

David knipperde met zijn ogen. 'Ik was de dwaas.'

'We zijn broeders.'

'Dat zijn we… Ik heb mijn wil neergelegd voor de wil van God,' zei David zacht. 'Eindelijk.' Er rolde een traan over zijn wang. 'Ik wilde dat je het rechtstreeks van mij hoorde.'

Dolgelukkig klemde Reuben Davids hand vast.

David vervolgde: 'Ik zal in vrede sterven, wanneer God het wil.'

'Misschien zal Hij je opheffen… je heel maken.'

'Dat hoeft nu niet meer. Sterven heeft me leven gegeven, Reuben. Vertel dat aan de hele Gemeenschap, *jah*?'

Als Reuben het niet met zijn eigen oren had gehoord, had hij het niet kunnen geloven. 'Ik zal het eerst aan de broeders vertellen.'

'En vraag of je neef Manny langskomt. Ik moet hem ook

spreken.' David mompelde schor. Hij zei dat hij de bisschop en prediker Manny wilde vragen allebei te spreken op zijn begrafenis. Reuben nam het zich in gedachten voor en stelde geen vragen bij Davids laatste wensen. Dit was een man die altijd had geweten wat hij wilde en hij zou het krijgen. Daar zou Reuben voor zorgen.

★

Toen ze later die avond bij elkaar lagen, streelde Betsy het haar van haar man. 'Wat je me vertelt, is niets minder dan een wonder,' zei ze.

'Ik heb God gedankt voor Zijn genade,' zei haar geliefde echtgenoot.

Ze kuste hem. 'Het zou toch wat zijn als David langer blijft leven dan hij verwacht?'

Reuben glimlachte. 'Dat hoop ik ook.'

'Wat zal Elizabeth in de tussentijd doen? Ze heeft van David zelf gehoord wat hij tegen jou heeft gezegd.'

'O, vast wel.'

'Zal ze haar man in zijn voetstappen volgen?'

'Wie zal het zeggen?' Reuben keek naar haar op. 'God is aan het werk.'

En Caleb… hoe zal het hem vergaan?

Ze besefte hoe zo'n kruispunt voor de familie Yoder, waar de *Bann* zeker aan te pas zou komen, ook voor Nellie Mae een heleboel kon veranderen. Betsy nam aan dat Nellie weer naar de zangavonden ging met de jeugd van de Nieuwe Orde. Ook was door zijn veelvuldige bezoeken aan de winkel duidelijk geworden dat Calebs neef Chris Yoder verliefd was op hun dochter, al zou dat wellicht een voorbijgaande zaak blijken.

Het was niet zo dat Nellie passief afwachtte tot haar eerste *beau* haar geestelijk had ingehaald. Niettemin had Betsy geen idee wat er in het hart van haar dochter leefde.

Hoofdstuk 26

Nellie Mae was alleen in de bakkerswinkel toen Christian Yoder voor kwam rijden en parkeerde. Ze had het niet beter kunnen plannen als ze er iets over te zeggen had gehad. Het verraste haar eigenlijk hoe blij ze was om hem te zien... en hij was ook precies op tijd. Het was ten slotte donderdagmiddag; ze had hem kunnen verwachten.

Ze keek toe hoe hij uitstapte en vroeg zich ineens af of zijn middagbezoek de reden was dat Nan en mama daarstraks verdwenen waren. *Vast en zeker niet*, dacht ze, een beetje verward.

Hij kwam met grote passen aanlopen, alsof hij een doel had. En voor het eerst zag ze dat bij hem het puberachtige ontbrak dat de meeste jongens van zijn leeftijd hadden. Zijn haar was als altijd netjes gekamd. *Hij is net zo blond als Caleb*, dacht ze.

Even vroeg ze zich af hoe het zou zijn als zij drieën bevriend waren. Dat was natuurlijk niet meer mogelijk, ondanks het verbazingwekkende nieuws dat pa had verteld over de bekering van David Yoder. Maar ze dacht aan Caleb en voelde een vluchtige jaloersheid op Chris, die elke week contact met hem had.

De deur ging open en Chris kwam glimlachend binnen. 'Ha, Nellie Mae.'

'Hallo, Chris.'

Hij keek vlug om zich heen en liet duidelijk merken dat het hem opviel dat ze alleen was. 'Wat voor taarten heb je vandaag?' vroeg hij.

'Tja, als het je om taarten gaat...' Ze schrok van haar eigen vrijmoedigheid. 'Ik heb ook verschillende soorten koekjes.'

Hij keek haar onderzoekend in de ogen. Zozeer dat ze

zich slecht op haar gemak voelde; maar ze wendde haar blik niet af, zoals ze bij een vreemde had gedaan. 'Nellie, ik heb eens nagedacht.' Hij zweeg even, zijn woorden wegend. 'En wees alsjeblieft eerlijk tegen me… als ik te ver ga…' Zijn stem brak af. Hij was nerveus.

Wat wil hij zeggen?

Zijn glimlach keerde terug. 'Wat ik bedoel is, zou je een keer een ijsje willen gaan eten… met mij?'

Hij was duidelijk *ferhoodled*, dus ze wilde het hem makkelijk maken. 'Wanneer had je gedacht?' vroeg ze, te laat beseffend dat ze iets minder voortvarends had moeten zeggen.

Er verscheen een brede grijns op zijn knappe gezicht. 'Aha, dus je lust wel ijs…'

Ze probeerde zonder succes haar lachen in te houden. '*Ach*, wie niet?'

'Wanneer kun je?'

'Nou ja, alleen na donker… op een avond. Maar zo gaat het bij *ons*. Is dat wat jij in gedachten had?' Het gaf haar een heel raar gevoel om zo de leiding te nemen, maar ze had geen keus als ze niet betrapt wilde worden. *En dat worden we heus wel.* Vast en zeker, zoals Nan over Chris had gesproken toen ze die dag in mei de tuin aan het wieden waren.

Chris keek haar strak aan en drukte zijn handen op de toonbank. 'Ik wil je graag beter leren kennen. Maar ik wil ook respect hebben voor jullie… gewoonten.'

Ze knikte. 'Na donker dan.'

'Is vanavond te snel?' Zijn blik werd zacht van hoop.

'Vanavond is best.' Ze spraken af dat ze hem op de weg zou ontmoeten. 'Ik kom lopend,' zei ze. Hij vond het goed… en vertrok zonder taart of koekjes of ander lekkers. Ze keek toe hoe hij weer in zijn auto stapte en onderdrukte de giechel die dreigde uit te barsten.

Mama mag niet weten wat ik van plan ben, dacht Nellie, en ze besloot dat ze alleen deze ene keer met Chris Yoder uit zou gaan.

★

Een paar uur extra serveren op die donderdagavond was precies wat Rhoda nodig had om haar uit de financiële nood te helpen. Nadat ze Ken Kraybill iets meer dan een week niet had gezien, ze was hem zelfs niet tegengekomen in de gangen van zijn eigen huis, was het tot Rhoda doorgedrongen dat de verkering waarschijnlijk afgelopen was. *Tijd om door te gaan*, besloot ze terwijl ze teruglachte naar de twee jongens aan een van haar tafeltjes in het restaurant.

Een van de twee leek heel leuk en ze stelde zich voor hoe het zou zijn om met hem uit eten te gaan. Ze vond het verrassend dat ze Ken niet zo erg miste als ze had gedacht. Natuurlijk waren er ogenblikken dat ze het praten met hem miste, vooral toen ze afgelopen vrijdagavond uit haar werk kwam. Toch bleef ze ervan overtuigd dat er ergens een fijne, knappe man op haar wachtte. Iemand die wilde trouwen en een gezin stichten.

Ik vind het niet erg als hij graag televisie wil kijken, dacht ze. Ze had de smaak te pakken gekregen van sommige komedieseries als ze op de kinderen van de Kraybills paste en de kleintjes eenmaal in bed lagen.

Toen ze mevrouw Kraybill had gevraagd of ze meer uren kon werken dan anders, had deze haar boven aan de lijst van kinderoppassen gezet. 'Maar alleen als het je sociale leven niet in de weg staat,' had mevrouw Kraybill gezegd. Haar werkgeefster scheen te weten dat Ken niet langer in beeld was en dat vond Rhoda interessant. Ze had hem niet ingeschat als een type dat hartszaken met zijn tante besprak.

Rhoda overwoog of ze genoeg geld bij elkaar zou kunnen schrapen om een klein tv-toestel te kopen, zodat ze iets leuks te doen had op avonden dat ze niet tot laat werkte. Tenminste, als ze niet snel een nieuwe *beau* in de wacht sleepte.

'Wilt u een dessert bestellen?' vroeg ze de mannen aan haar tafeltje.

'Wat vind jij het lekkerst?' vroeg de blonde.

'Misschien bestellen we voor jou ook wat, als je bij ons wilt komen zitten.' De langere man klopte op de stoel.

Ze bloosde. 'Zie ik eruit alsof ik vrij heb?' Toen lachte ze.

Ze knikten enthousiast. 'Kom op, wil je taart of ijs?' vroeg de eerste. 'Je wilt heus wel.'

Hoe aantrekkelijk het ook klonk om even pauze te houden, ze was niet van plan om haar tijd te verdoen en ontslagen te worden.

Ze probeerde zakelijk te doen en vroeg: 'Wat wilt u bestellen?'

De knapste van de twee boog zich met schitterende ogen naar voren. 'Een bananensplit lijkt me wel lekker,' zei hij. 'En breng voor alle zekerheid een extra lepel mee.' Hij knipoogde naar haar en haalde een kaartje uit zijn borstzakje. 'Bel me eens.'

Ze nam het kaartje aan en zag zijn naam, Ted Shupp, en dat hij een lasbedrijf bezat in de buitenwijken van Honey Brook. Ze had het zelfs wel eens gezien. 'Er staat geen bananensplit op het menu,' zei ze tegen hem.

Ted pruilde. 'Ach, kun je niet even iets in elkaar flansen, Rhoda?'

Het verraste haar dat hij wist hoe ze heette en bedacht toen dat haar naam op haar jurk was gespeld. Ze lachte om zichzelf, maar de flirterige Ted dacht natuurlijk dat ze naar hem lachte, want hij wenkte haar dichterbij. 'Weet je wat: je gaat straks met me mee om een bananensplit te eten, okidoki?'

Ze keek hem waakzaam aan en probeerde uit te maken of deze aantrekkelijke vent te vertrouwen was. Ze wilde geen herhaling van haar vreselijke avond met Glenn Miller in de afgelopen winter. 'Ik zie je om negen uur in de ijssalon,' zei ze, omdat ze het verstandiger vond om vanavond zelf te rijden.

★

Nellie Mae bedacht tal van redenen die ze Chris Yoder had kunnen opgeven om zijn ijsafspraakje te weigeren. Maar nu snelde ze langs de weg, in de hoop dat Nan noch mama vermoedde waar ze heen ging. En hoe zouden ze niet iets vermoeden? Ze had per slot van rekening tot na het donker gewacht om zonder gedag te zeggen weg te glippen, een duidelijk teken dat ze iemand ontmoette.

Ik weet nu al hoe Nan me morgen in een hoek drijft. Ze bedacht glimlachend dat hoe nieuwsgierig haar zus ook kon zijn, haar geplaag Nellie er niet van zou weerhouden om vanavond met Chris uit te gaan. *Calebs neef nota bene.* Onder het eten had ze daaraan moeten denken. Wilde ze alleen met Chris uit omdat hij familie was van haar vroegere *beau*?

Ze herinnerde zich hoe ze zich bij Chris op haar gemak had gevoeld toen hij haar die avond naar huis had gebracht, ze was haast vergeten dat ze met een buitenstaander was. Misschien omdat ook zij zich naar de normen van de Oude Orde op de rand bevond.

Ze zag de weilanden in de warme schemering. Wanneer was het gras bijna middelhoog geworden? Sinds de laatste herfst was ze niet naar het bos geweest, wat ze zich wel had voorgenomen. Durfde ze de opgerolde varens van de zomer niet te zien… de regenboog van wilde bloemen? Om deze tijd van de dag was de zoet geurende lucht vol geluiden van krekels. Allemaal blije herinneringen aan Suzy.

Ze zuchtte toen ze bedacht dat haar nachtelijke dromen aan Suzy waren afgenomen. En wat erger was, ze merkte het nu pas.

Echter, Suzy's beschrijving van de laatste weken van haar leven stond Nellie nog helder voor de geest, weken die mede dankzij Chris' broer Zach tot de allermooiste van haar leven hadden behoord.

Jah, er zijn redenen in overvloed om vanavond ijs te gaan eten met Chris Yoder, hield Nellie zichzelf voor.

Chris had Nellie met een aanstekelijke glimlach begroet, zoals hij in de winkel ook altijd deed. Toen ze eenmaal zat, liep hij met een vaartje om de auto heen en sprong achter het stuur. Misschien om haar op haar gemak te stellen, vroeg hij of ze bezwaar had om naar zijn favoriete radiozender te luisteren, waarop snelle lofzangen te horen waren. Althans, hij zei dat het kerkliederen waren, maar de moderne melodieën hadden haar voor de gek kunnen houden, ondanks de teksten die uit de Bijbel afkomstig waren.

Door de muziek raakten ze een poosje aan de praat over de soort liederen die bij hem in de kerk werden gezongen. 'Ben je al lid geworden?' vroeg ze.

'Toen ik zestien was. Bij ons is de doop toegestaan als iemand zijn geloof belijdt, maar de meeste ouders, ook de mijne, willen dat hun kinderen ouder zijn voordat ze stemgerechtigde leden worden.'

'Zestien is niet echt te jong. Ik ken een hoop meisjes die zo gauw ze verkering mogen hebben de doopgelofte willen afleggen.'

Hij scheen het begrijpen. 'De kerkelijke voorwaarden zijn bij ons vast heel anders dan bij jullie.'

Ze vond het interessant dat hij iets van de Amish praktijken afwist. Misschien door de familieafkomst van zijn vader.

Hoe meer Chris praatte, hoe meer het tot haar doordrong dat hij zich erg thuisvoelde in zijn kerk en een sterk doelbewustzijn had.

Waarom had hij haar eigenlijk mee uit gevraagd?

Toen ze bij de ijssalon kwamen, vroeg ze zich af of ze naar binnen zouden gaan of dat hij liever in de auto bleef zitten. Ze droeg tenslotte een Amish jurk, anders dan Rhoda, die volgens de geruchten in haar wereldse uitdossing door de hele stad flaneerde.

Nee, ik moet niet hoger van mezelf denken.

Toen Chris om de auto heen liep om het portier aan haar kant te openen, glimlachte ze blij. *Hij schaamt zich totaal niet.*

Ze had moeite om haar glimlach te bedwingen toen ze naar het pad liepen dat naar de winkel voerde. Ze had niet verwacht dat het er zo druk zou zijn op een doordeweekse avond. Maar de scholen hadden natuurlijk zomervakantie. Ze was bijna vergeten Chris naar zijn eindexamenfeest van vorige maand te vragen en nam zich voor het later te doen.

'Wat is je lievelingssmaak?' vroeg hij, haar aandachtig aankijkend terwijl ze in de rij stonden.

'Pepermunt-chocolade.' Ze kon het volle roomijs dat hier gemaakt werd al bijna proeven, net zo lekker als het zelfgemaakte ijs dat Nan en zij op warme avonden om beurten slingerden in hun oude ijsmachine. 'En de jouwe?'

'Koffie,' zei hij meteen. 'Ik drink het niet, maar in roomijs vind ik koffie een heerlijke smaak.'

Ze schoof met hem op in de rij. 'Het is raar, maar koffie zetten ruikt wonder-*gut* en toch vind ik de drank zelf bitter smaken.'

Hij knikte beamend.

'Ik gebruik ook koffie in mijn chocoladekerstkoekjes. En ze zijn verrukkelijk, al zeg ik het zelf.' Ze voelde haar wangen warm worden. Het was niets voor haar om op te scheppen.

Hij keek glimlachend op haar neer. 'Ik twijfel er niet aan. Hoeveel recepten heb je?'

Ze haalde haar schouders op. 'Ik weet het niet. Massa's. Ik ben zelfs begonnen ze op te schrijven.'

Zijn ogen lichtten op. 'Dat is leuk. Ben je een kookboek aan het maken? Recepten van Nellies Zoete Heerlijkheden?'

Ze schudde haar hoofd, blij maar verlegen door zijn enthousiasme. '*Ach*, nee. Ik schrijf ze gewoon op voor de klanten die ernaar vragen.' Vlug begon ze over iets anders. 'Suzy kon niet goed bakken, maar ze hield van alle soorten ijs maken. Zo gauw de hommels rondvlogen, wilde ze het maken, rond de tijd dat we in de lente op blote voeten gaan lopen.'

'Suzy liep graag op blote voeten,' zei hij.

'O *jah*, ze kon nooit wachten op de tijd dat we onze schoenen uittrokken. Suzy was dol op het gevoel van zuigende modder tussen haar tenen.' Ze zweeg even. 'Sorry... ik moet niet zoveel kletsen.'

'Is praten niet de beste manier om elkaar te leren kennen?'

Ze werd weer rood. Lieve help, wat vond ze hem leuk.

Ze hadden zo veel plezier samen en Rhoda kende Ted Shupp amper. Hij kwam naar haar auto toelopen toen ze gestopt was en naar hem zwaaide. Ze opende haar portier. 'Mooie kar,' zei hij bewonderend.

'Dank je,' zei ze, en stapte lichtelijk blozend uit.

'Het is hier vanavond stikdruk,' merkte hij op.

Ze zag enkele Amish open rijtuigjes aan de achterkant staan en vroeg zich af wie er op een doordeweekse avond uit was.

'Heb je ooit in zo'n gevaarte rondgereden?' vroeg Ted.

Ze mocht Ted nu al, maar ze was niet van plan hem het hele verhaal van haar familieachtergrond aan zijn neus te hangen. 'Reken maar.' Ze lachte. 'Ik heb vrienden die Amish zijn.'

'Hé, ik ook.' Hij grinnikte en het trof haar opnieuw hoe ze zich bij hem op haar gemak voelde, wat beslist een goed teken moest zijn. 'Wie ken je van Eenvoud?'

Ze noemde zomaar een naam, die van een van hun vroegere predikers. 'O, de Zooks.'

Hij schaterde. 'Er zijn hier wel honderdenéén Zooks!'

Ze knikte langzaam en deed een stapje terug op het glibberige pad van vals vertoon. 'Meer Zooks dan je kunt tellen, waarschijnlijk,' zei ze en naast hem liep ze de roze, rode en witte ijssalon binnen.

Ik moet oppassen...

In de ijssalon werd vrolijke jazzmuziek gespeeld. Nellie had zin om met haar hoofd mee te deinen, zoals Chris deed.

Hij betrapte zichzelf erop en glimlachte verontschuldigend. 'Ik moet toegeven dat ik van vrolijke muziek houd.' Hij begon de aanlokkelijke gospelmuziek te beschrijven die hij gehoord had in de tabernakel op Tel Hai.

'Daar is Suzy heen geweest,' zei ze ineens. 'Vorig jaar zomer.'

'Ze vond het er heerlijk.' Hij staarde nadenkend omhoog. 'Suzy is daar naar voren gelopen.'

Nellie knikte en bekende dat ze Suzy's verslag van die blijde dag had gelezen.

'Hoe zou je het vinden om een keer met me mee te gaan?' vroeg hij. Zijn blauwe ogen straalden. 'Ik weet zeker dat je het fijn zou vinden.'

Ze had altijd al graag naar een openluchtdienst gewild nadat ze te weten was gekomen hoe dol haar zusje was op de rustieke omgeving, maar ze had nooit kunnen dromen dat ze de kans zou krijgen. Niet met Chris, nota bene dezelfde die Suzy het eerst had uitgenodigd!

Toen bedacht ze dat ze zich had voorgenomen dat ze maar één keer met hem zou uitgaan. Het had geen zin om Chris aan te moedigen. Hoe groen ze ook was bij *Englische* jongens, ze was niet zo naïef dat ze niet zag hoe gecharmeerd hij van haar was geworden.

'Over een paar weken is er een opwekkingsbijeenkomst, daar kunnen we heen gaan, Nellie Mae.' Ze schrok van de manier waarop hij haar naam uitsprak, deels smekend, deels bewonderend.

Ze wilde Chris vragen of hij het vreemd vond om met haar gezien te worden, maar misschien liep ze op de zaken vooruit als ze te persoonlijk werd.

'Wil je mee?' Tussen de lepels ijs door drong hij aan op een antwoord. 'Naderhand kunnen we hierheen gaan om wat lekkers te eten.'

'Maar we kennen elkaar amper,' zei ze.

Hij staarde naar zijn coupe. 'Nou, ik weet niet hoe jij erover denkt, maar ik heb het gevoel of we al… nou ja, een hele tijd vrienden zijn.'

Dat kon ze niet ontkennen, noch het feit dat ze zich tot hem aangetrokken voelde. 'Maar ik ben Amish. Dat moet toch een probleem zijn.'

Ze merkte dat ze haar adem inhield.

Wat zal hij daarop zeggen?

'Mijn grootouders waren Amish, dus ik ben geen stadse, wereldse man, of hoe de Gemeenschap van Eenvoud ook over me mag denken.' Zijn ogen stonden ernstig, maar teder. 'Nog maar enkele tientallen jaren geleden, was de vader van mijn vader Amish. Mijn vader en David Yoder zijn neven.'

Nieuwsgierig, maar op haar hoede, zei ze: 'Hoe gaat het met David na zijn ongeluk?'

Hij boog zijn hoofd, toen sloeg hij langzaam zijn ogen naar haar op. 'Ik ben zondagmiddag met mijn vader bij David op bezoek geweest. Hij heeft het moeilijk… en hij geeft het op.'

'*Ach*, nee.' Haar hart zonk.

Bedroefd schudde Chris zijn hoofd. 'Caleb is bang, de hele familie maakt zich zorgen. Je ziet het aan hun ogen, aan de manier waarop ze door het huis lopen, en voor hem zorgen. Elizabeth glimlacht zelden,' voegde hij eraan toe.

'Hopelijk kan Rebekah hun wat blijdschap geven,' zei ze. 'Ik heb gehoord dat ze helpt. Ze is de beste vriendin van mijn zus Nan.'

'Ik heb haar een paar keer gezien, ze komt overdag.'

'Het is gewoon zo verdrietig.' Ze wilde niet bij dit onderwerp stil blijven staan, maar ze bekommerde zich sterk om de Yoders. Ze vroeg zich ook af waarom Chris tot nu toe niets had gezegd over Davids bekering.

Chris begon te vertellen over de jeugdgroep van zijn kerk en de woensdagavondbijbelstudie. Nellie ging op in zijn woorden. Wat was het heerlijk om met iemand uit te zijn die van God hield.

Ze wilde hem vragen naar de passage in Romeinen die Nan en zij kortgeleden hadden ontdekt. Een tekst die helemaal over genade ging, die nog steeds werkelijkheid voor haar aan het worden was. En ze zou erover begonnen zijn, ware het niet dat ze op dat moment een bekende stem hoorde. Ze keek naar de deur en zag tot haar verrassing haar zus Rhoda binnenkomen met een *Englischer*. Ze lachten allebei.

Is dit haar serieuze beau?

Meteen maakte ze zich meer zorgen over de mogelijkheid dat Rhoda haar zag met Chris Yoder. Ze draaide zich naar Chris toe, haar rug naar haar wereldse zus.

Ze deelden een reusachtige bananensplit, samen doopten ze lange ijslepels in de bergen roomijs met slagroom, Rhoda vond het lief van Ted dat hij naast haar was komen zitten in het zitje. Hij had een geweldig gevoel voor humor en nu de andere jongen er niet meer bij was, flirtte hij minder. Niet dat ze bezwaar had tegen nu en dan een knipoog of een speelse opmerking. Hij had zoveel aardige eigenschappen, hij was beleefd en complimenteus, en hij was nog knapper dan Ken Kraybill.

Grappig dat ik aan Ken moet denken.

Weer verwonderde ze zich over Ted, in de zekerheid dat ze de volmaakte manier had gevonden om de pijn te vergeten die haar vroegere *beau* haar had bezorgd. 'Houd je van kinderen?' vroeg ze, haar volgende hap oplepelend.

'Reken maar. Hoe meer, hoe beter.' Hij boog dicht naar haar toe, alsof hij haar wang ging kussen. 'Hoeveel baby's wil je, liever?' Hij was zo dicht bij haar dat ze zijn aftershave rook.

'Zo veel als God wil geven, denk ik.'

Hij lachte. 'Ik geloof niet dat God daar veel mee te maken heeft.'

Ze glimlachte verward naar hem terug en bedacht dat de *Englischers* een geheime code moesten hebben in hun manier van praten. Toch vond ze het een beetje brutaal dat hij zo dicht bij haar zat. Maar ze ging niet opzij. Ze was eenzaam geweest sinds Ken en zij uit elkaar waren gegaan en de aandacht van meneer Ted Shupp was niet onaangenaam.

Het stelletje aan de tafel achter hen stond op om weg te gaan en ze leunde achterover in het roze zitje. Ted had zijn arm nu om haar schouders geslagen. Op dat moment kreeg ze haar zus Nellie Mae in het oog met een stadse jongen. 'Als je me nou,' zei ze en ze excuseerde zich.

Vrijmoedig liep ze naar hen toe en bekeek Nellie argwanend van achteren. Ze boog zich glimlachend over haar heen. 'Wel, allemensen! Nellie Mae... wat doe jij hier?'

Haar zus verbleekte. 'O, hallo, Rhoda... hoe gaat het met je?'

Toen dacht Nellie aan haar manieren en stelde Chris haperend voor. 'Dit is... Christian Yoder, een vriend van mij.'

'Hallo.' Rhoda gaf hem een hand. 'Ik ben Nellies zus, Rhoda Fisher.'

Chris knikte, beleefd glimlachend. 'Was jij niet onze serveerster toen mijn vader zijn verjaardag vierde?'

'O, dáár ken ik je van. Christian Yoder, zei je?' De naam kwam haar bekend voor... maar er waren een heleboel Yoders in deze contreien.

'Zeg maar Chris.' Hij keek nu naar Nellie Mae, die aan haar kant van de tafel ineen leek te krimpen.

'Ben je alleen?' vroeg Nellie haar.

Rhoda besefte ineens wat ze had gedaan, ze had Ted straks iets uit te leggen. Dat wilde ze niet. Wat had ze het al gauw voor zichzelf bedorven! 'Het is mijn eerste afspraakje met iemand, dus ik moest maar eens gaan.' Ze deed een stap naar achteren, verlangend om terug te gaan naar Ted, maar nog steeds heel nieuwsgierig naar wat Nellie in haar schild voerde. 'Ik wilde alleen even gedag zeggen. Lekker ijs hebben ze hier, hè?'

'Fijn je te zien, Rhoda,' zei Nellie. 'Ik zal tegen Nan zeggen dat ik je gezien heb, daar zal ze heel blij om zijn.' Nellie Mae keek verdrietig toen ze Nan noemde en het maakte dat Rhoda zich min voelde omdat ze haar liefste zus in de steek had gelaten. *Hoe zou het eigenlijk met Nan gaan,* dacht ze, terwijl ze een brede glimlach opzette voor Ted en weer naast hem schoof.

Eerste afspraakje? Nellie begreep het niet helemaal. Bedoelde Rhoda soms dat dit een nieuwe *beau* was? Ze wilde zich niet omdraaien en hen aangapen, maar ze had de vriend van haar zus graag ontmoet, net zoals zij Chris aan Rhoda had voorgesteld.

Ze raakte weer in gesprek met Chris, ze bespraken alles van Chris' beurs tot zijn jeugdgroep. Hoe aardig hij ook was, ze voelde zich ineens heel onrustig. Haar ouders zouden van streek zijn en Nan ook, als ze hoorden dat ze uit was met een *Englischer.* Hoelang zou het duren voordat het nieuws van Nellies 'stadse *beau*' zijn weg had gevonden naar het roddelcircuit van de Amish?

Ze zag Rhoda met haar vriend tussen de doolhof van tafels naar de deur lopen. Nellie verwachtte dat haar zus zou kijken en zwaaien, maar Rhoda was druk bezig met haar nieuwe vriend en lachte luid terwijl ze zijn hand vasthield.

'Ik zou graag met je meegaan naar de tabernakel, maar ik kan het beter niet doen,' zei ze tegen Chris.

Zijn gezicht betrok. 'Tja, het is moeilijk te beschrijven, maar ik denk dat het je echt zou bevallen. Er gaat een heleboel jeugd heen.'

Ze knikte en wist intuïtief dat als Suzy het er fijn had gevonden, zij het ook fijn zou vinden. Maar ze wilde haar vader en moeder niet ongelukkig maken. Er was veel te veel verdriet in de Gemeenschap van Eenvoud geweest voor één jaar en haar omgang met Chris zou zeker opgetrokken wenkbrauwen veroorzaken en onnodige onrust geven. 'Ik moet nu naar huis,' zei ze, verscheurd tussen het heerlijke idee hem weer te zien en het weten dat hun relatie tot een nieuwe breuk kon leiden.

Hij stond vlug op en bracht haar galant naar zijn auto, zonder verder aan te dringen.

Chris was getuige geweest van de duidelijke verandering in sfeer. Ergens tussen het moment dat Rhoda naar hun tafeltje was gekomen en het moment dat zij met haar vriend de ijssalon verliet, was er iets drastisch veranderd in Nellie Mae. Hoe hij ook zijn best deed, hij kon niet vaststellen wat er gebeurd was dat ze niet meer zo open voor hem stond.

Hij wist een langere route terug naar Beaver Dam Road en koos die, omdat hij de verstandhouding wilde verbeteren voordat de avond voorbij was. Maar hoe? Hij kreeg Nellie toch vast niet aan de praat door over Rhoda's gebrek aan Eenvoud te beginnen?

'Ik wou echt dat je er nog eens over nadacht om met me mee te gaan naar Tel Hai,' waagde hij.

Ze zuchtte. 'Dat is aardig van je.' Toen verraste ze hem door te zeggen dat ze haar ouders geen verdriet wilde doen. Ze sprak nu zachter en het zelfverzekerde, spraakzame meisje dat hij mee naar de stad had genomen, was verdwenen. Was ze van streek door haar ontmoeting met Rhoda, die duidelijk niet meer Amish was?

Ze reden een poosje zonder iets te zeggen. Toen hij dacht dat hij haar niet meer aan te praat zou krijgen, keek ze hem ineens aan. 'Hoe komt het dat je zoveel weet over de Amish kerk, afgezien van je familiegeschiedenis?' vroeg ze.

Hij legde het met plezier uit. 'Toen ik nog klein was, mochten David Yoder en mijn vader graag na het eten achter hun huis zitten. Ze bespraken de op werken gebaseerde regels van de Amish ordinanties en mijn vaders geloof in de genade van God. Mijn vader zei vaak dat hij bijna even goed wist wat zijn Amish neef geloofde als David zelf.'

'*Ach*, echt waar?'

'Toen David afgelopen zondag over sterven begon, joeg mijn vader Caleb en mij de kamer uit en legde hem het evangelie nog eens uit.'

Ze verschoof op haar stoel om hem aan te kijken, gretig om meer te horen.

'Pa vertelde zijn neef dat hij niet in de hemel kwam door de regels van een kerk of een bisschop te volgen. "Je hebt Jezus nodig," zei pa onomwonden tegen hem.'

'Wat zei David daarop?'

Chris aarzelde, hij wilde niet kritisch klinken. 'Ik weet niet hoe goed je de neef van mijn vader kent, maar...'

'Eerlijk gezegd weten de meeste mensen dat hij eigenzinnig is.'

'Dat is zacht uitgedrukt. Zelfs toen de dood hem in het gezicht staarde, was hij aanvankelijk even bekrompen van geest als altijd.' Chris bedacht hoe ironisch het was dat de trap van een muilezel het harde hoofd van de man niet erg verzacht had. 'Maar God kan het hardste hart breken en David riep Hem aan… en beleed schuld.'

'Jammer dat er een ramp voor nodig is om iemands aandacht te trekken.' Nellies stem trilde. 'De dood van Suzy heeft mijn familie op de knieën gebracht, dat weet ik zeker. Ik ben zo dankbaar dat God dit ongeluk heeft kunnen gebruiken om Davids aandacht te trekken… en zijn hart.'

Het deed Chris iets om te horen hoe lief ze zich uitdrukte en hij wilde haar hand pakken. *Ik moet gek zijn.* Morgen, dacht hij, zou hij blij zijn dat hij zijn handen stevig aan het stuur had gehouden, waar ze hoorden.

Hoofdstuk 27

Nan stond in haar lange, katoenen nachtpon in de gang op haar te wachten toen Nellie Mae op haar tenen de trap opkwam. 'Ben je met je-weet-wel uitgeweest?' Ze lachte.

'Nou, het zal niet weer gebeuren, dus je hoeft er niet over in te zitten.'

'Dus je *was* met Chris Yoder uit!'

Nellie snelde naar haar kamer. 'Is dit dezelfde zus die me weken liet wachten tot ik de naam van mijn toekomstige zwager te horen kreeg?' Ze deed de deur voor Nans neus dicht en deed hem even vlug weer open om haar naar binnen te trekken. 'Ik zal je dit zeggen, Chris heeft me meer verteld over de dag dat David Yoder zich openstelde voor Christus. We moeten niet ophouden te bidden voor hem en zijn gezin.'

Nan beaamde het en wachtte op meer informatie, dat zag Nellie aan haar al te gretige ogen.

'Er valt niets te vertellen, afgezien van het feit dat we Rhoda tegenkwamen, die het behoorlijk naar haar zin leek te hebben.' Ze geeuwde en rekte zich uit. 'Nu ben ik moe… en jij ook.'

'*Jah*, het is bedtijd.' Voordat Nan haar kamer uitging, zei ze grinnikend: 'Als je advies nodig hebt over, nou ja, wat dan ook, dan zeg je het maar.'

'Welterusten, zus,' zei Nellie terwijl ze haar haren losmaakte.

★

Het weekend ging vlug voorbij voor Rhoda, die het ongelooflijk vond hoe leuk het was om een nieuwe *beau* te hebben met een neus voor romantiek. De volgende dag kwam hij zomaar met bloemen naar het restaurant en de dag daarna wachtte hij tot ze vrij was om haar mee uit eten te nemen.

Sinds ze Ted een week geleden had ontmoet, was ze al twee keer langs geweest in zijn lasbedrijf om met hem te praten en gewoon 'een beetje rond te hangen' zoals hij het met schitterende ogen noemde. Maar toen ze vandaag langskwam in de hoop hem te verrassen voordat ze naar haar werk in het restaurant ging, zag ze een stel mooie meisjes die precies hetzelfde van plan waren en Rhoda vroeg zich af of ze voor Ted kwamen of voor een van de andere jongens. Ze voelde een steek van jaloezie toen ze vanuit haar auto toekeek hoe Ted naar de meisjes toeliep en zijn armen om hen heen sloeg. *Net als hij bij mij doet!* Een van de meisjes leunde flirtziek tegen hem aan.

Ze besloot niet te blijven en reed weg, net zo beledigd als op de dag dat Curly Sam Zook haar had laten vallen als een hete, gebakken aardappel.

Ik kan de huid beter niet verkopen voordat de beer geschoten is!

Overvallen door een overweldigend verlangen naar een milkshake en zoute friet reed Rhoda rechtstreeks naar de dichtstbijzijnde snackbar.

Eén keertje maar.

★

Het was de mooiste droom die Rosanna ooit had gehad. Een dek van schitterende blaadjes regende om haar heen terwijl ze vrolijk door het gouden bos wandelde. Ze genoot van de aardse geuren van de herfst en had haar handen om haar gezwollen buik geslagen, waar haar geliefde kindje groeide.

Een zachte windvlaag streek langs haar gezicht en maakte dat haar schort bolde rond haar enkels. Ze voelde de zon, ah, de zoete, warme zonneschijn. De dag van de geboorte van haar baby kwam dichterbij. *Wat zal Elias gelukkig zijn.*

Eerst zag ze het niet, het baby'tje dat opgekruld lag tussen de bloedrode bladeren. Toen stond ze stil om te kijken en riep: 'O, nee toch!' *Nee.. niet mijn geliefde kleintje. Mijn baby, op de grond, levenloos…*

Ze schrok wakker en toen ze rechtop ging zitten, besefte ze dat ze geluid had gemaakt.

'Rosanna?' klonk Elias' slaperige stem. 'Gaat het?'

'Ik heb afschuwelijk gedroomd.'

'*Ach*, je huilt, lief.' Hij kwam ook rechtop zitten en trok haar dicht tegen zich aan. Ze begroef haar gezicht in zijn warme omhelzing.

'Sst… het was een nachtmerrie… *jah*?'

Ze durfde niet te zeggen hoe vreselijk de droom was geweest… hoe angstaanjagend echt. Het was niet nodig om Elias ermee te belasten, wiens eigen kussensloop soms 's morgens nat was van tranen, zo zwaar was de last die hij trouw droeg voor de Gemeenschap van Eenvoud. En nu had ze hem wakker gemaakt.

Is het een waarschuwing?

Eerder die vrijdag was Lena's zorgzame brief gekomen, het verwachte antwoord op die van Rosanna. Lena was dolgelukkig met Rosanna's zwangerschap, 'wonder-*gut* nieuws' noemde ze het en ze dankte God voor dit 'geschenk' en bad dat Rosanna de gezondheid mocht krijgen om een voldragen baby te baren. Maar het nieuws had in Lena's denkwijze niets veranderd.

In de verte verbrak het vuurwerk van de viering van Onafhankelijkheidsdag in de stad de stilte.

'Ik ben hier, lief.' Elias trok haar zachtjes mee naar beneden en wiegde haar in zijn sterke armen. 'Rust maar.'

Ze knikte, bevend bij de herinnering aan het mooie meisje… dat dood op de bosgrond lag.

O God, laat het alstublieft niet zo gaan…

★

Op de Dag des Heeren bleef Caleb thuis bij zijn moeder om te helpen met pa, terwijl Leah en Emmie naar de kerkdienst gingen. Hoewel de bisschop en zelfs prediker Manny op bezoek waren geweest, was er niets meer gezegd over de wensen van zijn vader voor de begrafenis. En Caleb bleef teleurgesteld door pa's plotselinge verandering van gedachten, evenals door mama's weigering om te praten over de gebeurtenissen van zondag twee weken geleden.

Hij kom nog wel tot zijn verstand, hield Caleb zichzelf voor. *Hij is in de war.*

Tot Calebs verrassing leek pa vandaag zijn hoofd rechter te houden en hij wilde aan tafel komen voor het middagmaal. En nu ze allemaal aan tafel zaten, leken de krachten in zijn bovenlichaam enigszins terug te keren. Het viel Caleb ook op hoe veel langer zijn vader zijn hoofd gebogen hield voor het stille gebed… en hij vroeg onverwacht zacht en vriendelijk om de verschillende schalen door te geven.

Maakte pa een wonderlijke ommekeer mee, zoals Chris Yoder had gebeden? En waar zou al dat gepraat over wonderen eigenlijk toe leiden?

Toen pa vroeg naar zijn kamer te worden teruggereden, stond Caleb vlug op. Weer alleen met z'n tweeën in de slaapkamer ging hij zitten wachten tot Abe langskwam om te helpen pa weer in bed te leggen.

Pa gebaarde dat Caleb de deur dicht moest doen en zei: 'Ik heb je iets te zeggen, jongen.'

Caleb zette zich schrap voor een nieuwe bekentenis. Zijn vader zag er zo zwak uit in zijn rolstoel.

'Ik heb je al eerder gezegd dat ik een harde man ben geweest.' Pa hief zijn ogen op naar Caleb. 'Het was stijfkoppig van me om je te dwingen het uit te maken met je meisje. Dat had ik niet mogen doen.'

Alle boosheid die Caleb had gevoeld, alle pijn en verlies, kwamen met grote vaart terug. Hij wilde nu niet praten over

Nellie Mae, het minst van alles met een man die hij nauwelijks kende.

'Ik heb jouw keuze van een levenspartner afgewezen, iets wat heel heilig is.' Pa staarde neer op zijn ruwe handen. 'Ik had je moeten laten trouwen met het meisje dat je had gekozen. Het meisje van wie je hield.'

Caleb knarsetandde. Hij begreep er niets van. Hoopte pa zo makkelijk vergeving van hem te krijgen, nadat hij al zijn plannen had gedwarsboomd? Dit was niet het juiste moment om pa te vertellen van Nellies keuze. Dat *zij*, en niet pa, er ten slotte een eind aan had gemaakt. Caleb ademde diep in en keek zijn vader onderzoekend aan, nog steeds geschokt door de woorden die uit zijn mond kwamen. Was het nieuwe geloof dat Nellie aanvaardde en dat hun liefde had verscheurd, nu echt ook het geloof van pa?

Pa vervolgde: 'Ik heb met al je broers stuk voor stuk gepraat. En je kunt er zeker van zijn dat ze geen wrokgevoelens hebben.' Hij deed geen poging om de tranen in te houden die over zijn beide gerimpelde wangen gleden. 'Zoon, mijn land is van jou.'

Caleb was sprakeloos. Had hij het goed gehoord? '*Ach*, dit had ik niet verwacht.'

'Ik weet het, Caleb... ik weet het.' Maar er is nu een groot verschil. Er zijn geen voorwaarden aan verbonden. Je bent vrij om hier te boeren zo lang als je leeft.'

Caleb stond perplex. Zoveel vrijgevigheid had hij nog nooit van zijn vader meegemaakt. Er was iets diep vanbinnen bij hem veranderd.

Met veel inspanning bood pa hem zijn hand. 'Ik heb je laten zitten, jongen,' zei hij. 'Kun je het me ooit vergeven?'

Zonder zich te bedenken, klemde hij de hand van zijn vader vast. 'Pa... dit is allemaal zo plotseling...'

Langzaam knikte pa, zijn baard botste tegen zijn borst. 'Maar ik geloof dat je... te bestemder tijd... zult inzien wat ik bedoel.' Met die verwarrende woorden viel zijn bevende hand plotseling neer, te zwak om zijn greep vol te houden. 'Je zult het zien.'

Het land dat hij altijd had willen hebben, waar hij zelfs zijn zinnen op had gezet, was van hem, als zijn pa goed bij zijn verstand was tenminste. Caleb zou wel gek zijn om datgene te weigeren waarnaar hij gehunkerd had, maar hij bleef wantrouwig zitten staren naar zijn vader, die haast voor zijn ogen veranderd was.

'Ik hou van je, Caleb... of je me vergeeft of niet.'

Opnieuw was Caleb verbijsterd, hij kon zich niet heugen dat hij zijn vader ooit zoiets had horen zeggen.

★

Nellie genoot haast even veel als Nan van Rebekah Yoders zondagmiddagbezoekjes. Vandaag was ze blijven eten en aangezien het nog een paar uur licht bleef, had Nellie voorgesteld met z'n drieën in het bos te gaan wandelen. 'De rode akelei moet nog bloeien,' zei ze tegen Nan, die natuurlijk nog wel wist dat de schitterende scharlakenrode akelei Suzy's favoriete wilde bloem was geweest.

Het was een hete en benauwde julidag, de eerste zondag van de maand, en de blauwe lucht raakte van het westen uit bewolkt. De meisjes hadden alledrie hun wintermuts op gehad om hun gezicht te beschermen tegen de zon, tenminste tot ze de schaduw van het bos bereikten.

'Hoe gaat het met je vader?' vroeg Nan aan Rebekah terwijl ze door het weiland liepen.

'Tja, ik was eigenlijk een beetje verrast toen ik langsging. Hij leek wat beter.' Rebekah keek naar Nellie Mae. 'Het is zo'n zegen om weer welkom bij hem te zijn. Hij heeft aangeboden dat ik weer thuis mag komen wonen, als ik wil. Caleb zegt dat ik hem eraan moet houden voordat hij van gedachten verandert.' Ze lachte.

Hoe blij ze ook was met dit nieuws, Nellie verstrakte

toen Calebs naam werd genoemd.

'Twee zondagen geleden was ik uit wandelen met mijn jongste zusje Emmie. We hadden het erover dat pa vrede heeft gesloten met God en ik heb haar de reden van de kerkscheuring uitgelegd,' vervolgde Rebekah. '*Ach*, zo'n netelige kwestie. De meeste jongeren hebben geen idee wat er speelde.'

'Het was voor ons allemaal een heel verwarrende tijd,' zei Nan.

'Mijn vader zegt dat hij iedereen van de Gemeenschap van Eenvoud op zijn begrafenis wil hebben, ook van de Nieuwe Orde en de Beachy's,' zei Rebekah.

'Ik vraag me af waarom.' Nan stond stil om een rudbeckia te plukken en draaide hem tussen haar vingers.

'Is de bisschop al bij hem op bezoek geweest?' vroeg Nellie nieuwsgierig.

'*Jah*, en prediker Manny ook. Ze hebben allebei met mijn vader gepraat.' Rebekah schudde haar hoofd, zette haar wintermuts af en wuifde zich koelte toe. 'Te bedenken dat pa bereid is met een prediker van de Nieuwe Orde te praten. Alleen God had dat kunnen doen.'

Nellie vroeg zich af of David wat milder was geworden tegen Caleb. Ze voelde zich nog steeds zo schuldig als ze bedacht dat hij zijn geliefde erfenis had opgegeven en opnieuw bevatte ze wat Caleb had opgeofferd om zijn liefde voor haar te bewijzen. Ze kreeg een knoop in haar maag.

Ineens moest ze aan Chris Yoder denken. Het aanlokkelijke feit dat hij haar geloof deelde, stond in scherp contract met Calebs afkeuring van haar nieuwe geloof. Ze bewonderde veel in Chris, al zouden ze hun gesprekken van nu af aan beperken tot zijn wekelijkse bezoek aan de bakkerswinkel.

Toch moest Nellie onwillekeurig denken aan hoe opwindend het zou zijn om met hem naar de tabernakel te gaan waar Suzy voor het eerst God had ontmoet.

Caleb bracht een glas water naar pa's kamer en zette het op het lamptafeltje naast zijn bed. Zoals gewoonlijk had hij een rietje meegenomen om het drinken makkelijker te maken, aangezien zijn vader zelf zijn glas wilde vasthouden. In sommige opzichten was zijn vader nog net zo op zijn onafhankelijkheid gesteld als altijd.

Caleb liep naar het raam en zag een lange, V-vormige rij vogels over het huis vliegen en hij keek ze na tot het zwarte stipjes in de verte waren. De avondzon stond om bijna zeven uur nog hoog aan de hemel en Caleb maakte aanstalten om het groene rolgordijn te laten zakken.

'Kom… bij me zitten, jongen.' Zijn vader had zijn ogen weer open.

Verbaasd hees Caleb het rolgordijn weer een stukje op. 'Ik dacht dat u al wilde gaan slapen.' Hij trok een stoel naast het bed.

'Nog niet, nee. Er zijn nog dingen die ik moet zeggen.' Even zweeg zijn vader en Caleb vroeg zich af wat hij op zijn hart kon hebben. Hij was hem een beetje uit de weg gegaan, in de hoop niet in de hoek te worden gedreven met een nieuw verzoek om vergeving. *Het is te laat om alles nog goed te maken.*

Hoe zwak zijn vader ook scheen, zijn blik was vast en Caleb had het ongemakkelijke gevoel dat hij vermoedde wat zich erin afspeelde. 'Volg mij niet in onbuigzame wegen. Geef je leven over aan de Ene Die voor jou en mij is gestorven. Anders is al het andere wat je doet geen zier waard.'

'Pa… ik begrijp gewoon niet wat er is gebeurd… deze denkwijze. U was vroeger zo gekant tegen gepraat over genade en verlossing.'

Zijn vader haalde oppervlakkig adem en zijn ogen waren weer dicht. 'Wacht niet met geloven, Caleb,' fluisterde hij, de handen gevouwen over zijn borst. 'Prediker Manny had gelijk… al die tijd. Echt waar, hij had gelijk.'

Caleb kon niet langer blijven zitten, hij rees overeind en liep weer naar het raam. Verwachtte zijn vader dat hij de Oude Wegen net zo snel verliet als hij zelf kennelijk had gedaan?

'Er klopt allemaal niks van,' mopperde Caleb.

Hij wist niet hoe lang hij daar had gestaan, maar er waren een paar minuten voorbijgegaan en hij bespeurde dat er iets ontbrak in de kamer. Pa's moeizame ademhaling was tot rust gekomen. En toen hij omkeek, zag hij de bleke kleur van de dood op zijn vaders gezicht neerdalen. Verdwenen was het gevecht om elke hap lucht; zijn ogen waren gesloten in de slaap der eeuwen.

Zo makkelijk is hij heengegaan…

Caleb voelde zich ineens een indringer, had mama niet aanwezig moeten zijn om pa's laatste woorden te horen? Hij liep naar het bed, boog zich dichter over zijn vader heen en zag een lichte glimlach om zijn lippen. Een goede dood, zouden sommige mensen zeggen.

Terwijl hij daar stond, daalde vrede op hem neer, gevolgd door spijt. Hij had zijn vader vergeving onthouden… en nu was pa dood.

Hij staarde naar de gevouwen, eeltige handen en legde zacht zijn eigen handen eroverheen.

Wacht niet met geloven, Caleb… prediker Manny had gelijk.

Caleb huiverde bij de herinnering aan zijn vaders laatste verzoek en ging het nieuws aan zijn moeder vertellen.

★

Tegen de tijd dat ze terugkwamen uit het bos, met handenvol rode akelei om aan mama te geven, was Nellie uitgeput. Na de lange kerkdienst van die ochtend en het bezoek van Rebekah, had ze geen tijd gehad om even rustig te gaan zitten om haar rondzendbrieven te schrijven en haar wekelijkse brief aan nicht Treva. Om een onverklaarbare reden was ze doodmoe. Of liet ze zich toch belasten door Calebs bezorgdheid om zijn vader? Verbonden in verdriet?

Ze had genoten van de boswandeling, waarbij Rebekah had onthuld dat ze in november hoopte te trouwen, in het bruiloftsseizoen, zoals Nan veelbetekenend lachte naar Nellie Mae.

Met een blije zucht verheugde Nellie zich erop de avonduren met mama door te brengen. Nan en Rebekah gingen samen naar de zondagavondzang.

Het was enige tijd later, nadat Nellie haar haar had losgemaakt en het borstelde voor het naar bed gaan, dat er iemand de oprijlaan op kwam rijden met het bericht dat David Yoder nog maar een paar uur geleden was gestorven.

Hoofdstuk 28

Op de ochtend van zijn vaders begrafenis vond Caleb zijn moeder huilend boven de keukengootsteen. Haar haren vielen nog tot onder haar middel en het leek erop dat ze naar beneden was gegaan om een beetje sap te drinken. Ze had haar nachtgoed en badjas nog aan, dus ze moest gedacht hebben dat ze alleen was.

Om haar niet te laten schrikken bleef hij in de buurt staan, onzeker hoe haar te troosten. 'Ik vind het heel erg van pa's overlijden,' bracht hij uit.

Ze keek hem met smekende ogen aan. 'Heeft hij vrede met je gesloten, Caleb?'

Hij knikte traag.

Een droevige glimlach kroop over haar gerimpelde gezicht. 'Het was zo merkwaardig.' Ze haalde diep adem. 'Ik geloof dat je vader hemelse visioenen had. Heeft hij dat verteld?'

'Dit is voor het eerst dat ik het hoor.'

Ze keek zenuwachtig naar de deuropening. 'Op de dag dat hij stierf, vroeg hij toen ik bij hem zat een paar keer of hij al in de hemel was. Ik wist niet wat ik ervan moest denken. En toen de tijd van zijn sterven dichterbij kwam, was hij zo vreugdevol.'

Hij vroeg zich af of ze pa's lachje had gezien toen ze vlak na zijn overlijden binnenkwam. Of had hij het zich maar verbeeld?

Ze bracht een hand naar haar trillende lippen en haar ogen vulden zich met tranen. 'Hij veranderde zo, tegen het einde. Heus, ik wist amper…' Ze kon niet verder.

'Misschien kwam het door de medicijnen,' zei Caleb vlug. Bepaalde middelen konden je denken veranderen. Was dat bij pa het geval geweest?

'Je vader vroeg vergeving voor zijn *Hochnut*. Hij had er spijt van dat hij mensen slecht behandeld had. Je weet hoe hij ijverde voor de ordinantie.'

Dat gaf Caleb een schok. Dus zijn vader had zich bij mama verontschuldigd voor datgene waar hij de gelovigen van de nieuwe kerk van had beschuldigd? Hij had vaak tegen Caleb gezegd dat de mensen van de Nieuwe Orde en Beachy dachten dat ze beter waren, omdat zij 'God kenden'. Dat had hem mateloos geïrriteerd.

Voetstappen op de trap maakten een einde aan hun gesprek en Leah en Emmie kwamen de keuken binnen om pannenkoekenbeslag te maken. Het melken was al gedaan, dankzij Jonah en enkele meelevende buren. Caleb was blij met de hulp, omdat hij zijn verdrietige zusjes niet had willen wakker maken op een dag die zich eindeloos voor hen allemaal uitstrekte. En mama was nu al radeloos, hij zag niet in hoe ze de drie uur durende begrafenisdienst moest uitzitten. Nog maar drie dagen geleden leefde pa nog en zat hij aan het hoofd van de tafel. Hij had een tijdelijke opleving gehad... genoeg om hem door zijn overlijden heen te dragen. Het lichaam had energie nodig om te sterven, had Caleb wel eens gehoord.

Waar was de geest van zijn vader nu zijn lichaam spoedig werd toevertrouwd aan de grond van de nabije begraafplaats? Was hij inderdaad in de hemel?

Caleb ging naar boven om zich te wassen en peinsde over pa's abnormale gedrag. Wat het mogelijk dat hij een persoonlijke band met God had gekregen, zoals neef Chris beweerde? *Net als die zogenaamde verloste mensen...*

★

Het nieuws had zich kennelijk snel verspreid en de wens van Calebs vader werd vervuld. De boerderij van de Yoders was stampvol, zodat de mensen alleen maar konden staan. Er waren er die de oude kerk trouw waren gebleven, evenals velen die naar de Nieuwe Orde en de plaatselijke Beachy Amish kerk waren gegaan. Omdat hij met zijn *Dawdi*, broers en neven tamelijk vooraan zat, kon Caleb niet zien of er veel *Englische* buren aanwezig waren, noch of Chris en zijn familie er waren.

Hij zette geestelijke oogkleppen op en concentreerde zich op de kist die voor hem stond. Hier, in de voorkamer van zijn vaders huis, waar door de jaren heen zoveel kerkdiensten waren gehouden.

Bisschop Joseph gaf de eerste, korte preek, zoals pa kennelijk had verzocht. Maar algauw werd duidelijk dat de dienst afweek van de norm. Het ene na het andere lange Schriftvers werd gelezen en ook niet uit de oude Duitse Bijbel. Het horen van zulke heilige woorden in het Engels schokte Caleb en ook anderen, daar was hij zeker van.

Waarom had pa hierom gevraagd? En waarom had de bisschop ermee ingestemd?

Na een heel uur stond prediker Manny op. De tweede, langere preek zou beginnen.

Meteen werd duidelijk dat dit gedeelte van de dienst ook zou afwijken van de traditie, precies datgene wat pa zo lang had verdedigd. 'Tot Christus komen betekent dat je niet langer in ontkenning leeft,' begon prediker Manny.

Ontkenning van wat? Caleb verstijfde in zijn stoel.

'David Yoder leidde een leven dat aangenaam was voor hemzelf. Hij heeft mij verzocht vandaag naar mijn beste vermogen tot u te spreken over het geloof dat voor het einde het zijne werd.' Prediker Manny hield een stuk papier in zijn hand, zijn donkere haar was glanzend en schoon voor de gelegenheid. 'David zei recht in mijn gezicht dat hij nooit wist waarom hij zich zo hard verzette tegen de werkelijkheid van verlossende genade, tot die hem recht tussen de ogen trof. Hij zei dat God een muilezel had moeten gebruiken om zijn aandacht te trekken.'

Een zacht geroezemoes golfde door de ruimte.

'De waarheid is dat David zijn wil heeft neergelegd voor de wil van God. En hoewel hij niet lang genoeg geleefd heeft om zijn nieuw gevonden geloof met elk van u te delen, zal zijn geloof in de verlossende macht van Jezus weerklinken vanuit zijn graf.'

Caleb wilde omkijken om te zien hoe het met zijn moeder ging, die bij Rebekah, Leah en Emmie en al haar schoondochters zat, beschermd door het vrouwvolk.

Prediker Manny sprak de gemeente vervolgens toe op conversatietoon, ook een afwijking van de gewone manier. 'Als David Yoder vandaag nog leefde, en sterk genoeg was om hier te spreken, zou hij willen dat u weet dat het leven te kort is om te ruziën over kerkordinanties, of om hoger van onszelf te denken dan ons past. Dat is een gruwel in de ogen van God.'

Calebs nek deed pijn van de spanning en hij vroeg zich af wanneer prediker Manny weer op het juiste spoor kwam, als dat al ging gebeuren.

Prediker Manny keek uit over de gemeente, zijn ogen bewogen langzaam over hen heen voordat hij terugkeerde tot zijn aantekeningen. 'Met tranen van blijdschap heeft David twee weken geleden een geloofsbelijdenis afgelegd. Hij geloofde dat Gods genade in de laatste dagen van zijn leven een geschenk was uit de hand van de Vader en niet iets om te versmaden, maar om te ontvangen als de liefdevolle zegening waarvoor het bedoeld was. Dit zijn de woorden die ik hem voorlas toen ik hem voor het laatst zag, woorden waar hij openlijk aanspraak op maakte: *Hij heeft ons zalig gemaakt, niet uit de werken der rechtvaardigheid die wij gedaan hadden, maar naar Zijn barmhartigheid, door het bad der wedergeboorte en vernieuwing van de Heilige Geest.* Prediker Manny veegde zijn ogen af met zijn zakdoek, vermande zich en ging verder. 'Daarom, geliefde familie en vrienden van onze broeder David Yoder, is het alleen door Gods genade dat wij nieuw zijn gemaakt, inderdaad een kostbaar geschenk.'

Caleb wilde ontsnappen, maar hij kon nergens heen. Vanwege zijn opvoeding en de schaamte die zijn moeder zou voelen, was hij gedwongen te blijven… om deze onvoorstelbare preek te doorstaan. *Wat vinden de broeders hiervan?*

Door deze praatjes zou zijn familie verstoten worden… en toch, de bisschop zelf stond het toe. Waarom zou een zoon de wensen van zijn stervende vader in twijfel trekken?

Denkend aan zijn *Englische* neef wist Caleb dat Chris het helemaal eens was met deze preek. En Nellie Mae zou ook wel 'amen' fluisteren.

Hij staarde naar de lange, handgemaakte doodskist, smal aan beide uiteinden. Daar lag pa in, met zijn zondagse kleren aan. Mama en haar zussen hadden hem samen met een paar andere vrouwen gewassen en helemaal in het zwart gekleed, op zijn beste witte overhemd met lange mouwen na.

Hij dacht aan zijn vaders uitgestrekte hand… de nederige manier waarop hij om vergeving had gevraagd. En de erfenis van het land – die Caleb eens zo koud geweigerd had, was onverwacht en onvoorwaardelijk teruggegeven. Was dit precies het soort genade waar Manny over sprak?

Caleb ging rechter zitten en richtte zijn aandacht weer op de prediker, die de Duitse Bijbel opensloeg bij Johannes 8:36. Na die korte lezing ging hij over op de Engelse Bijbel en las dezelfde woorden. '*Indien dan de Zoon*', daarmee wordt onze Heere en Heiland bedoeld, '*u zal vrijgemaakt hebben*', dit is de verlossing waar onze harten naar hunkeren, geliefden, '*zult gij werkelijk vrij zijn.*' Prediker Manny had tranen in zijn ogen en hij pakte een witte zakdoek om ze weg te vegen. 'Onze broeder David is niet langer gevangen in een gebroken lichaam. Hij is bij de Heiland… dezelfde Heiland Wiens woorden hij het grootste deel van zijn leven heeft ontkend.' Hij ademde diep in, duidelijk ontroerd. 'En onze broeder is nu in ieder opzicht vrij. Hij aanbidt de levende God nu wij hier samen zijn om zijn sterven te betreuren.'

Caleb dacht aan zijn vaders goede dood. Had mama gelijk

met haar vermoeden? Had zijn vader voor zijn sterven glimpen van de hemel opgevangen?

Indien dan de Zoon u vrijgemaakt zal hebben, zult gij werkelijk vrij zijn.

De tekst weerklonk in zijn hoofd... dezelfde woorden die hij nu verscheidene keren voor zichzelf had gelezen. Volgens deze tekst had pa in de laatste dagen van zijn leven op een onverklaarbare manier geestelijke vrijheid gevonden.

Dit was de eerste begrafenis die Nellie Mae ooit had bijgewoond die meer op een kerkdienst leek. De boodschap die werd gegeven was voor een derde deel van de aanwezigen nogal onbekend. Ze voelde sterk dat de dood van David Yoder de Gemeenschap van Eenvoud ofwel zou verenigen, ofwel verder verdelen.

Ze keek naar achterin, waar Chris en Zach zaten met hun familie. Er waren nog een paar *Englischers*, waaronder enkele vaste klanten van de bakkerswinkel.

Maar ze voelde zich vooral aangetrokken tot Caleb en was uitermate verdrietig om hem. Er rolde een traan over haar wang en ze keek weer naar hem en zag dat hij met een gepijnigd gezicht naar haar keek. Ze vroeg zich af of hij van tevoren was gewaarschuwd over wat er vandaag gezegd zou worden door oom Bisschop en prediker Manny. Had David Yoder er rechtstreeks met Caleb over gepraat? Zo niet, hoe viel deze dienst dan bij de familie en bij Caleb in het bijzonder, die zelfs had vastgehouden aan het hardnekkige geloof van zijn vader toen het de dood van hun relatie betekende.

Alles is nu in Gods hand.

Bewust van de onrust in de ruimte deed ze haar ogen dicht en smeekte om goddelijke genade voor de gemeente. Nellie voegde er een stil dankgebed aan toe voor het wonder van verlossing in het hart van David Yoder, dankbaar voor Chris en zijn vader voor hun aandeel in deze heerlijke wending.

Hoofdstuk 29

Nellie Mae was vastbesloten om een goede zus te zijn, al betekende het dat ze bemoeizuchtig moest zijn. Ze moest weten of Rhoda op de hoogte was van de dood van David Yoder en voelde de behoefte om zelf bij haar op bezoek te gaan. Rhoda was per slot van rekening net zo goed verloren als David was geweest en ze bleef haar lieve zus, hoe ver Rhoda ook de wereld in dwaalde.

Met die gedachte liet ze de leiding van de winkel aan mama over en ging halverwege de ochtend lopend naar het huis van de Kraybills, in de hoop de ongrijpbare Rhoda daar te zien.

Er stond een zwart met witte auto op het pad aan de zijkant geparkeerd en ze vermoedde dat hij van Rhoda was. Deze herinnering aan het moderne leven van haar zus maakte dat ze zich afvroeg wat David Yoder hun allen daarover te zeggen had na vier dagen in de hemel.

'Hallo!' riep ze naar Rhoda, die het afval uit de achterdeur droeg.

'Hoe gaat het, Nellie Mae?' Haar zus schermde haar ogen af voor de zon. 'Wat brengt je hierheen?'

'Ik hoopte dat je even tijd had om te praten.'

Rhoda fronste. 'Nou, mevrouw Kraybill verwacht van me dat ik schoonmaak.'

Nellie volgde haar naar de keukendeur. 'Ik zal je niet lang ophouden. Ik wil alleen weten of je gehoord hebt dat David Yoder afgelopen zondag is overleden.'

Rhoda schudde haar hoofd. '*Ach*, dat wist ik niet.' Ze opende de deur en even vroeg Nellie zich af of hun gesprek onderbroken werd. Toen hield Rhoda vriendelijk de hordeur open en liet Nellie voorgaan naar binnen. 'Misschien kunnen we even aan tafel gaan zitten.' Rhoda liep naar een hoge koelkast en haalde er een kan vers geperst sinaasappelsap uit.

'Ik zal het kort houden,' zei Nellie. Ze moest wel zien hoe modern de keuken was, met zijn glanzende vaatwasmachine en dubbele oven, alles zag er zo fris en vrolijk uit. 'Weet je, David Yoder heeft zich tot Jezus bekeerd voordat hij stierf... hij heeft vrede gesloten met God.' Ze zweeg even en vroeg zich af of ze het erger zou maken als ze zei wat ze op haar hart had. 'Ik hoop dat je gelukkig bent met je... eh, moderne leven.'

'Ja, hoor.' Rhoda nam een slok sap. 'Hoe is David gestorven?'

'Hij heeft een tijdje geleden een trap tegen zijn hoofd gehad van een van zijn muilezels.'

'O... wat vreselijk.' Ze schudde haar hoofd. 'Wat zijn er toch veel gevaren op een boerderij.'

'In de wereld ook,' zei Nellie zacht.

Rhoda wierp haar een scherpe blik toe. 'Ben je hier om te vragen of ik naar huis kom?' zei ze. 'Dat heeft mama al een paar keer gevraagd. Ik vroeg me af of ze jou soms gestuurd had.'

Nog steeds aarzelend om vrijuit te spreken, draaide Nellie Mae het glas sap rond en staarde ernaar. 'Mama zou er in elk geval heel blij om zijn. Nan en pa ook. Maar je bent nog geen lid van de kerk, dus het hangt helemaal van jou af.'

'Ik zou echt niet meer terug kunnen, al wilde ik.' Rhoda legde uit dat ze een huurcontract van een jaar had ondertekend bij haar huisbaas.

Pa had hen goed opgevoed, een wettelijke belofte kon je niet verbreken, noch welke belofte dan ook, trouwens. 'En, wil je erover nadenken als dat jaar voorbij is?'

Rhoda haalde haar schouders op en wendde haar blik af, naar de uitgestrekte groene weide die zichtbaar was door het raam. 'Tussen jou en mij gezegd, ik hoop tegen die tijd een aardige echtgenoot te hebben gevonden.' Maar ze keek diep mistroostig. 'Al heb ik daar nog niet veel geluk mee gehad.'

'Ik zou hetzelfde kunnen zeggen.' Met een lachje stond Nellie op van tafel. '*Denki* voor het sap. Het spijt me dat ik je van je werk heb gehouden.'

'Zeg tegen Nan dat ik veel aan haar denk.' Rhoda legde een hand op haar arm. 'En tegen mama ook.'

'Nou, je bent geen vreemde, dat kun je zelf tegen ze zeggen.'

Rhoda had een verre blik in haar mooie groene ogen en Nellie wilde haar armen om haar heen slaan. *Was ze maar niet zo koppig… zo op zichzelf gericht.*

Samen liepen de twee zussen door de achterdeur naar buiten en in de richting van de smalle weg. Nellie hield haar mond, maar ze vond het heel merkwaardig dat Rhoda helemaal vergeten was dat ze het schoonmaakwerk moest doen waar ze voor betaald werd.

★

Ondanks dat ze een nieuwe uitnodiging van Chris had afgeslagen, hoopte Nellie dat hij die middag langs zou komen in de bakkerswinkel. Net als altijd maakten mama en Nan zich opvallend uit de voeten tegen de tijd dat hij gewoonlijk verscheen.

Chris kwam met een komiek gezicht aanlopen en lachte zijn bekende grijns. 'Hoe gaat het met de mooiste bakker van Honey Brook?' vroeg hij. Zijn ogen stonden ernstig.

Blozend wendde ze haar blik af.

Chris wees naar het notitieboek op de toonbank. 'Zijn dat je recepten?'

'*Jah.* Ik was net bezig er eentje op te schrijven.' Ze was opgelucht dat zijn intense blik niet langer op haar gericht was. 'Ik moest eigenlijk een boekje samenstellen zoals jij zei, want er vragen zoveel klanten naar.'

'Als je wilt, kan ik je helpen het te laten drukken en binden. Ik ken iemand die ons kan helpen.'

Ons? Hij wilde zelf meedoen met het denkbeeldige project? Er was geen twijfel aan dat hij attent was... en lief. En ze was er zekerder van dan ooit dat hij haar graag mocht, anders bleef hij niet elke week komen.

'*Denki*, Chris... dat is aardig van je.'

Hij glimlachte en zweeg even voordat hij verderging. 'Heb je er nog over nagedacht of je meegaat naar Tel Hai?' Voordat ze antwoord kon geven, voegde hij eraan toe: 'Ik wil je graag meenemen, in aanmerking genomen dat ik degene was die Suzy vorig voorjaar het eerst heeft uitgenodigd.' Hij legde uit hoe hij Suzy de folder had gegeven en gevraagd had naar de bijeenkomsten te komen. 'Maar misschien heeft je zus daar ook over geschreven.'

Nellie knikte. *Zal ik toegeven?*

De hele tijd dat hij in de winkel stond, wierp Chris geen blik op de taarten of de heerlijke koekjes. En toen hij het niet nog eens vroeg, hoopte ze maar dat ze hem niet had beledigd. Ze wilde heel graag gaan. Ondanks alle redenen waarom ze zichzelf een nieuw afspraakje uit het hoofd had gepraat, was ze heimelijk blij dat hij was gekomen om het nog eens te vragen.

'Bedankt voor de uitnodiging,' zei ze zacht, niet in staat zijn heldere blik te ontwijken.

'Dus je gaat mee?' Zijn ogen schitterden van niet te onderdrukken blijdschap.

Met een brede glimlach zei Nellie ja.

Hoofdstuk 30

De dagen na de begrafenis van Calebs vader waren zwaar van de hitte, vochtigheid en inspannend werk: het dorsen van het graan nam hen van de vroege ochtend tot de late avond in beslag, evenals het schoffelen van de tabaksbedden. Calebs familie hielp mee; de Amish en *Englische* boeren langs de weg waren bezig met het bewerken van hun aardappel- en maïsvelden.

Smorend hete avonden werden buiten doorgebracht met picknickdekens uitgespreid op netjes gemaaide gazons. Te midden van krakende schommelstoelen en het gedempte gebabbel van tieners, joegen Calebs neefjes en nichtjes achter vuurvliegjes aan en stopten ze in inmaakpotten. Hier en daar zweefde een harmonicawijsje door de zware midzomerlucht, als de familie op de veranda zat om aan de hitte te ontsnappen en verlangde naar de zonsondergang. De nachten waren bijna even drukkend als de dagen en brachten weinig verlichting. Degenen die boven sliepen waren soms gedwongen hun nachtkleding uit te trekken in de hoop op ook maar het lichtste briesje.

Caleb vond de afwezigheid van zijn vader opmerkelijk moeilijk. Pa's laatste woorden klonken nog na in zijn herinnering. Meer dan eens had hij, 's avonds laat gezeten in zijn kamer voor het open raam, pen en papier gepakt om een brief aan Nellie Mae te beginnen. Hij wilde haar vertellen hoe goed hij haar verdriet nu begreep om het verlies van Suzy, meer dan een jaar geleden. Hij hunkerde ernaar haar te vertellen dat zijn liefde voor haar gebleven was, dat hij haar erger miste dan hij met woorden kon overbrengen.

Maar elke keer besefte hij weer dat het tevergeefs was

om te pogen de korte afstand naar haar te overbruggen. En met die kennis verfrommelde hij het papier en kwam het verdriet om de kloof die nu tussen hen gaapte. Bovendien ging het gerucht dat Nellie haar leven weer had opgepakt; ze ging naar de zangavonden met de kerkjeugd van de Nieuwe Orde. Hij had zelfs gehoord dat ze gezien was met een *Englischer*. Ging ze dezelfde weg als Suzy? Ze was per slot van rekening minstens even knap. *En in alle opzichten meer dan verrukkelijk...*

Maar het was hoog tijd om haar te vergeten. En er was op dit moment geen tijd om zelfs maar te denken aan iemand anders, tot de slopende tabaksoogst achter de rug was... en zelfs dan.

★

Nellie Mae liep naast Chris door het middenpad om een plaats te zoeken op de rustieke banken in de kleine tabernakel op het kampeerterrein Tel Hai. Het houten platform was laag en kleiner dan ze zich door Suzy's verslag had voorgesteld, maar het vurige zingen hield haar aandacht gevangen terwijl de mensen toestroomden. Ze was blij dat ze buiten waren op zo'n warme zaterdagavond, hoewel het in de verte al rommelde.

De tekst voor de preek was uit Job 19: *Och, of nu mijn woorden toch opgeschreven werden! Och, of zij in een boek ook werden ingetekend! Dat zij met een ijzeren griffel en lood voor eeuwig in een rots gehouwen werden! Want ik weet: mijn Verlosser leeft, en Hij zal de laatste over het stof opstaan; en als zij na mijn huid dit doorknaagd zullen hebben, zal ik uit mijn vlees God aanschouwen...*

Terwijl de evangelist de tekst verklaarde, besefte ze dat zijn gemoedelijke gespreksstijl leek op die van prediker Manny. Nellie was blij dat ze in een kerk zat waar de prediking van wezenlijk belang was voor het dagelijks leven. Denkend aan de zojuist gelezen tekst dankte ze God nogmaals dat Hij

David Yoder tot de kennis van verlossing had gebracht... en precies op tijd.

Gezeten naast Chris stelde ze zich voor wat Suzy had gevoeld toen ze hier voor het eerst was... de avond dat ze zich zo onrustig had gevoeld dat ze was weggegaan na de oproep om naar voren te komen. Gelukkig was ze een tweede keer teruggekomen en had ze op de bank voorin de roep van de Heiland beantwoord.

Na het eindgebed begonnen de mensen op te staan en Nellie merkte heel wat Amish stelletjes op, de meisjes in hun lange pelerinejurken en schorten. Ook waren er mennonieten. Sommige meisjes droegen de formele hoofdbedekking, anderen waren zonder *Kapp*, hun haar naar achteren getrokken in een losse knot.

Later, op weg naar de ijssalon in Honey Brook, vroeg Chris of het haar verdrietig had gemaakt om naar de tabernakel te gaan... omdat ze Suzy miste. Hij zei dat hij haar een paar keer had zien huilen.

'Ik dacht niet zozeer aan mijn zus als wel aan de familie van David Yoder. Vooral aan Elizabeth... en arme Caleb.'

'Nou, het ging best met hem toen ik hem zag met melken. Hij treurt wel, maar niet openlijk.'

'Het is gewoon... nou ja, Caleb heeft heel wat meegemaakt dit jaar.' Ze wist niet hoeveel Chris en Caleb besproken hadden. Wist hij wel dat Caleb door zijn vader was weggestuurd?

'Hij heeft een paar dingen verteld.'

Ze vroeg zich af of Chris wist van de breuk tussen Caleb en haar. 'We hebben verkering gehad,' bekende ze. 'Maar toen is onze kerk gescheurd.'

'Wat is er gebeurd... na de kerkscheuring, bedoel ik?' vroeg hij.

'Caleb wilde dat ik van de oude kerk bleef.'

'Dus je bent tot Christus gekomen nadat het kerkvolk verdeeld was?'

'*Jah*, en het is vreemd om het te zeggen, maar God kwam tussen Caleb en mij. Meer kan ik beter niet zeggen.'

Chris was ongewoon zwijgzaam toen ze over de maanverlichte achterwegen reden. Het drong tot haar door dat ze hem op een of andere manier van streek had gemaakt.

Een tijdje later zei ze: 'Het spijt me voor Caleb, dat hij zijn vader heeft verloren… en zijn meisje.' Chris keek haar nadenkend aan.

'Ik ben blij dat hij jou heeft als vriend, Chris.' Ze voegde eraan toe dat ze dagelijks bad of Caleb de Heere mocht leren kennen.

'Ik ook,' bekende hij.

Toen ze bij de ijssalon aankwamen, hoopte ze dat ze het ergens anders over konden hebben. Ze wilde niet dat de avond droevig eindigde, vooral niet nadat ze zo van de dienst had genoten… en van Chris' gezelschap.

'Welke smaak zal het vanavond zijn?' vroeg hij toen ze naar de toonbank liepen.

Ze bekeek de vele keuzes op het bord achter de toonbank. 'Aardbeien lijkt me lekker. *Denki.*'

'Dus je breidt een beetje uit.' Hij plaatste haar bestelling en wachtte even. 'Ik neem wat jij de vorige keer had, dat zag er zo lekker uit.'

Ze vonden een tafeltje achterin, meer afgezonderd dan de vorige keer, en tot haar opluchting zei hij verder geen woord meer over Caleb.

Later, toen Chris haar naar huis bracht, viel het Nellie op dat hij net als de vorige keer de lange weg nam. Ze genoot van de met sterren bezaaide lucht en het maanlicht op de vruchtbare velden, terwijl er zachte muziek speelde op zijn radio. Een nieuwe afspraak met hem was onmogelijk te rechtvaardigen, maar hij keek haast net zo vaak naar haar als Caleb toen ze op zulke avonden met hem uit rijden ging in zijn open rijtuigje.

'Ik wil je graag weer zien, Nellie Mae,' zei hij toen hij in de buurt van haar huis parkeerde in de brede berm.

'Bedoel je aanstaande donderdag in de winkel?' Ze kon haar lachen niet houden.

'Ja, dat ook.' Hij stapte uit en liep om om het portier aan haar kant te openen. 'Ik loop een eindje met je mee, goed?'

'Aardig van je, Chris... maar het is een heel heldere avond.'

'Nou, mag het als ik het wil?'

Ze wilde niet te ver vooruit kijken, maar simpelweg genoegen scheppen in dit moment. Wat had ze genoten van deze bijzondere avond met herinneringen aan Suzy en haar geloof... en het ijs eten met Chris. Ergens in haar achterhoofd was de voortdurende gedachte aan haar vroegere *beau*, maar die duwde ze weg. In korte tijd waren er gevoelens in haar hart gegroeid voor Chris Yoder.

Wat betekent dat? Ben ik eindelijk over Caleb heen?

★

Rosanna King zat alleen aan de keukentafel en keek uit naar de glans van de maan op de hoge maïsstengels die in lange, ordelijke rijen oprezen achter de zijtuin. Ze had de gaslamp niet aangestoken, om geen fladderende insecten tegen het raam te krijgen. Bovendien was het laat om nog op te zijn.

Ze had vanavond weer pijnlijke krampen, maar ze kon niet uitmaken of het van de baby kwam of door indigestie. De vroedvrouw had geopperd op zulke momenten zoute crackers te eten, dus daar zat ze nu aan te knabbelen, eten en bidden.

Visioenen van een begrafenis bedreigden haar gemoedsrust. Als ze nu een doodgeboren kindje kreeg, zou ze dat ook nog mee moeten maken, nu ze veel verder heen was. Maar als je het van de zonnige kant bekeek, zou ze als alles goed ging over nog maar negen weken haar baby veilig in haar armen houden.

Wilt u me dit wonder toestaan, Heere?

Lena had nog een heel bemoedigende brief geschreven, waaronder een gebed dat ze speciaal voor Rosanna had opgesteld. Het had haar zo ontroerd dat ze het in haar bijbel had gestopt om opnieuw te lezen als de paniek op de loer lag.

Ze had de laatste tijd niet zozeer last van paniek als wel van vermoeidheid. Als ze bijna de halve dag in bed had doorgebracht en daar snel lusteloos van werd, vroeg ze zich af of dit de komende weken haar lot was. Ze was bereid om meer te doen voor haar geliefde baby.

Als Elias niet zo druk was met het bewerken van de aardappelvelden had ze misschien geopperd nog eens naar de dokter te gaan. Maar zelfs de rit erheen joeg haar al angst aan. Misschien moest ze morgen aan Linda Fisher vragen of ze haar telefoon mocht gebruiken om de vroedvrouw te bellen, als Linda langskwam met de lunch. Of nog beter, of ze nog eens met haar wilde bidden. De Beachy vrouw die Rosanna het eerst bekend had gemaakt met het idee van volle, vrije verlossing was haar heel dierbaar.

Intussen at ze crackers en liet de zoutige kruidigheid haar maag kalmeren en hoopte en bad dat de alarmerende krampen mochten afnemen.

Hoofdstuk 31

Op weg naar Elias King passeerde Reuben drie groente-kramen en een verlaten kinderfietsje met een klein rieten mandje bengelend aan het stuur. Vandaag zou hij Elias' acht hectaren maïs bewerken met een span van acht muilezels. Door het warme ochtendgloren wist hij dat deze op één laatste julidag snikheet zou worden. *Tegen zonsondergang moet het klaar zijn.*

Hij was eerder dan anders opgestaan om wat van zijn eigen werk klaar te krijgen voordat hij naar Elias ging. Hij wist dat hij vandaag weinig tijd zou krijgen om te rusten en leunde onder het rijden achterover op de zitting van het rij-tuig, kijkend naar de welige, groene velden die zich naar alle kanten uitstrekten. Het was een goed jaar voor aardappels en maïs... zelfs voor de tabak die de boeren van de oude kerk nog steeds kweekten. Tot zo ver verhoorde God het gebed om een overvloedige oogst.

Toen hij binnen roepafstand kwam, was hij blij dat hij licht zag branden door het keukenraam van de Kings, wat kon betekenen dat Rosanna op was en zich beter voelde.

Maar hij ontdekte gauw dat het Elias was, die havermout en toast voor zichzelf klaarmaakte. 'Rosanna is volkomen uitgeput,' vertelde Elias. 'De dokter wil dat ze in bed blijft tot de baby komt.'

'Dat moet moeilijk voor haar zijn in deze hete zomer.'

Elias knikte. Hij at zijn ontbijt. 'Toch zijn we er niet half zo slecht aan toe als vorig jaar om deze tijd.'

Denkend aan de ernstige droogte dronk Reuben de kof-fie op die Elias voor hem had ingeschonken. 'Het ziet ernaar uit dat het dit jaar anders wordt, als God het wil.'

'Laten we daar dankbaar voor zijn.' Elias veegde zijn mond af aan zijn mouw. 'Laten we maar aan het werk gaan, *jah*?'

Reuben bracht zijn koffiebeker naar de gootsteen voordat hij hem volgde naar buiten. Op weg naar de aarden helling naar de tweede verdieping van de schuur vroeg Elias of hij Rosanna in zijn gebed wilde gedenken. 'Haar gezondheid en die van de baby zijn geen ogenblik uit mijn gedachten.'

Reuben beloofde te bidden. 'De Heere ziet het verlangen van je hart, van jou en van Rosanna.'

'Ik zal proberen dat in gedachten te houden,' knikte Elias. '*Denki.*'

'Graag gedaan, prediker.'

★

Op een dag dat Chris in het kantoor had gewerkt, reden ze van de kwekerij naar huis.

Zach geeuwde luid en leunde achterover tegen de hoofdsteun. 'Ik heb pa vandaag geholpen een eersteklas landschapsplan in elkaar te zetten. Hij was er blij mee,' zei hij. 'Het ziet ernaar uit dat ik eindelijk terug ben.'

'Blij dat te horen. Vind je het goed als ik je iets vraag over Suzy en jou?' vroeg Chris.

'Brand maar los.'

'Spraken jullie wel eens over jullie toekomst, hoe het allemaal moest als jullie zouden trouwen?'

Zachs hoofd schoot rechtop. 'Hoe kom je daar nou ineens op?'

'Het cultuurconflict en zo. Ik vroeg me af hoe dat zou lopen.'

'Makkelijk. Suzy was klaar met het Amish leven.'

'Wist je dat?'

'Tuurlijk.' Zach strekte zijn rechterarm uit het open raam en geeuwde weer. 'Ze was helemaal klaar om te vertrekken. Ze wist alleen niet hoe ze moest overschakelen van Amish

kleding naar moderne kleren zonder thuis herrie te krijgen.'
Zach keek hem fronsend aan. 'Waarom vraag je dat?'

Chris wilde het niet zeggen.

'Oké, best joh, dan houd je je mond.' Zach sloeg zijn armen over elkaar.

Chris was verbaasd dat Zach zo zeker was van Suzy's plan om modern te worden. Hij kon zich Nellie Mae niet anders voorstellen dan Amish. Hij had het echt wel geprobeerd, maar hij was er zeker van dat het niet ging gebeuren, niet in zijn hoofd en niet in werkelijkheid. Ze was zelfs zo van Eenvoud dat het tijdverspilling was om anders aan haar te denken.

Dus als ik haar wil blijven zien, moet ik misschien wel een baard laten groeien… Hij grinnikte bij het beeld van zichzelf uitgedost als Amishman, maar hij had geen zin om zich bij het paard en rijtuigvolk aan te sluiten.

Had hij dit allemaal maar bedacht voordat hij zo verliefd was geworden… maar dan had hij misschien de kans misgelopen om haar te leren kennen.

Hoe gefrustreerd Chris ook was, hij wilde zijn gevoelens niet ontkennen. Hij moest eruit zien te komen, hoe eerder, hoe beter.

★

Toen Betsy in de eerste week van augustus haar schoonmoeder zag op een inmaakbijeenkomst bij Martha, was ze verrast en opgetogen. Er waren zes vrouwen bij elkaar gekomen om komkommers in te maken in dilleazijn en zoetzuur. Martha en de twee jongere vrouwen maakten en roerden het hete inlegmengsel, terwijl Betsy en Hannah de komkommers klaarmaakten. Kleine Emma en haar jongere broertjes liepen in de weg in hun pogingen om te helpen en wekten een hoop vrolijk gelach.

Het was lang geleden dat ze Hannah had gezien. Ze ging

vlak naast haar zitten en ze kletsten bijna de hele ochtend. Blij dat ze even pauze had van de bakkerswinkel vroeg ze Hannah wat haar vandaag hier bracht, Noah en zij waagden zich nog maar zelden deze kant op.

'Tja, ik mis Honey Brook. Het leek me een goed moment om Martha aan haar uitnodiging te houden.' Er speelde een verdrietig lachje om haar rimpelige mond. 'En Noah en ik wilden Elizabeth condoleren toen we hoorden van het overlijden van David Yoder.'

Betsy wilde niet tevergeefs hopen, maar ze was blij dat haar schoonmoeder weer een uitnodiging aannam van familie, van een Beachy vrouw nog wel. Ze wenste dat ze terugverhuisden. *Naar waar ze horen.* Het *Dawdi Haus* stond tenslotte nog steeds leeg. En zelfs als Reubens ouders niet wilden overwegen om bij hen te wonen, dan waren er altijd nog Ephram en Maryann, die stevig verankerd waren in de oude kerk.

Ze dacht weer aan de bekering van David Yoder en geloofde van harte dat Elizabeth binnenkort in zijn voetsporen zou volgen. Na de begrafenisdienst had Elizabeth haar zinnige vragen gesteld en Betsy had haar deelgenoot gemaakt van enkele teksten uit het derde hoofdstuk van het Evangelie van Johannes die haar zo diep geraakt hadden.

Het welbehagen des Heeren zal door Zijn hand gelukkig voortgaan, dacht ze, denkend aan een andere favoriete passage die ze kortgeleden in Jesaja had ontdekt. Ze vertrouwde erop dat het waar zou zijn voor Elizabeth en haar gezin.

★

Eten, een heleboel eten, gaf haar de laatste tijd zoveel troost, ondanks het feit dat er al bijna weer drie kilo aan zat, kilo's die Rhoda in de voorafgaande maanden met grote inspanning en voldoening was afgevallen. Maar nu de rekeningen binnenstroomden, waaronder de laatste, voor het kleine tv-toestel dat ze impulsief had aangeschaft, wendde ze zich onmiddellijk tot voedsel, vooral de moddervette snacks waarnaar ze hunkerde. Als ze at, hoefde ze in elk geval niet te huilen… om het verlies van Ken en Ted en al die onverschillige Amish jongens die ooit haar kant op hadden gekeken, alleen om haar uiteindelijk te laten vallen.

Ze snikte omdat ze vastzat in Strasburg, zo'n eind rijden naar haar werk in het restaurant en bij de Kraybills en ze huilde omdat ze niemand had om mee te praten en het gezellige, zusterlijke geklets miste met haar geliefde Nan. Als ze helemaal eerlijk was tegen zichzelf moest ze zelfs bekennen dat ze pa's lange Bijbellezingen 's avonds miste.

Nu ze op deze smoorhete middag na haar werk het restaurant verliet, was de verleiding groot om linksaf te slaan en naar het oosten te rijden, naar Beaver Dam Road. *Omwille van vroeger.*

Maar wilde ze daar echt naar terugkeren?

Ze moest er niet aan denken dat ze haar haar weer moest laten groeien: die ellendige middenscheiding en die strakke knot. En die onmodieuze jurken en de lange zwarte schorten die ze had gedragen, of ze aan het koken was of niet. Waar was die schort eigenlijk voor? Ze droeg er een in het restaurant en bij de Kraybills, maar zodra het werk gedaan was, popelde ze om hem af te doen en in de wasmand te gooien.

Bij de gedachte aan mevrouw Kraybill hunkerde ze ernaar om met haar te praten. De vrouw had haar tenslotte op alle mogelijke manieren aangemoedigd om de wereld in te gaan. Hoe zou Rhoda er nu aan toe zijn geweest, zonder haar invloed? Dan woonde ze vast niet in een kamer op de tweede verdieping, waar ze haar vroegere *beau* boven haar hoofd hoorde klossen terwijl zijn muziek te hard aan stond. Hij leefde daarboven zijn vrolijke, vrijgezelle en kinderloze leven, tevreden zonder haar.

Al die tijd heb ik gedacht dat hij om me gaf…

Zuchtend vocht Rhoda tegen haar tranen en reed rechtstreeks naar het huis waar ze eens deze prachtige auto waarin ze reed had verstopt. Waar al haar stadse ideeën waren begonnen.

★

Met een uitgedroogde mond van een lange dag in de zon ging Caleb naar de bron en pompte een paar flinke bekers water die hij achteroversloeg. Hongerig ging hij het huis binnen om zijn handen te wassen.

Leah en Emmie waren de tafel aan het dekken en haalden eten van het fornuis. 'Waar is mama?' vroeg hij op weg naar de gootsteen.

Emmie keek hem zorgelijk aan. 'In pa's oude kamer.'

Bezorgd droogde hij zijn handen af en gooide de handdoek op het aanrecht. Hij vond haar geknield voor pa's bed. Ze huilde.

Hij legde een hand op haar schouder en bleef stil naast haar staan. Hij had haar nog nooit zo zien huilen en het beschuldigde hem van zijn eigen gebrek aan verdriet. Hij vond het wel erg dat zijn vader dood was, dat was het punt niet, en hij miste pa's aanwezigheid in huis. Maar hij had niet gehuild. Noch tijdens de begrafenis, waar hij had meegeholpen zware kluiten aarde in het gapende gat met pa's kist te scheppen, noch tijdens de verrassend onorthodoxe dienst.

Hij wachtte terwijl mama haar tranen droogde en overeind kwam om op de rand van het bed te gaan zitten. Ze lachte hem toe en klopte op de plaats naast haar.

'Gaat het, mama?'

Ze zuchtte. 'Ik ben blij dat je er bent. Je vader heeft me iets verteld… wat ik niet uit mijn hoofd kan zetten.'

Had zijn eigen moeder ook slapeloze nachten doorstaan terwijl de woorden van pa maar in haar hoofd bleven malen?

'Je vader zei almaar: "Prediker Manny had gelijk", tot ik niet meer wist wat ik ervan moest denken.' Het verdriet was duidelijk zichtbaar in haar ogen en haar gezicht was getekend door diepe vouwen. 'Maar het waren zijn tranen, Caleb, hij kon maar niet ophouden met treuren. Hij drong erop aan dat ik naar de nieuwe kerk zou gaan… hij zei dat ik zou vinden wat hij tot de laatste weken van zijn leven had gemist.'

Caleb begreep haar verwarring. Ook hij worstelde nog steeds om te kunnen bevatten dat zijn vader, de man die hem had verboden met Nellie Mae te trouwen, precies dát geloof had aangenomen dat Nellie en haar familie ongeschikt hadden gemaakt in zijn ogen. Hoe was het mogelijk? Hoe kon een harde, koppige man als zijn vader zo drastisch veranderen?

'Ik denk er ernstig over om aanstaande zondag te gaan,' zei mama.

Geschrokken probeerde hij haar op andere gedachten te brengen. 'Wat zal de bisschop daarvan zeggen?'

'Ik heb al met zijn vrouw Anna gesproken. Het schijnt dat de bisschop een groot deel van wat prediker Manny tijdens de begrafenisdienst heeft gezegd ter harte heeft genomen.'

Hier klopte helemaal niets van. Hoe kon dat?

'Anna en de bisschop hebben elke avond samen gelezen,' fluisterde ze.

Hij hield zijn adem in. 'Wát gelezen?'

'De Bijbel natuurlijk.' Ze noemde de Bijbel op eerbiedige toon, net als Nellie Mae had gedaan… en zoals Chris deed.

'Nou, ik heb er ook in gelezen, maar ik pieker er niet over om van kerk te veranderen. U wel, mama… echt waar?'

Bevend sloeg ze haar hand voor haar mond.

'*Ach*, vertel me toch niet…'

'Ik weet dat als je vader niet gewond was geraakt, als hij nu nog krachtig en gezond en levend was, dan had hij niet zo gesproken. God heeft zijn verlamming gebruikt en zijn dreigende dood om hem een nieuw leven te laten accepteren… het eeuwige leven.'

Hij keek haar aan. 'Neemt u dat voor waar aan?'

Ze knikte met glimmende ogen. 'Nu meer dan ooit.'

Hier in de kamer waar het leven van zijn vader was weggekwijnd, wenste Caleb dat hij tenminste een poging had gedaan om zijn bedrog op te biechten tijdens de laatste dagen van zijn verkering met Nellie Mae. En de stiekeme manier waarop hij de dingen had aangepakt, bereid om alles te doen om het land van zijn vader te krijgen. Maar hij had de ogenblikken voorbij laten gaan, zonder acht te slaan op de innerlijke aandrang.

En ik heb pa laten sterven zonder dat hij wist dat ik hem volmondig had vergeven.

'Pa heeft me zijn tekortkomingen opgebiecht. Ik had hetzelfde moeten doen,' zei hij zacht. 'Ik had alleen nooit gedacht dat hij zo vlug zou wegglijden.'

Ze luisterde en pakte zijn hand. 'Het spijt me zo.'

'Ik had het goed moeten maken toen het nog kon.'

Ze liet haar hoofd op zijn schouder rusten. 'Dat is precies wat je vader tegen me zei, Caleb. "Maak het goed met God, nu je de tijd nog hebt…"'

In de plechtige stilte was Caleb zich scherp bewust van zijn eigen gebrek aan tijd. Durfde hij te wachten op het licht van de waarheid waarover Nellie Mae hem had verteld, daar in haar winkel? Wist hij zonder twijfel, *wie kon dat?*, of hij een schop van een muilezel tegen zijn hoofd zou overleven? Of een ander raar bedrijfsongeluk kon krijgen trouwens, en niet zonder God in de eeuwigheid zou belanden?

Indien dan de Zoon u vrijgemaakt zal hebben, zult gij werkelijk vrij zijn.

Was het mogelijk? Kon ook hij de verzekering van eeuwig leven krijgen, zoals pa zo dringend had geopperd?

'Ik moet er eens heel goed over nadenken,' fluisterde hij.

Hoofdstuk 32

Nellie Mae stelde voor dat mama bij haar op de voorveranda kwam zitten, om lekker te ontspannen en uit te kijken over het keurig gemaaide gazon. Over de weg reden marktwagens heen en weer en er reden een paar kleine kinderen op stepjes.

Libellen die rond de schemering op de vijver aan de overkant waren neergedaald, speelden verstoppertje met de zon. En de donkere, volle aarde stak uit tussen de rijen maïs naar het noorden. Ver naar de horizon werd de heuvelrug langzaam grijs en toen zwart, terwijl de zon zijn glijvlucht maakte naar de aarde.

'Ik wil u iets laten zien, mama.' Ze stak haar hand in haar zak en haalde er de geheime foto uit. 'Suzy,' fluisterde ze.

Mama hapte naar adem. 'O, lieve help!' Ze hield de foto een eindje van zich af en kneep haar ogen halfdicht. 'Ziet ze er niet gelukkig uit?'

'Haar *beau* heeft deze foto genomen voordat ze verdronk,' zei Nellie zacht.

Mama snufte. 'Heb je haar ooit zo lief zien kijken?'

Nellie greep haar moeders hand vast en ze zwegen een tijdje, deelgenoten van het geheim dat Nellie zoveel zorgen had gebaard.

'O, ik kan je niet zeggen hoe fijn het is om haar gezicht weer te zien,' zei mama.

'Wat moet ik ermee doen, nu u weet dat ik hem heb?' vroeg Nellie. 'Zijn zulke dingen bij de Nieuwe Orde ook verboden? Ik begin namelijk volgende week met het dooponderricht.'

'Nou, als je het mij vraagt zou ik zeggen, als je er niet

naar gaat zitten staren en als hij niet tussen God en jou komt,' mama glimlachte 'bewaar hem dan maar in je Bijbel. Een goede herinnering aan wat Suzy's sterven ons heeft gebracht.' Mama stak haar hand in de zak van Nellies jurk en haalde er Suzy's *Kapp*-bandjes uit. 'Alsof je nog een aandenken nodig hebt, *jah*?'

Samen lachten ze veelbetekenend, het geluid zwol aan en dreef weg op de vleugels van de schemering.

★

Na het melken met Caleb liep Chris naar zijn auto.

'Zeg, nog niet weggaan,' riep Caleb naar hem. 'Ik wil je iets laten zien in mijn kamer.'

'Ja, maar ik moet met mijn vader een paar formulieren invullen voor mijn studie, dus ik moet ervandoor.'

'Het duurt maar heel even.'

Boven liet Caleb hem de eigendomsakte van zijn vaders land zien. 'Man, is me dat een oud beestje!' zei Chris toen hij de vergeelde randen zag.

'Door de geslachten heen doorgegeven.' Caleb glimlachte van oor tot oor. 'Mijn vader wilde dat ik hem kreeg, Abe heeft hem net gebracht.'

Chris keek uit het raam en floot. 'Wauw, wat moet je met al dat land?'

'Tja, marktgewassen verbouwen bijvoorbeeld, en er is graasland in overvloed voor het melkvee. Misschien ga ik wel paarden fokken, net als Reuben Fisher.'

Net als Reuben...

Chris ving de nieuwsgierige vonk op in de ogen van zijn neef. *Hij denkt nog steeds aan Nellie Mae.*

'Wat vind je van tabak?' Hij was nieuwsgierig omdat het gewas generatieslang het hoofdvoortbrengsel van de familie was geweest.

'Tja, de tabaksoogst komt er snel aan... maar ik weet

niet wat ik na dit jaar doe.' Caleb wees hem een zitplaats bij het open raam. 'Mama dringt erop aan dat ik andere gewassen ga verbouwen... ze hoopt dat ik de juiste keuze daarin maak.' Hij ging op de rand van zijn bed zitten. 'Om het maar ronduit te zeggen, er gaat hier een heleboel veranderen... en gauw ook.'

Chris vroeg zich af wat hij bedoelde.

'Ik heb een zware beslissing genomen,' zei Caleb. 'Mijn vader veranderde van de ene dag op de andere... hij werd *niedrich* voordat hij stierf. Ik moet zeggen dat ik het opmerkelijk vond.'

Chris boog aandachtig luisterend naar voren.

'Mijn vader heeft me niet alleen gewillig dit land gegeven, Chris... hij heeft me ook iets anders gegeven. Iets beters.' Caleb stond op en liep naar de ladekast, waar hij de eigendomsakte weer oppakte. 'Onze overgrootvader, van jou en mij, bezat dit land. Wist je dat?'

Gefascineerd keek Chris weer naar de oude akte.

Caleb wees naar de oorspronkelijke eigenaar. 'Kijk daar, zie je? Christian C. Yoder. Raad eens waar de middelste initiaal voor staat?'

Chris lachte. 'Dat meen je niet.'

'Een beetje griezelig, hè?'

Caleb overhandigde de akte aan Chris. 'Ja hoor, jouw naam staat er ook op, het moet jouw naamgenoot zijn geweest.' Hij sprak over alle bloedverwanten die hun leven hier in dit huis, op dit land hadden geleid. 'Allemaal volgden ze naar hun beste vermogen de Oude Wegen en toen stierven ze, zonder ooit te weten wat mijn vader in de laatste dagen van zijn leven heeft ervaren. Zonder ooit de verzekerde verlossing te kennen.

Voordat pa stierf, smeekte hij me het geloof dat hij gevonden had aan te nemen.' Calebs gezicht straalde. 'Ik ben blij te kunnen zeggen dat ik hem er eindelijk aan gehouden heb. Eens zal ik mijn vader weerzien. En ik weet dat het geen trots is om te zeggen dat ik wedergeboren ben, omdat de Heere Zelf de prijs voor mij heeft betaald.'

Chris drukte hem ferm de hand. 'Wat een mooie nieuws, neef. Zeg, nu zijn we broeders.'

Caleb glimlachte. 'Dat klinkt me als muziek in de oren!'

★

Donderdagmiddag ging Chris op weg naar Caleb bij Nellies Zoete Heerlijkheden langs. Hij had overwogen wat hij wilde doen en hoopte dat Nellie Mae hem ook weer wilde zien. De opwekkingsbijeenkomsten op Tel Hai waren tenslotte in volle gang.

Bovendien was hij benieuwd hoe ze op zijn uitnodiging zou reageren. Hij herinnerde zich haar blijvende genegenheid voor Caleb, al was hij er zeker van dat ze nu gelukkig was in zijn gezelschap.

Eerst was ze verrast om hem te zien, omdat hij gewoonlijk later in de middag kwam. Ze kwam aanlopen uit het huis, met enkele middelgrote dozen in haar handen, vol met vruchtentaarten, nam hij aan.

Hij snelde op haar toe. 'Kom, laat mij die nemen.'

'Kom je weer lekkere toetjes halen?' Haar snelle glimlach verraadde haar. Ze was inderdáád blij om hem te zien.

'Ik hoopte dat je zaterdagavond weer mee zou gaan naar de opwekkingsbijeenkomst.'

Ze zweeg even nadenkend. Toen zei ze: 'Goed. Lijkt me leuk.'

Vervuld van opwinding droeg hij de taarten naar de bakkerswinkel. Hij dempte zijn grijns toen hij Nellies moeder achter de toonbank zag staan.

Hij begroette haar en mevrouw Fisher hield glimlachend zijn blik vast. 'Kan ik u vandaag interesseren in twee taarten, meneer Yoder?' plaagde ze.

Hij besloot iets nieuws te proberen en kocht een perziktaart. Toen liep hij naar zijn auto en zwaaide Nellie Mae en haar moeder gedag. Hij zag Nellie voor het raam staan en terugwuiven. Hij zwaaide nog een keer en nam haar gestalte in gedachten helemaal mee naar Caleb.

★

Toen het melken was gedaan en ze zich samen wasten in het melkhuis, meldde Chris dat hij een verrassing in de auto had. Caleb spitste zijn oren en Chris ging de perziktaart halen, die nog warm was van de zon.

Hij kwam de keuken binnen en plaatste hem op tafel. Caleb zette grote ogen op. 'Ik zie dat je bij Nellies bakkerswinkel bent geweest.'

Chris kon zijn plezier nauwelijks verbergen. 'Dit is een klein bedankje omdat ik hier op het platteland bij je mocht zijn.' Hij sneed royale porties en bediende eerst Caleb en toen zichzelf. 'Ook dacht ik dat je wel een smakelijke herinnering wilde aan iemands bakkunst.'

'Nou, geloof me, dit is iets wat je niet snel vergeet.'

Ze maakten nog een paar plagerige grapjes over hun lievelingseten, ook taarten en gebak, en Chris' plannen om binnenkort te gaan studeren.

Toen zei Caleb: 'Weet je, met Nellie kon ik over bijna alles praten. Ze heeft geen idee wat me is overkomen.'

'Dat je verlost bent, bedoel je?'

Caleb knikte. 'Het blijft moeilijk om het op die manier te zien.'

Chris luisterde.

'Maar ik weet dat ik haar al kwijt ben.' Caleb nam nog een schep vruchtengebak. 'En terecht.'

Toen hij de blik van verlangen in Calebs ogen zag, haalde Chris diep adem. 'Hoor es, neef...'

Caleb lachte hartelijk. 'Zeg, het is *broer*, weet je nog?'

'Inderdaad, broer.' Chris staarde naar zijn Amish neef, die

in zo veel opzichten zo veel op hem leek. 'Weet je, Caleb, je hebt me een paar persoonlijke dingen verteld over jou en Nellie Mae...'

Calebs hoofd schoot omhoog en zijn vork bleef in de lucht hangen. '*Jah?*'

'Nou, ik heb eens nagedacht... en ik besef dat het tijd wordt dat ik eerlijk ben tegen *jou*...'

★

Rhoda parkeerde haar auto langs de weg en liep over de berm naar het huis. De paardenwei aan deze kant van het huis van haar vader werd overschaduwd door een rechte rij populieren. Toen ze kleine meisjes waren, had ze tegen de stam van die bomen geleund en langzaam tot honderd geteld, terwijl haar zusjes wegrenden om zich te verstoppen.

Ze snoof de zoete geur in van de kamperfoelie en liet haar ogen dwalen over de omheinde wei en de keurig verzorgde voortuin. Het leek of het hekje opnieuw gewit was en ze voelde een steek van droefheid omdat ze niet in de buurt was geweest om te helpen met een werkje dat ze altijd leuk had gevonden.

Ze probeerde niet rechtstreeks naar het huis te kijken terwijl ze de oprijlaan opliep, verlegen in haar mooie blauwe rok en blouse met blauwe en gele bloemetjes, haar korte haar vrijuit tegen haar wangen wapperend.

Wat zal pa zeggen als hij me zo stads uitgedost ziet? Ze kon zich alleen maar indenken hoe geschokt hij zou zijn.

In de hoop dat ze haar ouders niet nog meer verdriet zou doen, snelde ze door het gras en sloop de schuur in. De geur van mest vermengd met paardenzweet overviel haar, ze was de geuren vergeten die bij haar vaders geliefde vak hoorden.

Ze liep langs de stal naar de kleine timmerwerkplaats

waar ze pa gebogen vond over zijn houten bureau in de hoek, verdiept in zijn lijsten met geboorteschema's en trainingsprogramma's.

Ze bleef op de drempel staan en leunde tegen de deurpost. *Dit is het… het einde van al mijn zogenaamde plezier.*

Ze duwde haar bril omhoog. 'Pa… hier is Rhoda,' zei ze zacht.

Hij draaide zich geschrokken om, maar toen brak er een brede glimlach uit op zijn gezicht. 'Zo, zo. *Gut* om je te zien, dochter.'

'U ook.' Ze kreeg een brok in haar keel. 'Hebt u even?'

Hij stond op en trok een stoel bij. 'Voor jou, Rhoda, heb ik veel meer dan even.'

Ze vond moed in zijn reactie op haar aanwezigheid. 'Ik zal het maar meteen zeggen.' Vechtend tegen haar tranen sloeg ze haar ogen neer. Wat had ze zijn aanvaarding en liefde nodig! En ze had de openheid van velden en weilanden weer nodig, zelfs de bossen trokken haar aan nu ze zo lang weg was geweest. Opgesloten zitten in een éénkamerappartement was helemaal niet waar haar hart naar smachtte. 'Ik ben heel fout geweest, pa…'

'Rhoda, wat je ook hebt gedaan…'

'Ik voel me diep ellendig.' Ze keek hem aan, deze man die harder werkte dan iedereen die ze kende. Hij had nooit iets bijzonders of onredelijks gevraagd, alleen dat zijn kinderen zich onderwierpen aan zijn bescherming als hun liefdevolle vader. 'Het ergste is dat ik u verdriet heb gedaan,' zei ze. 'En mama ook. Dat spijt me heel erg.'

Hij trok aan zijn baard en keek haar doordringend aan. 'Wil je graag thuiskomen, dochter?'

Ze had zin om te lachen. Nee, huilen. 'Waar zou ik mijn auto moeten parkeren?' Ze wist dat het belachelijk klonk, trots zelfs om te denken dat ze hier weer zou kunnen wonen en toch voor een groot deel haar eigen zin doen.

Langzaam brak er een glimlach uit op zijn verweerde gezicht. 'Tja, ik dacht toch vast dat we hier een mooie, grote houtschuur hadden.'

Ze zag aan zijn eerlijke, vaste blik dat hij geen grapje maakte. 'Zou u me thuis laten komen en toch… een beetje modern laten blijven?'

Hij boog naar voren en leunde met zijn ellebogen op zijn knieën. Even bleef hij staren naar de vloer vol zaagsel en houtsnippers. 'Hoe modern bedoel je precies?'

Ze had het allemaal overdacht. 'Nou, ik wil graag naar de Beachy kerk, als ik mag terugkomen, en me meer van Eenvoud kleden dan ik nu ben natuurlijk.' Ze staarde naar haar lievelingsrok en de mooie, witte sandaaltjes. *Je wilt een vinger geven, zodat je de hele hand kunt nemen, denkt pa natuurlijk.*

'Ik blijf hard werken voor de Kraybills. Als u wilt dat ik ontslag neem bij het restaurant, dan doe ik dat. En als ik alles weer op een rij heb, ga ik kost en inwoning betalen.'

Hij wuifde met zijn hand en schudde zijn hoofd. '*Ach*, help je moeder en zussen maar waar je kunt. Wat zeg je daarvan?' Kreunend kwam hij overeind en liep helemaal met haar mee de oprijlaan af om naar haar nieuwe auto te kijken. En voordat ze het portier opende, vroeg hij: 'Ik hoorde dat je een huurcontract hebt waar je woont?'

'Mevrouw Kraybill heeft afgesproken dat met mijn huisbaas af te handelen.' Ze had zich voorlopig overal ingedekt. Haar broer James wilde haar televisie wel hebben en alle andere moderne afdankertjes die ze hem met korting wilde verkopen. Op die manier hoefde ze geen berg dubieuze artikelen op het erf uit te stallen om te verkopen, zodat pa en mama het voorwerp van bespotting werden.

'Ik moet bekennen dat ik me de blaren op mijn lippen heb gebeden voor eenheid in de Gemeenschap van Eenvoud.' Hij sloot het portier voor haar en leunde op het open raampje. 'Maar liefdadigheid begint altijd dicht bij huis, weet je.' Ze zag tranen in zijn ogen en haar hart nam een hoge vlucht.

'*Denki*, pa… heel erg bedankt. Ik vind het super!' Niet te geloven dat ze net een van Kens favoriete uitdrukkingen had gebruikt.

Zwaaiend reed ze de weg op en ze wachtte tot ze op Route 10 was voordat ze toegaf aan haar vreugdetranen.

Nellie, Nan en mama stonden op een kluitje voor het raam in de bakkerswinkel met hun neus tegen de ruit toen ze pa met Rhoda naar de weg zagen lopen. 'Waar zouden ze het over hebben?' vroeg Nan.

Nellie merkte dat ze haar adem ingehouden had. '*Ach*, zou je denken dat Rhoda thuis wil komen?' zei ze stokkend.

Nan maakte naast haar een dansje. Ze snufte en perste haar lippen op elkaar. 'Ik ga niet huilen… ik wil het niet!'

Mama bleef kalm en sloeg een mollige arm om elk heen. 'Twijfel er nooit aan, kinderen… jullie zien met eigen ogen hoe God gebeden verhoort.'

O, laat het zo zijn! dacht Nellie en ze gaf Nans hand een kneepje.

Hoofdstuk 33

Sinds haar bedrust was voorgeschreven, wachtte Rosanna gretig op het geluid van Elias' voetstappen op de trap, vooral tijdens het middaguur, als hij zo lief was om een blad met eten voor hen samen naar boven te brengen. De gezinnen van hun kerk hadden hen trouw bevoorraad met warme maaltijden voor lunch en avondeten.

Wat een zegen...

Elias had het bed van zijn plaats gehaald, zodat ze uit het raam kon kijken als ze geen zin meer had in lezen en handwerken. Soms kon ze Elias zelfs op het land zien, want de tweede snede van luzerne was in volle gang.

Ze werd nu zo gauw moe dat ze soms zelfs moeite had om wakker te blijven als Nellie Mae kwam om hardop voor te lezen uit de Bijbel. Gisteren was Rhoda, die net weer thuis was gekomen, een paar uur op bezoek geweest en ze had samen met Rosanna boven babyspulletjes zitten haken. Ze was prettig gezelschap en vertelde amusante verhalen over zichzelf, die je aan het denken zetten.

Vandaag bracht Elias een verrukkelijk maal boven van hamburgers in bladerdeeg met roomsaus, met koolsla en groene bonen. Hij ging zitten en besprak met Rosanna de mogelijkheid om Rhoda te vragen tegen betaling bij hen te komen als Lena's baby over een week of vier geboren was. Dan had ze iemand om haar te helpen met Jonathan, zoals ze hem al hadden genoemd, in de hoop dat hij een jongen zou blijken te zijn, terwijl ze wachtten tot haar eigen kleintje over zes weken kwam.

Als alles goed blijft gaan...

'Wil je soms dat Lena ook een poosje komt?' vroeg Elias

terwijl hij een hap naar binnen schoof.

Ze kromp in elkaar. Haar nicht Kate was vorig jaar te vaak gekomen. 'Als min, bedoel je?'

Hij knikte met volle mond.

'Misschien… Ik zal haar vragen of ze het prettig zou vinden om de eerste paar dagen te blijven.' Maar toen dacht ze aan alle kinderen die Lena thuis te verzorgen had.

Rosanna vroeg zich af of ze, als haar eigen baby eenmaal was geboren, geen voeding in overvloed zou hebben voor twee kleintjes. Maar zo niet, dan nam ze haar toevlucht tot flesvoeding, zoals ze met Eli en Rosie ook had gedaan.

'Het ziet ernaar uit dat God ons het verlangen van ons hart zal geven,' zei Elias, terwijl hij zijn glas pakte. 'Als Lena's baby een maand ouder is dan de onze, als God het wil, zal het net zijn of we weer een tweeling hebben.'

Ze wierp hem een handkusje toe. 'En ik neem aan dat je ook tevreden zult zijn als we twee kleine meisjes krijgen, *jah?*'

Elias droeg zijn blad naar het bed en zette het neer op de ene kant voordat hij omliep om haar een echte kus te geven. 'Jij kunt een man aan het lachen maken, lief.' Hij streelde haar haar, dat nog los was van de nacht. 'Ik moest maar weer eens gaan. Maar ik ben met avondeten thuis.'

'Neem veel koud water mee in je thermosfles,' riep ze haar lieveling na.

Rosanna nam zich voor nog vaker te bidden voor haar echtgenoot de prediker, nu de kerkjeugd ter voorbereiding van hun doop al begonnen was met het bestuderen van de Geloofsbelijdenis en de *Ordnung* van de Nieuwe Orde. Elias werkte met prediker Manny samen om zo snel mogelijk te leren wat hij kon, terwijl hij de jonge kandidaten onderwees over de juiste relatie met God en met elkaar.

Nellie Mae wordt lid van de kerk, dacht ze met een blijde glimlach. *Als het U nu maar behaagt om haar een lieve, aardige echtgenoot te sturen, Heere…*

De paarden bewogen ritmisch hun hoofd heen en weer en lieten hun neus zakken in het langste gras van de hoge weide. Pa
had Nellie eens verteld dat ze dat deden om de insecten onder
zich te zien verspreiden terwijl ze zich voortbewogen. Ze wist
niet of het een grapje was, maar het was een leuk verhaal.

Verscheidene paarden deden precies hetzelfde, zag ze uit
het raam van haar slaapkamer. Ze keek toe hoe ze elkaar
besnuffelden en dan weer verder liepen, op weg terug naar
de stal, waarbij ze eerst één merrie lieten leiden… en dan de
volgende.

Ze voelde zich net als zij terwijl ze naar de stal liepen om
water te drinken. Eerst was Caleb haar voorgegaan, bij wijze
van spreken, en toen Chris. Beide jonge mannen waren haar
lief, maar geen van beiden was de juiste. Ze wist het nu; ze
had vele uren gepeinsd over haar afspraakje van vanavond
met Chris.

Ze borstelde haar haren zorgvuldig met vijftig extra slagen
en speldde het netjes vast. Zeker, ze was dol op Chris. Nou
ja, totdat ze ernstig had nagedacht over de mogelijkheid van
verkering. Wie van hen zou van zijn standpunt afwijken, als
het serieus werd? Was het praktisch om te denken dat Chris
zou terugkeren tot de Gemeenschap van Eenvoud die zijn
grootvader had verlaten?

Hoe moet het iets worden met ons als stel?

Maar zelfs als hij besloot zijn moderne leven achter zich
te laten en hier bij haar te komen, dan meende ze nog te veel
van Caleb te houden. Ze was niet klaar om het hof te worden gemaakt door een nieuwe liefde, misschien wel nooit.
Dus als het juiste moment zich vanavond voordeed, zou ze
het Chris vertellen… dat ze hem heel graag mocht, maar dat
ze van Caleb hield. En misschien altijd zou blijven houden.

Tot nu toe had God haar de genade gegeven om haar
verdriet te kunnen dragen. Maar ze zou niet te lang meer op

huwbare leeftijd blijven. Toch moest ze op God vertrouwen, die alles goed doet, zoals mama Nan en haar zo vaak onder het oog bracht. *En nu Rhoda ook.* Wat was het heerlijk dat haar zus zo gelukkig was in James' vroegere kamer verderop in de gang, de kamer waar ze om gevraagd had en die haar geweigerd was. Maar er was iets veranderd in mama… en in pa ook. Ze waren verdraagzamer geworden en Nellie had opgemerkt dat de hoeveelheid kettinkjes die aan de rand van de oude kastspiegel hingen kleiner was geworden. Rhoda had Suzy's armband echter middenvoor geplaatst en ze had gezegd dat die voor een groot deel had bepaald dat ze thuisgekomen was. Rhoda was ook begonnen met het naaien van nieuwe pelerinejurken en schorten en Nellie vroeg zich heimelijk af of ze op een dag haar auto zou verkopen.

Die ochtend gaf Rhoda Suzy's dagboek terug en Nellie Mae gaf het meteen door aan mama.

'Waar ga je heen?' Nan stak haar hoofd om de hoek van Nellies kamer.

'Naar de tabernakel op Tel Hai, ben je daar wel eens geweest?'

Nan knikte. 'Ezekiel wil er ook een keertje heen.'

'Dit is de laatste keer dat ik ga… met een jongen.'

Schaterend sloeg Nan haar hand voor haar mond. '*Ach*, jij hebt het altijd over de laatste keer dat je zus of zo doet.'

'Nou, deze keer meen ik het.'

Ze trok rimpels in haar voorhoofd; maar toen pakte ze Nellies hand. 'Ik hoop dat je niet van streek raakt door wat ik te zeggen heb.' Nan zuchtte. 'Ezekiel hebben onze huwelijksdatum vastgesteld op de eerste donderdag in november… de zesde.'

'Waarom zou ik daar van streek van raken?'

Er brak een glimlach uit op Nans gezicht. 'Ik hoop dat je wilt overwegen een van mijn bruidsmeisjes te zijn. Jij en Rhoda.'

'O, Nan, dolgraag!' Ze knuffelde haar zus even. 'Ezekiel

en jij zullen een mooi getrouwd stel worden, *jah?*'

Met de armen nog om elkaar heen stonden ze elkaar lachend aan te kijken. 'Eén ding zou mijn dag nog mooier maken, Nellie… als je een *beau* had om je gezelschap te houden tijdens het bruiloftsmaal.'

Het feestmaal zou tot ver in de avond duren en gevolgd worden door een speciale schuurzangavond met het bruiloftsgezelschap en alle aanwezige jeugd, het zou heel gezellig en vrolijk worden.

Ze nam Nan mee naar het raam. 'Kijk eens naar buiten. Zie je de paarden… hoe ze vertrouwen op degene die voorgaat?'

Stil keken ze toe. Ten slotte zei Nellie: 'Ze hebben helemaal geen haast om te komen waar ze heen gaan. En ik ook niet.'

'Pa zegt altijd dat je belangrijke dingen kunt leren van de natuur, als je goed oplet. Reis met de seizoenen die God in beweging zet.'

Jah, *reizen met God…*

Na een tijdje liep Nellie naar de deur. 'Het is bijna donker, dus ik ga maar.'

'Dus het is Chris vanavond?' fluisterde Nan.

Nellie Mae knikte haar toe. 'Bid voor me… het zal niet makkelijk zijn.' Ze bedacht hoeveel moeilijker het zou zijn om afscheid van iemand te nemen met wie je een langere relatie had. Zoals Caleb en zij…

Ze voelde een steek van verdriet bij de pijnlijke herinnering aan hun laatste gesprek. Haar geliefde, die de Heiland afwees…

Nan liep met haar mee naar het eind van de gang. '*Da Herr sei mit du*, zusje.'

'O, dat is Hij, Nan.' Ze klopte op haar hart. 'Wees daar maar zeker van… Hij is bij me.'

★

De stille avond was zwaar van het parfum van de natuur, een geur zoet en zuiver als die van wilde honing.

Nellie liep de oprijlaan af en sloeg rechtsaf de weg op. Ze was door de opgeruimde keuken geglipt langs vluchtige blikken van pa en mama, hoewel ze naar hun gewoonte geen vragen stelden. Maar van nu af aan zouden ze haar niet meer steels zien weggaan. Haar afspraakjes met Chris Yoder zouden spoedig tot het verleden behoren.

Ze vermoedde dat hij zou proberen haar over te halen hun vriendschap meer tijd te geven. Hij wilde haar beter leren kennen, al zou het per brief moeten als ze hun vriendschap voortzetten. Binnenkort vertrok hij naar Virginia om te gaan studeren.

Maar ze wilde hem de waarheid vertellen, wat er in haar hart lag. *O, maar ik wil hem geen pijn doen.*

Ze dacht aan de frisse geur van vanochtend vroeg toen ze alleen op het bramenveldje werkte en tegen God praatte. Er vloog een roofvogel met een rode staart boven haar hoofd, hij zweefde op de hoge luchtstroom en zijn roep klonk bijna als het miauwen van een jonge poesje. En ze had gehuild, haar tranen waren in de zachte grond gevallen. Toch wist ze dat de moeilijke daad die haar wachtte de juiste was.

Bij de bocht in de weg keek Nellie uit naar Chris' auto langs de brede berm, hun afgesproken ontmoetingsplaats. Ze zag een open rijtuigje geparkeerd staan. Op het eerste gezicht leek het Chris die er bovenop zat met de teugels in zijn handen. Ze wendde haar blik af, ze moest zich natuurlijk vergissen. Wat moest hij met een open rijtuigje? Tenzij… had hij er voor de grap een geleend? Maar nee, dat kon ze zich niet voorstellen.

Overtuigd dat ze zich dingen verbeeldde, hield ze verlegen haar ogen neergeslagen. De krekels waren net hun avondlied begonnen en Nellie luisterde, bewust van de schoonheid die te vinden was in de tere schemering.

Liefde is ook zo teer…

Hoe kon je je hart volledig openstellen voor een nieuw iemand als het al aan een ander toebehoorde? Dat besef had haar vanmorgen op het bramenveldje overvallen.

Ze hoorde iemand roepen. 'Nellie Mae?'

Ze keek op en snakte naar adem. Tot haar schrik was het Caleb die op het rijtuigje zat en naar haar glimlachte.

'Ik hoorde dat er een knap meisje deze kant op zou wandelen als het donker werd.' Hij sprong van zijn hoge plaats. 'En dat is dus nu.'

Ze kon er niets aan doen, ze lachte. Chris en Caleb speelden onder één hoedje. Voor hoe lang?

Maar ze hoefde het niet te weten. De verrassing was een pure verrukking, als een mengeling van heerlijke ingrediënten om een voortreffelijke taart te bakken.

'Ik heb gehoord dat er een wonder-*gute* bijeenkomst is op Tel Hai... wil je met me meegaan, Nellie Mae?' vroeg hij.

Ze zag de oprechtheid in zijn mooie, hazelnootbruine ogen. Nu huilde ze tranen van opperste blijdschap. Caleb was hier... *hier* waar ze nota bene afgesproken had met Chris. 'Daarom ben ik hier,' zei ze opgetogen.

Hij hielp haar instappen aan de linkerkant van zijn glanzende zwarte rijtuig en kwam naast haar zitten. 'Ik wil je zo veel vertellen...'

Daarop pakte hij de teugels en klakte met zijn tong.

De lach die ze had onderdrukt aan het begin van deze uiterst onverwachte hereniging ontsnapte en vermengde zich met die van Caleb. Een welkome bries streelde hun gezichten en om hen heen viel de avond.

'Je hebt eens gezegd dat je in wonderen geloofde,' zei hij.

'Nu meer dan ooit.' Ze kon haast niet wachten tot ze vanavond een blij loflied kon zingen, samen met haar lieveling!

Eén ding was nog maar belangrijk: ze was bij Caleb, en het paard trok hen in de richting van de kleine tabernakel onder de sterren.

Epiloog

Denk je eens in hoe opgewonden ik was toen de predikers Manny en Elias mijn schat wilden helpen om de andere twaalf doopkandidaten in te halen met het onderricht om lid te worden van de Nieuwe Orde Amish kerk. Toen zijn vader hem was voorgegaan, werd de waarheid van God werkelijkheid voor Caleb en het was hem onmogelijk die lang te ontkennen. Dat heeft hij me met een gelukkige glimlach verteld. Als gevolg daarvan hebben Caleb en ik vorig jaar op de veertiende september samen geknield onze doopgelofte afgelegd en zijn we lid geworden van de kerk. Nadat hij door de broeders was begroet, straalde zijn gezicht van pure vreugde toen hij mijn kant opkeek. Tot die wonder-*gute* dag was er voor geen van ons een heiliger ogenblik geweest.

Zoals God bedoeld had, kwam Rosanna's geadopteerde zoon Jonathan diezelfde avond ter wereld, en met weinig drukte volgens Lena Stoltzfus, die zonder aarzelen woord hield. De blonde Jonathan met zijn stralende ogen en zijn bijna negen pond hechtte zich op de tweede dag van zijn leven meteen aan Rosanna toen Lena hem presenteerde. En precies zoals ze verlangd had, was Rosanna spoedig in staat hem borstvoeding te geven toen ze het leven had geschonken aan haar kleine, blauwogige dochter, die tien dagen te vroeg kwam. Een wonder, volgens de vroedvrouw. Prijs God!

Dus Jonathan en Lena Grace schelen op een dag na maar drie weken. 'Twee kostbare geschenken,' zegt Rosanna als ze elk in een arm houdt en kirt en kroelt. *Ach*, wat doet het mij goed om dat te zien.

Mijn oudste zus is een uitstekende moederhulp volgens Rosanna, die Rhoda nog een poosje hoopt te houden, minstens tot het kleintje van Caleb en mij eind september is geboren, de maand waarin twee jaar geleden de verlossing zijn intrede deed in het huis van mijn vader.

Ook Nan en haar echtgenoot verwachten een kindje, en dat is niet verrassend, want mijn zus en ik hebben de koppen bij elkaar gestoken en een dubbele bruiloft georganiseerd. En het was een schitterende nazomerdag, als een goddelijk teken. Zelfs mama vond dat. Ik fungeerde als Nans bruidsmeisje terwijl ze haar belofte aan Ezekiel Mast aflegde, vlak voordat ik de mijne aflegde aan mijn liefste Caleb. Dat was alleen maar gepast, want Nan is ouder dan ik.

Wat pa's voortdurende hoop op eenheid betreft, oom Bisschop heeft de Gemeenschap van Eenvoud verrast, de een meer dan de ander, door zijn standpunt over het bestuderen en bespreken van de Schrift te verzachten en daarmee af te wijken van de gewone weg van de Oude Orde. De woorden die op de begrafenis van David Yoder zijn uitgesproken, hebben veel mensen wakker geschud, waaronder Ephram en Maryann. Pa zegt dat God wist wat ervoor nodig was en dat de scherpe en ontnuchterende preken noodzakelijk waren om de meest behoudende van al mijn getrouwde broers in Zijn richting te duwen. Je kunt rustig zeggen dat vrijheid in de Heere, met minder nadruk op door mensen gemaakte regels, behoorlijk aanstekelijk is in deze contreien. Er duiken steeds meer gebedsbijeenkomsten en Bijbelstudies op, en op de meest onverwachte plaatsen. Het valt niet te ontkennen: God is aan het werk in onze harten.

Ik kan niets bedenken waar Suzy blijer mee zou zijn. Ik denk zo vaak aan haar als Caleb Chris' brieven van de universiteit voorleest. Ik zal nooit vergeten dat Chris en Zach zo'n belangrijke rol hebben gespeeld in het tot geloof komen van mijn zus. En ik vind het nog steeds merkwaardig dat God mijn belangstelling voor Chris, en zijn belangstelling voor mij, heeft gebruikt als een heerlijke herinnering aan Caleb toen we uit elkaar waren, en zonder het te weten wachtte ik om op Gods volmaakte wijze en tijd herenigd te worden.

Kortgeleden vertelde Chris in zijn brieven over zijn geestelijke studie en ik herinnerde me dat hij een keer zei dat hij iets groots wilde doen voor God. Te bedenken dat Suzy's vriendschap met Zach en hem zo'n beroering heeft gewekt in de Gemeenschap van Eenvoud, als een dauwdroppel die in een uitgestrekte zee valt en waarvan de rimpelingen zoveel dorstige zielen raakt.

Aan het eind van zijn brief schreef Chris dat hij had gehoord dat ene juffrouw Rhoda Fisher ingeschreven was voor het introductieweekend van de universiteit in april, over twee maanden. Kennelijk is Rhoda vol vertrouwen dat ze zal slagen voor haar toelatingsexamen. De school is de enige plek waar ze nog in haar auto heen gaat, voor de rest neemt ze liever pa's paard en rijtuig. Het is natuurlijk heel wel mogelijk dat als Rhoda inderdaad naar de Eastern Mennonite School gaat, ik het zonder haar wonder-*gute* hulp zal moeten stellen met onze eerste baby. Maar als het nodig is zal mama dat vast en zeker goedmaken.

Intussen naai en haak ik voor onze kleine, terwijl ik hardop mijn recepten opzeg voor Elizabeth, mijn lieve schoonmoeder, die ze voor me opschrijft. We hopen dat mijn *Nellies Zoete Heerlijkheden Kookboek* af is voordat het tijd is om mijn groentetuin te planten, want de bakkerswinkel bestaat niet meer. Pa en mama hebben hem gesloten nadat Caleb en ik in de grote boerderij van zijn ouders zijn getrokken, zodat er een einde kwam aan een gelukkig hoofdstuk van mijn leven, hoewel ik veel liever kook en bak voor mijn echtgenoot. Vaak duikt Caleb ineens achter me op in de keuken om mijn steeds breder wordende middel te omvatten en lieve woordjes te fluisteren met zijn mond in mijn hals. Caleb praat ook graag over onze baby, daar moet ik om lachen. God is zo goed dat Hij ons samen heeft gebracht als man en vrouw. Te bedenken dat we spoedig een gezinnetje van drie zullen zijn!

Calebs moeder is na onze bruiloft meteen naar het *Dawdi Haus* verhuisd, een stilzwijgende manier om haar hoop op kleinkinderen te tonen, als God het wil de een vlak na de ander. Wat zal het leuk zijn voor Rosanna en mij om onze kleintjes samen groot te brengen, zo weinig als ze zullen schelen.

Calebs zus Rebekah is erin geslaagd haar *beau* langer geheim te houden dan de meeste aanstaande bruiden. Maar een week na de trouwdag van Nan en mij werd na de kerkdienst de huwelijksdatum afgekondigd. Haar man is een neef van Susannah Lapp en ze wonen binnen loopafstand van Caleb en mij. Dus mijn man is blij dat hij zijn zus kan zien en ik begin een intieme schoonzus te worden voor Nans liefste vriendin.

Vorige week, tussen de quiltbijeenkomsten in, schreef nicht Treva dat ze twee nieuwe zwaluwhuisjes had zien staan in de zijtuin van *Dawdi* en *Mammi* Fisher. Pa heeft een interessante manier gevonden om het hart van zijn vader terug te wenden naar Honey Brook. *Mammi* Hannah heeft op mijn verzoek ook een hele berg recepten opgestuurd en ze heeft mama vaak geschreven sinds ze haar vorig jaar zomer op de inmaakbijeenkomst bij Martha had gezien en de laatste tijd heeft ze het over 'terug naar huis' komen. Hoewel nu met alle godsdienstige beroering onder mijn getrouwde broers, die meer willen van de Schrift, evenals moderne dingen, wie weet of mijn grootouders niet uiteindelijk toch nog naast mijn ouders in het *Dawdi Haus* belanden.

Vroeg in de morgen, als ik brood aan het bakken ben, peins ik over mijn liefde voor Caleb… en zijn groeiende liefde voor de Heere.

Voor mensen die zeggen dat wonderen niet bestaan, heb ik me de blijde dag ingeprent dat mijn vader helemaal met

Rhoda mee naar de weg liep om naar haar mooie auto te kijken. En ik dank God voor Rosanna's kleine, voldragen dochter en voor de zegen van Lena Grace's broertje Jonathan, beiden een wonder. Wat een vreugde dat onze jonge prediker en zijn vrouw zo'n schattig stelletje hebben om groot te brengen en lief te hebben: een aanstaande hulp op de boerderij voor Elias en een snoezig vaatwassertje en quiltstertje voor Rosanna.

Maar bovenal verwonder ik me over de verandering die de verlossende genade heeft gebracht in de levens van de mensen in de Gemeenschap van Eenvoud, vooral in het leven van David Yoder, die de grootste transformatie van alle heeft doorgemaakt. Als God zo'n obstinate, hardvochtige man kan verlossen en hem voor de ogen van zijn gezin zachter kan maken, waarom zou iemand van ons dan ooit twijfelen aan Gods macht?

Gisteravond na het eten, terwijl er dikke sneeuwvlokken naar beneden dwarrelden, ontdekte Caleb een briefje dat zijn vader had geschreven en in de oude familiebijbel had gestopt. *God ziet me niet langer als een zondaar. Vanwege het bloedoffer van Zijn Zoon kijkt Hij naar mij... en ziet Jezus in plaats van de zondaar.*

Caleb en ik moesten onze tranen wegvegen en we pakten elkaars hand en keken elkaar aan, verbijsterd om dit kostbare geloofserfgoed voor onze familie. We besloten meteen dat het ingelijst moest worden. We hangen het in de keuken aan de muur, zodat iedereen die bij ons aan tafel zit, kan zien wat de reden is van ons duurzame geluk. Al voordat we het beseften, ging ons diepste verlangen altijd uit naar de Heiland, onze geliefde Heere Jezus, dat staat vast.

Dankwoord

Het verhaal van Nellie Fisher is een fictief werk, geïnspireerd door de fascinerende gebeurtenissen uit 1966, toen de Lancaster County New Order Amish kerk ontstond.

Onder de vele behulpzame mensen bij wie ik te rade ben gegaan, ben ik bijzondere dank verschuldigd aan Ike en Fay Landis, en aan mijn man Dave, die mij bijstond in mijn boeiende onderzoek en mijn teksten redigeerde. Ook dank aan mijn uitstekende redacteuren David Horton, Julie Klassen, Rochelle Gloege en Janna Nysewander en de nauwgezette recensenten Ann Parrish en Barbara Birch.

De grootste dank ben ik verschuldigd aan mijn Heere en Heiland, het Licht op mijn pad en de Vreugde op mijn reis.

O, de diepe, diepe liefde van Jezus,
Peilloos, onmeetbaar, grenzeloos, vrij!

Samuel Trevor Francis, 1875